浙江省哲学社会科学规划课题成果（项目编号20NDJC070YB）

浙江师范大学出版基金、人文学院学科建设运行经费（中国语言文学）资助出版

浙江诗路文化的

美学品格

赖勤芳◎著

九州出版社
JIUZHOUPRESS

图书在版编目（CIP）数据

浙江诗路文化的美学品格／赖勤芳著 . -- 北京：
九州出版社，2025.4. -- ISBN 978-7-5225-3891-4

Ⅰ . I207.22

中国国家版本馆 CIP 数据核字第 2025CR3051 号

浙江诗路文化的美学品格

作　　者	赖勤芳　著
责任编辑	田　梦
出版发行	九州出版社
地　　址	北京市西城区阜外大街甲 35 号（100037）
发行电话	（010）68992190/3/5/6
网　　址	www.jiuzhoupress.com
印　　刷	三河市华东印刷有限公司
开　　本	710 毫米×1000 毫米　16 开
印　　张	15
字　　数	269 千字
版　　次	2025 年 4 月第 1 版
印　　次	2025 年 4 月第 1 次印刷
书　　号	ISBN 978-7-5225-3891-4
定　　价	78.00 元

目　录
CONTENTS

导　论

理解"诗路"

尘事潮来不可推，身如病鹤强盘桓。簿书遮断寻诗路，风雨惊残问月杯。

——（宋）范成大《进思堂夜坐怀故山》

四十日来谁地主，二千里外客天涯。青山两岸寻诗路，黄叶孤村卖酒家。

——（清）王时宪《舟中遣兴》

浙东自昔称诗国，间气尤钟古沃洲。一路山川谐雅韵，千岩万壑胜丝绸。

——启功《奉题唐诗之路一首》

近年来，诗路文化作为一个重要议题见诸国内的许多媒体报道、专题会议和一些专家的学术成果当中，甚至成为地方政府构想新时代美好生活愿景的建设方案。浙江省委省政府为推进全省"大花园"建设，提出高水平、高质量打造浙东唐诗之路、大运河诗路、钱塘江诗路、瓯江山水诗路的发展战略，于 2019 年 10 月正式印发《浙江省诗路文化带发展规划》。之后浙江省推进大湾区、大花园、大通道、大都市区"四大建设"工作联席办公室，于 2020 年 4 月印发《浙东唐诗之路建设三年行动计划（2020—2022）》，又于翌年 4 月同时印发《大运河诗路建设三年行动计划（2021—2023）》《钱塘江诗路建设三年行动计划（2021—2023）》《瓯江山水诗路建设三年行动计划（2021—2023）》，为四条诗路的建设提出了更为具体的要求。无疑，这样的发展规划、行动计划具有探索性、开创性，特别为实现文旅深度融合、推动全域发展、实现共富目标提供了新思路、新模式，故一经推出便备受各方关注。

深入推进"诗路浙江"建设，需要不断宣传浙江诗路文化，增强浙江诗路文化认同，亦亟须提供相应的学术支持，毕竟"诗路文化"是"新概念、热词汇"①。它的核心词"诗路"，与"丝路"读音相似而易被混淆，与"思路"含义相近而易被置换，与"诗"密切相关而易被窄化，如简单地等同"唐诗"，故对之进行充分的学理分析、论证显得尤为必要。这里基于关键词分析的理论和方法，通过厘清"诗路"一词的源流，进而界说它的内涵及其特征，同时将其整合到中国当代审美文化发展背景下进行合法性审视，以示其作为区域审美文化新视域的意义。总的认为，完整意义上的"诗路"，基植于中国诗学、美学传统，脱胎于"浙东唐诗之路""唐诗之路"，内涵着区域性、诗证性和现代认同价值。这一概念新崛起，能够从中国当代审美文化发展的传统化、媒介化、地方化的趋向中看出端倪。如此建构起来的诗路审美文化范式，亦能够为彰显浙江诗路文化美学品格提供分析框架。突出以秀、秀美为主调的浙江诗路文化之美，与以展示浙江文化为要务的"诗路浙江"建设要求相契合。

一、版本演进及其问题

不同时期、不同视角下的"诗路"概念形成了不同版本。"诗路"一词极少出现在古代汉语中，而较常见于现代汉语中，主要用于说明诗的创作、批评和理论探讨等方面。《诗路跋涉》（公刘，1983 年）、《诗路骊歌》（黄光曙，2002 年）、《诗路》（米成洲，2012 年）、《诗路行吟》（卫克兴，2003 年）、《诗路漫游》（钱幼树，2007 年）、《诗路初心》（刘彬，2019 年）、《诗路驿站》（李美云，2019 年），以及《天涯诗路：中国当代海外诗人作品荟萃》（天端主编，2014 年），这些诗集都以"诗路"为名，或体现诗人的创作经历和人生追求，或显示某一特定的诗人群体和主题。评价诗人、诗作，也往往将"诗路"作为其特色进行使用。《诗路之思》（万龙生，1997 年）探讨了 20 世纪中国诗歌发展道路。该著从历史、现实、论著、创作等多维度考察中国新诗的本体和命运，尤其对现代格律诗的研究颇具深度和力度。《坚贞的诗路历程》（赵树勤选编，2007 年）收录了关于彭燕郊作品的序跋、诗评等 65 篇，集名来自其中一篇署名龚旭东的论文。《意象相偕的诗路》（王向峰，2004 年）是对林宽诗集《飘雪的日子》的评价，此文高度赞扬林诗追求意境

---

① 40 多位省内外专家学者齐聚金华，共同筹议"诗路浙江"建设 [EB/OL]. 搜狐网，2019-01-11. http: // www. sohu. com/a/288319352_ 578889.

美。《李白诗路管窥》(卢燕平,2012 年)一书基于李白一生在行旅中度过的事实,着重阐论了李白的"文治建功之梦"和"武功报国之想"两个时段。诗路,也指诗的审美之心理或诗学观念之转变。《诗路历程:诗歌意象纵横论》(陈圣生,2011 年)一书讨论意象思维、以文为诗、直觉理性三大问题。《古代诗"路"之辩:〈原诗〉和正变研究》(杨晖,2008 年)一书指出叶燮挑战并解构了传统的崇正、主变的诗学观念,主张自由地进行诗的创作,而这就是他的"诗'路'之辩"。从上述所举的诸多例子看,凡诗文集子、诗人行迹及心路历程、诗作审美特色、诗学观念及其变化等皆可以"诗路"言之。包含这些内容、含义的诗路,且称为"诗学版本"。论及与之有密切关系但又不止于此的"规划版本",就得从 20 世纪 90 年代初提出的"浙东唐诗之路"谈起。

有唐一代,漫游之风盛行。出于对江南的向往,唐代诗人把浙东地区作为重要的行游目的地。他们从扬州出发,沿京杭运河到杭州,再辗转抵达宗教圣地天台山。这是一条线路明确的古道,主体范围就在浙东①。它始自钱塘江南岸渡口西兴,沿浙东运河,溯曹娥江而上,进入剡溪,经天姥山,抵达天台山,全长近 200 公里。据统计,《全唐诗》所载诗人中有 450 多位游览过这条风景线,留下 1500 多首诗作。② 传世之作,如李白《梦游天姥吟留别》、白居易《沃洲山禅院记》、孟浩然《舟中晓望》、张祜《游天台山》、贺知章《回乡偶书》,等等。这条文化古道,人文景观特色鲜明,历史开创意义明显,且地理空间范围清晰,"唐诗之路"就是最好的概括。新昌籍学者竺岳兵于1991 年发表论文《剡溪——唐诗之路》,坚定地认为剡溪作为唐代诗人所经之处具有无比明显的综合优势,故是一条"唐诗之路",即"对唐诗特色的形成,起了载体作用的,具有代表性的一条道路"。③ 在 2011 年 CCTV 10《探索·发现》栏目播放的专集《唐诗之路》中,他将"唐诗之路"表述为两层含义,除作为有地理方位的具体之"路"的表层含义之外,还有作为抽象之"路"的深层含义,即类似"思路"的思维过程。而这个依靠形象思维产生的"唐诗之路",并非"唐诗之旅""唐诗文化"所能替代。在前后 20 多年间,他实地考察、挖掘资料,进行细密论证,为这条实存的"诗路"正名,

---

① 有关"浙东""浙西"概念问题,参见本书第二章第一节。

② 中国唐代文学学会唐诗之路研究会成立 [EB/OL]. 浙江省文化广电和旅游厅,2019-11-04. http//ct. zj. gov. cn/art/2019/11/4/art_ 1652990_ 39750034. html.

③ 竺岳兵. 唐诗之路综论 [C]. 北京:中国文史出版社,2003:3.

不断呼吁人们进行保护和传承。后人所论"唐诗之路",几乎无不受此启发。建德籍学者朱睦卿、桐庐籍学者董利荣也肯定存在一条与浙东相对应、可媲美的唐诗之路,这就是"浙西唐诗之路"。浙西唐诗之路,简称唐诗西路,以古水道钱塘江—富春江—新安江为主要依托。唐代诗人孟浩然、王维、李白、崔颢、刘长卿、白居易、张祜、杜牧、陆龟蒙等曾经游览这条线路,留下经典诗作。还有本地的睦州派诗人,可考的不下百人,仅《全唐诗》《全唐诗补编》收录的桐庐籍诗人作品就达上千首,数量相当可观。① 两条唐诗之路,一东一西,大致呈"人"字形结构,串联起以两浙为腹地的广大江南地区,构成了江南文化中的独特景观。

将唐时浙东的这条文化线路称为"唐诗之路",的确是一种创见,故一经提出便引起唐代文学研究界的关注。1993 年 8 月 18 日,中国唐代文学学会发函同意原"剡溪唐诗之路"正式命名为"浙东唐诗之路"。这种规范命名是对"浙东唐诗之路"具有学理性价值、学术性意义的高度认可。定名以来,围绕"浙东唐诗之路"展开的争论并未停止。肖瑞峰长期关注这方面研究,在肯定竺岳兵做出贡献的同时,也对他在 2004—2009 年出版的系列论著直接冠以"唐诗之路"的做法有微词,认为略去"浙东"二字肯定不合适。② 唐代游风盛行,诗人行踪密集,留下诗歌数量众多,凡与此相关的水陆要道都可以称为"唐诗之路"。像两京、关陇、西蜀等地都有"唐诗之路",浙东仅是整个唐诗之路上的一段而已,甚至浙东是否"最具吸引力"仍值得商榷。类似的质疑声音,在学术界尤其是在唐代文学研究领域较普遍存在。越来越多的学者持一种开放的态度,认为"唐诗之路"在浙东只是典型现象之一,唐时在全国存在多条类似的"诗路"。在这样的认知背景下,包括"浙东唐诗之路"在内的相关诗路的文献整理、专题研究成果不断涌现,近年来有逐渐增多的趋向。特别是在 2019 年,围绕"唐诗之路"的探讨、研究蔚然成风。浙东唐诗之路沿线的萧山、绍兴、新昌、台州等地都举办了高规格的会议,邀请了一批学界专家与会,展示了一批成果,提出了一些设想和建议。《光明日报》在 6 月 3 日、10 月 28 日两次推出组谈,分别是林家骊等 5 位学者的笔谈《浙东唐诗之路是如何形成的》和钱志熙等 7 位学者的会议发言《陇右唐

---

① 朱睦卿. 开发浙西"唐诗之路"[J]. 浙江学刊, 1995: 125-126, 47; 董利荣. "唐诗西路"话桐庐 [M] //诗说桐庐. 北京: 团结出版社, 2020: 2-12.
② 肖瑞峰. "浙东唐诗之路"研究的学术逻辑与学术空间 [J]. 绍兴文理学院学报(人文社会科学), 2018 (6): 1-2.

诗之路》。唐诗之路研究会经中国唐代文学学会批复后，于 2019 年 11 月 3 日在新昌会议上正式宣布成立。这些事件表明"唐诗之路"已成为唐代文学研究重要的学术生长点。

通过对比可以发现，地方民间学者与唐代文学研究专家视野中的"唐诗之路"有所不同。在前者看来，"唐诗之路"就在浙东，就是"剡中唐诗之路"。正如祝诚《剡溪——唐诗之路》（1992 年）一文所肯定的："其实为剡中一条唐代诗人往来比较集中、频繁，对唐诗的发展做出过重大贡献的古道。"① 而在后者看来，"浙东唐诗之路"是"唐诗之路"之代表，是唐代江南文化发达的体现，亦对唐代文化特色形成产生了深刻影响。胡可先《唐诗发展的地域因缘和空间形态》（2010 年）一书把"浙东唐诗之路"置于以吴、越为代表的南方区域诗歌发展当中来审视。南方区域诗歌发展，与以都城长安为代表的诗坛中心和以宫廷诗人的石淙集会、黄土摩崖的地方诗会为代表的特殊区域诗歌发展，共同成就了唐诗的版图及其文化风格。可见，两者的取义范围不同，一是具体区域的，一是特定朝代的，不过并无本质上的冲突，因为都是以"唐诗""浙东"两者为重。启功的七绝《奉题唐诗之路一首》高度称赞"浙东唐诗之路"，首次将"唐诗之路"与著名的"丝绸之路"相提并论。这已经成为研究"唐诗之路"的重要文献，启发了人们对"诗路"的无限畅想。《河北师范大学学报（哲学社会科学版）》2020 年第 2 期开辟"唐诗之路"专栏，发表了吴淑玲《驿路唐诗边域书写中的丝路风情》、李德辉《论馆驿与唐宋诗的关系》、沈文凡和孙千淇《李白文化的东亚传播与接受——以韩国汉诗文献为中心》等一组论文。诺贝尔文学奖得主、法国作家勒克莱齐奥（Jean-Marie Gustave Le Clézio）与中国学者董强合作出版了《唐诗之路》（2021 年）。该书将唐诗置于世界文学的最高峰，通过选取唐代"最具代表性的一些时刻"，体悟唐诗与这一"杰出时代"的密切关联。《唐诗之路研究》丛刊已出版两辑。第一辑（2022 年）系"中国唐诗之路研究会成立大会暨第一次学术研讨会"的学术成果汇编，收录论文 50 多篇。从唐诗之路的地域空间界定、诗人与诗路研究、诗路宗教哲学及其文化资源研究、诗路遗产保护与开发研究等角度对唐诗之路展开深入交流与探讨，展示了近年来学界唐诗之路研究的新成果，为唐诗之路的保护与开发提供了新构想和新思路。第二辑（2024 年）精选了"中国唐诗之路研究会首届年会暨第二次学术

---

① 竺岳兵. 唐诗之路综论［C］. 北京：中国文史出版社，2003：80.

"研讨会"的论文数十篇。这些论文论及全国各条诗路、海外唐诗之路，以及许多重要的诗路作家和有影响力的佛道人物，较好地反映了唐诗之路研究这一新的学术增长点的最新研究进展。为全面反映唐诗之路研究的高层次成果，将唐诗之路研究推向深入，唐诗之路研究会推出"唐诗之路研究丛书"。第一辑出版了卢盛江编撰的《浙东唐诗之路唐诗全编》（2022 年）、胡可先所著的《唐诗之路与文学空间研究》（2023 年）等 6 部，第二辑已出版的有杨琼、胡秋妍主编的《浙东唐诗之路的会通与嬗变》（2024 年），其余的仍在进行中。显然，"唐诗之路"研究是唐代文学与文化研究，是"诗路"的研究，也是"一带一路"的研究，具有现实意义。

唐诗之路尊新昌。新昌是浙东唐诗之路的重要节点，也是由新昌籍学者最早提名。由此看来，以"诗路"代称"唐诗之路"或者"浙东唐诗之路"并非不可。作为脱胎于"唐诗之路""浙东唐诗之路"的概念，它还需要进一步的内涵提升和规范使用。我们不能完全以"唐诗"替代"诗"，将"诗路"概念狭义化。唐代是诗的盛世，诗作如海、诗人如林，正所谓"诗盛于唐"（［明］胡应麟《诗薮》）、"诗众体备"（［明］高棅《唐诗品汇·总叙》）。唐诗之发展，的确盛况空前；唐诗之经典，亦无疑为最，它是一个能够代表中国文化的符号。但对具有"诗国"之称的国度而言，唐诗毕竟只是中国历代诗中的一个种类、中国古典诗的一部分。特别是，"诗"又是一个总体性概念，不只作为具体的文学体裁，而且能够代表总体的文学艺术。凡具有审美性的一切精神产物，都可以冠称为"诗"或"诗的"。此外，"诗路"不仅在"诗"，而且在"路"，它是一条载诗之道。所谓"三分诗七分路"，并非虚论。有学者也这样明确指出："对浙东唐诗之路，不仅要研究诗，也要把当时途经的线路阐述清楚，唯有如此才是系统、整体的浙东唐诗之路文化，体现其独特的个性特色。"① 因此，我们要摆脱各种认知偏见，不能纯粹以"唐诗"或"诗"的名义界定"诗路"。无论是重"诗"轻"路"，还是重"路"轻"诗"，都难免造成以偏概全的后果。只有将"诗""路"两者结合起来，才能形成对"诗路"的完整理解。更全面地理解"诗路"，需要在不断深化研究"浙东唐诗之路"乃至"唐诗之路"的基础上，进一步从中国文化与美学精神的高度进行观照。

---

① 邱志荣，吴鑑萍．浙东唐诗之路新探［J］．浙江水利水电学院学报，2019（1）：3.

二、区域性、诗证性与认同价值

概念是用语词形式表达思想、观念等内容的思维形态，具有价值化、社会化的形成过程，且具有某种可行动的象征意义。如前面已言的，"浙东唐诗之路"本身是一个经过反复论证才得以最终确立的概念，由民间学者提出，经中国唐代文学学会的权威认定，才得以日渐流行和普遍使用。尽管围绕"浙东唐诗之路"仍有不少的学术争议，但是它的提出对唐代文学、中国文学史、区域文学与文化等各种研究的推动作用十分明显。自"浙东唐诗之路"提出之后，"唐诗西路""两浙诗路""江南诗路""杜甫诗路""李白诗路""迁谪诗路""陇右诗路""蜀道诗路"等众多名目涌现出来，实际上有的已经明显超出"唐诗"范围。如今"浙东唐诗之路"又引得地方政府、文旅部门的高度重视，显示为"历史人文之路""山水生态之路""休闲旅游之路"。科学地理解"诗路"，自然要以这条久已成名、影响广泛的"浙东唐诗之路"为重点参照，同时需要适当吸收后起"诗路"的相关学术成果。通过撷取蕴含其中的关键性因素，我们可以获得"诗路"的真实性内涵。之所以命名为"唐诗之路"，竺岳兵在他的成名作《剡溪——唐诗之路》中以"范围的确定性""形态的多样性""文化的传承性"进行判定。① 此三方面，的确不可或缺。倘若进行更严格的义界，需要在此基础上进行优化，使之更加明确、丰富和深刻。这就要求突出作为诗路本身的地理、人文和谐关系机制蕴含，同时纳文学艺术内容、文化遗产价值与当代生活意义于其中。基于这些考量，以下着重探讨三个方面的内涵及其特点。

（一）区域性

傅璇琮指出，唐时浙东一带是"唐诗发展中一个特异的地区"，"浙东唐诗之路可与河西丝绸之路并列，同为有唐一代极具人文景观特色、深含历史开创意义的区域文化"。② 这表明诗路是具有区域性的。区域、地域都是用于划分地表空间的概念。一般地说，地域的划分偏于自然地理的因素，边界较模糊，而区域的划分偏于人文因素，边界相对清晰。故"区域"的说法更切合具有明确的地理范围和丰富的人文内涵的"诗路"。地理蕴含诗性因子，对文艺活动具有促进、制约、规定的作用，这种作用甚至构成了文艺活动的基

① 竺岳兵.唐诗之路综论［C］.北京：中国文史出版社，2003：3.
② 傅璇琮.走出唐诗的"唐诗之路"［J］.中华遗产，2007（9）：32.

础和前提。宋代王应麟详细考证《诗经》所涉及的山川分布、政区建置、疆域范围等。"因诗以求其地之所在，稽风俗之薄厚，见政化之盛衰，感发善心而得性情之正，匪徒辨疆域云尔。"① 其《诗地理考》序中的这段话直接点明了地理环境与诗的产生、诗风的形成具有某种联系。文学属于文化范畴，文化与地理的关系同样十分直接。明代王士性著有地理书《广志绎》《五岳游草》《广游志》三种。他对地理学的区域性特点进行深入研究，认为自然环境对于人的行为有决定性的影响，不同的地理面貌孕育出不同的人文景观。所谓"南舟北马""南戏北曲"，这些并非单纯说明中国南北地理差异之大，而是生动反映中国文化的地理性、区域性特征。古代诗人漫游天下山川，行迹遍及大江南北，具体到某一位诗人，他的活动也总有特定的线路和区域。对此，一种直观呈现的方式就是地图。王兆鹏主持制作的"唐宋文学编年地图"把唐、宋时期诗人的行迹以地图的方式进行标注，而这就是所谓的"诗路地图"。如果说诗路是对诗或文艺的形成起着载体作用，并且对后世产生重要影响的一条文化之路，那么它一定发生在某一特定区域。诗路是可以具象化的、具有很高辨识度的、呈带状分布的区块。"诗路"，与"诗带"的含义接近，与文学地理学中的"文学区""文学场"等概念相似。从这个意义上说，诗路文学是一种区域文学，诗路文化也就是一种区域文化。

（二）诗证性

李德辉认为，较之人们所熟悉的浙东的"唐诗之路"，两京驿道堪称是一条更典型的"唐诗之路"。"唐代两京驿道路线走向明确，景点密集，经过的文人众多，产生的文学作品量大质优。无论从道路上的文化遗存看，还是从文学作品的内容、形式、创作方式看，较之于其他地区的其他道路，两京驿道在唐代都是无与伦比的，我们有充足的理由称之为真正的'唐诗之路'。"② 其实，无论把"唐诗之路"的称号赋予浙东还是两京，都必须要有一定规模的诗人或相当数量的诗作为依据。正是这些诗人、诗作保证了这条道路的文化特殊性，诗证性是一个恰当的概括。在中国古典小说、戏曲当中经常有"有诗为证"一语，这是对诗在中国文化中具有至上地位的高度肯定，即诗具

---

① （宋）王应麟. 诗考 诗地理考 [M]. 王京州，江合友，点校. 北京：中华书局，2011：179.

② 李德辉. 唐代两京驿道：真正的"唐诗之路" [J]. 山西大学学报（哲学社会科学版），2007（1）：27.

有"权威性、真理性、逻辑性"①。诗证传统可以上溯到《诗经》。这部诗歌总集大多反映底层平民生活，成为周王朝长治久安的生动写照。它带来的启示是多方面的：在政治上保持上通下畅，在文学上贴近日常实际，在生活上提倡勤俭节俭，等等。这些都体现出诗是一种无比重要的意识形态。"诗路即言路，可通不可塞，通则活，塞则死。"② 在中国文化中，诗不仅产生年代早，而且地位相当特殊，并非其他文类可比肩。诗是高级的艺术形态，具有载史、言志、寄物、赋情的作用。诗也是极其美好的东西，代表一种文化精神，用它可以表达美好的生活理想。古代诗人行游天下，沿着水系、古道，纵情于山水画卷之间，勃发浓浓的诗意，留下了无数隽永的诗篇。如著名的山水风光带三峡，也是一条真正意义的"诗峡"。其中，巫峡幽深绮丽，是三峡中最可观的一段，而流传的神女等诸多传说又为其增添了无比的奇异浪漫。据不完全统计，含本籍的、游历（含路由）的和羁留的等各种方式与三峡发生联系的诗人，所创作的诗词数量约 1500 首，其历史跨度约 2200 年。③ 在这条诗壁画廊里，留下了屈原、宋玉、李白、杜甫、刘禹锡、白居易、苏轼、陆游等诗人的身影，那些精彩的诗篇至今回响。"行到巫山必有诗"（［唐］繁知一《书巫山神女祠》），三峡是名副其实的"诗路"。普遍地说，作为"诗路"必然有自然、交通、人文等多重因素叠加，而它的形成也必然具有圣迹化、文本化等多重过程。

（三）认同价值

钱志熙认为，陇右唐诗之路可以与浙东唐诗之路相互呼应，甚至更有"源头"的感觉，与音乐有密切关系。唐代诗人的陇右之行，或因戍边、劳军，或因贬谪、游行，留下大量诗作。这条诗路，对于唐代的外交、军事、国际贸易、文化交流都产生了深远影响，显示出唐人的"开拓、开放、爱国、开创"的精神。④ 而唐代诗人到浙东，访会稽、游剡溪、登天台，主要是礼佛、求仙、怀古、慕道。两条诗路功能、价值不同，亦呈现相异的美学风貌。之所以都称为"唐诗之路"，一个重要原因是众多的唐代诗人走过这条路，带来了灵气和诗意，加上此前此后历代诗人的加盟进入，以及本土文化的多方

---

① 张法. 美学重要问题研究 ［M］. 北京：人民出版社，2019：299.
② 滕贞甫. 探古求今说儒学 ［M］. 合肥：安徽文艺出版社，2015：274.
③ 瞿明刚. 三峡诗学 ［M］. 济南：齐鲁书社，2006：2.
④ 雷恩海. 陇右唐诗之路 ［N］. 光明日报，2019-10-28（13）.（此文系参加 2019 年 7 月 21 日在兰州大学举行的"陇右唐诗之路学术研讨会"的 7 位专家发言内容）

滋养，久而久之便形成了一种文化传承。套用鲁迅的话来说：世上本没有路，走的诗人多了便成了诗路。从这个意义上说，诗路文化就是"走出来"的文化。作为一种文化类型、模式，诗路文化具有认同性，包括集体性、个体性及其统一可能的价值层面。清代包世臣《小倦游阁记》总结性地指出："故游愈疲则见闻愈广，研究愈精，而足长才也。"① 古人讲究"游之道"，深知游走天下之重要。通过游，可以博物、致知，提升人格修养，从而实现治国平天下的理想。古代诗人往往出入于儒、道之间，顺则进，逆则退，而行游成为摆脱人生困境的有效解决方式之一。道由心生，诗载于路。诗路是诗人寻求自我认同的心路，深刻于通向远方的道路。一个客观事实是，随着古代交通的道路、工具被日益发达的高速公路、铁路等取代，在今天已经很难完全复原古代诗人的行游之路。其实，我们真正要复原的是古代诗人的那份诗情画意，毕竟这份诗心是现代人迫切需要和深深认同的。改进现代生活方式，不断满足人们日益增长的美好生活的需要，这也是传承诗路文化和建设诗路文化带的重要目的之一。

三、从中国当代审美文化发展趋向看

"诗路"是有形的物质形态、无形的精神产物和认同性文化资源，具有鲜明的传统底色。作为以诗为象征，以水系、古道为织带，且心物相交的道路，它体现了人地之间的亲密关系，反映了人与其所在环境永远直接互动的事实。对此，"诗路"既可以作为诗学研究的范畴，又可以作为道路研究的对象。关于道路研究，过去往往从交通学、经济学、社会学或生态学等单一的维度展开，今天则越来越强调综合研究。其中，路学、文化遗产学两种可以互补的学问值得关注。路学（Roadology）是一门"从跨学科的角度对道路的修建、使用和影响进行综合研究的学科"，像"生物文化多样性框架和弹持理论"均可适用于这种研究。在此视域下，无论是作为物还是作为隐喻的道路，它们都可以纳入进来进行人类学的解释。② 受此影响，目前国内的研究形成了以"国家在场的道路""改变聚落的道路""生产空间的道路""跨越边界的道路"等为重点的一批成果，至于"历史上的走廊、古道、水路等前现代的道

---

① （清）包世臣. 艺舟双楫：上 ［M］. 况正兵，张凤鸣，点校. 杭州：浙江人民美术出版
社，2017：68.
② 周永明. 引论：道路研究与"路学"［C］//周永明. 路学：道路、空间与文化. 重庆：
重庆出版社，2016：10.

路交通"等方面还有待拓展。另外为了更好地把道路和水系囊括进来，以期进一步推进整体观的区域研究，"路域学"似乎比"路学"的提法更具深度和广度。① "路学"研究的这种局限，恰恰又是文化遗产学的新理论"文化线路"（Cultural Routes 或 Cultural Itinerary）的优势所在。根据国际古迹遗址理事会《2008 文化线路宪章》表述，文化线路是"由物质和非物质要素共同构成"，"与其所依存的环境间具有密切联系"，具有"整体跨文化性""典型的动态特征"。这种具有明确地理界限、用于区域间持续交流，且集历史联系和文化遗产于一体的线性遗产理念，对于指导"大尺度、跨时空、综合性、动态性"的遗产保护极具意义，事实上也对文化遗产保护提出了更高要求。②2014 年 6 月，中国大运河项目成功入选世界文化遗产名录，并由此带动了越来越多的专家、学者关注"文化线路"的研究及其保护实践。

无论是路学还是文化遗产学，都并非依靠某一学科，而是需要多学科的共同介入。这两种研究都首先在西方兴起，后来被中国学者接受，进而形成具有中国本土特色的理论范式，且已在实践方面取得成果。研究中国的诗路文化，借助西方的理论也将会有所作为，但立足中国本土语境是必然要求。这里着重谈论以审美文化为重点的美学。美学是一门综合性学科，在今天已越来越凸显为全球化时代建构公众生活的方式。从中国当代美学重要发展趋势看，它经历了从新时期"审美文化热"到新世纪初"日常生活生活化"，正朝着生活美学的方向不断行进。深入理解、突出诗路文化的当代价值，需要我们对中国当代美学转型保持清醒认识，尤其需要我们回归到中国本土美学当代发展的时代境遇中来认识。诗路文化，在本质上是审美文化。"诗路"概念新崛起，能够从中国当代审美文化发展的三种趋向中看出端倪。

（一）传统化

审美文化是人类审美活动的产物，包括物化产品、观念体系和生活方式。它在当代中国的发展有一个从"精神化""实用化""仿真化"到"传统化"的重心位移过程。③ 必须注意的是，晚近这次缘于"本土文化传统的激活"

① 周大鸣，公秋旦次. 从"路学"到"路域学"：人类学视域下的聚落与交通［J］. 原生态民族文化学刊，2024（5）：26-35.

② 王丽萍. 文化线路：理论演进、内容体系与研究意义［J］. 人文地理，2011（5）：43-48.

③ 王一川. 人生美化与民生风化之间：从改革开放 40 年审美文化重心位移看［J］. 当代文坛，2019（4）：6-7.

的重心位移并不是一时促成的，而是长期累积之后的表现。审美文化概念是外来的，它在中国有一个落地、生长的过程，与之紧紧相伴随的是对传统应是恪守还是打倒的争论。也就是说，传统化一直是当代中国审美文化发展中的重要命题，只是在今天大力提倡"文化强国"的时代背景下显得特别突出而已。以此反观"唐诗之路"的提出，可以发现它正值新时期"审美文化热"。这种巧合看似耐人寻味，实则与审美文化中国化并行不悖。诗路文化是被今人所总结的文化传统，主要指由诗人主体所创造并留存下来的文化遗产。诗路诗人是一个较为庞大的群体，可以分为方外诗人和本籍诗人。他们的创作、交往都是十分重要的诗路文化内容。先不论方外诗人，就本籍的诗人而言，他们亦能极大地为诗路增光添彩。如浙东的贺知章、寒山，浙西的方干、徐凝、施肩吾、罗隐，这些诗人在唐代文学史上都占有一定地位。他们所成就的诗歌文化，不仅是两浙文化传统的重要构成，而且是乡土文化记忆的重要内容。"唐诗之路"的创造性提出，正是饱含了浙东学人自觉而又强烈的乡土意识。这种情况与"茶马古道"有相似一面。"茶马古道"是"商之道"，有一个从"茶马之道"到"茶马古道"的短暂的定名过程。而这样的定名过程同样体现在作为"诗之路"的"浙东唐诗之路"，即从"唐诗之路"到"浙东唐诗之路"。特别是两者都是在 20 世纪 90 年代前后由地方学者率先提出，尔后得到学界认可的。无疑，这种"路（道）"文化的提出，不啻是传统的再发现，具有时代意义。文化强国建设需要"使中华民族最基本的文化基因与当代文化相适应、与现代社会相协调"，实现"创造性转化和创新性发展"。[1] 唐诗是中华优秀传统文化，需要不断赋予新的时代内涵，激活其生命力；也需要不断丰富现代表达形式，以增强其影响力、感召力。加强以唐诗之路为代表的诗路文化研究，有助于增强国民的文化自信，自然也是传承发展中华优秀传统文化的重要部分。

（二）媒介化

审美文化是物质性、精神性、审美性相统一的复合物。审美化、大众化是当代审美文化的普遍趋势。雅与俗的界限逐渐消弭，彼此相通互渗。特别是追求感官性、形式性、消费性的网络审美文化，已经成为大众日常生活的

---

[1] 中共中央办公厅 国务院办公厅印发《关于实施中华优秀传统文化传承发展工程的意见》[A/OL]. 中央门户网站，2017 - 01 - 25. https：//www. gov. cn/zhengce/2017 - 01/25/content_ 5163472. htm.

一部分，甚至就是大众的生活方式。面对如今这样感性至上的时代，一些学者显示出高度的学术自觉，重新思考统一性的审美生活问题，提出"文学生活""诗生活"等话题，认为如今的文学已不再保持那种高、大、上的姿态，而是成了民众的素养。在发达的科技资讯高速公路上，文学可以尽兴奔驰。如以网络技术为媒介的文学，其传播形式不再是传统的"一对多"，而是互动性的"多对多"，可以为全民所有、所享；其形态不再是由传统的大叙事者身份所决定的，而是通过主动将创作、表意的权力让与读者实现的，故又可以称得上是人人皆作家。诗、文学所焕发的新魅力，要求我们建构出新的文学地理学。这就是重新回归到诗性的本义上，持存审美的精致，以"韵""魂""路"为建构中心，彰显美育的意义。这个"路"，代表了长度、广度，与"韵""魂"分别代表的温度、深度，共同构筑起诗意生活空间。网络语境中，审美媒介化、可视化、便捷化，文本的形式更为丰富，更显得与众不同。如以"诗路"命名的"台湾现代诗网路联盟"（1997年）是一个发表作品和查找诗人的文学网站，借此可以方便浏览各个世代诗人的相关信息。① 从某种程度上说，网络媒介是语言媒介的提升形态，使得文化从传统的还是现代的区隔中挣脱出来，因而更能释放出古典性的生机和活力。所谓以现代对抗传统化，这一做法本身就十分笼统，殊不知传统当中也蕴含着很多现代的生命。鉴此，胡晓明提出区别于"传统文化研究"的"中国文化意象"这一概念和方法。所谓"中国文化意象"是指"那种具有符号特征、形象表现、特别又能代表中国文化意味的作品，以文本、词语形式出现的作品"，具有"正典的再生""意象的开拓""跨文类、跨科技""跨雅俗、跨国度"的再生产性质。②

（三）地方化

区域审美文化是当代审美文化的新视野，体现了审美文化发展的一种重要趋向。一般地说，它是对一个区域内的民间文化、传统文化的审美观照，是区域文化的高级形态。在当今世界文化多元化的背景下，这种审美文化形态能够成为一种有特色的本土文化，凸显为一种民族性话语。王朝闻在《审美、传统与地方文化》（1988年）一文中指出："文化没有地方性就没有全国

---

① 在台湾，"网络"通称"网路"，"网络文学"也就称为"网路文学"。（参见黄鸣奋.
　　超文本诗学［M］.厦门：厦门大学出版社，2002：308.）

② 胡晓明.略论中国文化意象的生产［J］.文艺理论研究，2007（1）：75-76.

性，也就没有国际性，研究地方文化也有世界性的意义。"① 这说明每一个地区都有自己的文化历史及其特殊传统。今天我们不仅要研究它，而且要善于通过不同方式去表达它。诗路审美文化具有区域审美文化色彩。区域审美文化中的审美内容，主要包括群体性、认同性的审美心理，基于区域环境的典型性审美对象，以历史传承为范式的审美形式。诗路审美文化中的审美内容，自然也包括这些心理、对象和形式，但更加突出"全域视界"。诗路文化是一种线性文化，由诸多节点构成，而在一个区域内又存在多条线路，有主有副，彼此相交。通过集点成线、串珠成链，富有层次的空间布局图就能够绘制出来，山水、城乡、陆海等各种关系都可以得到体现，并获得审美观照。显然，诗路审美文化不同于一般所说的区域审美文化。对其考量，更偏于整体性、流动性，故更加具有开放性特征。地理、交通、人文等是诗路审美文化形成的基础和条件。对诗人们来说，这些都成了具有吸引力的因素。出于某些目的或特定动机，他们在行走中感受山水，得到美的感发，而山水之美又通过诗作得以显现。"诗人将创作现场置于山水之中，环境被知觉后，类化为审美经验，形诸文字使山水的美感得到再现，价值得到提升，增加了它的传播动力，扩大了它的影响。如此一路之山水，则成一路之景观；一时之景观，则成永恒之名胜。"② 山水景观化是诗路审美的核心机制及其突出效应，亦是今天我们传承诗路文化、建设诗路文化带的重要理据。

综上，"诗路"是指对诗或文艺的形成起着载体作用、对后世产生重要影响且具有高度遗产价值的文化线路，具有区域性、诗证性、认同性特征及区域审美文化特色，以浙东唐诗之路为典型。在中国历史文化版图上，刻画着无数的"诗路"，这是先人留下的一笔宝贵财富，我们必须保护好、传承好、利用好。诗路文化是具有特色的区域文化资源和可利用价值的文旅IP。这需要借助影像手段和数字科技的转化，呈现诗人行踪、水系交通、学理学脉、名城古镇、遗产风物为代表的"五图"；还需要通过实施诗意化、景观化、产业化的"三化"工程，大力增进文旅融合。显然，诗路文化带建设可以满足人们对美好生活量的扩大、质的提升需求。"浙江是一个产生诗人、酝酿诗情的花园。"③ 在浙江建设诗路文化带具有地理、人文的优势和良好的现实基

---

① 简平. 王朝闻全集：第 27 卷［M］. 青岛：青岛出版社，2019：136.

② 罗时进. 浙江诗路研究的视界与视点［J］. 浙江师范大学学报（社会科学版），2019（4）：28-29.

③ 徐志平. 浙江古代诗歌史［M］. 杭州：杭州出版社，2008：4.

础。其他如京、沪、苏、皖、鲁、陕、豫、川、渝，或单独，或与周边省市联合，同样可以展开诗路文化带建设。其中皖籍学者也已正式提出规划建设包括皖南山水诗路、皖江诗路、皖中诗路、淮河诗路四条诗路在内的"安徽诗路文化走廊"设想。① 浙皖山水相连，通过诗路文化带建设可以实现文旅资源的整合、共享，推进江南地区协同发展、整体推进。当然，首要的还是不断加强区域内诗路文化资源的价值评价，从文化地理学、美学地理学、文化遗产学等层面进行确认。至于审美文化，它是诗路文化的应有之义。而诗路文化则是审美文化的新形态、新视野，尤其是作为区域审美文化新理念浮现出来。不断推进诗路文化研究，有助于丰富地域审美文化内涵，增进对区域审美文化的理解，甚至能够起到更新中国本土审美文化研究范式的重要意义。目前，诗路文化研究正处在新的阶段，前景十分广阔。在重视环境美学、生态美学的今天，诗路美学同样值得期待。

四、关于本书

浙江诗路文化是浙江文化的重要组成部分，而浙江文化的核心要素是浙江精神。从浙江现代文化建设要求看，浙江精神要体现出"坚韧、务实"等主旨因素，还要反映出浙江文化中"优雅、精致"的一面，如此才有利于浙江的整体形象塑造。② 本书从美学视野解读浙江诗路文化，旨在彰显浙江诗路文化的美学品格。"品格"（character）一词，既可以指物的质量、规格，又可以指人的品性、性格、特征。作为人的基本素质，它是个人适应情境的模式。美学是人学。美学品格，归根结底是人的品格，反映人的处世方式和人对自我、自然、社会的态度。人的一切活动终将被历史化，并烙上文化的印记。诗路活动，也就是人文活动。浙江诗路文化是历代文人、民众的活动积累的产物。浙江诗路或浙江诗路文化的美学品格是在浙江这片土地上人在与自然共处、与社会交往的情境中产生的。从美学品格视野检视浙江诗路文化，就是要凸显浙江诗路审美生成的自然基础和人文色彩，包括其过程和产物。当然，这种凸显需要中国美学范畴来描述，并通过相应的观点、理论进行解释。中国文化视野中的审美特性体现在"情景交融"的系列"意象"，即从"道""气""象""味"到"意象""意境""风骨""气韵"的形象表述。

---

① 朱琳琳.延续四条文脉，打造"安徽诗路"［N］.安徽日报，2022-09-02（9）.
② 朱惠国.浙江词学传统与现代文化建设［J］.浙江社会科学，2022（8）：127.

这些熔铸了审美表象的系列术语是中国美学的特色之处。① 基于历史上浙地的人文活动事实和中国美学传统，"秀"（或"秀美"）当是极能点明、统领、代表浙江诗路文化美学品格的关键概念。

何为"秀"（xiù）？这是一个意味悠长且颇引人遐想的汉字。从各种字体书写效果看，如秀（大篆）、秀（小篆）、秀（隶书），类似一个人正朝着左方向在行走，动感很强。但此字不是象形字，"可能"是指事字。② 汉代许慎《说文解字·禾部》因避汉光武帝名讳未做解释，最早的辞书《尔雅》有释："荣而实者谓之秀。"五代十国时期南唐徐锴《说文解字系传》释曰："禾，实也。有实之象，下垂也。"清代段玉裁《说文解字注》则曰："从禾人者，人者，米也。出于秠谓之米，结于秠内谓之人。……禾秠内有人曰秀。"③ 在古人释、注的基础上，今人方守狮做了这样的解释："秀，从禾、乃。禾即和，本义为穗（穟）。乃为'了'，本义同'乙'（太乙），表示刚出生婴儿的脐带，指婴儿已生，性别已辨。秀表示穗已成了，果实累累，故秀者和之成也。"④ 在现代汉语中，"秀"是一个形同、音同而在意义上需要分别处理的单字。《现代汉语词典（第7版）》列举了两种含义："秀^1"是"植物抽穗开花（多指庄稼）""凸出、高出""清秀""聪明""优异""优异的人才""姓"；"秀^2"是"表演；演出……［英 show］"。⑤ 从古代至现代的各种解释看出："秀"的本义是谷物抽穗扬花，特指植物的花朵，大多用来形容美丽、漂亮，引申为出众等各种意思。值得注意的是，该汉字还可以直接用来对译英文词"show"⑥。现代汉语中这样的对译情况，还有"霸凌"之于"bullying"，"查知比对"之于"ChatGPT"，等等。但此种兼具音译和意译的成功案例并非常见。

---

① 《美学原理》编写组. 美学原理：第二版［M］. 北京：高等教育出版社，2018：25.

② 史有为."秀"字的七七八八［J］. 咬文嚼字，2022（11）：27.

③ （汉）许慎. 说文解字注：上［M］. 段玉裁，注；许惟贤，整理. 南京：凤凰出版社，2015：560.

④ 方守狮. 汉字通道［M］. 上海：上海大学出版社，2019：223.

⑤ 中国社会科学院语言研究所词典编辑室. 现代汉语词典：第7版［M］. 北京：商务印书馆，2016：1476.

⑥ 英文 show 对应的法文是 présentation，展现的意思。西方学者指出，作品并非仅仅只是作为符号的存在，而是作为"符号指归的对象"。它是一种"展现"，是"为某种再现、某种情景差异性的见证"，是"有关作者的通讯"，也是一种"量值"。它是"读者与世界之间的桥梁"和"某种空间关系学的手段"。（［法］贝西埃. 文学理论的原理［M］. 史忠义，译. 广州：暨南大学出版社，2012：175）

"秀"字含义丰富，使用起来也十分灵活，可以组合成各种词语、成语。《现代汉语词典（第 7 版）》中已举例的，"秀¹"义项中有"秀穗""一峰独秀""秀丽""眉清目秀""山清水秀""秀外慧中""内秀""心秀""优秀""新秀""后起之秀"11 个。另外单独罗列并进行释义的词条也有 11 个，除"秀丽""秀外慧中"两个重复的之外，其余是"秀才""秀场""秀发""秀美""秀媚""秀气""秀色可餐""秀雅""秀逸"。① 实际上，这样的"秀"词在古代至现代的汉语中还有许多，如"奇秀""灵秀""挺秀""神秀""俊秀""娟秀""韶秀""朝秀""隽秀""秀伟""竞秀""雅秀""隐秀"，等等。其中，"秀美""神秀""灵秀""隐秀"等都是十分重要的中国诗学、美学关键词。一般所说的"美"，即"秀美"或"优美"。"美"，亦与"大""高"相对，后者即所谓的"壮美""崇高美"。"骏马秋风冀北，杏花春雨江南"，现代美学家朱光潜以此比较说明"刚性美"与"柔性美"。② 由此看来，这两种审美范畴很大程度是因地理差异造就的，或者说是地理审美的产物。就南方之美而言，与北方之美刚好相反，它是秀美、优美、柔性美，江南之美就是典型。

以"秀"来理解浙江诗路文化美学问题，可谓名正言顺、一语双关。浙江是江南文化的主区域，浙江诗路文化又是江南文化的重要组成部分。浙江诗路文化带之建设以展示（show）浙江文化为重点和任务。所展示的，当然包括浙江文化地道的江南秀美的一面。具体到浙江四条诗路之美，实则又各有其"秀"。每条诗路涉及的地理、文化、美学内容不同，每个诗路节点的审美呈现方式也有别。在此基础上并结合前人所见，可分别以"神""清""雅""灵"四字为主词进行表述。如此，四条诗路就有了"美"名，即"神秀浙东诗路""清秀大运河诗路""雅秀钱塘江诗路""灵秀瓯江山水诗路"。提出四"秀"，有助于体现浙江诗路文化的审美特色，能够为"诗路浙江"建设提供具有辨识度的美学形象。对四"秀"特色的概括，正是本书的创新追求。

彰显浙江诗路文化的美学品格，需要对浙江诗路给予整体观照，更需要对所属的四条诗路分别进行考察。此故，本书写作时采用先整体再个别的总

① 中国社会科学院语言研究所词典编辑室. 现代汉语词典：第 7 版 [M]. 北京：商务印书馆，2016：1476.

② 朱光潜. 文艺心理学 [M]. 上海：华东师范大学出版社，2015：228-246.

分式框架结构方式。"导论"部分对"诗路"这个易被误读的概念进行关键词分析，以便为下一步研究奠定学理基础。主体部分，先通过一章对浙江诗路之美进行整体描述，在此基础和前提下再分四章分别评述四条诗路之美。浙江诗路文化是一个综合性课题，涉及的范围十分广泛，关注的内容复杂多样。就其审美基调而言，最突出的当是因"流"而美。流者，流连、流动、流域也。三者分别从自然山水、交通人文、生态文明三个维度而言。就其整体的审美格局而言，可以"花开四朵，各表一枝"来形容，即如上所言的"神秀""清秀""雅秀""灵秀"。为了更好地体现"流""秀"的特点，具体展开研究时采用了圣迹化、文本化、精神化、美学化、日常化的"五化"模式。此囊括了文化原型、文学创作、艺术生活等多方面内容，指向诗路是如何形成的这一核心问题。其中，"日常化"涉及精神家园建构主题和当下诗路文化带建设的具体实践问题，主体部分不可能全面展开，故作为"余论"处理，稍作论述。此五"化"，与三"流"四"秀"构成了本书的全部内容，这既是一种现实概括，又是一种学术探索。

彰显浙江诗路文化的美学品格，需要广泛结合与浙江相关的文史典籍，综合运用多学科的知识和方法，从而才能在传统与现代、理论与实践之间建立起桥梁，沟通古今，"用"在当下。研究中，除吸收生态美学、环境美学、文化地理学的一些新成果外，还特别重视中国古典诗学、美学的现代阐释，对"意境""诗景""诗心""江山之助"等一批经典性范畴（或命题）进行利用和发掘。诗路研究，是区域文化研究，尤其需要依托以浙诗为重点的区域文学艺术作品。浙诗，既指所有与浙江相关的浙江诗，又指创作发生在浙江区域范围内的浙地诗。浙诗之"浙"，又指历史上的"两浙"，即浙东、浙西的合称，包括今天的浙江全境和江苏的长江以南地区。故这里的浙诗，又指两浙诗中的全部浙东诗和一部分浙西诗。对于能够兼顾浙江的历史与现实的浙地诗，尤其值得我们关注。浙诗创作者甚多，既有方外诗人，又有本籍诗人，他们共同创造出丰富多彩的浙诗文化，为今人留下了宝贵的精神文化遗产。为了还原历史、体现真实，研究中将尽可能把相关的诗人、诗作罗列出来，从数量上增加说服力。为了避免产生"诗路"就是"诗"的狭隘理解，研究中又加重了"路"的分量，故有了交通方面的论述。水道陆路、人马车舟、驿站码头、桥梁关津，以及与之相关的地理环境、制度习俗、城市乡村、文学艺术等，凡与行路有关的皆在考察范围之内。当然，研究重点仍在揭示由诗、路两者结合所形成的文化义理，并突出其造就的美学效应。每条诗路涉及的物、事、人、文复杂多样，这要求在厘清历史脉络、文化进向的基础上还要有所偏重、重点选择，故每章都增加了诗路节点的个案分析，以形成以点连线带面的呈现效果。以上这些都是需要着重说明的。

　　浙江诗路文化研究尚属新的学术领域，从美学的视野进行审视就是要提高对浙江诗路文化的美学定位及其审美品格的认定。美学、审美，这是两个相通相近的概念，从使用习惯看可以不必刻意区分。对美学的关注、理解之重点，因时而变，又因人而异，但始终脱离不开文化的视域。文化是包括文学艺术活动在内的人类生活方式，有审美的和非审美的、物质的与非物质的、雅的与俗的等各种区分。随着当代美学的文化化、生活化，文化美学作为个重要议题成为引人关注的方向。"文化美学首先应关注当代审美文化。但当代审美文化并不只限于大众文化，高雅文化当亦在其列。文化美学可以通过对高雅文化和通俗文化的研究，探索当代文化如何走雅俗共赏之路。不只是当代审美文化，就是非审美文化也应列入文化美学的视野。艺术文化之外，政治文化、道德文化、科技文化、教育文化等也应得到文化美学的关注，从美学上加以审视、评析。"① 考察、探索、确认浙江诗路文化的美学品格，也要密切关注目前美学、文化研究面临因全球化趋势、现代化推进而日益扩展的现实语境。就此考量，不求标新，只希望引起重视。

　　还有两个问题需要特别交代：

　　第一，关于交叉的覆盖区域。本书以《浙江省诗路文化带发展规划》为蓝本，依据所确定的四条诗路展开研究。除瓯江山水诗路覆盖温州、丽水二地较明确之外，其他三条诗路所覆盖的行政区域存在某些交叉重合，其中杭州是它们的交汇点。为避免写作上的重复，对此做了特定处理：浙东唐诗之路部分仍以狭义的浙东范围（主要是绍兴、宁波、台州三地）为主，包括浙东运河；浙江大运河诗路部分则以浙北地区的杭州（部分）、嘉兴、湖州三地为重点，包括西施传说等内容；钱塘江诗路部分则以杭州（部分）、金华、衢州三地为重点，包括古城盐官（属嘉兴海宁市）、钱江潮（亦称海宁潮）传说等内容。

　　第二，关于古代的诗词作品。本书引用的古代诗词作品数量较大，所引的来源有《浙东唐诗之路唐诗全编》《钱塘江诗词选》《天台山唐诗总集》《莲都古代诗词选》《江心屿历代题咏》等各种专类汇编，有谢灵运、李白、

---

① 胡经之. 走向文化美学［J］. 学术研究，2001（1）：111.

白居易、陆游、林逋、朱彝尊、王国维等历代名家的诗文集子，还有地方志、宣传册和网站，等等。这些文献的具体信息，可参见参考文献部分。为避免烦琐、冗余，行文中对一些诗词作品的引用，除几首篇幅较长的给予重点解释之外，其余的均直接写明或以加括号的方式标示，不再另行注出。

第一章

领略浙江诗路之美

从山阴道上行，山川自相映发，使人应接不暇。

——（南朝宋）刘义庆《世说新语·言语》

闻道稽山去，偏宜谢客才。千岩泉洒落，万壑树萦回。

——（唐）李白《送友人寻越中山水》

我本江南人，能说江南美。家家门系船，往往阁临水。

——王国维《〈昔游六首〉其二》

浙江诗路是以浙江区域内的道路为媒介，以浙诗为标志，通过浙江历史承继方式表现出来，与幸福生活追求紧密结合的美好之路。由浙东唐诗之路、大运河诗路、钱塘江诗路、瓯江山水诗路构成的浙江诗路，覆盖浙江全域，深刻于浙江文化版图，连接了浙江的历史、现实与未来。① 深入理解浙江诗路文化，宜把它作为浙江文化传统中的精彩部分，尤其需要从美学上进行价值阐释。诗是语言的文学、审美的艺术，是典型的精神文化形态。诗、诗路的活动都是文化活动，即价值活动。浙江诗路之美是和谐之美，以秀美为主调，汇集了自然美、人文美、生态美，内蕴着优美、崇高美。领略②浙江诗路之美，要从浙江的山水地理、交通人文、生态文明谈起，更要在重意境的江南美学本色中进行观照。

---

① 赖勤芳．浙江诗路文化的美学品格［N］．中国社会科学报，2022-02-28（A6）．（本章系在该文基础上拓展而来）

② "领略"一词是指一种特殊的感受、理解或领会的方式，常用于表达欣赏自然及文学艺术的美的感觉。对此，可以借助蒋彝的"在理解中接受"（《湖区画记》）和朱光潜的"能在生活中寻出趣味"（《给青年的十二封信·谈静》）两种定义加以深入体会。本章标题中使用该词指向两个层面，即所领略的美既是浙江诗路诗人诗作之个体性的美，又是浙江诗路之整体性的美。"领略"之"略"，本就是概观的意思。

第一节　山水优美且流连

　　浙江诗路之美是山水之美。山水是地理环境的重要基础和组成部分，也是能够触发诗情、启迪诗思的诗性因子。山水本身是自然的，但经审美点化而变得富有诗意。山水有助于文学艺术的创作与接受，文学艺术作品也因山水的融入而变得更具魅力。清代尤侗《〈天下名山游记〉序》云："山水文章，各有时运。山水借文章以显，文章亦凭山水以传。"[①] 这就是说，山水与文学艺术虽然都有各自的时代际遇和存在命运，但是两者又是彼此成就的。山水经人的点化而为人化的山水，山水文学艺术便是这样的产物。而通过文学艺术作品，便自然能够观照一地的山水之美。就此而言，浙江的文学艺术史也就是一部书写浙江山水的审美文化史。古代诗人乘舟行游天下，流连于浙江山水之间，留下无数精彩的诗作。这些诗歌文献，构成了一种"历史的回忆"，隐含着诗人在浙地旅途中所经历的地点、随时代而变化的自然与人文的图画，保存了丰富的浙江地方文史、历史风俗资料。[②] 浙诗具有丰富的内涵、价值及意义。浙江的山水为浙诗的形成提供了地理基础。从浙诗中，我们亦能够领会游浙诗人乐在山水的愉悦心理。

一、山水之路

　　浙江地理形态多样，自然风貌不一。浙江陆域面积 10.5 万平方公里，其中山地、水面、平坦地分别占 75%、5%、20%，素有"七山一水二分田"之称。浙江地势由西南向东北倾斜，山脉也按此方向呈大致平行的三支：西北支是从浙赣交界怀玉山延伸来的天目山、千里岗山脉；中支是由浙闽边界的仙霞岭延展出来的，主要是向东北延伸出的天台山脉、会稽山脉、四明山脉，直至入海下陷成舟山群岛；东南支是从浙闽交界的洞宫山延伸而来的雁荡山脉、括苍山脉。浙江地形复杂，基本可以分为浙北平原、浙西中山丘陵、浙东丘陵、中部金衢盆地、浙南山地、东南沿海平原及滨海岛屿六个地形区。

---

① 转引自何方形. 浙江山水文学史 ［M］. 杭州：浙江大学出版社，2020：316.

② 陈珏. 唐人行旅的路线与文化遗产学 ［C］//张荣明. 人文与社会：文化哲学·宗教·文学. 上海：上海社会科学院出版社，2008：278-280.

浙江的森林资源、海洋资源尤其丰富。森林覆盖面积约占 3/5，野生动植物种类繁多，素称"东南动植物宝库"。海域面积 26 万平方公里，其中大小岛屿 0.4 万多个，数量居全国各省份之最。浙江属季风性湿润气候，年温适中，四季分明，光照充足，雨量充沛。受海洋影响，温、湿条件优越，与同纬度的内陆气候区相比是自然条件最优越的地区之一。

浙江的地理环境对于塑造浙江区域文化的独特性格具有不可低估的作用。浙江本为禹贡之地，古属扬州。春秋之时，地分吴、越。秦平百越，汉扩境至东瓯。唐代时先后属江南道、江南东道，又分置浙江东、西两道节度使，"浙江"作为行政区划名称自此开始。如今的浙江行政区划格局，经历代变迁、演变而形成，与军事、政治等具有直接关系，但地理是基础条件。明代临海人王士性《广志绎》云：

> 杭、嘉、湖平原水乡，是为泽国之民；金、衢、严、处丘陵险阻，是为山谷之民；宁、绍、台、温连山大海，是为海滨之民。三民各自为俗，泽国之民，舟楫为居，百货所聚，闾阎易于富贵，俗尚奢侈，缙绅势气大而众庶小；山谷之民，石气所钟，猛烈鸷愎，轻犯刑法，喜习俭素，然豪民颇负气，聚党与而傲缙绅；海滨之民，餐风宿水，百死一生，以有海利为生不甚穷，以不通商贩不甚富，闾阎与缙绅相安，官民得贵贱之中，俗尚居奢俭之半。[①]

王士性将浙地区域划分为平原水乡区、丘陵山谷区、滨海区三种地理类型，并以此分析地理类型对文化特征产生影响的方法。在他看来，生活在不同地理环境中的人们，有着各自不同的生产方式、生活方式、风俗习惯、价值观念以及不同的民绅关系。这样的地理文化论述，在今天看来依然具有启示意义。

地理环境造就人，对文学艺术能够产生深刻的影响。法国学者弗兰克·莫雷蒂（Franco Moretti）在其专著《欧洲小说地图集（1800—1900）》（1998年）的引言中说："地理不是一个惰性的容器，不是一个文化史发生的盒子，

[①] （明）王士性. 王士性地理书三种［M］. 周振鹤，编校. 上海：上海古籍出版社，1993：324.

而是一种渗透在文学领域并且深入塑造它的主动力量。"① 现代作家冰心在《文学家的造就》（1920 年）一文中也强调指出，文学家的作品与他们生长的地方有密切的关系，甚至文学的特质"有时可以完全由地理造成"。② 中国文学史上的南北文学问题，主要因南方、北方的地理位置、气候特征的差异这一事实引起。浙江文学史上的两浙文学问题，同样受到地理等因素的影响而形成。从审美风格看，分别受浙东、浙西两种文化影响的浙江文学明显具有刚美与柔美的区别。以钱塘江作为地理分界线，反观历史上两浙的划分的确有依据和意味。浙江地理，尤其因文人艺术家的书写而别具诗性。他们以诗意之笔描写浙江之美，塑造了具有浓郁江南特色的浙地形象，积淀了浓厚的江南地理文化。

浙江山水，秀甲天下。这里既有天台山、四明山、雪窦山、天姥山、天目山、江郎山、金华山、东白山、雁荡山等诸多峻秀山陵，又有钱塘江、东西苕溪、曹娥江、甬江、灵江、瓯江，西湖、湘湖、南湖、东湖等一批名胜河湖。这些秀丽山水，成为了历代文人雅士畅游纵览、歌赋吟诵的对象。境内更有一批具有小区域特色的越中、吴兴、富春、永嘉等山水景致。"山阴路上行，如在镜中游"（［唐］徐坚《初学记》）；"越中山水绝纤尘，溪口风光步步新"（［宋］范仲淹《寄题溪口广慈院》）。唐代孟郊《越中山水》、李白《送友人寻越中山水》，元代王丹桂《越中山水》等直接以"越中山水"为诗题。吴兴（今湖州）山水清远，"奔腾相属，弗可胜图矣"（［元］赵孟頫《吴兴山水清远图记》）；"道场山麓接何山，影落茗溪浸碧澜"（［宋］范成大《题米元晖吴兴山水横卷》）。富春江"奇山异水，天下独绝"（［南朝梁］吴均《与朱元思书》），古人更赞之"非人寰"（［唐］吴融《富春》）、"明于镜"（［明］张丑《〈铭心籍〉七十三》）。特别是"富春山居"，它因元代黄公望的山水画名满天下。永嘉山水灵秀，因谢灵运之名而显，途歌者赞美不绝。正如清光绪《永嘉县志·卷一·舆地志一》所云："往者谢康乐为郡守，好游名山，由是此邦山水闻于天下，天下之士行过是邦者，亦莫不俯仰留连，吟咏不辍，以诧其胜。"③ 讴赞浙江山水的名篇佳作迭出，广为传诵。

---

① 转引自孙玉芳. 与大地最深的纠结：冯骥才"文学天津"的文学地理学批评［J］. 文学评论，2023（5）：143.

② 卓如. 冰心全集：第 1 册［M］. 福州：海峡文艺出版社，2012：153.

③ 转引自丁海涵. 近现代绘画视野中的永嘉山水［M］. 杭州：浙江人民出版社，2013：7.

二、乐在山水

"仁者乐山，智者乐水。"（《论语·雍也》）无数的诗人，在浙江这片土地上留下足迹，吟咏出精彩的诗篇。代表性的诗人，东晋有王羲之，南朝有谢灵运、沈约，唐代有李白、白居易、贺知章、孟浩然、方干，宋代以来有柳永、范仲淹、王安石、苏轼、李清照、陆游、杨万里、张岱、李渔、朱彝尊、厉鹗、袁枚，等等。浙江是一个产生诗人、酝酿诗情、萌发诗意的"大花园"。与其他省份相比，无论在诗人还是诗作的数量上，历史上浙江都堪称佼佼者。清代陶元藻编的《全浙诗话》收集了春秋至清代乾隆时期的 2000 多位浙江诗人的资料。民初徐世昌编选的《晚晴簃诗汇》收录了清代诗人 6082位，其中浙江诗人占 1/5 以上。据徐志平统计，浙江诗人数在《宋诗纪事》《明诗纪事》《晚晴簃诗汇》所录诗人数中分别占 15.5%、19%、21.8%。[①]在中国诗歌史上留下浓墨重彩的诗人谢灵运、贺知章、方干、陆游、朱彝尊、李渔等，具有起源和创造性意义的诗体如孙绰的玄言诗、谢灵运的山水诗、沈约的八景诗等，对后世产生重要影响的睦州诗派、浙西词派和月泉吟社等，这些都发生在浙江这块古老的土地上。浙地诗数量众多，质量上乘，堪称地域诗中的典范。

"山川之美，古来共谈。……自康乐以来，未复有能与其奇者。"（［南朝梁］陶弘景《答谢中书书》）山水诗是浙诗中最为重要的组成部分，而浙东又是中国山水诗的重要发源地。山水诗，顾名思义，它是以山水为题材的诗类。周代《诗经·蒹葭》，战国时期楚辞《九歌·湘夫人》，东汉张衡《归田赋》、王粲《七哀诗》，三国魏时曹操《观沧海》等都有山川景物的描写，但它们并非严格意义上的山水诗。山水诗从玄言诗演变而来，主要是随着魏晋时期文人山水审美意识觉醒而自觉创作的产物。在这个过程中，浙东文人起到了关键作用。晋室南渡，太原阮氏、陈留江氏、太原王氏、琅琊王氏等大批士人南下，来到会稽地区求田问舍、安居乐业。此地风景秀丽，山水灵动，极富吸引力。南迁士族王羲之、谢安、孙绰、许询、阮裕、华茂等名士常常结伴旅游，畅游山水，还将所感所见形诸笔端，创造了一批山水吟咏之作。浙东文人追求自然审美意识和山水艺术情趣，由此确立了中国的山水诗派。而南朝刘义庆的《世说新语》记载了王羲之、孙绰、许询、支遁、谢灵运等

---

① 徐志平. 浙江古代诗歌史［M］. 杭州：杭州出版社，2008：2-3.

名士事迹，对浙东唐诗之路乃至浙江传统诗路的形成起到了先导作用。

"昔余游京华，未尝废丘壑。"（[南朝宋]谢灵运《斋中读书》）出生在会稽郡始宁县（今绍兴市上虞区、嵊州市交界一带），工诗善文，兼通史学，第一个全力创作山水诗的谢灵运是浙江诗路本籍诗人代表。谢灵运素雅好山水，常常在风光美景中认识到自然之趣，即使遭受政治上的挫折和生活中的变化，也将清新自然的山水作为唯一的寄托。永初三年（422），谢灵运离开金陵（今南京），远赴永嘉（今温州）任太守，其间绕行游家乡作《过始宁墅》，途经富春江作《富春渚》《七里濑》等。守郡期间，谢灵运更是遍游永嘉山水，为后人留下《登江中孤屿》《登池上楼》等一批佳作。这些诗，景物描写细腻，笔风清逸，尤其是他在书写中寄寓了自己的心境情感。谢灵运的山水诗创作范式逐渐发展为早期山水诗的一种书写模式。这就是先叙游览概况，再绘山川景致，末尾体悟玄理。此种结尾，有时与山水描写脱节，但情景交融的写法具有先进意义。谢灵运的山水诗创作正式揭开了浙东唐诗之路山水诗创作的序幕。此后的文人墨客多慕谢灵运之名而来，醉心于浙东美景，寄寓自身情志，山水书写愈发自然，为盛唐山水诗的繁荣奠定了基础。浙江诗路的审美发生，早期就是以谢灵运为代表的山水诗派的建立和发展为渊源。

"此行不为鲈鱼鲙，自爱名山入剡中。"（[唐]李白《秋下荆门》）在林林总总的浙江诗路方外诗人中，李白是格外引人关注的一位。李白对浙地山水钟爱至极，充满了无比的景慕之情和宏阔的浪漫风韵。《与从侄杭州刺史良游天竺寺》《越中秋怀》《天台晓望》《早望海霞边》《梦游天姥吟留别》《送友人寻越中山水》《别储邕之剡中》《见京兆韦参军量移东阳二首》《送王屋山人魏万还王屋并序》《与周刚清溪玉镜潭宴别》《忆东山二首》《对酒忆贺监二首》等一批涉浙诗，或记游，或游仙，或送别。李白从开元至至德年间入浙4次，到过湖州、杭州、越州，游览了剡溪、天姥山、天台山等胜地。李白对浙东情有独钟，因为这里风光宜人，水陆交通便利，人文积淀深厚，有六朝名士遗风，也有神话传说故事和著名的宗教圣地，令人向往，值得游赏眷恋和回味思忆。卢盛江编著的《浙东唐诗之路唐诗全编》（2022年）收录了李白诗作81首，是全编中录存诗最多的诗人。李白的浙东诗，既继承了写景传统，又融入了强烈的个体精神，想象大胆，具有浓厚的抒情色彩，从而形成了对南朝以来山水诗的超越，而这种超越也就是对浙江山水的进一步美化。浙江山水，经过像李白这样的诗人不断吟咏而变得更加诗意盎然、浪漫别致，成为优美审美形态的绝佳载体。

第二节　流动的人文风景

浙江诗路之美是人文之美。在由历史与地理经纬所编织的文化版图中，浙江诗路集聚了诗人行迹、水系交通、浙学学脉、名城古镇、风物遗产等各种文化景观。浙江山水不只是包含各种地理事物的地理存在，而且是涵纳各式人文活动的文化空间。浙江这片土地古老而又神秘，流传着防风氏、大禹、勾践、西施、刘阮、曹娥、黄大仙、梁祝、白蛇、陈靖姑、寒山、钱王、马天仙等众多神话传说、民间故事，在城乡传唱，引人遐想和向往。它们吸引文人雅士前来，甚至被作为创作题材，不断以文学艺术的方式延续，保留至今。历代文人雅士，在道上，在山水之间，穿越时空，描摹出诗意的山水浙江、人文浙江的景象。大运河、钱塘江、瓯江等重点通衢水运要道，孕育出大量的经典诗文、传世书画，它们成为浙江文化资源的重要组成部分。唐代柳宗元《邕州柳中丞作马退山茅亭记》云："夫美不自美，因人而彰。兰亭也，不遭右军，则清湍修竹，芜没于空山矣。是亭也，僻介闽岭，佳境罕到，不书所作，使盛迹郁埋。是贻林涧之愧。故志之。"① 这就是说，美景的产生是有主观条件的，与人的性格、生活经历、所处的社会位置（如与权力中心的远近）有关，尤其需要那种主体性的目光。东晋王羲之书兰亭之美正是这样的一种发现、一种呈现。浙江的山水、人文之美，很大程度是通过像王羲之这样的文人的书写才得以显现，甚至别有一番"异"趣。

一、人文之路

"黟溪塈争喷薄，江湖递交通。"（［唐］薛据《登秦望山》）交通之于山水、城市、文学艺术具有显著的影响。城市作为经济、交通中心，它对文学艺术活动的作用自不必多说。一些山岭（如荆门、大庾岭），关塞（如玉门关、阳关），江湖（如洞庭湖）等能够成为十分重要的审美意象，也正与它们所处的关键的交通位置有关。另外，以文人艺术家出生地为中心和周围世界

---

① （唐）柳宗元. 柳宗元集［M］. 易新鼎，点校. 北京：中国书店，2000：384-385.

的联系，使个人经历出现一条超出日常生活经验以外的"交通聚焦点"。① 浙东地区，海陆相接，地势较为平坦，人文荟萃，涌现了唐代贺知章、宋代陆游等一批本籍的诗人大家。古代浙东文学之兴盛，与横贯东西的浙东运河这条交通大动脉的存在密切相关。除了运河这样的人工河道，浙江境内还有许多天然形成的江河古道，它们都是十分重要的交通要道。在浙江传统诗路体系的形成和发展过程中，钱塘江扮演了十分重要的角色。钱塘江是浙江人的母亲河，在历史上交通作用十分显著。与其他地区的大江大河相比，钱塘江水流较为平缓，因此舟行相对安全。经钱塘江，既可贯通浙江各地，又可北上南下、西进东出，选择余地大。如从广东北上，可沿珠江的支流北江、浈江到达江西境内，转入常山江，顺衢江而下，经富春江到杭州，再转入京杭大运河，到达中原地区。便利可靠的水路网络，给浙江这片土地带来了活力。北方的诗人们沿大运河一路南下，直达杭州和钱塘江南岸的西陵渡，或沿浙东运河，迤逦来到佛教圣地天台山，或溯钱塘江而上，抵达隐逸圣地富春山、金华山、三衢山等名山。水陆古道及沿线的秀丽山水、美好风物，自然而然地成为审美对象。诗人们将创作场景置于山水之间，勃发浓浓的胸臆，落笔成诗，如此一路有景，一路有诗。东晋王献之赞山阴道上之行"山川自相映发，使人应接不暇"；宋代李纲、曾几、崔复初、华岳的同名诗《三衢道中》，将所行所见尽收其中，融情入景，又充满生活韵味；唐代戴叔伦《崇德道中》、宋代郑起《余杭道上》、元代萨都剌《过嘉兴》、明代陆深《嘉禾道中》、清代金兆燕《舟过槜李》等诗生动展现了大运河的繁忙景象、两岸的优美田园景观和清淳的风物民俗。这类诗路"体验"诗，具有一种"流动"的美。

　　浙江山水成为审美对象，自然美景进入诗文中，很大程度依赖文人作家的行路活动。行路是一个与文化地理学相关的话题，《文心雕龙》为这一方面提供了重要启示。"物色"篇最具代表性，提出了"江山之助"的观点，认为诗之所以形成是因为得到了自然物的启发。篇中所言"情以物迁""既随物以宛转"等也都是基于地理环境的审美创作心理描述。② 事实上，这样的见解较全面地渗透在这部体大思精的诗学著作中，需要我们深入体会。如对汉

① 戴伟华. 地域文化与唐代诗歌［M］. 北京：中华书局，2006：81-90.
② （南朝梁）刘勰. 增订文心雕龙校注［M］. 黄叔琳，注；李详，补注；杨明照，校注拾遗. 北京：中华书局，2012：573-574.

代《古诗十九首》的高度评价中就包括了这方面的真知灼见。"明诗"篇赞《古诗十九首》为"五言之冠冕","隐秀"篇称"古诗之离别"是"隐"的代表，两篇都指向了《古诗十九首》的首篇《行行重行行》。这首五言诗写了离别的体验，尤其是"写到江南，写到道路和风景，也写到时间和空间的体验"①。换言之，正是在道路的移动中增强了地理、时空体验，从而使得这首"相思乱离之歌"具有了一种别具情味的流动之美。行路，从根本上说是个体乃至人类生存、创造与发展的必然需要，它是一种文化得以构建的重要组成部分。唐代李白一生纵游天下，其《行路难》是"中国古代行路文化的主题，路上人心中的主旋律"②。路在脚下，行则有诗。文人作家在行走中感受大自然、创造地理之美。这种美，通过对地理形式（声、光、色等）的深切感受和山水个性的深度体察，以形象化方式进行艺术表达。宋代赵鼎《望海潮·八月十五日钱塘观潮》，明代王文禄《钱塘江观潮记》、刘基《活水源记》，元代吴师道《金华北山游记》等都是描写浙江地理景观的佳作。它们呈现出浙地山川多姿多彩的地域面貌，显然具有超越山水原型的艺术魅力。

城市是人文高度集聚之处。截至目前，浙江有杭州、绍兴、宁波、衢州、临海、金华、嘉兴、湖州、温州、龙泉等国家级历史文化名城10座，总数约占全国的14%。至于各种类型的古城（镇），数量也十分众多。作为主要以大规模古代建筑为形式而存在的城市聚落，古城是一地历史悠久的见证和文化深厚的体现，自然也是一地的经济、政治、人口、交通等情况的综合反映。当然，由于自然或人为原因，有的古城已消失，有的古城仅留下局部，有的古城至今仍然保存完好。在四条诗路中，钱塘江诗路以古城众多而出名。遗存至今的"千年古城"（主要指县治级及以上的古代城镇）有34座：盐官、良渚、杭州、临安、高虹、昌化、於潜、富阳、新登、桐庐、旧县、分水、合村（昭德）、梅城（严州）、寿昌、兰溪、汤溪、金华（婺州）、孝顺（长山）、义乌、东阳、浦江、磐安、武义、柳城（宣平）、永康、芝英（缙州）、龙游、衢州、高家（盈川）、常山、江山、贺家（礼贤）、开化。③ 古代浙江

① 程章灿. 行行重行行，"江南之路"的起点与未来 [N]. 新华日报, 2020-04-24 (13).
② 马洪路. 人在江湖：古代行路文化 [M]. 南京：江苏古籍出版社, 2002：8.
③ 这里需要特别说明：第一，淳安古城（贺城）、遂安古城（狮城）已湮没在碧波浩荡的千岛湖下，故不列入；第二，盐官，现行政区划属于嘉兴市，但在浙江诗路版图上属于钱塘江诗路所覆盖的范围，故列入；第三，柳城本为宣平县治所在地，流经柳城的宣平溪属瓯江水系，但此县已撤销改为金华市武义县柳城畲族镇，故列入。

城市初兴于六朝，发展于隋唐，鼎盛于两宋。那些城市的繁荣程度，从诗中就能见出。例如，杭州"一州横制浙江湾，台榭参差积翠间"（［唐］薛逢《送刘郎中牧杭州》）；温州"水如棋局分街陌，山似屏帷绕画楼"（［宋］杨蟠《永嘉》），兰溪"凭阑万户依城阙，绕坐千樯下海潮"（［明］李能茂《登山作呈元瑞诗》）；等等。古代浙江城市得以兴起、发展与繁荣，原因之一就是本是偏隅一方的江南地区在南朝以来政治地位得到提升，尤其是南宋政权迁都临安（今杭州），给浙地带来了相对稳定的局面，增进了南北文化进一步的交融，促进了经济的发展繁荣。

与城市一样，乡村是浙江诗路上的重要节点。浙江省列入国家级传统村落名录的村落数量众多，仅 2023 年列入第六批中国传统村落名录的村落就有 65 个。传统村落，又称古村落，形成时间早，文化、自然资源丰富，富藏历史信息，具有重要的遗产保护价值。四条诗路中，浙东唐诗之路尤以古村落众多而出名。沿线分布有斯宅、柿林、李家坑、华堂、班竹、塔后、张思、后岸、高迁等一批古村（镇）。如位于天姥山脚下的班竹村，相传唐代李白在这里留下千古名诗《梦游天姥吟留别》，明代袁枚在此也写下诗作《班竹小住》《司马悔桥》等。另外三条诗路上同样遗留下大量的乡村诗。南朝丘迟《旦发渔浦潭诗》云："渔潭雾未开，赤亭风已飐。櫂歌发中流，鸣鞞响沓障。村童忽相聚，野老时一望。诡怪石异象，崭绝峰殊状。"元代方澜《石门夜泊》云："积雨暮天豁，炊烟隔林起。人喧落帆处，野语新月里。桑径绿如沃，麦风寒不已。一夕舟相衔，扰扰利名子。"前诗是行舟钱塘江上所作，其中写到所见江村景象（村童、野老）。与此诗白天所见之景不同，后诗则是描写了舟行大运河所见的乡村夜景。宋代翁卷《乡村四月》云："绿遍山原白满川，子规声里雨如烟。乡村四月闲人少，才了蚕桑又插田。"明代樊通《小桃源》云："去郭一二里，风光世不同。人家青嶂里，鸡犬白云中。"两首诗描写生动，展示了瓯江山水诗路乡村景观。在浙诗中，类似这样的乡村诗数量很大。

道路连接了城市与乡村。在通往城市、乡村的行旅道路上，诗人描写所见所闻，抒发对现实、历史与人生的感叹。大运河诗路覆盖浙北水乡，那些山川景物、历史人文、风土人物尽收笔下。嘉兴地区是吴越古战场所在地，曾发生著名的槜李之战。秀洲区境内的九里港，亦称国界河，至今仍有三座界桥存在，成为春秋时期吴越争霸的历史见证。诗人每每经过，无不咏史兴叹。水乡也是离别、赠别的场所。相关诗作，唐代有武元衡《春暮寄杜嘉兴昆弟》、崔峒《送丘二十二之苏州》、刘禹锡《松江送处州奚使君》、权德舆《嘉兴九日寄丹阳亲故》，宋代有梅尧臣《送僧在己归秀州》，等等。宋代杨万里多次往返于钱塘江—大运河一线，在浙地留下不少诗作，仅写经兰溪境内的就有《兰溪解舟四首》《过金台望横山塔》《舟过兰溪》《晓泊兰溪》《宿兰溪水驿前三首》《下横山滩头望金华山三首》《兰溪女儿浦晓寒》《柴步滩》等20多首。"道行之而成，物谓之而然。"（《庄子·齐物》）诗路诗是地道的行道诗、行路诗，它的写作与作为主体的诗人的"处所意识"（topophrenia）直接相关。正如美国学者罗伯特·塔利（Robert Tally）所言的，个体处在某一场所也会产生"焦虑"，而这种对所处地方的意识和关切势必"在认知层面为处所绘制一幅地图"。① 以自我中心式立场思索地方的存在以及与地方的关系，是对文学地理批评的新认知、新拓展。文学中的地理空间，绝不是孤立的存在，而是与人在某处的快乐与否的生存境遇联系在一起。浙江优美的山水给予了诗人们无尽的灵感，所营造的地方空间也是为其提供精神庇护的绝佳处所。

二、洵美且异

浙江山水之美，美得出奇，借用《诗经·邶风》中的话来说就是"洵美且异"。但是这种美并非自然而然存在的景观美，而是被发现的风景美。"山水等自然景观不会自动成为我们的审美对象，山水要成为我们的审美对象，有待于我们对山水的审美发现和审美能力的养成。风景是需要我们去发现的，而不是被我们看到的，因此它是一种文化过程的产物。"② 概言之，风景与景观是两个有联系但又不同的概念，后者是地理学的，而前者是美学的。风景成为美的对象，很大程度是对地理的感知，起于作为主体的人的审美意识的自觉。意大利学者维柯（G. B. Vico）的《新科学》提出"诗性地理"概念，指借熟悉的或方便的事物的某些类似点用于描述未知的、遥远的或不解的事物。中国古代的《庄子》，其中有许多自然物象的描写，还出现了众多的虚拟物象，充满了对南方、东方、天空的诗性畅想。无疑，地理是美学家进行思考的基础。不过，与西方人偏重对地理的理性认知不同，中国人更加重视统

---

① 方英，译；刘宸，整理. 关于空间理论和地理批评三人谈：朱立元、陆扬与罗伯特·塔利教授的对话［J］. 学术研究，2020（1）：143.
② 杨文虎. 意境范畴生成的南方文化因素［J］. 江海学刊，2006（1）：59.

一性的心灵境界追求，致力于在"游"中寻求人与山水地理的统一。

山水景观往往保存在游记中。游记，简单地说是记录游之所至（游程）、所见、所感，并以日记、散文、诗等体式呈现出来的文学。受到游文化的影响，中国传统的游记具有鲜明的特征，它是精神性、超越性的神游与现实性、经验性的形游的统一。游作为活动具有很强的实践性、审美性，因游而记的游记也具有道德、美学等各种指向性。①"潜大道以游志，希往昔之遐烈。"（[三国魏]曹植《潜志赋》）游志，就是志于游，即放心物外之志向。通过游，可以摆脱世俗、垢氛、物欲之累。周游天下，可以增长见识、开阔视野，从而胸怀远大理想，更好地治国济世。古人特别重视行游，凡游者也必是重游、好游之士。古代浙江是游记文化的重镇，尤以宋代以来最为显著。略说两个方面：一是浙籍人士的游志编撰。如南宋仙居人陈仁玉"采古人游览之作及涉于观览之政"，萃集古人名家游览名山大川游记辑成《游志》，后来元末明初黄岩人陶宗仪续编《游志》，此两书促进了"游记文学之盛"。②又如明代临海人王士性以"皆身所见闻"的方式撰写了三部地理著作，为古代人文地理学做出了贡献，今人甚至赞他是"浙江的徐霞客"。二是浙地成为外来文人墨客争相到来的游地，从而为世人留下了大量反映浙地特色的游记作品。如明代江阴人徐霞客在20多年间出游浙地7次，游迹遍及天台山、雁荡山、大禹陵、江郎山等地，留下了百科全书般的游浙日记。又如明代广东顺德人郑学醇、清代湖南湘阴人李桓皆有游浙经历，分别留下诗集《浙游草》和《浙游百卅律》。这些游记作品记录了浙地山川之美、人物之胜。"游志"视野中的山水风景必定会有陌生化的一面，对于浙地山水的感受同样如此。

道由心生，文由心出。诗路，不只是用于行走的道路，而且是一条映照心灵的道路。在行走的道路上，古代文人雅士往往思考着入或出、退或进的人生抉择问题。诗路，也正是在这样的行走、思量中隐现出雏形。在这种语境中，即使处在固定的地理空间中，对自然山水也会萌生别样的"异"趣。《世说新语·言语》记载了"新亭对泣"的故事：

> 过江诸人，每至美日，辄相邀新亭，藉卉饮宴。周侯中坐而叹曰："风景不殊，正自有山河之异！"皆相视流泪。唯王丞相愀然变色曰："当

---

① 梅新林，俞樟华. 中国游记文学史 [M]. 上海：学林出版社，2004：1-19.
② 龚鹏程. 游的精神文化史论 [M]. 石家庄：河北教育出版社，2001：234-237.

共戮力王室，克复神州，何至作楚囚相对！"①

魏晋士族文人大都怀有国土沦亡之慨叹，政治戕害加深了这种失落感。于是他们来到浙东，在山水中寻求慰藉和解脱成为行之有效的手段，或晴耕雨读，或曲水流觞，渐至相因成习，蔚然成风。此时的玄学盛行也是一大原因。"越名教而任自然"（［三国魏］嵇康《释私论》）、"法自然而为化"（［三国魏］阮籍《通老论》），这些主张中都把自然作为一种新的寄托。故曰浙地风景又往往因具体山水之异而不殊。南朝谢灵运遭排挤外放，出守偏隅一方的永嘉郡（今温州、丽水）。出建康，别方山，过始宁墅、富春渚、七里濑，登绿嶂山、石鼓山、石室山、江心孤屿，游赤石、南亭、仙岩，行田、讲学等，这些都有诗可证。谢灵运永嘉之行，往返时间约1年，名仕而实隐。守郡期间写下的《登池上楼》等山水诗20多首，以形似、巧构的艺术方式抒发自然风景之美，因此被誉为"山水诗之鼻祖"。沈约出守钱塘江上游的东阳郡（今金华市），作《登玄畅楼诗》《八咏诗》等，又续作"八咏"组诗，赞美此地大好河山和秀丽景色。这种最先开创书写地域风物景观、后成为品仿的对象并得以广泛流行的"八景诗"，对沈约来说，一定程度上是表达"且养凌云翅"和"俯仰弄清音"（《八咏诗·夕行闻夜鹤》）的政治抱负。

易代之际，风云变幻。宋室南渡后，浙地呈现相对稳定的局面和空前繁荣的景象。处于京杭大运河最南端的都城临安（今杭州），人口不断增加，商业快速发展，著名的"西湖十景"也产生了。但是南下汉族士人一直怀有收复北方故土、恢复中原政权的强烈意愿，由于这种愿望未能实现，一股哀伤之情长久地激荡于诗文篇章中。在林升、陆游、辛弃疾、文天祥、谢翱等爱国诗人的作品中，弥漫着"失而未复"的悲愤情绪。"西湖三杰"岳飞、于谦、张煌言以英雄气概而流芳百世，"清初三先生"之黄宗羲和"舜水先生"朱之瑜以忠义名节而名垂青史，他们亦以诗文书写非凡遭遇，抒发爱国情怀。近代以来为抵御外侮、实现民族解放，浙江这片土地上留下了众多可歌可泣的故事，大量的诗文给予铭记。因此，浙江诗路审美文化虽然以优美、浪漫为主调，但并不缺乏激越、慷慨的一面。

---

① （南朝宋）刘义庆.世说新语校注［M］.朱奇志，校注.长沙：岳麓书社，2007：44.

第三节 流域性与"意境"

浙江诗路之美是生态之美。生态者,生存状态也。它常常用来定义许多美好的事物,象征人类与自然的和谐共处,甚至作为宜居环境的代名词。生态承载着文明发展的基础,生态观反映了人类的文化态度。生态美是介入性质的,是生命与环境共同创造的产物,充满着生命活力,体现为创造性与自由和谐氛围。浙江诗路文化是生态型文化。它的和谐特性,从山水与人文高度密合的统一性、流派性思想的活力性、流域性文明的清晰性等多方面显现出来。细酌中国诗学、美学的核心范畴"意境",它的本性是江南的,本身也是由一批浙籍美学家参与开掘的。显然,从"意境"审视浙江诗路之美是恰如其分的。

一、生态之路

浙江诗路是由山水与人文高度密合而形成的生态之路。全域内有以西湖、钱江潮、富春江、金华山等为代表的山水名胜,还有以杭州、温州、嘉兴等为代表的一批"千年古城",等等。两山夹江,江边有城,城乡融合,形成了山水与城乡一体化的生态景观格局。这种格局,不仅提供了宜居的生活环境,而且孕育出厚重的地域思想文化。

历史上,佛、道、儒在浙地有着很深的根基。浙江佛教历史悠久,高僧辈出,宗派、寺院众多,影响海内外。佛教在浙江有两千多年的历史,传入于东汉末年,兴盛于隋唐,极盛于五代和宋代,在元代以来逐渐衰微。创立于隋代的天台宗是最早的中国本土佛教宗派,以其丰富的典籍、深厚的理论体系影响了中国佛教的发展。至于道教,同样历史悠久。浙江山川秀丽,风景优美,宫观林立,钟磬相闻,真人辈出,道藏宏富。浙地有很多著名的禅寺,是"五山十刹"①的中心,古有"隶浙者过半"(清雍正《浙江通志·寺观》序)之说。浙地仙境广布,"十大洞天、三十六小洞天、七十二福地"

---

① 这是南宋嘉定年间兴起的一种官寺制度。入制的禅寺名单及其地理分布情况,参见张十庆《五山十刹图与南宋江南禅寺》(东南大学出版社,2000年)一书"上篇"第五章中的"江南五山十刹"部分。

（［唐］司马承祯《洞天福地·天地宫府图》）中，在浙地的分别占 3/10、1/4、2/9，包括委羽山洞、赤城山洞、括苍山洞三大洞天，四明山洞、会稽山洞、华盖山洞、盖竹山洞、金庭山洞、仙都山洞、青田山洞、天目山洞、金华山洞九大小洞天，还有盖竹山、仙磕山、东仙源、西仙源、南田山、玉溜山、大若岩、灵墟、沃洲、天姥山、若耶山、陶山、三皇井、烂柯山、天柱山、司马悔山等十六大福地。① 除天目山、天柱山之外，其余全分布在浙东地区，又以在台州地区最多，如三大洞天均在其境内。浙江有重教兴学的传统，南孔文化声名远扬。尤其是历史上书院众多，仅宋代有史可查的就有 180 余座，著名的如丽正书院、包山书院、五峰书院、梅溪书院等，仅朱熹在浙地讲学过或创办主持的就有稽山书院、月林书院、龙津书院、月泉书室、独峰书院、美化书院、石门书院、明善书院等。书院是学派产生的母体，是学术研究、交流与传播的理想场所，对于浙学的产生、发展起到了积极的推动作用。

浙学是最具浙江本土特色的人文传统和理性精神。经世致用是历史上浙籍思想家共同倡导的治学理念。"浙学的开山"王充，撰著《论衡》，细说微论，释世俗之疑，辨是非之理，即以"实"为根据，疾虚妄之言。其主要观点体现在"天道无知""破除迷信""世运进步""强力竞争""文学实用"的五大"主义"。这种"以务实为主"的"论衡"之"论"，意在"正古今得失，明辨世俗浮妄虚伪之事，使之反于诚实焉"。② 后世的浙学之发展、兴盛无不以王充所言之"实"为尊，如宋代永康学派陈亮的"事功"，宋代永嘉学派叶适的"崇义养利"，清代浙东学派黄宗羲的"经世应务"等思想。这种浙学精神，在浙江历史文化中得到鲜明体现。宋代苏轼出仕浙西，为官一任、造福一方，重视文教、疏浚西湖、赈济灾伤，践行着仁民爱物的德政理念。苏轼在浙仕游期间并未坐而论道，更未发表虚妄无用之词，而是注重实际调查，力主实学实用，担当起为国民解忧纾困的社会责任。唐代白居易、明代杨孟瑛，亦皆出任杭州太守，为民请命，疏浚西湖。明代学者称苏、白、杨三位士大夫是"西湖开浚之绩，古今尤著者"③。浙人把"西湖三堤"命名

① 第十九洞天、第二福地均为盖竹山，一般认为两者是同一个地点，在今台州临海市讯桥镇境内。

② 谢无量. 中国哲学史［M］. 北京：中国人民大学出版社，2011：254-255.

③ （明）田汝成. 西湖游览志余［M］. 刘雄，尹晓宁，点校. 上海：上海古籍出版社，2018：281.

为"白堤""苏堤""杨公堤",亦足以说明对他们经世致用的学风、勤政爱民的惠政的认可。"经世致用"与"天人合一""经史并重""和合兼容"是浙学的特质,亦因此而成为最具活力的地域文化形态之一。①

以儒、道、释为代表的中国传统文化思想及地域性的浙学都包含了卓绝的生态美学智慧,奠定了浙江诗路和谐的生态审美风格。在影响浙江诗路审美风格的诸因素中,流域性文明特征尤其鲜明。流域(watershed),本意是由分水线所包围的河流集水区。每一条河流都有它的流域,每一个流域也就成了一个由自然、社会因素构成的共同体。这种具有原生性的流域,如今已经成为环境批评、生态美学的重要理念。如美国的劳伦斯·布伊尔(Lawrence Buell)提出"流域写作",认为流域是一个包含审美、伦理、政治、生态的"明亮意象";提倡"流域美学",要求关注流域写作中的生态多样与文化多元、伦理正义、历史印迹与空间变化。这种流域性观念,"对那些已成为当代生物区域主义最重要标志的意象进行了关键的历史性的解释,它昭示着一种超越人类中心主义与非人类中心主义界分的有效思维方式"。② 浙江诗路以大运河、钱塘江、瓯江等重点古水道为依托,呈带状分布,具有清晰、稳定的流域轴线。钱塘江更是世界的观潮胜地、浙江文明的源头。良渚文化的玉器和古城,上山文化的栽培稻遗存和环壕聚落,均具有作为人类文明标识的意义,而这两处遗址都处于钱塘江流域范围。正是奔流不息的钱塘江,孕育了浙江的文明,启动了浙江诗路文化之美的历程。

二、从"意境"看

从更广阔的视野看,浙江诗路所覆盖的浙江全域是江南文化的主区域。江南文化是诗性的,江南之美是意境的。"杏花春雨江南"([元]虞集《风入松·寄柯敬仲》);"雨露天低生爽气,一片吴山越水"([宋]周密《清平乐·横玉亭秋倚》)。多水泽的地理特点和湿润多雨的气候条件,成就了江南的诗情画意。浙地山水绝美,既有如诗如画般的赞叹,又有诗画不如那样的兴叹。这种诗画与山水同一的特点,也正是天人合一这种中国文化精髓之所在。古人语:"与天地合其德"(《易传·文言传》);"与天地参"(《中

---

① 张宏敏. 试析浙学与蜀学的共同特质 [J]. 浙江社会科学, 2020 (11): 124–129.
② 郭茂全. 布伊尔环境批评中的海洋想象与流域美学 [J]. 集美大学学报(哲社版), 2018 (3): 73–75.

庸》）；"天地者，万物之父母也"（《庄子·达生》）。天人合一是中国古代哲学思想的主调和精华，对中国文化的延续和社会的发展产生了深远影响。诗路文化作为中国文化的一部分，也终究以天人合一为旨归。天则天道，人则人道，天道与人道相通，自然与人为统一。天人之合是人类栖居的不二法则，更是文艺创作的臻达之境。反言之，自然之物和现实的题材，只有经过文学艺术的熏染、思想的洗礼，可能向形式创造生成。就山水而言，只有在审美精神的烛照下才具有魅力。浙江诗路文化的天人合一精神，又具体体现在天与人一体、物与我合一的"意境"之中。

意境，这是比西方的理念（idea）更为整体，也具有比认识论更为直观的存在状态。① 作为中国诗学、美学的核心范畴，"意境"由唐代王昌龄较早且完整提出。他在《诗格》中提出分别侧重于物（景观或境遇）、情（"娱乐愁怨"）、意（得自心源）的"物境""情境""意境"。此"三境"说对于诗的创作、理解具有指导意义。如晋代陶渊明《〈饮酒二十首〉其五》、宋代辛弃疾《贺新郎·甚矣吾衰矣》分别营造的南山稼园、铅山园亭的意境十分类似，它们都是因形似、深情、真心"三得"产生的审美效果。王昌龄之后，论意境者比比皆是，所陈观点之名略异而旨趣同，如"取境"（［唐］皎然《诗式》）、"实境"（［唐］司空图《二十四诗品》）、"境句"（［宋］普闻《诗论》）、"情景之合"（［明］谢榛《四溟诗话》）、"诗镜""情境"（［明］陆时雍《诗镜总论》）、"情之景""景之情"（［清］王夫之《姜斋诗话》），等等。意境，以情景互藏、虚实相生为审美特征，体现出无穷的韵味，本质上是人与自然审美统一及其艺术呈现。

有意味的是，"意境"成为中国诗学、美学的核心范畴有一个固定化过程。探索"意境"的方式主要有两种，或是基于自己的创作实践进行理论总结而提出，或是在总结前人的理论、思想的基础上进行创新性发展。前者如严羽。严羽著有《沧浪诗话》，强调感兴、情趣、妙悟的重要，要求情感自然抒发和词、理、意、兴高度融合。这种"意境"追求，在作者为结交的浙东诗人戴复古所作的送别诗《送戴式之归天台歌》、漫游吴越期间所作的《吴江春望》《吴中送友归豫章》《三衢邂逅周月船，论心数日，临分赋此二首》等诗当中都能够体现出来。后者如陆时雍。陆时雍辑有《古诗镜》《唐诗镜》，撰有《诗镜总论》，明确地把"诗镜"作为评诗的重要标准。此中既把唐代

---

① 《美学原理》编写组. 美学原理：第二版 ［M］. 北京：高等教育出版社，2018：25-26.

王昌龄、皎然、司空图等前人使用评诗语汇，如"象""意象""境""实境""语境""意境""境界""神境"等囊括其中，又把明代诗学的"神韵"纳入进来。他在批评历代诗时，尤称陶渊明、谢灵运的田园山水诗所创造的诗境是"性灵披写，不屑屑于物象之间"①，又评陶诗《〈癸卯岁始春怀古田二首〉其一》的颔联（"屡空既有人，春兴岂自免"）是"无心标置，意境自合"②。另外还用"自然""清微""清旷""清远"等词描述所谓的意境。此"诗境"说的形成，与晚明江南城市兼容开放、地域隐逸传统、时代风气禅悦的背景息息相关。从客游吴越的严羽、出生于檇李（今嘉兴）的陆时雍两人看，他们的意境说都包含了江南因素。清代纪昀在评方回《瀛奎律髓》时和由他负责总纂的《四库全书总目》中经常使用"意境"。尤其是后者，该词在集部提要中出现竟达 24 次。随着这部钦定之书一再翻刻，颁行天下，集部提要频繁出现的"意境"必然也在江南地区广为传播，深入人心。在此后出版的嘉道间诗文评中，"该词的使用愈益形成固定化趋势"。③

更有意味的是，"意境"凸显为中国美学的特色范畴主要由近代以来一批出生在江南的美学家所做出的努力。王国维首得西学之风气，以中西结合方式创建了现代意境美学。王国维得以重构"意境"，固然受惠于西学，但是离不开乡土给予的滋养。其《观堂集林·〈昔游六首〉其二》云：

> 我本江南人，能说江南美。家家门系船，往往阁临水。
> 兴来即命棹，归去辄隐几。远浦见萦回，通川流浇溮。
> 春融弄骀荡，秋爽呈清沚。微风葭鹭外，明月荇藻底。
> 波暖散凫鹥，渊深跃鲲鲤。枯槎渔网挂，别浦菱歌起。
> 何处无此境，吴会三千里。④

此诗囊括了船、阁、浦、川、葭、藻、鲤等诸多江南景观意象，描摹出一幅水乡画境。王国维的诗词作品，抒情、咏史皆有，更不乏江南题材，如《青玉案·江南秋色》《蝶恋花·谁道江南》。这些都是对乡土江南深爱的表

---

① （明）陆时雍. 诗镜 [M]. 任文京，赵东岚，点校. 保定：河北大学出版社，2010：88.
② （明）陆时雍. 诗镜 [M]. 任文京，赵东岚，点校. 保定：河北大学出版社，2010：119.
③ 蒋寅. 原始与会通："意境"概念的古与今：兼论王国维对"意境"的曲解 [J]. 北京大学学报（哲学社会科学版），2007（3）：15.
④ 姚淦铭，王燕. 王国维文集：第 1 卷 [M]. 北京：中国文史出版社，1997：269.

明。江南人的身份，早已嵌入王国维个人意识的深处，必定在潜移默化中对他的诗词创作和诗学、美学开辟产生影响和作用。宗白华受到西书的"暗示与兴感"而重返"中国"，探求中国艺术意境。这种意境美学，以生命为本体，蕴蓄着江南诗学的精髓，将桐城形式诗学、新安自然诗学、吴中感兴诗学直接融合为一体。① 它的生成，还与宗白华在浙东的童年经历，爱自然、爱想象的天性，以及对诗、艺术的"一往情深"② 有莫大关系。现代意境美学，并非纯粹的诗学主张，而是作为追求文艺与人生相统一的人生实践思想提出。王国维、蔡元培、鲁迅、丰子恺等浙江本籍美学家和朱光潜、宗白华等方外美学家，他们普遍致力于改造社会、提升人生意境的现代启蒙。这种关怀现实的崇高美学品格，在今天保护、传承和利用浙江诗路文化的过程中同样应该得到重视和发扬。

---

① 萧晓阳. 宗白华意境说的江南地域诗学渊源 [J]. 文艺研究，2015（12）：40-49.
② 宗白华. 美学的散步 [M]. 合肥：安徽教育出版社，2006：93.

第二章

神秀浙东唐诗之路

天台山者，盖山岳之神秀者也。……皆玄圣之所游化，灵仙之所窟宅。

——（东晋）孙绰《游天台山赋》

莫嗟虚老海壖西，天下风光数会稽。灵氾桥前百里镜，石帆山崦五云溪。

冰销田地芦锥短，春入枝条柳眼低。安得故人生羽翼，飞来相伴醉如泥。

——（唐）元稹《寄乐天》

千岩万壑争清奇，天地灵秀应无遗。吟舟恐在碧霄上，湖心澄波涵月时。

——（宋）薛奎《忆越州》

规划建设的浙东唐诗之路文化带，以曹娥江—剡溪—椒（灵）江为主线，包括宁波（奉化、余姚）—舟山支线，覆盖宁波、绍兴、舟山、台州等行政区域。自浙东运河转道古剡溪，这是一条名人雅士探访佛宗道源的求慕朝觐之路。东晋王羲之《兰亭集序》，唐代贺知章《回乡偶书二首》、李白《梦游天姥吟留别》、孟浩然《越中逢天台太乙子》等名篇，"吟诵了古越风情和灵山秀水"①。在四条诗路中，浙东唐诗之路成名最早，也最为人所知。但是这条诗路的形成并不完全在唐代，唐代之前已经具备雏形，唐代之后继续得以延伸。它的重点有古运河、古越州、古剡中及海上诗路等诸多引人注目的方面，涉及曹娥江、剡溪、会稽山、天姥山、天台山等一批山水名胜。其中，

---

① 浙江省人民政府. 浙江省人民政府关于印发浙江省诗路文化带发展规划的通知：浙政发〔2019〕22 号［R/OL］. 浙江省人民政府公报，2019-10-01.

天台山是唐代文人浙东游的重要目的地，堪称浙东唐诗之路的精华段。值得注意的是，由于宗教想象和现实地理景观重合或相似，唐代前后对天台山的认知经历了地理位置的转移，即从会稽郡境内（今四明山一带）到与临海郡交界的始丰县（今天台县）。① 故广义上的天台山文化覆盖了今天的绍兴、宁波、台州等浙东地区。东晋孙绰以瑰丽的诗句"穷山海之瑰富，尽人神之壮丽"（《游天台山赋》）盛赞天台山的神秀之美，从而开启了后世文人对天台山的文化寻访和审美认同之路。天台山之神秀，代表了浙东山水的美，亦是浙东唐诗之路突出的美学品格。本章围绕浙东的地理、交通，以及有"佛宗道源"之称的天台山展开论述，以彰显浙东唐诗之路的神秀之美。

第一节　浙东地理与文化原型

古人以"神秀"赞叹天地之美，如"造化钟神秀，阴阳割昏晓"（［唐］杜甫《望岳》），又以此称颂人文之美，如"眉宇俨图画，神秀射朝辉"（［唐］杜牧《杜秋娘》）和"《万松叠翠》《万横香雪》二图，寄韵设色，并极神秀"（［清］侯方域《倪云林十万图记》）。浙东唐诗之路的神秀，始于它神奇秀美的山水和源远流长的文化。《越绝书》《吴越春秋》《世说新语》等唐代之前各种典籍记载的神话、传说故事，为浙东这片土地增添了无限的神秘、无穷的魅力，它们是浙东唐诗之路得以成型的重要基础。而这条诗路的经典化又是"在此本地传说与唐代以来诗人创作的互动中生成，并得到时空上的延展"②。以下讨论浙东的山水地理、历史文化、民间传说三个方面，并着重介绍它们与唐诗的联系，以体现作为原型的地域文化对于浙东唐诗之路形成的重要意义。

一、浙东山水

谈浙东山水，需要对"浙东"先行界说。唐代官修《晋书》中王舒、王蕴、王导、谢安等人的传记都言及"浙江东五郡"，但此"五郡"所指并未

---

① 朱寒青. 东晋南朝时期的佛教与会稽社会［D］. 上海：华东师范大学，2021：126-143.
② 梁苍泱，梁福标. 民间传说与"浙东唐诗之路"的建构与延伸［J］. 绍兴文理学院学报（人文社会科学），2020（11）：73.

具体言明。南朝萧子显《南齐书》中王敬则、王延之两人的传记也都言及"浙东五郡"，此"五郡"是指当时的会稽、东阳、永嘉、临海、新安，实为东晋以来所设的五个军事都督区。① 唐初设地方监察区江南道，管辖长江以南的区域，到开元二十一年（733）析江南道为江南东道、江南西道和黔中道，到乾元元年（758）又析江南东道为浙江西道、浙江东道和福建道。浙江东道领新安江以南、福建道以北的原江南东道地区，辖八州，即越州、睦州、衢州、婺州、台州、明州、处州、温州，治所在越州。此后浙江东道又几经废立，在吴越国时期与浙江西道合并统一。浙江西道领长江以南至新安江以北的原江南东道地区。上述所言"五郡"中的新安郡，即唐时"八州"中的睦州，实属浙江西道，唐代李吉甫《元和郡县图志》中所说的"浙东七州"已不包括此州。由此看来，浙江东道作为行政区划仅存约 150 年，但它的简称"浙东"一直保留和延用至今，如"浙东文学""浙东学派""浙东学术""浙东文化"等，皆因其特定的地域文化标识而为人所知。概而言之，"浙东"概念有地理和文化的内涵，有历史和现实的差异，亦有狭义和广义的区别。《浙东唐诗之路唐诗全编》（2022 年）所言的"浙东"就是广义的。编著者卢盛江认为，唐代浙东有 550 多位诗人来过，留下 2500 多首诗，故称之为唐诗之路的"精华地"名副其实。② 这比竺岳兵所说的 450 多位诗人，留下1500 多首诗的说法大有增加。胡正武提出以今天的台州城临海为起点，经温州、丽水、金华、衢州到杭州的线路，从而与先前的浙东唐诗之路核心区一起组成完整的浙东范围路线圆圈。③ 且不论今人对浙东唐诗之路的范围、路线做何种拓展，就历史上而言，古越州是浙东的核心区域，这一点始终不变。

浙东地形多样，以平原、丘陵为主，域内气候湿润，山河湖海皆有分布。宁绍平原覆盖宁波、绍兴两地，西起钱塘江，东濒东海，南接四明、会稽山脉。这片东西长、南北窄的平原，呈驼峰状向北突出于杭州湾，面积近 5000平方公里，是新石器时代河姆渡文化的摇篮和家园，是越文化的诞生地和发祥地。始建于春秋时期的浙东运河，北接大运河，东流入海，长达约 240 公里。就浙东唐诗之路覆盖的重点区域绍兴来看，全境处于浙西山地丘陵、浙

① 李翔. 中晚唐浙东镇研究［M］. 杭州：浙江大学出版社，2017：22-23.
② 三台风情秀 追踪太白游——沿着唐代诗人的"网红"打卡路追溯台州文脉［EB/OL］. 中国台州网，2022－12－13. https：//paper. taizhou. com. cn/taizhou/tzwb/pc/content/202212/13/content_ 161994. html.
③ 胡正武. 浙东唐诗之路新线拓展研究［J］. 浙江水利水电学院学报，2021（3）：1-6.

东丘陵山地和浙北平原三大地貌单元的交界地带。北部绍虞平原（包括水网平原和滨海平原），向南逐渐过渡为丘陵山地，整体地貌特色为"四山三盆两江一平原"。四山，指西部的龙门山、中部的会稽山、东部的四明山和东南部的天台山，它们构成了"山"字形骨架。三盆，指镶嵌于四山之间的三座盆地，包括浦阳江流域的诸暨盆地和曹娥江流域的新嵊盆地、三界—章镇盆地。境内水系发达，呈树枝状分布。北部地势低平，水网发达，河湖密布。主要河流汇入钱塘江，分属曹娥江、浦阳江、鉴湖三大水系，另有壶源江向北注入富春江（钱塘江中游），浙东运河通连甬江水系。绍兴是古越之地，是唐代越州的中心，还是宋代的陪都，至今仍保存攒宫与山陵两种体系的宋六陵遗址。

浙东山水怡人，令古代无数文人墨客向往。从钱塘江南岸的西兴出发，沿浙东运河，经古都绍兴，向南过曹娥江，溯源而上，入剡溪，登沃洲、天姥二山，再到天台山石梁飞瀑，此路沿线风景名胜数不胜数。今嵊州、新昌、天台一带的山水是唐诗之路的精华所在，是浙东山水的代表。浙东山水美景，又不只是自然景物，而是经过汉、晋至唐代长时段的文化积淀，经文人墨客反复讴歌、吟咏形成的文化符号和审美意象。南朝谢灵运《与庐陵王义真笺》云："会境既丰山水，是以江左嘉遁，并多居之。"① 此是表达会稽宜居的事实，也传递出个人居之志，而这些皆因此地山水之美。王羲之正是在隐居会稽期间，流连这里的稽山镜水，从而写下了千古名句"山阴道上行，如在镜中游"。在此之前，东晋孙绰最早"发现"了天台山之美，其《游天台山赋》所做的旁观、静态的描写，为后来的游山诗所祖述。如果说孙绰开启了中国山水诗创作的前奏，那么谢灵运则是真正开创了中国山水诗创作。谢灵运足迹遍及浙东各地，创作了众多优美的诗文。其《山居赋》是一篇韵文式的地方志，表达了以尊重自然、顺从性情为旨趣的隐居思想。而那种"意得""赏心"的理念和"自得之场"的拓展方式，又影响了后世山水审美中对主体精神的构造。② 正是这些聚居在浙东地区的文人名士率先发现了浙东的山水之美。他们对越中山水的赞赏，不但言之于口头，而且笔之于诗赋，这些创作堪称是浙东唐诗之路的先声。无数风流名士通过山水地记、山水诗、山水画

---

① （南朝宋）谢灵运. 谢灵运集校注 [M]. 顾绍柏, 校注. 郑州: 中州古籍出版社, 1987: 307.

② 袁济喜, 刘睿. 古代山水审美中物我关系的重构: 以谢灵运《山居赋》为中心 [J]. 学术研究, 2023 (6): 144-150.

描绘、赞美、渲染浙东的山川草木，并以此寄托人文情怀。这是唐代以来大批的文人墨客来浙东寻幽访古、朝圣山水的重要背景。唐代以来来浙东的文人墨客依然络绎不绝。这里需要特别提及明代旅行家徐霞客的到访。徐霞客对浙地情有独钟，所游之处面广、点深、次数多、时间跨度大。他来浙7次，游台、荡3次，绍兴4次，行船在浙东运河上至少有5次，其中过曹娥江4次。他的游记中所提到的浙景有二三十处。其中，在浙东的有天台山的石梁、明岩（在今台州天台），雁荡山的龙鼻水、灵峰、龙湫、双剑泉（在今温州乐清），盘山（在今台州黄岩），鼎湖峰（在今丽水缙云），四明分窗（即四明岩，在今宁波余姚），禹陵窆石（在今绍兴越城），等等。徐霞客的首游绍兴之路，也基本与唐诗之路一致。①

　　地理是人类赖以生存的物质环境，对人类的审美活动具有重要意义。优美的地理山水能够激发诗家文人的创作灵感，而丰富的地理景观亦势必成为他们的书写对象。从诗文作品中，我们能够见出这种表征。唐代诗人沿着浙东运河、剡溪、天台山这一路线，将浙东地理风光与诗歌结合起来，成了唐诗中一个非常独特的诗人行踪和诗歌创作的现象。浙东山水，经唐代诗人创作塑造了别开生面的"山水浙东"。这个地理形象，在李白《送友人寻越中山水》、孟郊《越中山水》、章孝标《思越州山水寄朱庆馀》等诗题中就已经直接点出。这种情况，同样体现在众多诗句中："越郡佳山水，菁江接上虞"（权德舆《送上虞丞》）；"山水会稽郡，诗书孔氏门"（孟浩然《夜登孔伯昭南楼时沈太清朱升在座》）；"会稽山水秋风里，长放松声入庙门"（钱弘倧《禹庙》）；"谢家山水属君家，曾共持钩掷岁华"（章碣《寄友人》）；"上虞佳山水，晚岁耽隐沦"（许景先《徵君宅》）；等等。所谓"越中山水""越州山水""会稽山水""剡中山水""谢家山水"都是对浙东山水的雅称和赞美。其他的，还有"东阳山水"和"永嘉山水"。前者如"此地实东阳，由来山水乡"（崔融《登东阳沈隐侯八咏楼》）；"婺女星边气不秋，金华山水似瀛洲"（鲍溶《秋暮送裴垍员外刺婺州》）；"东阳本是佳山水，何况曾经沈隐侯"（刘禹锡《答东阳于令寒碧图诗》）。后者如"百越城池枕海坼，永嘉山水复相依"（庾光先《奉和刘采访缙云南岭作》）。金华，古称东阳、婺州，是浙东的地理中心，境内不仅有号称群山（括苍山、天台山、会稽山、

---

① 甘为平 . "游圣"徐霞客在浙江［C］// 石在，徐建春，陈良富 . 徐霞客在浙江 . 杭州：浙江教育出版社，1998：133-138.

四明山等）之祖和诸水（钱塘江、瓯江、灵江、曹娥江等）之源的大盘山，还有婺州古城、双溪、八咏楼等著名景观。温州，古称永嘉，是浙东最为偏远的地区之一，它的山水因南朝谢灵运的到来而成名，是中国山水诗的摇篮。当然，这两处山水已不属于规划建设的浙东唐诗之路范围，而是分属于规划建设的钱塘江诗路、瓯江山水诗路范围。

二、古越之地

越文化是中华民族古代文明的重要源头之一，它对海外古代文明、世界文化产生了重大影响。浙东文化就是在越文化基础上发展起来的地域文化。从 20 世纪 50 年代以来，浙东地区陆续发现了一批古文化遗址。如绍兴地区，有宋六陵遗址、西施山遗址、富盛窑址、小黄山遗址、马鞍古文化遗址、印山越国王陵、楼家桥遗址、绍兴越国贵族墓群、胜利山石室土墩墓群、兰若寺墓地、禁山早期越窑遗址，以及近年发现的亭山遗址群、兰亭野生动物园一期墓地、大湖头遗址，等等。如宁波地区，有童家岙遗址、河姆渡遗址、鲻山遗址、大榭遗址、塔山遗址、名山后遗址、田螺山遗址、句章故城遗址、鱼山·乌龟山遗址、井头山遗址、施岙遗址、吕岙遗址、胡坑基遗址，等等。这些遗址的发现，有力地证实了灿烂而又古老的浙东文化的存在。以河姆渡文化为代表的新石器文化是浙东的原始文化。河姆渡文化距今约 7000—5000 年，形成于母系氏族社会定居时期，即氏族部落向部落联盟过渡，进而开始向阶级社会过渡时期。河姆渡文化遗址出土了大量带有几何印纹的陶器。代表性之一的黑陶，色黑，含铁量比较高；表面光洁，质地细腻；造型漂亮，有精美的动物图案，显示出非凡的刻工功力。这些也都体现出当时成熟的制胎手段和技术。该遗址中还留下了迄今为止发现最早的干栏式建筑遗迹。这种建筑以竹、木为主要建筑材料，分两层，上层住人，下层放养动物和堆放杂物。如此设计，能够起到防潮、防震的作用，也可以充分利用空间，发挥一房多用的效用。几何印纹黑陶、干栏式建筑是河姆渡文化的两大特色，反映了原始社会时期河姆渡人特有的生活方式。"有巢氏"（《韩非子》《吕氏春秋》等）、"羽人之国"（《山海经》等）、"姚丘"（《会稽志》）、"姚墟"（《括地志》《风土记》《风俗通》等），古籍所记载的这些名称大概都是指河姆渡地区的居民。他们是河姆渡人的一支、一员，就是越族先民。①

于越部族是浙东地区土生土长的土著，也是古越国的前身，这不仅有考古的物证，而且有史书的记载。《吴越春秋》载："少康恐禹迹之绝祀，乃封其庶子于越，号曰无余。"② 少康帝，为夏禹第六代，怕对禹的祭祀断了香火，于是把自己的庶出儿子封在越国，号称无余。无余是越国的开国帝王。越国的前身是古代的于越部落，故而又称于越或於越。关于越事，包括越国自无余以至勾践称霸及其后人，在这部史书的后五篇中有详细记载。这部史书注重吴越争霸的史实，记载了伍子胥、勾践、阖闾、西施等诸多真实的历史人物，还记载了大禹治水、薛烛论剑、干将铸剑、吴王占梦、怪山传说等许多神话故事。五代贯休《读〈吴越春秋〉》云："犹来吴越尽须惭，背德违盟又信谗。宰嚭一言终杀伍，大夫七事只须三。功成献寿歌飘雪，谁爱扁舟水似蓝。今日雄图又何在，野花香径鸟喃喃。"此诗正是有感于吴越之争这一史书中浓墨重彩的一页而作。

关于古越国的历史记载，还有比《吴越春秋》成书更早且与之有渊源关系的《越绝书》。汉代王充《论衡》云："案东番邹伯奇，临淮袁太伯、袁文术，会稽吴君高、周长生之辈，位虽不至公卿，诚能知之囊橐，文雅之英雄也。观伯奇之《元思》，太伯之《易（童）〔章〕句》，文术之《咸铭》，君高之《越纽录》，长生之《洞历》，刘子政、扬子云不能过也。"③ 据此，明代学者杨慎认为《越纽录》即《越绝书》，作者是东汉的袁康（字文术）、吴平（字君高）。今人也大多坚持此种观点，甚至认同王充把此书誉为当时五大名著之一的说法。《越绝书》主要以《山海经》《左传》《国语》《史记》等典籍为材料，记载吴、越两国的史实，还有很多野史、逸闻之类。《越绝书》是史书，是谜书，更是奇书。奇者，奇绝也。该书详细记载了精彩绝伦的谋略，细致描写了绝域殊方的地理以及各种美妙艳绝的文辞，不过在内容上多有附会。《四库全书总目提要》卷六六云："至于处女试剑、老人化猿、公孙圣三呼三应之类，尤近小说家言……"④ 这些虽然与史无证，但是从接受方面看仍是十分有意义的，即文学性增强了这部史书的可阅读性，从而使之得以流

---

① 杨成鉴. 河姆渡遗址文化与越族先民 [J]. 宁波大学学报（人文科学版），1994（2）：5-7.

② （汉）赵晔. 吴越春秋 [M]. 崔冶，译注. 北京：中华书局，2019：165.

③ （汉）王充. 论衡 [M]. 陈蒲清，点校. 长沙：岳麓书社，2015：352.

④ 转引自张觉. 吴越春秋校注 [M]. 长沙：岳麓书社，2006：308.

传。此书颇受史家关注，如南朝阮孝绪《七录》以及后来的《隋书·经籍志》《旧唐书·经籍志》《新唐书·艺文志》等都有记载。唐代高适《送崔功曹赴越》云："传有东南别，题诗报客居。江山知不厌，州县复何如。莫恨吴歙曲，尝看越绝书。今朝欲乘兴，随尔食鲈鱼。"由此亦能够见出《越绝书》在唐代的流行情况。

《越绝书》《吴越春秋》保存了不少歌谣。《越绝书》中有《渔夫歌》，《吴越春秋》中有《弹歌》《采葛之妇歌》《渔夫歌》《涂山之歌》《河梁之诗》《河上歌》《越王夫人之歌》《木客吟》《军士离别词》《乐师畅词》《胜吴祝词》等。吴越歌谣多用比兴手法，直抒胸臆，且韵律和谐，节奏明快，以渔猎、战争、庆祝为主题。就越歌而言，著名的还有《候人歌》（载《吕氏春秋》）、《越人歌》（载《说苑》）、《越谣》（载《风土记》）、《越谣歌》（载《乐府诗集》），等等。① 西晋左思《吴都赋》云："荆艳楚舞，吴歙越吟，翕习容裔，靡靡愔愔。"吴越歌谣，或称吴歌、越歌，古人往往把两者并列。越歌，亦称越吹、越吟等。作为意象在浙东唐诗中均有呈现："叶屿花潭极望平，江讴越吹相思苦"（王勃《采莲曲》）；"烟水茫茫多苦辛，更闻江上越人吟"（孙逖《夜宿浙江》）；"摇落淮南叶，秋风想越吟"（刘长卿《寄会稽公徐侍郎》）；"难忘楚尽处，新有越吟生"（曹松《赠余干袁明府》）；"须知越吟客，欹枕不胜情"（吴融《〈雨后闻思归乐二首〉其二》）；"青苔重叠封颜巷，白发萧疏引越吟"（翁承赞《对雨述怀示弟承检》）；等等。

吴、越之地深为唐代文人所向往。皆知，唐代的社会经济繁荣稳定、思想文化自由开放，实施科举取士的制度。受魏晋南北朝文人遗风的影响，唐代文人普遍追求读万卷书、行万里路的生活方式。李白、杜甫、王维、孟浩然、高适、岑参、王昌龄、刘长卿、崔颢、常建等盛唐诗人在一生中有 30 年以上的外出壮游，活动的持续时间很长。② 有路则行，游必有诗，壮游是一项文学性很强的活动。唐代文人在关内道、江南道、剑南道等地都留下了足迹。《吕氏春秋·贵直论第三·知化》云："夫吴之与越也，接土邻境，壤交通属，

---

① 朱秋枫. 浙江歌谣源流史 [M]. 杭州：浙江古籍出版社，2004：10-13；董楚平，金永平，等. 吴越文化志 [M]. 上海：上海人民出版社，1998：246-252.

② 郭伟欣. 盛唐诗人壮游活动略考：以李白、杜甫等十二位诗人为例 [J]. 广州广播电视大学学报，2022（3）：81.

习俗同，言语通，……"① 吴、越是唐代文人重要的江南旅游目的地，而吴、越之游也是他们用于怀古、送友、忆旧的主要生活方式。李白《越中览古》云："越王勾践破吴归，战士还家尽锦衣。宫女如花满春殿，只今惟有鹧鸪飞。"李远《吴越怀古》云："吴越千年奈怨何，两宫清吹作樵歌。姑苏一败云无色，范蠡长游水自波。霞拂故城疑转旆，月依荒树想嚬蛾。行人欲问西施馆，江鸟寒飞碧草多。"张籍《送友人卢处士游吴越》云："羡君东去见残梅，惟有王孙独未回。吴苑夕阳明古堞，越宫春草上高台。波生野水雁初下，风满驿楼潮欲来。试问渔舟看雪浪，几多江燕荇花开。"方干《思越中旧游寄友》云："甸外山川无越国，依稀只似剑门西。镜中叠浪摇星斗，城上繁花咽鼓鼙。断臂青猿啼玉笋，成行白鸟下耶溪。此中曾是同游处，迢递寻君梦不迷。"这些诗作融入了吴、越两国的历史，具有沧桑感，显示出悲壮、崇高的一面。显然，古越之地对唐代文人的影响十分深远，它是作为一方特殊的情感地理空间而存在。

三、传说故事

浙东历史悠久，乃文化之邦。浙东地区的古文化是瓯、越、闽等文化的交融，其形成受到地域的限制，呈现出复杂性的特点。汉代以后，饱经战乱的中原人南下避乱，南北文化发生了碰撞，古老的浙东文化与外来文化融合，形成了别具一格的地域文化。古代浙东传说故事甚多，流传甚广。它们作为原型文化，与古越文化一样，都是浙东唐诗之路得以形成、建构的重要基础。以下着重介绍舜禹、刘阮的神奇传说和一批名士的精彩故事。

浙江是上古人物舜、禹遗迹的重要分布地。经调查，浙江现存禹迹 209 处，防风遗址 4 处，越地舜迹 37 处。其中，在绍兴的禹迹 127 处，包括陵、庙、祠、地名、山、湖等自然实体，碑刻、摩崖、雕塑等类别。② 以今天的上虞、余姚为中心，幅射周边地区，存在一个有关舜的传说故事的虞舜传说圈。③ 舜，又称有虞氏，传说出生在上虞。上虞，秦代已置县，今为绍兴市下

① （战国）吕不韦. 吕氏春秋 [M]. 刘生良，评注. 北京：商务印书馆，2015：730-731.
② 邱志荣，张卫东. 跨越千年的禹迹图 [N]. 人民日报（海外版），2022-05-05（9）.
③ 顾希佳. 虞舜传说与吴越文化圈 [J]. 杭州师范大学学报（社会科学版），2001（3）：28.

辖区。这里是虞舜后代的封地，地名虞宾。父系氏族社会后期，虞舜避丹朱①之乱回龙山隐居，后复出践帝位。龙山，在今上虞区百官镇。此地建有大舜庙，是古人为祭奠舜的大孝功德所修，后来成为文人们的朝圣之所。今人把大舜庙、曹娥庙（为纪念东汉孝女曹娥所建）、称山（相传是越王勾践铸剑筹备物资以反击敌军之地）和东山（东晋名相谢安的隐居地）合称"两庙两山"。禹，是与伏羲、黄帝比肩的贤圣帝王，因治理滔天洪水、划定九州的卓著功绩而被后人尊称为大禹、夏禹。禹死后，传说葬于会稽山，至今这里仍保留万世崇仰、祭祀不断的大禹陵。大禹文化在唐代浙东诗中有广泛体现。李绅《禹庙》、骆宾王《早发诸暨》、宋之问《谒禹庙》《游禹穴回出若邪》、孟浩然《送谢录事之越》、李白《送纪秀才游越》《越中秋怀》、徐浩《谒禹庙》、杜甫《送孔巢父谢病归游江东，兼呈李白》、严维《陪皇甫大夫谒禹庙》、孟简《谒禹庙》、李洞《上司空员外》、刘长卿《送荀八过山阴旧县，兼寄剡中诸官》、贾岛《送周判官元范赴越》、薛苹《禹庙祈雨唱和诗》等，这些诗作述及禹庙、禹祠、禹穴、禹凿等。大禹的故事深入人心，大禹的精神通过文学艺术得到延续。唐代章孝标《上浙东元相》云："何言禹迹无人继，万顷湖田又斩新。"此诗借用大禹治水的典故，描写浙东的新景，呈现出一派欢喜景象。

　　浙东的舜禹传说主要有舜禹、舜王和神龙、禹舜与香榧、舜母下凡、夏禹、禹粮石、大禹立像由来、大禹立国会山、型塘香魂、夏履桥等。这些传说大多围绕会稽山形成。会稽山是大禹娶妻、封禅之地，位列中国九大名山之首，相关传说众多。李弘主编的《会稽山民间传说》（2019 年）一书收录了相关传说近 200 个，涉及舜禹、越国、山水、物产、名士、古迹、民俗等主题 8 个。与会稽山一样，天姥山、天台山也是拥有丰富的传说故事的名山。章兴元编著的《天姥山民间故事》（2017 年）一书搜集了相关故事 82 个，包括盘古造仙山、天姥等仙源传奇 24 个，般若谷、佛祖遣徒降剡山等佛缘传奇 12 个，王羲之、陶渊明、竺潜等名人传奇故事 21 个，瑶泉幽谷、蹲牛岩等地名传奇 25 个。天姥山是天台山山脉的分支，而刘阮遇仙的故事也就发生在这一带。这一故事本身的时间跨度达 300 多年，即从东汉永平五年至东晋太元

---

① 丹朱，尧之长子，为人骄傲暴虐。不肖，曾与中原部族三苗首领勾结，反对尧把天下让位给舜。败之，遭逐放南方，定居后不久又欲谋反，经丹水之战。又败之，便带领少数部众，落荒而逃至南海，后投海而死。

八年（62—383）。剡人刘晨、阮肇到天台山采药，遇仙结为夫妇，停留半年再度返回家乡时发现早已物是人非。故事细致动人、委婉入情，具有浓厚的人情味，尤其是通过对缥缈仙境的描述，表达了人们对美好人间生活的向往。这一故事传播广泛，在唐代十分流行，尤其在唐诗中的运用更是繁富出色。李白、杜甫、刘长卿、卢纶、李端、武元衡、权德舆、白居易、元稹、房孺复、张祜、许浑、张贲、李商隐、王涣、鱼玄机、李冶、红绡妓等，或吟咏本事，或作为典故。晚唐曹唐《大游仙诗》中的"刘阮系列"五首、《题武陵洞五首》和北宋末曹勋《小游仙三首》中的两首，都是大规模地以此为题材。刘阮遇仙故事在唐、宋的流传中，扩展到诗、词等文体中，还与晋代陶渊明的桃源故事合流，促进了古典文学与道教的融合，并传播到周边的东亚国家。这一故事的影响力之大非同一般。刘阮遇仙的故事见于各种天台山传说故事集当中。朱封鳌主编的《天台山佛道儒传说》（2012 年）从史籍记载和流传民间的三教传说中精选了 100 个供读者品赏。全书按三教分 3 辑。其中，道教传说辑 26 个，该故事就是其中之一。

刘阮遇仙的故事最早出自南朝刘义庆的志怪小说集《幽明录》。而论及刘义庆，又不得不提由他组织一批文人编写的《世说新语》。该书可以说是魏晋时代风度的最好画像，提供了名士这个群体生活方式的真实写照。由曹魏正始才俊何晏、王弼到竹林名士嵇康、阮籍，中朝隽秀王衍、乐广至江左领袖王导、谢安，他们莫不是清峻通脱，表现出一派烟云水气、风流自赏的气度，几追仙姿，为后世景仰。魏晋风度，亦称魏晋风流，就是对他们的行为、性格、精神、风貌的最好概括。刘强的《魏晋风流》（2018 年）一书分美容、服药、饮酒、任诞、隐逸、品鉴、清议、清谈、豪奢、艺术 10 个主题而给予全面展示。这部汇集了魏晋士人精神面貌与风度的故事典源，对王羲之、孙绰、许询、支遁、谢灵运等名士事迹有丰富的记载。如支遁（字道林），学识佛法、论辩能力以及处世风度都十分出色，今仍存其以阐述佛理为主的玄言诗 10 多首。雅量、伤逝、排调、赏誉、轻诋、容止、文学、品藻等篇记载了这位高僧爱马、好鹤等逸事，参与佛教清谈活动，以及与王羲之、孙绰、许询等人的交往情况。文学雅集是魏晋名士的重要活动，以永和九年（353）春王羲之、孙绰、谢安、谢万、孙统、王涣之、魏滂、虞说、谢绎、徐丰之、曹华等 42 人相聚兰亭的"兰亭集会"最为著名。文学雅集是浙东文化传统，也在唐代盛行。如广德元年至大历五年（763—770），以鲍防、严维为中心的越州唱和，有近 50 位诗人参与，联唱诗作最终结集为《大历年浙东联唱集》。

此类雅集，堪称是浙东唐诗之路上的精彩华章。

以上仅是几种代表性的浙东传说故事，另外的不再详议。这些传说故事，加上浙东的优美山水、灿烂而又神秘的古越文化，无疑对诗家文人产生了巨大的吸引力。而它们又作为富有浙东特色的地方文化资源，成为诗文创作的重要题材。唐代诗人一路行游，沿途吟咏，为浙东留下了一座人文富矿。浙东唐诗之路就是以唐代诗人为主体的浙东行旅路线。在唐诗中，浙东的山水、人文之美得到淋漓尽致的展现。唐代浙东堪称是一块文学热土，所形成的浙东诗路文学现象独特而又富有魅力。作为文学创作的重点区域，它的形成必定离不开对这里各种资源的利用，而某一区域重点的文学创作也会努力表现该区域的山川形胜、历史人文、风俗人情等景观，唐代浙东诗路文学就是如此。

第二节　浙东交通与诗路景观

浙东唐诗之路的形成与浙东运河的存在具有非常直接的关系。浙东运河是古越州的经脉，是浙东的交通要道。经过南朝时期疏通整治，唐代纤道、堰埭等设施修建，这条连接钱塘江与明州（今宁波）海港的水上线路更便于人流、物流往来，不仅与全国交通网络顺畅连接，而且"沟通着日本、朝鲜等海外诸地的交往"①。沧海桑田，历史沉浮，具有重要交通文化遗产价值的浙东大运河至今仍然在发挥作用。王书侠《绍兴古代交通文化及其旅游开发研究》（2015 年）一文整理了目前绍兴境内的陆上交通遗址，包括古道（唐诗之路、绍兴"茶马古道"、上青古道），古桥，驿站；水上交通遗址，包括水运航道（浙东运河、鉴湖、三江和三江闸、投醪河），塘路（避塘、海塘），堰坝，水门，等等。② 这里把唐诗之路作为浙东的陆路交通文化遗址，主要遵从古道即古陆道的一般界定，从可保护角度看有其科学性。事实上，浙东唐诗之路水道、陆道皆备，且主线、支线兼具。各种道路及沿线的古坝、古桥、古驿、古村等都可以包括在诗路交通文化的范围之内。唐代诗人通过

---

① 艾冲 . 论隋唐时期的越州都督府 [J]. 绍兴文理学院学报（哲学社会科学），2010（6）：30.

② 朱文斌，庄伟杰 . 语言与文化论坛 [C]. 上海：上海交通大学出版社，2019：153-156.

浙东道路行走在山水之中、城乡之间，感受别致的风景，书写别样的精彩人生。唐代浙东诗，是中国山水文学的典范，促成了"诗景"这一诗学、美学范畴，因而尤其值得我们关注。

一、浙东驿路

浙东唐诗之路，以"浙东"来命名本身就表明了浙东的重要地位和意义。浙东的核心区域在古越州。越州，秦汉以来称会稽郡，唐代前期领有今天的绍兴、宁波两地。开元二十六年（738），明州建立，越州辖区缩小，仅领山阴、会稽、诸暨、上虞、剡城、永兴、余姚七县。越州是浙江东道区，统领越、婺、衢、处、温、台、明七州，乃江南重镇，经济地位冠于浙江，唐朝中期以后已成为关系着全国经济盛衰的地区之一。越州与邻近的各州有着方便的水陆交通，是浙东的交通枢纽。大量商品从各地运到越州或者从越州运至全国各地。境内驿道四通八达，宽阔平坦，过往商旅，不绝于途。越州的交通，以越州为中心，连接明州、台州（又至温州）、婺州（又至衢州）、杭州，路程远近不一。《元和郡县图志》载："（越州）西北至上都三千五百三十里，西北至东都二千六百七十里，东至明州二百七十五里，东南至台州四百七十五里，西南至婺州三百九十里，西北至杭州一百四十里。"① 从越州至明、台、婺、杭四州的驿路是浙东唐诗之路所依托的重点线路。

（一）从越州至明州

明州为宁波古称，本为会稽之鄞县及句章县。《史记》载，越王勾践灭掉吴国之后，将吴王夫差以徒刑罪流放到甬东。甬，即今天宁波的简称。唐武德四年（621）县立鄞州，四年后废。唐开元二十六年（738）分越州之鄞县置明州，以境内四明山为名，管鄞、奉化、慈溪、象山四县。明州的分设，"标志着浙东地区进入了以海港经济为特色的发展时期"②。浙东运河明州段，西自余姚入境，向东流经慈城等地，至甬江口入海，正河长 150 多公里。唐代来往此路的商贾、官员、文人络绎不绝。武元衡《送寇侍御司马之明州》云："斗酒上河梁，惊魂去越乡。地穷沧海阔，云入剡山长。莲唱蒲萄熟，人烟橘柚香。兰亭应驻楫，今古共风光。"张祜《酬徯姚郑摸明府见赠长句四韵》云："仙令东来值胜游，人间稀遇一扁舟。万重山色连江徼，十里溪声到

---

① （唐）李吉甫. 元和郡县图志：下［M］. 贺次君，点校. 北京：中华书局，2005：618.
② 邱志荣，陈鹏儿. 浙东运河史：上［M］. 北京：中国文史出版社，2014：249.

县楼。吏隐不妨彭泽远，公才多谢武城优。生疏莫笑沧浪叟，白首直竿是直钩。"权德舆《送上虞丞》云："越郡佳山水，菁江接上虞。计程航一苇，试吏佐双凫。云鑿窥仙籍，风谣验地图。因寻黄绢字，为我吊曹盱。"这些送别、酬唱之作言及明州、余（馀）姚、上虞，同时融入了当地的山水、物产、传说等，因而具有代表性。从越州至明州一线是浙东唐诗之路所依托的重要支线。

（二）从越州至台州

台州，本《禹贡》扬州之域，春秋时为越地，秦并天下置闽中郡，汉立东部都尉，本奉之同浦乡分立为县。东汉改回浦为章安，三国吴时分章安、永宁置临海郡，隋平陈废郡为临海县。唐武德四年（621）于临海县置海州，翌年又改为台州，以境内有天台山而得名，台州之名自此始。台州下辖临海、唐兴（今天台）、黄岩、乐安（今仙居）、宁海五县。从越州至台州的驿路有两条线。一条是经浙东运河至慈溪，再转道至奉化、宁海、天台的驿路。① 还有一条是经剡县、天台的驿路。方干《和剡县陈明府登县楼》一诗可证之："郭里人家如掌上，檐前树木映窗棂。烟霞若接天台地，分野应侵婺女星。驿路古今通北阙，仙溪日夜入东溟。彩衣才子多吟啸，公退时时见画屏。"通过这条驿路，也可以通过水路的替代方式。顾况《从剡溪至赤城》云："灵溪宿处接灵山，窈映高楼向月闲。夜半鹤声残梦里，犹疑琴曲洞房间。"此诗所写的是就是经从曹娥江的上游剡溪抵达天台所见所感。经过剡县的从越州至台州一线是浙东唐诗之路所依托的主线。

（三）从越州至婺州

婺州、东阳皆为金华的古称。金华，本《禹贡》扬州之域，春秋时为越之西界，秦属会稽郡乌伤、太末二县之地。本会稽西部，常置都尉。三国孙吴孙皓时期分会稽置东阳郡。南朝陈武帝置缙州（州治在今永康市芝英镇）。隋开皇九年（589）置婺州，盖取其地于天文为婺女之分野。隋氏丧乱陷于寇境。唐武德四年（621）讨平李子通置婺州。武德六年（623）辅公叛州又陷没，翌年平定公仍置婺州。元代改为婺州路，明代改为金华府。就唐代而言，婺州辖金华、义乌、永康、东阳、兰溪、武义、浦阳（今浦江）七县。从越

---

① 华林甫.唐代两浙驿路考［J］.浙江社会科学，1999（5）：133.

州至婺州的水路，经浦阳江①，过今天的萧山区、诸暨市、浦江县，沿途可领略越中自然风情。李白《送杨山人归天台山》云："客有思天台，东行路超忽。涛落浙江秋，沙明浦阳月。"浦江县，唐代时称浦阳县，因境内浦阳江而得名。传此诗中的"浦阳"即指此地。崔颢《舟行入剡》云："鸣棹下东阳，回舟入剡乡。青山行不尽，绿水去何长。……多惭越中好，流恨阅时芳。"此诗融叙事、抒情于一体，尤其是描写了从婺州至越州一路的山水美景。从越州至婺州一线是浙东唐诗之路所依托的重要支线。

（四）从越州至杭州

杭州，古称钱塘、余杭等。本《禹贡》扬州之域，春秋时为吴、越二国之境，秦时属会稽郡，隋时废郡为州。唐时置杭州郡，先后属江南道、江南东道、浙江西道。州治一度在钱塘，辖钱塘、盐官、富阳、新城、余杭、临安、于潜、唐山八县。至唐代后期，杭州已是一幅兴旺景象。唐代李华《杭州刺史厅壁记》云："杭州，东南名郡……。骈樯二十里，开肆三万室。"②杭州与越州通过浙东运河这条水路连接起来。元稹《送王协律游杭越十韵》云："去去莫凄凄，余杭接会稽。松门天竺寺，花洞若耶溪。浣渚逢新艳，兰亭识旧题。山经秦帝望，垒辨越王栖。江树春常早，城楼月易低。镜呈湖面出，云叠海潮齐。章甫官人戴，纯丝姹女提。长干迎客闹，小市隔烟迷。纸乱红蓝压，瓯凝碧玉泥。荆南无抵物，来日为侬携。"此诗写杭越之游，展示了越州的天竺寺、若耶溪、兰亭、秦望山、越王台、镜湖等诸多山水人文景观，尤其是呈现了繁华的越州城市景象和浓厚的商业氛围。市场上有章甫（帽子）、纯丝、青瓷等各种商品，琳琅满目，亦不禁让这位浙东观察使吆喝起来，邀请好友前去逛游。还有李白《越女词》、朱放《经贺秘监鉴湖道士观》、王昌龄《采莲曲》等也都描写了越地的优美风光和风土人情。从越州至杭州一线是浙东唐诗之路所依托的主线。

二、主线游踪

秀丽的山水美景、富庶的社会生活，吸引了大量怀有避世情怀的文人雅

---

① 浦阳江自南向北，流经浦江县（隶属金华市）、诸暨市（隶属绍兴市）、萧山区（隶属杭州市），在萧山义桥、闻堰两镇之间汇入钱塘江，是钱塘江的重要支流。它的下游河道，在历史上有改道的情况。明代之前是与钱塘江独立、并行的两条河道，以西小江、钱清江为主道东向流出，在三江口入杭州湾。参见朱海滨. 浦阳江下游河道改道新考 [J]. 历史地理，2013（1）：106-122.

② 黄俊杰，钟小红. 唐代厅壁记汇编 [M]. 南京：凤凰出版社，2020：8.

士前来浙东隐居求道。尤其是随着水利、交通的发展，往返于浙东道上的文人雅士更是络绎不绝。在以越州为中心的浙东交通网络中，由杭州经越州再至台州的驿路是浙东唐诗之路所依托的主线。具体地说，它以钱塘江南岸的西兴渡口为起点，经浙东运河到达古越州城，再向东并转入曹娥江，上溯至剡溪，进入台州境内，到达宗教圣地天台山。这条在唐代异军突起的浙东之路，是唐代诗人漫游浙东的山水人文之路，是引人向往和值得深度体验的黄金旅行线路。

（一）渡江观潮

唐人由北至南，从西至东，进入浙东境内，首先需要横渡钱塘江，到达南岸的西陵（今西兴）和渔浦。从西陵入浙东者，沿浙东运河经越州和曹娥江、剡溪，再辗转来到天台山。从渔浦入浙东者，除溯浦阳江而上入诸暨、婺州，甚至到达衢州（往西）、永嘉（往南）等更远的地方外，同样可向东转道到达越州城。因此，这两处重要的渡口和驿站是浙东唐诗之路的起点。西陵，亦称固陵、西兴，是著名的观潮佳地。相关诗作，西晋有苏彦《西陵观涛诗》，唐代有薛据《西陵口观海》、郎士元《送李遂之越》、刘长卿《送人游越》，元代有萨都剌《江声草堂》，等等。渔浦，地处钱塘江、富春江、浦阳江交汇处的三江口，地理位置十分独特，风光绝美。这里同样是著名的观潮佳地。清代王雾楼《渔浦观落日》云："钱塘看潮涌，渔浦观落日。浙江两奇景，亘古称双绝。"南朝谢灵运、沈约、江淹，唐代孟浩然、王维，宋代陆游、苏舜钦、张方平、真山民、潘阆、沈辽、鲁交等都在此地留下诗作。至明、清，共有240多首古诗描述过渔浦这个地方，从而使之有了浙东唐诗之路源头的独特历史文化印记。①

（二）登城临湖

浙东运河，西起西兴，跨曹娥江，经过越州，东至明州甬江入海口，全长239公里。此运河最初开凿的部分为山阴故水道，始建于春秋时期，后来经过晋代以来多次开挖、连通、疏浚，在南宋时已成为十分重要的浙东航道，至清代以来仍然保持畅通。乾隆首次下江南（1751年），就是通过浙东运河去绍兴祭大禹陵，并在行船过程中作《萧山道中作》："溪窄绿塍阔，水肥乌榜轻。开篷画芘蒥，挂席剪澄明。南国春方丽，越天云复晴。山阴指明日，已是镜中行。"越州城、镜湖是这条故水道上两处极其重要的节点。越州城作

---

① 胡可先. 西陵·渔浦：浙东唐诗之路的起点 [J]. 浙江社会科学，2022（6）：133-143.

为州治所在地，唐代诗人往往聚会于此，举行联唱活动。可登楼远眺，如祖逖《登越州城》云："越嶂绕层城，登临万象清。"可居留揽胜，如元稹《以州宅夸于乐天》云："州城迥绕拂云堆，镜水稽山满眼来。"镜湖，传皇帝铸镜于此得名，一般称鉴湖。东汉永和五年（140年）会稽太守马臻在会稽、山阴两县界筑塘，纳三十六源之水为湖。水高丈余，田又高海丈余。若水少则泄湖灌田，若水多则闭湖泄田中水入海，故无凶年可言。湖面宽阔，水势浩淼，近处碧波映照，远处青山重叠。泛舟其中，如在镜中游。风光如画的镜湖，让文人墨客流连忘返。他们徜徉于湖光山色之间，吟风弄月，赋诗填词。绍兴县史志办公室所编的《唐宋诗人咏鉴湖》（2011年）一书收录了因漫游、做官、贬谪或隐居至鉴湖的80多位客籍诗人的诗作，从中我们能够感受到鉴湖的诗情画意及其文化魅力。

（三）行山阴道

山阴，得名于其位于会稽山之北。作为县名，始设于秦代，属于会稽郡。南朝陈永定年间，山阴县一分为二，与会稽县同城而治，直至民国元年（1912）两县合并为绍兴县。"山阴"是唐诗中经常出现的地名，使用搭配常见的有"山阴会""山阴游""山阴兴""山阴访""山阴道""山阴雪""山阴月"等。① 其中，"山阴道"最为人所知。关于此道，各种史书对于它的完整的地理范围都没有明确记载，但从一些留存的诗篇和零碎史料中可以对这条驿道展开想象，大致就是古山阴县境内的道路，尤其是从越州古城至兰亭一段。《世说新语·言语》载，顾恺之（字长康）有赞"千岩竞秀，万壑争流，草木蒙笼其上，若云兴霞蔚"；王献之（字子敬）吟哦"从山阴道上行，山川自相映发，使人应接不暇"。② 山阴道，它因东晋名士之赞美不已而成名。这条蜿蜒曲折的古道，沿路美景丛生，人文古迹处处。纷至沓来的文人骚客，用他们的行迹铺开了一条"诗文之路"，赋予山阴道深厚的历史文化意义，从而也使之逐渐在官道的基础上分化出独特的审美内涵和精神价值。行在山阴道，犹如画中游。唐代李白《送贺宾客归越》《〈对酒忆贺监二首并序〉其一》、羊士谔《〈忆江南旧游二首〉其一》、方干《雪中寄殷道士》等诗均使用了此意象。宋代苏轼、明代袁宏道等也都流连于此，并留下佳作名篇。

---

① 范之麟，吴庚舜. 全唐诗典故辞典：增订本：上 [M]. 武汉：湖北辞书出版社，2001：106-107.

② （南朝宋）刘义庆. 世说新语校注 [M]. 朱奇志，校注. 长沙：岳麓书社，2007：70-72.

（四）泛舟二溪

浙东境内的主要水域，除浙东运河、镜湖、沃洲湖之外，还有曹娥江、小舜江、若耶溪、剡溪、灵溪等诸多大小江河。这里仅提"二溪"若耶溪、剡溪。若耶溪，今名平水江，承载了古老越地文明的诸多传说，如大禹得金简玉字而晓疏导之治水策（宛委山），欧冶子为越王铸五剑（铸浦山、欧冶大井遗址），西施浣纱和采莲，等等。郦道元《水经注》卷四十云："水至清，照众山倒影，窥之如画。"谢灵运《于南山往北山经湖中瞻眺》云："石横水分流，林密蹊绝踪。……初篁苞绿箨，新蒲含紫茸。海鸥戏春岸，天鸡弄和风。"王籍《入若耶溪》云："蝉噪林逾静，鸟鸣山更幽。"这些南朝的诗家文人都描写和称赞若耶溪的清静之美。唐代的诗家文人也大抵如此。据邹志方所编的《历代诗人咏若耶溪》（2003 年）一书所记，在吟咏若耶溪的 460 多人 500 余首诗中，唐代的有 40 多人 70 多首诗。"若耶溪不仅成为吴越山水之典范，也成为越州乃至整个江南地区的地标性地理意象。"① 与若耶溪一样，剡溪也是具有典范性和地标性意义的。裴通《金庭观晋右军书楼墨池记》云："越中山水之奇丽者，剡为之最。"杜甫《壮游》云："剡溪蕴秀异，欲罢不能忘。"剡溪是剡县（今嵊州市）境内的一条主要河流。此地山秀水美，吸引了众多的文人墨客、贤士名流前来览胜，尤以体现魏晋名士旷达风度的子猷雪夜访戴的故事为人所知。唐代诗人或将剡溪山水风光，或将子猷雪夜访戴逸事，或将剡溪特产等引入诗作，使剡中的自然风物和人文景观名扬天下。南宋高似孙《剡录》十卷保存了唐代以前的遗文旧事。今人编有《历代咏剡诗选》（2008 年）、《历代咏剡文选》（2008 年），著有《剡溪诗话》（2018 年）等，从这些选本、诗话中我们能够感受到剡溪浓厚的人文底蕴。总之，若耶溪、剡溪风景秀丽，沿岸景观丰富，是唐诗中的重要地理意象，而泛舟此二溪之上则是唐人游历浙东的重要活动。

（五）游诸名山

浙东境内的苎萝山、柯岩、龟山、秦望山、法华山、会稽山、宛委山、云门山、东山、太白山、四明山、金庭山、石城山、南岩、沃洲山、天姥山、天台山、华顶峰、赤城山、桐柏山、玉霄峰、寒岩等，以绝美的自然风光、悠久的历史人文吸引了大批的唐代文人前来游赏。这里以会稽山、天姥山、

---

① 景遐东. 唐代山水诗与隐逸诗中的若耶溪［J］. 湖北师范大学学报（哲学社会科学版），2022（6）：50.

天台山为例略作说明。会稽山由主峰香炉峰和周围的秦望山、宛委山、射的山、石帆山等组成。该山系古代九大名山之首，历史文化积淀深厚，舜禹、越国复国等传说故事绚丽多姿，是中国城市山水园林的发源地之一。这处主要因大禹而传颂古今的名山，引得诗人尽情挥毫，留下了大量诗篇。邹志方所编的《历代诗人咏会稽山》（2002 年）一书收录了 510 首诗，实际数量当远不止于此。天姥山由拨云尖、细尖、大尖等群山组成，是一片连绵起伏、气势磅礴的群峰，它是古代文人心目中的一座备受景仰的高峰。李白艳羡谢公的山水诗，先后三次来此寻访，并留下千古绝唱《梦游天姥吟留别》，将天姥山推到了一个崇高的理想境界，对浙东唐诗之路概念的形成起了"关键的作用"①。李白之后，杜甫、白居易、孟浩然、杜牧等唐代诗人追慕前贤足迹，寻访天姥山。众多诗人的加持，使其成为了中国山水诗的发祥地。天台山，濒临东海，地理环境优越，拥有水光山色的自然灵气，是访仙修真、礼佛禅修、览胜探幽的好去处。据安祖朝编注的《天台山唐诗总集》（2018 年）所述，唐代有 312 位诗人留下 1362 首吟诵天台山的诗作。明代地理学家徐霞客之所以漫游天台山，正如有学者所说的，是因为其"名气太大""景物太美""人太好"②。他将《游天台山日记》列于游记集篇首，毫不掩饰对天台山的心向往之。这些浙东名山，是"诗山""圣山"，是唐诗的宝库，具有标志性意义。

三、"诗景"创造

浙东唐诗之路串起了文人交游唱和之旅。这条蜿蜒在浙东山水间的道路，景色迷人，引得无数唐代诗人驻足、吟咏，造就了绝美的"诗景"。诗景，即诗意的、优美的景色，它是审美视野中的图景。该词最早出现在唐代江南诗中。张籍《送从弟戴玄往苏州》云："江天诗景好，回日莫令赊。"朱庆馀《杭州卢录事山亭》云："山色满公署，到来诗景饶。"其《送唐中丞开淘西湖，夏日游泛，因书示郡人》又云："空余孤屿来诗景，无复横槎碍柳条。"张、朱之诗所演绎的"诗景"极具特色和意义："跳脱出秋气肃杀与夏日苦旱的悲情，细意摹写秋到江南的丰美情景，与官民共享同乐的亲和景象，使

---

① 浙江省文史研究馆. 浙东唐诗之路诗选 ［M］. 朱勇文，注释. 杭州：杭州出版社，2020：97.

② 许尚枢. 徐霞客缘何情钟天台山 ［C］//胡正武，牟惠康. 台州人文研究选集：第 2 卷. 杭州：浙江工商大学出版社，2017：312-320.

'诗景'成为源自越中的特有语汇，在悲秋的抒情传统之外，另有使人应接不暇而尤难为怀的诗情，影响到中晚唐以下的山水美感与诗情画意。"① 换言之，越中绝美的山水风光、人文景致成就了"诗景"，使之从浙东这一特定的地域性意象跃升为具有普遍意义的中国诗学、美学范畴，因此也就具有原型性。原型分"意义的原型""意象的原型"两种形态，前者是理性的，后者是感性的。② 作为原型的"诗景"，来自李白笔下可感的浙东诗景，后来者行游浙东受之启发、引导，同时历代诗学家对李白浙东诗的推崇起到了强化作用。这一理路是"浙东诗景"经典化的一部分，也是"诗景"概念的升格过程。

（一）移视换景

李白对越中如数家珍，如同一个资深的导游一样，充满热情地介绍那些著名的景点、美妙的传说典故。其《送友人寻越中山水》云："闻道稽山去，偏宜谢客才。千岩泉洒落，万壑树萦回。东海横秦望，西陵绕越台。湖清霜镜晓，涛白雪山来。八月枚乘笔，三吴张翰杯。此中多逸兴，早晚向天台。"此诗不仅声律和谐，对仗工整，具有一种整饬美、形式美，而且融入了会稽山、越王台、山阴道、秦望山、西陵、镜湖、天台山等诸多景观和谢灵运、枚乘、张翰等人物典故。其《送王屋山人魏万还王屋并序》用大半篇幅详叙魏万漫游江南的行程，"既似一篇浙东山水游记，又似一幅浙东山水导游图"③。全诗32联，可分8节。以下是前3节的主要部分：

> 逸兴满吴云，飘飖浙江汜。挥手杭越间，樟亭望潮还。
> 涛卷海门石，云横天际山。白马走素车，雷奔骇心颜。
> 遥闻会稽美，一弄耶溪水。万壑与千岩，峥嵘镜湖里。
> 秀色不可名，清辉满江城。人游月边去，舟去空中行。
> 此中久延伫，入剡寻王许。笑读曹娥碑，沉吟黄绢语。
> 天台连四明，日入向国清。五峰转月色，百里行松声。

---

① 廖美玉. 驻足与追忆：李白在天地行旅中浮现的浙东诗景 [J]. 绍兴文理学院学报（人文社会科学），2018（6）：16.

② 程金城. 原型批判与重释 [M]. 西安：陕西师范大学出版社，2019：280.

③ 查屏球. 盛唐诗人江南游历之风与李白独特的地理记忆：李白《送王屋山人魏万还王屋并序》考论 [J]. 文学遗产，2013（3）：42.

灵溪咨沿越，华顶殊超忽。石梁横青天，侧足履半月。①

这里所述按实际的线路：钱塘观潮—会稽访古—天台登顶。而前诗所述按想象的线路：会稽访古—钱塘观潮—天台登顶。两诗所述线路不同，但节点相同，且都采用视觉变换，运用移动镜头的方式描写所见（忆）之浙东景象，赋予了作品强烈的动感，富有视觉冲击力。

移视与移步、移时、易觉都是常见的换景方式。这种类似电影蒙太奇的写景艺术手法，可使各种景物意象之间形成连贯、呼应、比衬、并列等各种关系，从而建构起蕴含某种诗情的意境。说到底，移视是一种空间性的转移、变化。以此再看李白的"越女诗"也十分奏效。越女，亦称越妇、越姑、越溪女、耶溪女等。这类越地的女子在唐诗中多以美貌、多情著称和以浣纱、采莲的形象示人。张籍《酬朱庆馀》云："越女新妆出镜心，自知明艳更沉吟。齐纨未是人间贵，一曲菱歌敌万金。"此诗以越女之美肯定朱庆馀的才华，而后者本就是越州人，可谓构思巧妙，别出心裁，当是受到李白诗的启发。李白笔下的越女形象，主要见于《采莲曲》《越女词五首》《浣纱石上女》。张籍笔下的"越女新妆"即出自《〈越女词五首〉其五》："镜湖水如月，耶溪女如雪。新妆荡新波，光景两奇绝。"此诗写越女顾影自怜的娇媚姿态，把人和景物巧妙地融合在一起，相互映衬，构成了一幅美丽动人的艺术画面，可谓别有情致。此首中"如雪""新妆"的"耶溪女"，与第一首中"眉目艳新月"的"吴儿女"、第二首中"卖眼掷春心"的"吴儿"、第三首中"佯羞不出来"的"采莲女"、第四首中"白地断肝肠"的"素足女"，共同组成了多情、娇美的越女形象。这个形象通过清新、简练的语言和白描手法的运用，结合富有特征的景物和典型性的生活细节的描写，显得生动逼真。更值得一提的是，《越女词五首》是李白初游吴越地区时所作，所记述的是在5个地方的所见所闻，此即通过空间变化、视角变换打造了"越女"这道靓丽的视觉景观。

（二）情之所美

《庄子·知北游》云："是其所美者为神奇，其所恶者为臭腐。臭腐复化为神奇，神奇复化为臭腐。"唐代成玄英疏："夫物无美恶而情有向背，故情

---

① （唐）李白. 李白诗全译 [M]. 詹福瑞，等，译释. 石家庄：河北人民出版社，1997：574.

之所美者则谓为神妙奇特，情之所恶者则谓为腥臭腐败，而颠倒本末，一至于斯。"① 李白对浙东山水情有独钟，几乎将山阴道、剡溪、天姥山、越女等重要景观全部囊括在诗作中。其中，剡溪作为意象在李白的《〈东鲁门泛舟二首〉其二》《赠王判官，时余归隐，居庐山屏风叠》《梦游天姥吟留别》《淮海对雪赠傅霭》《经乱后将避地剡中，留赠崔宣城》《秋山寄卫尉张卿及王征君》《叙旧赠江阳宰陆调》等诗当中较广泛出现。皆知，子猷访戴故事的发生地在剡溪。对此，古人又有"子猷船""访戴船""忆戴""子猷兴""扁舟乘兴""泛舟思戴""山阴雪""子猷兴尽""山阴兴尽""扁舟兴""雪夜舟""王猷兴"等各种写法或表达。据统计，此典故在李白诗中共出现 18 次。李白用此典故，或仅取剡溪景物环境与兴致，或取由剡溪景物所激发的怀念友人的情感，或触景生情怀人访友，或反用之而极写相会之乐。显然，它们都不是取"吾本方乘兴而行，兴尽而返，何必见戴"（《世说新语·任诞》）的原始情节。此中反映出李白对"魏晋风度"的接受与扬弃的态度，毕竟他所追求的不是任诞的而是任情的"盛唐风流"。正如有学者指出："越中山水，以清秀明媚著称，得冰雪相衬，更为晶莹秀美。这种境界，与李白襟怀光明磊落有其一致性。"② 换言之，李白的浪漫人格很大程度上是得到越中山水的滋养而形成的。

　　景，作为诗学概念形成于南朝，发展于唐代，成熟于宋代。唐代司空图《与极浦书》引用戴叔伦论诗主张"诗家之景，如蓝田日暖，良玉生烟，可望而不可置于眉睫之前"，提出"象外之象，景外之景"，以表达不易臻达的"景"的观点。唐代之后，对"景"的阐述明显偏多，且发生了从"象"到"情"的重心转移。如"情景相触而莫分也"（［宋］范晞文《对床夜语》）；"景在情中，情在景中"（［元］方回《瀛奎律髓》）；"作诗本乎情景，孤不自成，两不相背"（［明］谢榛《四溟诗话》）。这些观点都已撇开"象"，而在强调"景"与"情"的密切关系。以"情"论"景"的主调在清代又发生了变化。如王夫之强调必须"目接"，而乔忆在此基础上进一步提出"神遇"，并把两者进行比较。其《剑溪说诗》云："景有神遇，有目接。神遇者，虚拟以成辞，屈、宋已下皆然，所谓五城十二楼，缥缈俱在空际也。目

---

① 陈志坚．诸子集成：第 2 册［M］．北京：北京燕山出版社，2008：686.
② 余恕诚．剡溪访戴典故在李白笔下：兼谈盛唐诗人对于魏晋风度的接受［J］．古典文学知识，2000（1）：57.

接则语贵征实,如靖节田园,谢公山水,皆可以识曲听真也。"① 反观李白笔下的"浙东诗景",正因其入"情"而变得神奇美妙,或虚或实,亦幻亦真,当是"神遇""目接"的产物。从李白四游浙东所写的诗看,前三次的诗主要突出浙东景观的优美,而第四次的诗包含了悲壮美的成分,无疑是受"安史之乱"影响、波及使然。

(三) 艺类融合

诗景,并非就是诗之景,凡书、画之类亦可入景、造景。李白赴越途中有观赏自然美景、寻访人文古迹,亦有闻识交友等诸多活动,这些也有相关的诗为证。《王右军》云:"右军本清真,潇洒出风尘。山阴过羽客,爱此好鹅宾。扫素写道经,笔精妙入神。书罢笼鹅去,何曾别主人。"王右军,即王羲之,曾官至会稽内史。此诗语言简朴自然,描写王羲之写经换鹅的故事,赞扬他的晋人风度和高超的书法艺术。《求崔山人百丈崖瀑布图》云:"百丈素崖裂,四山丹壁开。龙潭中喷射,昼夜生风雷。但见瀑泉落,如潈云汉来。闻君写真图,岛屿备萦回。石黛刷幽草,曾青泽古苔。幽缄傥相传,何必向天台。"崔山人,唐代画家,善山水,事迹无载,从储光羲《题崔山人别业》、钱起《送崔山人归山》等诗看,他是一位隐居山水间的高道。李白在赴天台山途中见到崔山人《百丈崖瀑布图》,被其所绘的景象和丹青妙笔折服,不禁发出"何必向天台"的感慨。以上李白两诗,一为"书圣"诗,一为题画诗,分别是诗与书、诗与画的完美融合。艺类的沟通,体现出李白浙东行有亲临与想象相互映现的特点。

诗、书、画一体化是中国艺术的鲜明特点。三种艺术类型,既独立发展,又相通互鉴,彼此渗透。"封因于画,画始生书"(〔唐〕王维《为画人谢赐表》);"书画异名而同体""书画用笔同法"(〔唐〕张彦远《历代名画记》);"诗是无形画,画是有形诗"(〔宋〕张舜民《跋百之诗画》);"诗中有画""画中有诗"(〔宋〕苏轼《东坡题跋·书摩诘〈蓝田烟雨图〉》);"画法即书法所在"(〔元〕杨维桢《图绘宝鉴序》);"书画本来同"(〔元〕赵孟頫《题〈秀石疏林图〉》);"书画本同出一源"(〔明〕何良俊《四友斋丛说》);"书与画异形而同品"(〔清〕刘熙载《艺概·书概》),这些观点都做了直接的肯定。"浙东诗景"也是由不同类型的艺术共同参与创造的。兰亭、剡溪是浙东唐诗之路上两处经典的景观,都有深厚的艺术文化积淀。

① 尹贤.古人论诗创作:增订本〔C〕.北京:中国书籍出版社,2020:69.

兰亭因王羲之的书法作品《兰亭集序》而成为著名的书法圣地和艺术文化高地。相关诗作，仅唐代就有孟浩然《江上寄山阴崔少府国辅》、鲍防等《经兰亭故池联句》、李白《酬张司马赠墨》、戴叔伦《兰溪棹歌》、武元衡《送严绅游兰溪》、鲍溶《上巳日寄樊瓘、樊宗宪，兼呈上浙东孟中丞简》、施肩吾《兰渚泊》，等等。相关画作，宋代有佚名《摹阎立本萧翼赚兰亭图》、巨然《萧翼赚兰亭图》，元代有钱选《羲之观鹅图》，明代有文徵明《祝允明书兰亭序文徵明补图卷》《兰亭修禊图》、仇英《兰亭图扇》、陈洪绶《羲之笼鹅图》、吴彬《山阴道上图卷》，等等。剡溪风景秀异，如诗如画。这处著名的越中胜地也留下了众多诗作，唐代有崔颢《舟行入剡》、杨凌《剡溪看花》、李白《别储邕之剡中》、赵嘏《发剡中》，宋代有陆游《夜坐忆剡溪》，等等。至于相关画作，宋代有朱锐《山阴访戴图》，元代有黄公望《剡溪访戴图》、张渥《雪夜访戴图》，明代有周文靖《雪夜访戴图》，等等。在浙东，像兰亭、剡溪这样集山水与诗画于一体的诗路景观还有许多，它们都是"浙东诗景"的重要拼图。

（四）地景之证

"文学作品不能简单地视为是对某些地区和地点的描述，许多时候是文学作品帮助创造了这些地方。"① 诗景，并非简单地描写或图绘的自然地理景观现实，而是作为创造性的审美景观存在，因其具有高度的真实性，反而能够成为地景的佐证。宋代《舆地纪胜》是一部与以往政治模式书写不同的地理书，按编著者王象之自言就是要"收拾山河之精华，……使骚人才士于寓目之顷，而山川俱若效奇于左右"。此书纂辑范围、内容甚广，且详赡分明，体例谨严、考证核洽。"以郡之因革，见于篇首，而诸邑次之，郡之风俗又次之，其他如山川之英华、人物之奇杰、吏治之循良、方言之异闻、故老之传记，与夫诗章文翰之关于风土者，皆附见焉。"② 尤其值得一提的是，此书的写作时代接近唐代，可以说最大程度保存了唐代文献的原貌。其中，卷十"两浙东路绍兴府"部分，记景物231处、古迹63处。在具体介绍时，所引文献较杂多，但又以唐诗为主。经统计，该部分各处所引李白诗55首，在所引唐代诗人诗作中数量最多。这种情况，亦反映出以李白浙东诗为代表的唐

① ［美］克朗. 文化地理学［M］. 杨淑华，宋慧敏，译. 南京：南京大学出版社，2005：58.

② （宋）王象之. 舆地纪胜：第1册［M］. 赵一生，点校. 杭州：浙江古籍出版社，2012：3.

诗在宋代十分流行的盛况。另外,宋代诗家普遍推崇唐代诗人,尤其对李杜诗评价很高。如南宋严羽十分推崇以李杜诗为代表的盛唐诗。其《沧浪诗话·诗辨》将"兴趣"列为"诗之法"五种第四,称"论诗如论禅,汉、魏、晋与盛唐之诗,则第一义也",赞"盛唐诸人唯在兴趣,羚羊挂角,无迹可求",等等。① 此种"兴趣"说,不啻是对"诗景"的一种创造性理解。

第三节 天台山的审美高度

"一座天姥山,半部《全唐诗》",天姥山之于唐诗创作具有非凡的意义。在唐代文人心目中,天姥山比天台山更高。② 实际上,这座"诗山"在地理高度上并没有完全超过天台山。天台山主峰华顶峰海拔 1098 米,而天姥山主峰拨云尖海拔 818 米。古人称天台山高 1.8 万丈([南朝梁]陶弘景《真诰》)、4.8 万丈([唐]李白《梦游天姥吟留别》),都不是真实的地理高度。之所以如此大胆想象天台山之高,自然与天台山名气之大有关。这座并未入列"三山五岳"的名山,却令无数的诗人向往、驻足和回忆,留存至今的唐诗有 1300 多首,足以与天姥山相媲美。高度,虚实皆可,往往由比较而来,又明显指向达到的一种程度或某种效果。审美高度,也就是具有想象性、品级性、理想性的审美之境。天台山之美,以晋代孙绰所盛赞的"神秀"著称。神,在中国古典诗学、美学中往往是一个用于表达审美至境的概念。神秀天台山,因三教圆合而越发奇丽,借大量诗词的吟咏而更加秀雅,从而显示出一种他山难以企及的审美高度。以下所述以唐、宋时期的天台山诗词为重点,着重表现这座诗路名山的至美至境。

一、诗路名山

浙东唐诗之路形成的原因在于"浙东山水的召唤""宗教文化的吸引""曲线入仕的动力""晋宋文士的引领""遇神仙传说的魅力""隐逸传统的熏染"。③ 此六个方面都与山水、人文高度密合的天台山完美契合。天台山,古

---

① (南宋)严羽. 沧浪诗话 [M]. 普慧,等,评注. 北京:中华书局,2014:1-38.
② 薛天纬. 天姥山的文化高度 [C] //郁贤皓. 中国李白研究(1998—1999 年集):李白与天姥国际会议专集. 合肥:安徽文艺出版社,2000:118-123.
③ 胡正武. 天台山文化简明读本 [M]. 杭州:浙江工商大学出版社,2019:94-103.

有"五县中央"（［南朝梁］陶弘景《登真隐诀》）、"五县之界"（［唐］李善《〈游天台山赋〉注》）或"五县之余地"（［宋］孔灵符《会稽记》）之谓。此五县，即今天的天台县、新昌县、嵊州市、临海市、宁海县。这是一个特定的地理区域，更是一处佛、道、儒交汇融合的和合文化高地。多教在此胜地共栖，形成了义理互补、圆融共处的局面，尤其以天台山文化而著名，成为浙东文化的重要代表。天台山是无数僧道、文人、达官的人生向往之地、精神寄托圣地。天台山诗词是天台山文化的瑰宝，承载着无数文人求道访仙、隐逸漫游、参禅悟道的情怀志趣。

（一）佛宇道源

天台山是佛教天台宗和道教南宗的祖庭。据传，东汉三国时期就有少数印度僧人从海上来此地活动。东晋西域高僧昙猷，苦行习禅，先居赤城，后在方广寺修行。隋代智顗（世称智者大师、天台大师）慕前人所记天台山"有仙宫""用比蓬莱"，遂归隐此地，创建道场，讲经说法，后来又在陈宣帝、陈少帝等支持下相继建道场12座。《摩诃止观》系智顗在天台山的修持方法总结，经弟子章安、智威、慧威、玄朗、湛然等加以宣传推广，形成了天台宗。禅宗几乎与天台宗同时兴起。唐代时，高僧一行至国清寺，稽首请法；大师灵祐游方到此，与寒山、拾得相遇，并得二师真传；普岸来此营构丈室，创建平田禅院，传佛法宗。五代时，全宰苦修二十载于暗岩，德韶结庵于通玄峰下。宋代时，有济公、志南、行满、法具等一众高僧汇聚于此。元代以来，天台山佛教经历了相对沉寂，甚至衰落的时期。明代的传灯，定居幽溪高明寺，博通内典，讲经说法，复兴天台宗，著《天台山方外志》《天台传佛心印记》《幽溪别志》等20多种。天台山的佛教，因隋、唐两代多位皇帝所奉，十分兴盛，但在南宋以来的影响被禅宗所超越。

天台山道教的兴起始于汉代。东汉时期，剡人刘、阮二人来天台山采草遇仙，张皓服丹修道于赤城山。三国时期，葛玄先入赤城精思念道，设坛讲授，后归隐华顶峰，炼丹种茶。晋代，袁根、柏硕、班孟、葛夫人、王玄甫、许迈、白云先生等道士在此修行成仙。唐代，叶法善、司马承祯、谢自然、焦静真、徐碏、甘泉先生、杜光庭等来天台山修炼。其中，司马承祯身退而道成，后遍游名山，止于天台山，隐居玉霄峰，又因名声大、道功高而数度应帝王之诏赴京。他的弟子及再传弟子有薛季昌、田虚应、冯惟良、徐灵府、陈寡言等，称天台仙派，成为唐代上清派的著名一支。五代有朱宵，宋代则有张无梦、张伯端、陈景元、白玉蟾等一批道士活跃在天台山。其中，张伯端隐居桐柏山崇道观，并创建了道教南宗。南宗派别，有以白玉蟾为代表的清修派，又有以刘永年为代表的阴阳派，等等。元代时龙门派取代南宗的地位，桐柏宫派又成为龙门派中最负盛名的支派。此支派最终由明代龙门第十代高清昱开创，并在清初出现了中兴局面。道教的兴盛，形成了与佛、禅融合互鉴的局面，极大地拓展了天台山文化的发展空间。

（二）诗礼之壤

清代戚学标《风雅遗闻》云："吾台界山海间，自唐以前为灵仙窟宅，文人稀见，迨郑著作虔贬台州司户，于是文教兴焉。至宋元明，遂彬彬诗礼之壤，号'小邹鲁'矣。"① 正是天台山成就了台州之地名。台州，在秦代还是一片未开拓的蛮荒之地。这个处于边缘的海滨之地，西汉时称回浦县，东汉初改为章安县，三国时置临海郡。此地在中唐之前文教发展十分缓慢，直到郑虔的到来才得到改变。郑虔，中原人，与杜甫有莫逆之交，工诗书画，安史之乱平定后被贬至台州，以兴教为己任，大力发展台州文教，因此被誉为"台郡文教之祖"。北宋初期，陈襄讲学于仙居，徐中行授课临海乡里。南宋初期，婺学代表唐仲友知台州，修官学，振文教。永嘉学派代表陈傅良、叶适也在台州讲学，引得台州士子争从其学，其中不乏佼佼者，如临海王象祖、吴子良、黄岩王汶、丁希亮、夏庭简、戴许蔡等一时称盛，后起之秀陈耆卿、吴子良和舒岳祥更是名声远扬。理学大师朱熹多次来天台访贤授徒，传扬儒教，还为台岳诸景题词，替著姓大族宗谱撰文。徐大受，朱熹讲友，博通儒典，辞官后回丹丘授徒。潘时举，得徐大受、朱熹二师真传，有儒堂之称。安定之学、事功之学、朱子理学的融入，改变了长期以来佛、道主导的州域文化发展态势。陆游因政治上失意，遂寄情山水，隐居天台山玉霄峰洞天宫约一年，八年后领崇道观，但未就。其兄陆淞，由工部郎中改授天台县令，政绩卓著。本籍诗人、天台知县刘知过将他比作汉代的清官龚遂、良吏黄霸（"从此芳名齐秀峤，龚黄千载有同声"）。② 宋代台州文学活动较活跃，涌现了一批较为著名的人士，如本籍的左纬、陈克和侨寓的洪拟、吕颐浩、綦崇礼、成大亨、范宗尹、谢克家、曹勋。退老堂和诗是古代台州文学史上的一次盛会。特别是在曾惇、曾几、尤袤等几位台守发起的唱和之下，台州文学逐渐加强了与外界的联系。随着台州地域文学从永嘉文派向理学之文转变，

---

① 转引自胡正武. 天台山文化简明读本 [M]. 杭州：浙江工商大学出版社，2019：74.
② 许尚枢，周荣初. 名人与天台山 [M]. 西安：西安地图出版社，2004：129-130.

台州也逐渐由"仙源佛窟"转型成为"海滨邹鲁"。①

在古代台州地域文化转变过程中，天台山这座名山处在一个十分重要的位置。这里早在汉代就出现了书院。东汉末年，高察隐居佛陇之北、白沙之西陂陀小岭，至今仍有读书堂遗址。南齐顾欢隐居天台山，开馆授徒，相传普庆堂即其读书堂。朱熹曾两次提举桐柏崇道观，并宣扬理学。理学，又称道学、义理之学、宋学。这种儒家学说在天台山传播广泛。正谓入则仕，出则隐。风光独绝的天台山不失为归隐的好去处。文人或皈依佛道，寻得超脱；或纵情山水，饱览名山；或广交好友，吟诗唱和。唐代浙东地方官员好结诗社，以诗会友，相互唱和，甚至将入名山结交道友作为终南捷径。天台山的僧人、禅师、道士，许多本就是诗人，有的亦与诗人多有交往。司马承祯崇尚仙道，交友甚广，又有文名。后人将他与李白、孟浩然、王维、贺知章、卢藏用、王适、毕构、宋之问、陈子昂并称为"仙宗十友"（［宋］叶廷珪《海录碎事》）。唐代的寒山是天台山最著名的隐士之一，与拾得合称为"和合二仙""和合二圣"，成为和合文化的象征。宋代官僚、士大夫参禅活动较多，通过参禅吸收佛教中的哲学世界观，修身养性，寻找精神慰藉。尤其是那些有深厚的儒学修养的士大夫们，通过这样的活动，亦能与释调和，从而促进了佛教的进一步世俗化。

（三）必游之山

清代潘耒《游天台山记》云："台山能有诸山之美，诸山不能尽台山之奇，故游台山不游诸山，可也；游诸山不游台山，不可也。"② 天台山，天下与此山同名者多，而唯浙东之天台山被赞为天下人的必游之山。古人至天台山，有海、陆二道。天台山濒临东海。从明、温等港乘船到达海门或石浦，先换乘船只到达临海古城，再经陆路到达天台县城。古代文人漫游浙东，主要集中于水、陆结合的路线，即经钱塘江、浙东运河、曹娥江、剡溪，天姥山，至天台石梁，直登华顶峰，后沿着谢公道直通临海。越、台两州之间的驿路是最主要的陆道。游天台山，先到天台县城，再至赤城山；根据名胜分布和交通情况，又可以一日游、两日游或多日游。天台山面积甚广，山水清秀，草木奇异，地貌独特，景色秀丽，还有大量的古庙、碑刻、宫殿等，旅游资源十分丰富。在这里，可赏四季不同之景，可进香避暑，亦可观日赏月，

---

① 姜小娜. 宋代台州地域文学研究［D］. 上海：上海大学，2017：94-95.

② 许尚枢，徐永恩. 天台山游记选注［M］. 西安：西安地图出版社，2004：1.

等等。在慕台情怀下，文坛大家、诗坛巨匠、地方官员，或因仰慕佛道高义，不远万里而来，登临游览，横槊赋诗；或迷醉于山水神秀，有所参悟，即兴挥毫；或排遣仕途之苦，浪迹以抒怀。这些题咏成为时代的、历史的、友情的等多方面的见证。这批游者，有一部分是本地达官显贵，他们与文人之间多有往来；还有一部分是文人，或方外的，或方内的，他们同样相互切磋交流。彼此的交往唱和，不仅传达出最真实的生活和最真挚的情感，而且成了天台山诗词中的特色内容。

"吾宗长作赋，登陆访天台。"（［唐］孙逖《送周判官往台州》）晋代孙绰笔赋天台，以瑰丽的诗句第一次将天台山之美公之于众，于是名气尽显。南朝谢灵运慕名前来，伐山开道，开辟了由越至台的旅游路线，留下了《登临海峤，初发疆中作，与从弟惠连，见羊、何共和之》《山居赋》等名篇。唐代以来，众多方外诗人或游或隐，并留下了大量吟咏天台山的脍炙人口的诗词作品，为天台山增色不少。南宋时期李庚、林师蒧、林表民等两代人，历时40余载编纂完成《天台集》。这部国内现存的第一部地方诗文总集，排除重复，共收录诗1518首，将近2/3是有关天台山的。① 民国时期陈甲林所编的《天台山游览志》（1937年）是历代天台山志书中最完善的一部。该志分天台山的总说、古迹、名胜、人物、导游和志余，共六编。其中，天台山人物编又分人物、游寓、仙道、释四类，分别列44、120、47、29人，共240人。所列的流寓类人物，占天台山人物总数的一半，以诗家文人为主。其中，唐代有李白、孟浩然、顾况、陆羽、钱起、贾岛、刘禹锡、元稹、张祜、姚合、李涉、王展、李郢、许浑、方干、皮日休、陆龟蒙、皇甫曾、刘昭禹19人，宋代有陶毂、钱惟济、孙何、章得象、张瑰、晁端彦、陈襄、赵汴、杨杰、高似孙、桑庄、钱厚之、曾几、曹勋、贺允中、汪藻、洪适、杨偲、王十朋、朱熹、陈亮、陈傅良、陆游、季可、史蒙卿、赵汝愚、赵师秀、胡融28人。名流所经，山与有荣。唐、宋时期是天台山文化的兴盛期，天台山的神秀之美，亦尽在唐、宋诗词的荦荦大端中。

二、诗景之美

诗景是诗之景、诗意之景。天台山地理范围广大，胜景众多，在古代就

---

① 方山. 台州最早的区域性诗歌总集：《天台山集》［C］//胡正武，胡平法. 台州人文研究选集. 北京：华艺出版社，2006：43-47.

有"十景""八景"等各种说法。如元代曹文晦题诗的"新山别馆十景"：桃源春晓、赤城栖霞、双涧观澜、华顶归云、螺溪钓艇、清溪落雁、南山秋色、琼台夜月、石桥雪瀑、寒岩夕照。又如明代传灯盛赞高明寺附近的"幽溪八景"：狮峰雪吼、象案花红、幽溪雪瀑、香谷云坪、金台远眺、丹阙清修、日窗暖色、月岭秋明。再如清代钱维城《台山瑞景图》分段绘制的"台山十景"：青溪烟景、赤城霞标、国清松径、佛陇经坛、华顶凌云、石梁飞瀑、琼台酌醴、桃源绚春、双岩佛屋、万年福海。八景文化，源于南朝沈约八咏诗，兴于宋代《潇湘八景图》，在明代尤其流行。天台山八景文化，或诗，或画，皆是对天台山美景的描写和赞叹。诗画中的天台山，呈现出多彩多姿的景观，或自然的，或建筑的，或精神的，别有情致。

（一）清幽自然

天台山水秀甲天下。天台山山脉绵延，山峰林立，赤城山、玉霄峰、华顶峰、桐柏山、玉京山、琼台山、寒岩等都十分著名。如赤城山，唐代徐灵府《天台山记》称其"石色艳然如朝霞"①，道出了它的自然美之所在。唐代李白《当涂赵炎少府粉图山水歌》云："满堂空翠如可扫，赤城霞气苍梧烟。"另一首《天台晓望》云："门标赤城霞，楼栖沧岛月。"宋代汪藻《咏赤城》云："怪峦千仞丽瑶京，霞气轩飞万叠横。"三首诗均写到霞景。每当晨昏暮鼓时，霞光山色浑然一体，一派自然真景。凡题咏赤城山的诗词，亦多赞其霞之美。"赤城栖霞"系天台山八景之一。天台山水道纵横，溪涧交错，相映成趣，形成了古、幽、清、奇为特色的独特风貌。如石梁飞瀑，这是一处令人自豪、期待的景观，堪称天台山一绝。宋代罗适《石梁》云："飞瀑断岩路，天然石似梁。"宋代贾似道《石梁》云："瀑为煎茗水，云是坐禅衣。"宋代释遵式《题妙乐院》云："瀑清冥坐久，峰好独归迟。"三首诗描绘了飞瀑以水的灵性和石的硬气融合而成的独绝之景。瀑水从天直下，烟雾缭绕，宛如仙境。宋代王十朋《题天台国清寺》云："十里松声接涧泉，清音入耳夜无眠。"宋代赵师秀《大慈道》云："野花春后发，山鸟涧中飞。"宋代戴昺《天台道上早行》云："筱舆轧轧过清溪，溪上梅花压水低。"三首诗又通过"涧""泉""溪"等意象创造出清冷静谧的意境。

天台山森林资源丰富，植被多样，分布有松、琪、桂、桐、柏等树种。从神迹石直至国清寺，一路均为参天松树，亦成为临别赠言、题咏相赋的绝

---

① 许尚枢，徐永恩．天台山游记选注［M］．西安：西安地图出版社，2004：10.

佳地点。唐代岑参《送祁乐归河东》云："床头苍梧云，帘下天台松。"唐代刘禹锡《和牛相公南溪醉歌见寄》云："怪石钓出太湖底，珠树移自天台尖。"唐代章孝标《僧院小松》云："还似天台新雨后，小峰云外碧尖尖。"三首诗中均有"松"的意象。而这样的意象运用，又能够很好地起到渲染幽清气氛的效果。宋代洪适《国清寺》云："万松九里影，双涧四时声。"宋代夏竦《国清寺》云："穿松渡双涧，宫殿五峰围。"这两首诗将"松"与"涧""山"等意象组合，同样突出了天台山环境幽清的特点。另外，天台山的物产丰富，有茶、术、蕨、黄精、菩提树、万年藤等特产。唐代陆龟蒙《奉和袭美赠魏处士五贶诗·华顶杖》云："万古阴崖雪，灵根不为枯。瘦于霜鹤胫，奇似黑龙须。拄访谭玄客，持看泼墨图。湖云如有路，兼可到仙都。"此诗中的"灵根"，指的就是天台山植物的根藤。

（二）建筑神姿

天台山境内有古城、古村落、古桥、古栈道等各种建筑景观。天台山又在天台县境内。① 天台县名，古称还有始丰、唐兴、台兴等。天台古城背依赤城山，南临始丰溪，自三国时期立县始筑，南朝梁时为赤城郡治所在地，至今有 2000 多年历史，今有赤城门、古城墙、赤城塔等遗迹保存。赤城栖霞是著名的天台八景（或十景）之一。唐代周朴《题赤城中岩寺》，宋代夏竦《赤城》、苏轼《赠杜介》等描写了赤城美景以及向往天台山之情。天台山境内有众多的古村落，著名的如距城西三四十里外的张思村。该村有 540 多年历史，临水而建，依路伸展，呈船形分布，至今仍然保存着大片的明、清时期的古建筑群。天台山又以各具特色的桥而著称，或天生桥、人工桥，或石桥、木桥，或平桥、拱桥、浮桥。著名的，如居峡谷中间、下有飞瀑且堪称奇境的古石梁桥，明代开国文臣宋濂《天台广济桥记》所记的广济桥，还有 20 世纪所建、国内仅见的九遮山垬桥（一种弯板三折边拱桥）。人工所建，以宋代的较早，如古城的临川桥、上宅村的宝福桥（原名石井桥）、国清寺丰干桥（五峰双涧桥）。桥，连接着山的巍峨、水的通灵、路的绵长、人的神往，是天台山诗文中的重要意象。天台山栈道，指的是那些沿悬崖峭壁修建的人工道路，在天台山没有得到全面开发之前是游山观景的依靠。明代徐霞

---

① 天台山有广、中、狭三义。广义的指天台山脉，包括支脉四明山、入海余脉舟山群岛。中义的指台州，台州因天台山而得名，故唐代起台州士人即以天台名州，成为郡望。狭义的指天台县内诸山之总称。参见周琦. 天台山广志［M］. 台州：台州日报印务有限公司，2015：代前言1.

客两篇天台山游记中使用了"越岭""攀崖""攀跻""攀历""攀枝仰陟""仰蹬""悬藤""上跻""隙行""蹬级""蹊蹬""背蹬""背陟""逼身而过""凿孔以行""悬坠而下"等词。① 这些用词准确且真实地反映了当时天台山的道路状况。

天台山建筑景观，当数俨然矗立的众多的寺庙、道观。天台山自南朝以来共有寺庙110多座，著名的有国清寺、智者塔院、高明寺、方广寺、华顶寺、万年寺、济公院7座；历代共有道观25座，著名的有桐柏观、玉京观等。② 在这些寺庙、道观中，又以国清寺、桐柏观最著名。国清寺，初名天台寺，后取"寺若成，国即清"之意更之，是天台宗的发源地，与灵岩寺（在今山东济南）、栖霞寺（在今江苏南京）、玉泉寺（在今湖北当阳）齐名。宋代赵湘《题国清寺》云："物外千年寺，人间四绝名。两廊诸岳色，九里乱松声。海气飘僧院，秋钟彻悬城。夜来疏磬断，月影遍楼清。"此诗中的"四绝"，即指此四座寺庙。唐代皮日休、陆龟蒙、杜荀鹤，宋代夏竦、洪适、史蕴、王十朋等都留下了游国清寺诗。桐柏观在桐柏山，系唐代司马承祯所建，宋代道士张紫阳在此修炼。唐代李峤、白玉蟾、孟浩然、皮日休，宋代章得象、元居中、何孙、赵仪凤均有题观诗。这些游诗、题诗，同时展现了天台山宗教建筑与自然环境的完美融合、浑然一体的美丽景观。宋代赵师秀《大慈道》云："小寺鸣钟晚，深林透日微。"宋代孙何《题石桥》云："杉松迤逦连华顶，钟磬依稀近沃洲。"两诗都是视觉、听觉的完美结合，通过描写寺院钟声之邈远从而增添诗意。僧人、修道者、漫游者的生活场面也被纳入诗中。宋代陆游《书怀绝句》云："老僧晓出松门去，手挈军持取涧泉。"此诗所描写的正是僧人的日常生活情形。宗教建筑不仅为诗人提供了创作灵感的精神来源，而且为诗人表达守静去欲、斩断世俗羁绊、追求本心澄明的思想提供了物质载体。

（三）精神景观

精神景观，具体地说是精神文化景观，它是相对于物质文化景观而言的。这种景观是人类通过精神活动进行创造的产物。文学艺术是最为普遍的精神景观形态。宋代王象之《舆地纪胜》亦是一部具有以诗为证特色的地理学著

---

① 许尚枢，徐永恩. 天台山游记选注 [M]. 西安：西安地图出版社，2004：66-76.

② 浙江省天台县志编纂委员会. 天台县志 [M]. 上海：汉语大词典出版社，1995：68-77.

作，较集中体现在卷十二纪天台山时罗列了唐代 10 位诗人的 12 首诗，包括沈亚之《送文颖上人游天台》、刘长卿《夜宴洛阳程九主簿宅，送杨三山人往天台，寻智者禅师隐居》、李郢《送僧之台州》、孟郊《送超上人归天台》、孟浩然《寻天台山》《越中逢天台太一子》《宿天台桐柏观》、司空曙《寄天台秀师》、刘昭禹《灵溪观》、陆龟蒙《寄题天台国清寺齐梁体》、皮日休《天竺寺八月十五夜桂子》、方干《因话天台胜异仍送罗道士》。① 所引诗作数量，在所纪的浙东各大名山中居首。唐、宋诗人与天台山僧道交往密切，多有往来寄赠诗作，如唐代宋之问《送司马道士游天台》，宋代梅尧臣《寄天台梵才上人》、徐大受《送辉老自赤城住圣水》、宋真宗《送张无梦归天台山》、王钦若《送张无梦归天台山》，等等。这些诗作，同时以瑰丽的想象、丰满的意象，或表现参禅净心、守静去欲、得道成仙的思想，或表达对于天台山圣地的向往与渴慕，或赞美那种不迷恋俗尘名利、一心求道的品格。

　　除文人的作品之外，天台山的精神文化景观莫过于大量的民间文艺。今人编有《山海经丛书之五：天台山传说》（1983/2003 年）、《三仙下天台》（1987/2013 年）、《天台遇仙记——浙江山的传说故事》（1984 年）、《天台山佛道儒传说》（2012 年）等多种传说故事集。在各种天台山传说故事中，原载于南朝宋刘义庆《幽明录》中刘阮遇仙的故事最早且最著名，千百年来传唱不衰，且影响广泛，亦成为天台山诗词的重要内容。相关的诗，唐代有曹唐《拟桃源五首》、元稹《刘阮妻》，宋代有高似孙《别天台》、赵汝愚《刘阮庙》、吴师正《桃源洞》，等等。相关的词，五代有李存勖《忆仙姿·曾宴桃源深洞》、南唐有冯延巳《点绛唇·荫绿围红》，等等。《全唐五代词》记录了有关"天台"的词 25 首，它们都使用该传说为创作意象。这些词为文人词，其中出自花间词人的 17 首，出自南唐词人的 3 首，出自晚唐词人的 2 首。《全宋词》中运用天台"桃源"意象的约有 45 首，占宋代桃源词的一半以上。唐、宋词在因缘际会中融入了天台山这一独有的意象，多了一份缥缈的仙意。另外，寒山、拾得两人相怜相惜，有悲天悯人的淑世情怀与纯真无邪的友谊，他们的故事在民间广泛流传。浙东地区拥有丰富的文化底蕴，大禹治水、刘阮遇仙、王羲之曲水流觞，以及高僧佛寺、高道洞天等都成了文人

---

① （宋）王象之. 舆地纪胜：第 2 册 ［M］. 赵一生，点校. 杭州：浙江古籍出版社，2012：3.（《舆地纪胜》所引唐诗较多，但也存在诗名与其作者混淆等问题，此处已做修正）

游历天台山的精神指引，也成了文人雅士传达情感、志向的绝佳载体。既有在奇山异水中徘徊，在人文古迹里流连，在精神景观前俯仰，又有无数的个性酣然的灵魂，无限的个体情感的审美，这些交汇在一起使得唐、宋天台山诗词别有一番意味。

三、诗心之旨

诗心，是"融会了中国儒、道、禅的'道德心''智慧心'的，以情感为特质，以自然无为、超脱自由为特征的审美胸怀"。而这种审美胸怀，又是"创构诗歌意境的心理条件"。① 天台山为诗人们提供了一方理想的天地。在这里，他们以自然的心态，交融景情，寻得诗意的栖居方式；以审美的精神，精心熔铸，借想象而将宇宙、人生艺术化；以超脱的境界，贯通物我，将宗教情趣融入山水之美，显现超然淡泊之风。求道问仙、参禅净心和归隐闲居成了天台山诗词的重要主题。

（一）求道问仙

唐代孟浩然《宿天台桐柏观》云："纷吾远游意，学彼长生道。"唐代李绅《华顶》云："浮生未有从师地，空诵仙经想羽翰。"访道求仙，这是历代文人登临天台山的重要原因。宋代胡融《黄经洞》云："架有黄庭经，犹是东晋纸。……口传却老术，长跪与进履。"此诗融入道教经典《黄庭经》和传说中的却老术，表达出对道教修炼的渴慕之情和对长生不老的追求之心。宋代夏竦《赤城》云："岩下法师曾伏虎，洞中仙客屡投龙。"此诗展现了道教投龙活动的盛况，彰显了对历代仙家的尊崇之意。宋代汪藻《咏赤城》云："葛玄丹炉知何在，碧烟消尽紫砂明。"此诗借想象昔日葛洪炼丹之景，抒发学道修炼的志向。宋代高似孙《琼台西路》云："涉涧锄山术，和云嚼野茶。便无仙骨分，不敢更思家。"此诗道出了修炼五术的心流。宋代李昉《桐柏观》云："子晋栖霞境，高高出世埃。"此诗则是叙写天台山主神王子晋的神话传说，展现了仙人神姿。在天台山诗词中，类似这样的诗作比比皆是。

以上所说大体包括两个方面。其一，通过对想象中的"仙境"的描摹，表达对天台山圣地的仰慕。唐代张籍《送辛少府任乐安》云："选得天台山下住，一家全作学仙人。"此诗抒发了诗人羽化成仙的渴望。天台山又有"海上仙山"的美称，与蓬莱、瀛洲、方丈三仙山并称。对于仙境的描绘，多借用

---

① 柯汉琳 . 论"诗心"［J］. 中国文学批评，2019（2）：70.

"云""霞""鹤"等意象拓开想象空间。其中，"鹤"意象的使用尤其频繁。宋代白玉蟾《方瀛山居》云："松花落地鹤飞去，万顷白云空翠浮。"宋代徐大受《送辉老自赤城住圣水》云："道人去住本无心，云出空山鹤在阴。"宋代孙何《桐柏观》云："羽客有时来驾鹤，王人无岁不投龙。"三首诗中所言之鹤，或飞或驾，仙气十足。其二，通过歌颂得道高人，述其高蹈出世之姿，表达追随的情志。五代后蜀欧阳炯《大游仙诗》云："赤城霞起武陵春，桐柏先生解守真。白石桥高曾纵步，朱阳馆静每存神。囊中隐诀多仙术，肘后方书济俗人。自领蓬莱都水监，只忧沧海变成尘。"此歌咏仙人漫游天台山之诗，同时表达对内心宁静的追求和返璞归真的向往。天台山高道辈出，如宋代道教名人张无梦，博通百家之学，曾居天台山琼台峰 10 多年，著有《琼台诗集》。宋真宗、王钦若、钱惟寅、戚纶、初暭等均有作《送张无梦归天台山》。另如宋代张咏《送马道人归天台》云："囊携鼎药身难老，路接仙桥眼更明。"这既是对得道高人的赞颂，又是表达自己对隐居、修道的希冀。

（二）参禅净心

"如果说，道学是运用调整现世心性的方法去解脱文人们在现实中的不平与郁闷的话，那么，佛学则是用一种以拯救现世为目的超现实的方法去获得心灵的安顿。"[①] 天台山诗词中多有佛教用语，以高歌名僧之义，表达出参禅净心的旨意。唐代刘禹锡《送元简上人适越》云："孤云出岫本无依，……还思越水洗尘机。……更入天台石桥去，垂珠璀璨拂三衣。"宋代王安石《寄国清处谦》云："猿猱历历窥香火，日月纷纷付劫灰。我欲相期谈实相，东林何必谢刘雷。"前诗中的"尘机""三衣"，后诗中的"劫灰""实相"，这些都是佛教用语，无不表现出诗人的佛学造诣。有的则借赠寄友人方式，传递出诗人对天台山的神往之情。宋代沈括《赠天台冲寂道人》云："不堪世俗看支遁，曾有篇章忆惠连。"此诗赞东晋高僧不为物累的高洁品格，同时以惠连自况，表达对隐居的向往之情和对高僧的追随之志。宋代杨杰《天台三贤堂》是组诗。其一云："从来清净土，鼎足圣贤聚。骑虎归故乡，世人犹未悟。"其二云："家住天台寺，云岩万丈潭。本来人不识，饶舌是丰干。"其三云："拾得元无姓，山前拾得来。常携一敝帚，不是扫尘埃。"三首诗以精简的笔法分别勾勒出唐代丰干、寒山、拾得的形象，以朴素的方式描绘出三位诗僧的脱俗姿态，可谓于平常之言中流露出佛教奥义。

---

① 张红运. 唐代佛学诗序的文化意蕴［J］. 江汉论坛，2009（12）：85.

佛教讲求空、澄、寂、洁，以体悟禅境为奥义。在天台山胜景、佛国氛围的感召之下，天台山诗人一扫俗世浮华，获得了心灵的宁静与闲适。宋代释祖可《天台山中偶题》云："伛步入萝径，绵延趣弥深。僧居不知处，仿佛清磬音。石梁邀屡度，始见青松林。谷口未斜日，数峰生夕阴。凄风薄乔木，万窍作龙吟。摩挲绿苔石，书此慰幽寻。"行走在藤萝缠覆、绵延不尽的小路，目之所见飞瀑、青松、落日，耳之所听厉风迫近乔木、穴窍中发出龙吟之声，可谓自然天籁，此境颇有幽趣。宋代左誉《〈涤虑轩二首〉其一》云："过眼浮云是也非，桔槔俯仰政儿嬉。欲知身世俱无染，看取莲花在水时。"其二云："洗尽尘机万虑空，胸中冰鉴许谁同。今宵正可谈风月，借问何人是阿戎。"宋代杨蟠《石桥》云："金毫五百几龙尊，隐隐香山圣迹存。方广寺开无俗路，优昙花现有灵根。一峰突岸临天壁，双涧淙桥透石门。今日不将心洗尽，更从何处觅真源。"前（两）诗中的"无染""洗尽尘机"，后诗中的"龙尊""昙花"，这些无不在表现诗人在参禅中去除杂念，使得心灵得以净化与升华，从而臻达超脱豁达之境。

（三）归隐闲居

"矧山水幽清，林木深邃，人烟僻绝，仙圣幽栖。以故遁世无闷之士、不事王侯之宾，或梯山航海以孤征，或挈家携朋而至止，饮啄林泉，栖迟人外。污言本所不闻，何须洗耳？烟霞终日属目，故自陶情。"[①] 天台山环境幽静，风光绝美，不失为归隐佳处，成为人所向往之地。唐代李洞《送人之天台》云："行李一枝藤，云边晓扣冰。丹经如不谬，白发亦何能。浅井仙人境，明珠海客灯。乃知真隐者，笑就汉廷征。"宋代刘宰《天台道中》云："花重朝霏散，鸟啼春意深。风光自流转，行役负登临。涧水流新绿，山云卷夕阴。病容兼白鬓，漂泊此时心。"前诗表达对友人归隐天台山的祝愿，同时感叹自己不能前往；后诗既描写登天台山所见之自然美，又慨叹自己行役登临，身心俱疲。两诗都暗含作者的矛盾心态，却也反映出真隐不易的人生思考。而天台山能够提供绝佳的一方避地，在这里，可以纵情山水以享受怡悦，可以皈依佛道以寻得超脱，可以广交好友以吟诗唱和，一切的落寞无奈、紧张不安最终都可以在这片心灵圣地得到摆脱、消解。

归隐天台山的闲居生活是天台山诗词的重要内容。诗人往往通过对自然景色的赞美，生活场景的描绘，构筑起一个超越俗世的独立自由的精神空间，

---

① （明）传灯. 天台山方外志［M］. 释慧月，点校. 北京：中国档案出版社，1997：151.

从而表达对隐居生活的喜爱、追求和享受。唐代朱庆馀《山居》云："归来青壁下，又见满篱霜。转觉琴斋静，闲从菊地荒。山泉共鹿饮，林果让僧尝。时复收新药，随云过石梁。"此诗以秋景为背景，融入了田园、音乐、自由与和谐的元素，传递了一种恬淡自然、追求内心宁静的生活态度。宋代胡融《葛仙茗园》云："绝巘匿精庐，苍烟路孤迥。草秀仙翁园，春风坼幽茗。野僧四五人，脑绀瞳子炯。携壶汲飞瀑，呼我烹石鼎。风涛泻江滩，松籁起林领。七碗鏖郝源，一水斗双井。我虽冠屦缚，心乐只园静。濯足卧禅扃，幽梦堕蒙顶。"此诗以三国时葛玄炼丹种茶的"茗圃"为题，描写僧人交游煮茶，濯足卧禅，表达自己隐居不仕，祛平生功名之欲，穷烟波钓徒之乐。宋代姜特立《夏日奉天台祠禄》云："青天挥篷卧藤床，翠袖携壶过酒浆。蝟腹出波烹芡实，裹足和露擘莲房。相呼时入鸡豚社，独坐曾无雁鹜行。便是赤城青隐吏，不须刘阮更相将。"此诗清新舒畅，以简单的平常生活为对象，描画出自由的生活状态，表现出悠然自得的闲适心境。

四、神秀之质

天台山诗词用语自然、简单，无雕琢痕迹，无晦涩拗口之感。它并未借助华丽的辞藻堆砌和依赖冗杂的形式铺陈，却能突破机械化的语言和寻常的意象，即景生情，别具灵性和韵味。正是在诗人匠心独具和精心熔铸中，情景交融、物我贯通，凭借广阔想象空间，直抵宇宙人生真谛的艺术化境。天台山的神秀之美质，也正是在情之所寄之"景"、澄静空灵之"境"、巧丽平淡之"韵"中流淌而出。

（一）情之所寄

诗因情生，情为诗本。自然山水由于个体情感的融入而更显纯净天然。唐代许浑《早发中岩寺别契直上人》云："苍苍松桂阴，残月半西岑。素壁寒灯暗，红炉夜火深。厨开山鼠散，钟尽岭猿吟。行役方如此，逢师懒话心。"此诗选取极普通的意象（松、月、灯、炉火、鼠、猿等），使用系列形容词（阴、残、暗、深等），渲染出一个阴暗清冷的氛围。宋代毛渐《桃源洞》云："洞门流水日潺潺，桃坞依然枕水边。春色年年花自好，游人谁复遇婵娟。"宋代戴昺《天台道上早行》云："筍舆轧轧过清溪，溪上梅花压水低。月影渐收天半晓，两山相对竹鸡啼。"两首诗语言清丽，情感真挚，情韵兼备，且同样描绘所见，意象鲜明，清新明快，情致婉约，给人以美好惬意的审美享受。当然，这类山水诗、游山诗中也有另类的情感表达。宋代释蕴常

《游天台赤城山》云："稽首导师悲愿在，我宁辛苦守诗穷。"此诗将对自然的体察转化为对社会人生的感悟，由表入里，抒情达意，亦不失为"一切景语皆情语"的最好说明。

景中含情，情须秀出。情之秀，就是把情表现于外，通过直接可感意象凸显出来，营造出鲜明生动的图景。当然，这需要有一种凝神静观的情感态度去发现和产生美感的心灵境界。而这种境界是不涉及利欲的、超越世俗世界的、自由逍遥的，与万物相冥合的心性境界。宋代贾似道《天台石桥》云："古路行终日，僧房出翠微。瀑为煎茗水，云是坐禅衣。尊者难相遇，游人又独归。一猿桥外急，却是不忘机。"宋代朱熹《〈借王嘉叟所藏赵祖文画、孙兴公天台赋，凝思幽岩，朗咏长川一幅，有契于心，因作此诗二首〉其二》云："山空四无人，涧树生凉秋。杖策忘所适，水木娱清幽。散发尘外飙，濯足清瑶流。静啸长林内，举翮仍丹丘。"这两首诗都通过山、水、人等意象的组合，抒写出一颗淡然从容、超世旷俗的"道心"；又将主观的生命情致与客观的自然物象交融互渗，从而创构出一个虚实相生的审美意境。"诗心"正是这样，下究万物之状，上推天人之理，达到物与理、情与景、实与虚的高度和谐，从而完成审美意境的生成。

（二）澄静空灵

情景交融产生悠长的意境，尽显神秀特质。禅之于诗人，已化为一种体验、一种情感。天台山诗词显现出缥缈无端的佛性或超脱尘寰的禅境，浑然一体，真正达到无迹可求的境地，此时个体早已超越自相、进入共相。空者，本质、自性也；色者，现象也。所谓"一切法空"，意即世间万物皆因缘所生。在无知而无所不知的圣智者看来，天下熙攘的众生法相不过是如梦幻泡影的虚妄而已。对个体要求而言，就是要顺应自然本性，持平常之心、秉本真意志观万物，以自性本空的智慧当作立身之本。宋代张舜民《妙莲阁》云："谁将色界填空界，不离香风席祖风。"宋代释赞宁《居天柱山》云："虽逐诸尘转，终归一念醒。"宋代宋之瑞《〈游石桥二绝〉其二》云："应缘心在已心空，方广那知只此中。"三首诗均包含着澄静空灵的空性之美。

天台山诗词自然简淡清净，语贵含蓄蕴藉，内含巧妙灵机，可谓"易简疏淡而不拘形色""莹彻玲珑而意味无穷""富于机趣而慧心独具"①。此种禅

---

① 李旭. 论作为美学范畴的"禅意"：兼说古代美学范畴当代价值的生成机制［J］. 五邑大学学报（社会科学版），2003（2）：38-39.

意之美，尤其是通过大量"月""梦""声"等意象构造出独特的审美世界。佛教有"三身"之说，即分别如月之体、光、影的法身、报身、化身。月，蕴含佛性，月之皎洁象征着佛法的空虚妙境。宋代赵湘《题国清寺》云："夜来疏磬断，月影遍楼清。"宋代罗适《题万年妙莲阁》云："夜深讲罢何人见，云在青天月在松。"宋代郑至道《刘阮洞》云："碧潭清泚弄明月，翠巘高低飘落花。"宋代林宪《〈寓天台山水四首〉其一》云："月落鸡犬静，谁闻梁甫吟。"三首诗以月色之清冷衬托环境的清空沉寂，散发出浓浓的禅意。梦，如幻如空，可生禅趣之美。宋代陈知柔《宿天台万年寺》云："好峰看未足，梦绕碧崚嶒。"宋代徐大受《游石桥至塔头路》云："竹舆摇午梦，茗碗唤春愁。"两诗以"梦"入诗，串联起富有意味的意象，虚实互渗，富有机趣。还有钟声梵音，以缥缈清远构筑出清冷的艺术境界。宋代洪适《禅林寺》云："至今钟磬响，如讲净名经。"宋代陈知柔《题石桥》云："云际楼台深夜见，雨中钟鼓隔溪传。"宋代赵师秀《万年寺》云："夜半空堂诸境寂，微闻钟梵亦成喧。"宋代赵清源《天台石梁》云："云深唯见寺，夜静忽闻钟。"四诗传递出空灵、迷离、深邃的禅意之美。正所谓"诗意风物皆为禅"，所有自然之物在诗人笔下都成了富有禅意的特殊意象。

（三）生命律动

"境""韵"是中国古典美学中两个重要范畴，可分别以唐诗、宋词为代表。普遍认为，韵是美的充分条件，韵胜则必美；另外韵美也是一种极致的美，具有明显的乐感内质。天台山诗词有以境为美者，也有以韵为美者。宋代徐大受《入石桥路林木翁郁但闻涧声潺潺忽惊湍飞雹骇》云："琮琤林涧只听闻，想见萦崖络石纹。忽作惊湍溅飞雹，半随花雨落纷纷。"此诗富有乐感，瀑布与花雨意象叠加达成音效的延长，响落天外，余意悠长。正是韵之绵延，冲破言之有限，促成意的深刻，从而具有了形而上的意味。宋代洪适《刘阮洞》云："桃花当日未成蹊，已有幽禽语翠微。楚峡行云空入梦，秦台鸣凤要同飞。仙家长若三春好，人境何知万事非。访问丘园荒旧迹，却应回首悔来归。"此诗意新语工，化典为用，颇具感伤之情，亦富含哲理性。时过境迁，物是人非。美好的故事也终究只是传说，不如仍然保存在记忆和想象中才显得真实。这些很大程度归之于"语""鸣"等词的运用，它们不仅能够创造出一种动感，而且具有暗示弦外之意存在的意味。

受道、儒、禅思想影响，以再现为主的"境"和以表现为主的"韵"皆以平淡为美。① "物以情观，词必巧丽"（［南朝梁］刘勰《文心雕龙·诠赋》）；"巧丽者发之于平淡，奇伟者行之于简易"（［宋］范温《潜溪诗眼》）；"外枯而中膏，似淡而实美"（［宋］苏轼《评韩柳诗》）。平淡之美，是外在的言巧，但更重要的是在于内美的表现。宋代高似孙《天台渡》云："一江夹清浑，只向青村注。余云拖薄润，远霭飞轻素。船轻顺流下，石狭奔湍怒。苍阴布仙迹，野芳生幽趣。山色各有旧，春情宛如诉。徘徊良自得，泱漭又将暮。遐瞻金天庭，可入丹泉路。今夜宿桃花，切莫久匆去。"此诗用语奇巧，毫无个体意识的张扬、舒展，而是趋向平和、稳健和淡泊。宋代王十朋《过天台》云："雪深封佛辇，云暗锁桃溪。"宋代贾辣《赤城》云："烟沉晓日明孤顶，云破余霞出半峰。"两诗生新、奇丽，暗藏着神性与仙意。看似平淡、清净，实则具有超越之美。天台山之漫游，可以让人从沉浮的世事中解放出来，寻得内心的平和与精神的超脱，生成自然与生命交融的意境。在虚空中孕育宇宙万象，于平淡中显现生命律动，此"韵"亦将"神秀"推向内美。在山水中净心，在禅境中体味，漫游天台山不啻是生命之旅、美学之旅。

综上，天台山是一座具有世界影响的浙东诗路文化名山，蕴藏着丰富无比、难以尽言的美。当然，天台山的美主要在于它的自然造化及其文学艺术审美。正如陈钟祺《天台山志序》（1945 年）所言的："山之名胜不在高度，仍在由原形而变形，琼台之阙也，螺溪之艇也，石梁之瀑布也。是岂造山时期之原形乎？盖其变形也，久矣。诗人耽好名山，尝以芒鞋竹杖，高卧于白云之间，并以其余格诗、律诗，穷其真相或有文以记其游，自晋孙兴公（按：孙绰）以下核计，不下千有余家。"② 与天姥山一样，大量诗文作品的累积使得天台山成为名副其实的"诗山"。与天姥山不同，天台山因浓郁的佛道文化色彩而跻身名山之列，以其缥缈神姿引发历代文人神往。天台山文化声名远扬，尤其是天台宗佛教传播到东亚、东南亚等地，产生了世界影响。显然，这座浙东诗路名山又是浙江海上诗路的重要起点。

① 王琴. 从唐"境"宋"韵"看中国传统美学的特点［J］. 福州大学学报（哲学社会科学版），2004（2）：60-61.
② 浙江省通志馆. 浙江省通志馆馆刊［C］. 杭州：杭州古籍书店，1986：95.

第三章

清秀大运河诗路

余杭自是山水窟，又闻吴兴更清绝。湖中橘林新著霜，溪上莼花正浮雪。

——（宋）苏轼《将之湖州戏赠莘老》

江南清绝处，此地数经过。疏柳依秋浦，归船乱晚波。

王侯几蚁穴，天地一渔蓑。安得玄真子，同编唱和歌。

——（宋）姜特立《出使过嘉禾城外》

武林东下是通津，水面长虹杂沓尘。惟有夜深清景绝，微茫山色拥冰轮。

——（明）徐士俊《西里八景·长桥月色》

规划建设的浙江大运河诗路文化带，以江南运河（嘉兴—杭州段）—浙东运河为主线，以世界文化遗产保护区域为核心，包括江南运河、浙东运河，覆盖杭州、宁波、湖州、嘉兴、绍兴等行政区域。大运河是历代诗人寻迹江南的重要文化水脉。唐代张志和《渔歌子·西塞山前白鹭飞》、白居易《忆江南·江南好》，宋代柳永《望海潮·东南形胜》等名篇，"勾勒了千古流传的江南古韵和丝路盛景"①。江南运河跨越的杭嘉湖平原是中华文明形成和发展的重要地带，涉及的遗产数量之多、等级之高、密度之大、年代之久，可谓无与伦比。江南运河两岸山川秀丽，城乡众多，交通繁忙，来往其间的文人墨客更是络绎不绝，尤其是在明代留下了大量的诗作，堪称是一条与"唐诗之路"相媲美的"明诗之路"②。江南运河流经的杭州、嘉兴等地，词学传统

---

① 浙江省人民政府. 浙江省人民政府关于印发浙江省诗路文化带发展规划的通知：浙政发〔2019〕22 号 [R/OL]. 浙江省人民政府公报，2019-10-01.

② 王勇，史小军. 明代诗歌所见运河景象及其文学意蕴 [J]. 学术交流，2016（1）：175-176.

悠久，是古代浙江词学最发达的地区，是与"浙东唐诗之路"齐名的"浙西词乡"①。"清丽""清绝"的江南之美，"南秀北清"② 的地域文化之融合，又有以主张"清空骚雅"的浙西词派的加持，"清秀"可谓是浙江大运河诗路别致之美学品格。本章围绕浙北的地理、大运河交通以及浙西词派展开论述，以彰显浙江大运河诗路的清秀之美。

第一节　浙北地理与文化原型

"清秀"之"清"是一个常见的中国诗学、美学概念。《诗经·郑风·野有蔓草》中"有美一人，清扬婉兮"和《楚辞·离骚》中"伏清白以死直兮"的"清"，分别形容人之娴淑品貌、峻洁品德。南朝刘勰《文心雕龙·明诗》以"清峻""清典""清丽"分别论及三国魏嵇康、东汉张衡《怨篇》和五言诗体。清代焦袁熹《答钓滩书》评价中、晚期的唐诗"惟清"，认为"清"是"研炼之极"，又指出在诗的声律营造时以事、境、声、色"四清"中的"声清为要"，等等。"清"以超俗新颖为本质内涵，可以扩展为一系列"清"词。可见，"清"是一个相当开放的审美概念。它的包容性很强，凡涉及山水风景，人物德行，社会气氛，诗文之境界、情兴、气度、心境、声律、风格等皆可以"清"言之。③ 细究之，形容人之清洁的品性、说明诗语之明晰省净的"清"，其实都是从它的本意水之清引申出来的。换言之，"清"作为一个十分重要的审美范畴与水文化密切相关。谈"清秀"，自然也要从这一本意出发。江南运河是流经杭嘉湖地区的大动脉，是给予浙江的一条福泽。浙江大运河诗路依托江南运河，集山水与人文于一体，又是名副其实的"江南之路"。水是江南文化之源，浙北地区亦以"水乡"著称，而浙北的古代传说故事大抵皆与水相关，从晋代干宝的《搜神记》能够直接反映出来。尤其是以蚕花娘娘、西施、苏小小等女性为代表的传说故事，也典型地反映了浙

---

① 朱惠国. 浙江词学传统与现代文化建设 [J]. 浙江社会科学，2022（8）：127.
② 这里借用了清代况周颐《蕙风词话》中的说法："南宋佳词能浑，至金源佳词近刚方。宋词深致能入骨，如清真、梦窗是；金词清劲能树骨，如萧闲、遁庵是。南人得江山之秀，北人以冰霜为清。南或失之绮靡，近于雕文刻镂之技。北或失之荒率，无解深裘大马之讥。"（唐圭璋. 词话丛编：第 5 册 [M]. 北京：中华书局，1986：4456.）
③ 蒋寅. 古典诗学中的"清"概念 [J]. 中国社会科学，2000（1）：146–157.

西文化如水般的柔性特质。无疑，水文化是浙江大运河诗路最具原型性的内容和成分。

一、江南水乡

古代士人从北方南下至浙东，江南运河是必经之路。江南运河，全部在长江以南，北隔长江接里运河，自长江南岸谏壁口经丹阳、常州、无锡、苏州、平望至杭州联通钱塘江，又隔钱塘江南接浙东运河。这条由北向南迤逦而来的运河，贯穿整个杭嘉湖地区，是江南的重要交通干渠、文化水脉。杭嘉湖平原，属长江三角洲，位于太湖以南、钱塘江和杭州湾以北、天目山以东，面积达 7600 多平方公里。平如棋盘，平均海拔仅 3 米左右，河网密集，大小湖泊、湿地星罗棋布，到处是水乡泽国的清丽胜景。而这样的地理格局，也成就了缘水而居、因水而兴的江南富庶之地。这个浙江最大的堆积平原覆盖了嘉兴市全部、湖州市大部分以及杭州市的东北部。

杭嘉湖水系由两部分组成。其一，位于西部的苕溪水系。苕溪发源于天目山，有东、西两大源流。东苕溪流经杭州市临安区、余杭区和湖州市德清县、南浔区，干流长 150 多公里，主要支流有中苕溪、北苕溪、湘溪、余英溪、阜溪、埭溪、妙西港等。东苕溪中、下游与运河水网之间筑有堤防，并有涵闸相通，以利洪水期水位调节。西苕溪在湖州市境内，流经安吉、长兴两县和南浔区，干流长近 40 公里，主要支流有南溪、大溪、浒溪、浑泥港、晓墅港、和平港等。两苕溪汇合于湖州市区白雀塘桥，再由其尾闾长兜港汇入太湖。其二，位于东部的运河水系。运河水系，亦称运河水网，西以苕溪东大堤，北以太湖、太浦河和浦江支流斜塘、张泾港，南以钱塘江为界。网区内河道纵横，水系发达，总体流向为从西南到东北。经治理后，排水河道分北、东、南三向。北排河道注入太湖，包括頔塘、澜溪塘、京杭古运河。嘉北河道、路南入浦河道东排入黄浦江。长山河、盐官下河、南台头河向南排入钱塘江。苕溪、运河两大水系"河道交错，水流相通，关系密切，利害与共"①，故又统称为苕溪运河水系。

杭嘉湖地区北依太湖，东抵东海，南临钱塘江，境内分布着大量的湖荡漾湾。著名的，有杭州西湖区的西湖、临平区的临平湖，嘉兴秀洲区的南北

---

① 《苕溪运河志》编纂委员会．苕溪运河志：上［M］．北京：中国水利水电出版社，2010：216.

湖（鸳鸯湖）、平湖市的东湖（当湖），海盐县的南北湖，嘉善县的汾湖、长白荡、夏墓荡、北祥符荡、蒋家漾，湖州的溇港湖，德清县的苎溪漾、洛合漾、下渚湖，等等。湖州境内还有吴兴区的东林中圩区、埭溪大包围、郭西湾，德清县的洛舍圩、城南圩、湘溪圩等许多圩垾区。至于湾，著名的如嘉兴桐乡的石门湾。此湾素有"千年运河第一湾"之称，乾隆下江南时曾在此驻跸。明代姚鹏《玉湾春晓》云："一曲清江饮玉虹，车尘马迹往来通。笙歌断续韶光里，楼阁参差烟雨中。"清代贺麟《石门夜泊》云："驿路迢迢送夕阳，石门湾共泊连樯。买鱼人唤溪边棹，乞米僧归竹下房。"清代胡滢《语溪棹歌二十四首》之十二云："玉溪如带锁双桥，隐隐楼台风度萧。西竺庵前观夜市，红灯一点酒旗飘。"历代诗人经此留下的诗作不少，且多以"玉"形容之，故又有"玉湾""玉溪"之称。溇港圩田造就了水乡风貌，它是古代劳动人民智慧的结晶，是大运河河区独特的地貌景观。太湖溇港因唯一性和保存的原真性、完整性入选了第三批世界灌溉工程遗产名录。嘉兴运河湾、德清县下渚湖、长兴县仙山湖三处均是国家级的湿地公园。择水而居，舟楫渡生，古老的运河散发出浓郁的江南风情，组成了一幅幅恢宏生动、奇伟壮观、多姿多彩的江南水乡民俗画卷。

"舟过临平后，青山一点无。大江吞两浙，平野入三吴。逆旅愁闻雁，行庖只鲙鲈。风帆如借便，明日到姑苏。"（［元］吴景奎《过临平》）此诗真实地反映了江南水乡特色，但是并非真的"青山一点无"。杭嘉湖这片江南水乡平畴之中亦有不少高丘耸立，加以苕溪、运河之水来自西部的天目山脉之延伸，故山也是这里的地理特色，且名山还有不少。杭州市境内，除西湖周边的宝石山、吴山、凤凰山、美女山、龙门山、武林山、粟山、天竺山、孤山、老和山等之外，还有余杭区的半山、超山、东明山等。湖州市境内，市郊有牟山、仁王山、砺山、岘山、道场山、金盖山、霞幕山、杼山、饮马池山、上强山、乔盘山、菁山、东林山、毗山、乌山，等等。位于善琏镇南，且运河含山塘傍山而过的含山也较著名。含山，又名涵山、寒山。这里是两市（湖州、嘉兴）和三县（南浔区、德清县、桐乡市）的交界点，是三城（杭州、湖州、嘉兴）金三角的天然中心点，有"水乡清景数含山"之誉。另外还有德清县的莫干山、长兴县的顾渚山，等等。嘉兴市境内，除市区的瓶山、怀山、胥山之外，还有海宁市的横山、史山、殳山。此三山，屹立在古运河长水之畔，相传秦始皇巡游江南经此地。对此，清代谈迁《长水三山记》中有叙,并述之"培塿相望于数里间,可筇可櫂,于游不烦余力"①。

"清溪通笠泽,地以水为乡。"([明]无名氏《南浔祇园寺赠老僧诗》)水是生命之源,是江南文化的灵性所在。远古时期,先民们在江南这片土地上栖息繁衍,发展农业、手工业,在长江下游、太湖区域、钱塘江流域发现的多座古遗址已证实了这一切。②像玉加工,马家浜文化(遗址在今嘉兴市南湖区)时期已能加工玉石。发展到良渚文化(遗址在今杭州市余杭区)时期,制玉技术已有了突破性发展,出现了成组的玉礼器。玉器是良渚文化的一大特色。据不完全统计,该遗址出土的玉器达60多种,尤以琮、璧、钺、瑗、璜、镯、环、管、珠、项链、坠饰、牌饰、冠饰、带钩、柱形器、冠状器、三叉形器、锥形器,以及以鸟、蝉、龟、鱼、蛙为形象的饰件和一些组装件、镶嵌件、穿缀件为大宗。良渚文化的另一大特色就是面积庞大、结构整齐、生活气息浓厚的古城。经考古发现,古城南北长约1910米、东西宽约1770米,总面积近300万平方米。它由良渚古城核心区、水利系统、祭坛墓地和外围郊区等部分组成,占地总面积100平方公里,其中核心区面积约800万平方米。古城外围有外郭城、城门、城墙、水坝、古河道,而古河道两岸则分布着建筑基址,俨然是临河而居的生活格局。显然,良渚文化遗址是一座规模宏大、设计完备的古城,是一处典型的"江南水乡"。③

二、从《搜神记》看

神话故事、民间传说是民间文学中的两个重要门类。神话产生于人类远古时期,具有不朽的魅力和无穷的生命力。传说则是与一定的历史人物、历史事件和地方风物有关的口头故事。它们都是后人追踪探寻历史的线索和用于创作文艺的题材与对象。从目前已出版的几种集子看,浙北地区的传说故事较多。《走近大运河3:传说故事卷》(2006年)收集整理了杭州地区地方、人文、风物三类传说故事117个。《嘉兴市民间信仰故事集》(2019年)收录了护国随粮王庙、长河桥财神庙等故事65个。《湖州古城传说》(2010年)收集了城池街巷、桥寺塔亭、名品风物、人文风情四类传说87个。以上三种故事集分别以杭州、嘉兴、湖州为中心而展开编写,共计269个,在一定程

① (清)谈迁.谈迁诗文集 [M].罗仲辉,校点.沈阳:辽宁教育出版社,1998:184.
② 吴汝祚.史前时期的杭嘉湖地区 [J].浙江学刊,1992 (4):101-107.
③ 刘慧.良渚古城外发现"江南水乡" [N].浙江日报,2011-03-19 (8).

度上为我们揭开了浙北这片充满神秘的土地的面纱。论及浙北乃至浙江的古代传说故事集，最好还是从东晋的《搜神记》开始。这部故事集开创了中国神话小说先河，对后世的影响很大，如元代关汉卿《窦娥冤》、明代汤显祖《邯郸记》、现代鲁迅《铸剑》均取材于此。作为中国古代最早出现的较为完整的神话故事集之一，《搜神记》包含了许多浙地因素，与古代浙江历史文化关联密切。另外，此书编者干宝就是浙籍人。干宝（？—336年），字令升，祖籍河南新蔡，后随父南迁定居海盐，明天启《海盐县图经》称其为海盐人。海盐，古县名，现隶属嘉兴市。今其境内澉浦、通元等地还保留有干莹、干宝父子及其后人的许多遗迹。

《搜神记》原本已佚，今人所见本皆系后人缀辑增益而成，以明代胡应麟20卷本最流行，汪绍楹校注本（1979年）、李剑国新辑本（2002年）均以此为基础。此书中有大量的古地名。其中，山名有厉山、荆山、宁北山、槐山、绥山、兰若山、樊山、蓬莱山、昆仑山、积石山、太室山、庐山、衡山、太山、无终山等，水名有睢水、砀水、弱水、吴淞江、彭泽湖、历湖、洧渊、洛川、黄河、沅江、澧泉、庐江、施掩水、辽水、东海、南海、湘江、长江、濡须口、丰水、溠水等。所涉及的这些山、水大部分只是作为故事发生的地点出现，并非叙事主体，另外也几乎都不在浙地。但《搜神记》中与浙地相关的其他地名有不少。经统计，故事发生或所涉及的地点属于今天浙江的共有16个。其中，在浙北的有7个，分别是余杭（《河伯招婿》）、海盐（《吕死梦死期》）、由拳（今嘉兴，《城陷为湖》）、吴会①（《焦尾琴》）、长城（今长兴，《戴洋复生》）、吴兴（今湖州，《黑衣客》）、埏里（在今嘉兴城西，《鬼魅入倪彦思家》）。②

《搜神记》中有一则故事汪芒氏之神托梦。汪芒氏，就是防风氏。防风氏是上古时期神话传说中的人物，生活在尧舜禹时代，是远古防风国的创始人，传说是汪姓的始祖。汉代许慎《说文解字·山部》载："嵎，封嵎之山也，在吴楚之间汪芒之国。"三国时吴国韦昭注曰："封，封山；嵎，嵎山。今在吴

① 这是一个有争议的概念，不同历史时期所指范围不同，有的指吴郡与会稽郡，有的指吴兴、会稽二郡，有的仅指会稽郡，等等。参见杨恩玉．东晋南朝的"三吴"考辨［J］．清华大学学报（哲学社会科学版），2015（4）：72-80；张寅潇．两汉三国"吴会"考论［J］．地域文化研究，2019（2）：20-27，153.

② 张姝睿．地域与时代视野下的《搜神记》研究［D］．上海：上海财经大学，2020：9-19.（此文以李剑国新辑本为主，对454则故事的地理分布进行了统计，并附有古今地名对照表）

郡永安县也。"① 永安县，后来改名武康县，县治就在今天的德清县武康镇。封、崓二山就在该镇境内。境内的下渚湖，又称风渚湖、封渚湖，传说是防风氏所居之处，这里至今仍有封山石室、防风石碑、防风祠等遗存。德清民间还保留着祭祀防风的节日（每年阴历八月二十五日）。据钟伟今、欧阳习庸主编的《防风氏资料汇编（增订本）》（2013 年）一书所记，防风传说有尧封防风国、大禹找防风、防风之死、防风塔、防风井等 33 个。这些故事的发生地，还有会稽山、刑首山。其中，刑首山（在今绍兴柯桥）下有刑塘，相传是大禹斩杀防风氏的地方。关于防风氏，先秦典籍《国语·鲁语下》《春秋三传·文公十有一年》《左传·哀公七年》《楚辞·天问》《列子·汤问》等均有记载。相关诗文，有晋代郭璞《会稽山赞》、唐代吴融《太湖石歌》、宋代毛滂《上渚湖》《游下渚湖》、明代宋鉴《游武康》、清代洪昇《下渚湖》《封公洞》，等等。德清县号称"防风故国，封崓之乡"。境内著名的传说故事，除防风氏传说之外，还有莫邪、干将在莫干山剑池铸剑的故事，相传"莫干山"一名就是为了纪念此事而来，而这个故事在《搜神记》中同样有记载。

《搜神记》也是西湖传说的重要来源。如白蛇传，这是一个十分著名的西湖传说，它的源头有很多。《搜神记》中有赵邑蛇斗、蛇见德阳殿、九蛇绕柱、寿光侯、郭璞筮病、窦氏蛇祥、士人陈甲、李寄、司徒府二蛇、随侯珠、蛇颂等 10 多则关于蛇的故事。这些故事以灵蛇报恩、蛇精复仇为主要类型，虽然与白蛇传并不完全相同，但是有一些相近、相似的地方，当是后者更早的源头。在《搜神记》中，类似蛇的故事这样影响西湖传说产生的还有许多。西湖传说主要流传于杭州市，尤其西湖周边地区。它的历史可以上溯到汉、晋时期，最早的见于《越绝书》所载的潮神伍子胥的故事；繁荣于唐、宋时期，著名的白蛇传说源头之一就是宋代话本《西湖三塔记》；充实丰满于明、清时期，通过对旧传说改编、加工或者因现实生活催生而成的新传说不断涌现，还出现了《西湖游览志》《西湖二集》《西湖寻梦》《西湖佳话》等一批专门讲述西湖传说的著作。西湖传说，在"五四"时期就已开始采录、整理和研究工作，但是直至半个多世纪之后才有《西湖民间故事》（1978 年第 1版，1979 年第 2 版）这样的集子出版，如今已是作为国家级非物质文化遗产

① （汉）许慎. 说文解字注：上［M］. 段玉裁，注；许惟贤，整理. 南京：凤凰出版社，2015：766.

代表性项目名录（2008 年）而更为人们所熟知。吴一舟等编著的《西湖传说》（2012 年）一书记录了目前收集整理到的西湖传说 500 个。故事类型，有钱镠、白居易、苏东坡、岳飞、乾隆等这样的历史人物传说，有白蛇、梁祝等这样的爱情传说，有飞来峰、虎跑泉、吴山第一泉等这样的名胜传说，有西湖绸伞、东坡肉、油炸桧、龙井茶等这样的物产传说，亦有蚕花娘子、望娘十八湾等这样的关于养蚕、孝义的民俗及其他传说。西湖传说又被文学（诗词、戏曲、小说等），美术（连环画、壁画、雕塑等），音乐，影视（电影、电视、动画等），工艺品（年画、剪纸、织锦、火花、木雕、邮票等）所利用，也正因此而得以在更大范围的传播。西湖传说历史悠久、数量庞大，种类丰富，影响广泛，是具有浙地特色的浙江诗路文化资源。

三、女性传说

浙江，以江为名，因水而起，因水而兴，亦因水而美。这种美，既体现在山水风光方面，又体现在历史人文方面；既体现为刚性的治水精神，又体现为柔性的亲水文化。浙北文化，传统上属于浙西文化。浙西是相对于浙东而言的，它的范围包括今天的杭州、嘉兴、苏州、常州等城市在内的广大江南地区。历史上，浙西地区是女性作家十分活跃的地方。有学者对胡文楷《历代妇女著作考》（1985 年）一书进行了详细考证，并对清代 3183 名女性作家进行统计和分析。结果如下：从地域分布看，占比最高的是长江中下游，达 70.9%；从长江下游各府的人数看，居前四位的分别是苏州 466 人、杭州 387 人、常州 248 人，嘉兴 274 人；从出现过女性作家的江南诸县看，居前四位的是钱塘 276 人、常州 213 人、吴 148 人、嘉兴 132 人，它们在清代女性作家总数中分别占 8.6%、6.7%、4.6%、4.1%。[①] 以"女性"为特色的浙西文化现象，它的产生具有多方面原因，其中与浙西山川之异、气候之殊所孕育出的地域文化具有莫大的关系。事实上，从浙西的传说故事中我们就能够看出这种端倪。风光无限、人文荟萃的江南运河催生了各种传说故事，流传着像蚕花娘娘这样的女性信仰，更有像西施、苏小小这样经典的女性故事。

浙北地区桑蚕文化源远流长。吴兴钱山漾文化遗址中已发现残绢片、丝带、丝线等遗物，这是迄今为止国内发现的最早蚕丝织品，距今 4700 多年。

---

① ［美］曼素恩. 缀珍录：18 世纪及其前后的中国妇女［M］. 定宜庄，颜宜崴，译. 南京：江苏人民出版社，2022：306-311.

《搜神记》记载了黄帝的妻子嫘祖发明养蚕的故事，而作者干宝就是海盐（今为嘉兴下辖县）人。古代有关桑、蚕的神话较多，前者如汤求雨、伊尹生空桑、扶桑浴日，后者如伏羲女娲做夫妻、女娲补天造人、日月并升、神鸟造地、张大帝开河、大禹锁五龙、大禹育水稻等。这些神话和传说故事在杭嘉湖地区也有盛行，甚至有本地的版本，如"大夫桑"、濮绸、学绣塔和白马化蚕、黄牛化蚕、蚕化娘子、蚕姐妹、龙蚕、夏蚕、牛蹄印、望蚕讯、踏筏船，等等。它们多数与女性相关，这一点从嘉兴地区民众普遍信仰的蚕神也能够看出。关于蚕神，名称也不尽相同，如嫘祖、蚕丛氏、天驷马、菀窳妇人、寓氏公主、蚕花娘娘、蚕花菩萨、蚕花三姑、马头娘、蚕皇老太、蚕花五圣、马鸣王菩萨，等等。所礼奉的蚕神，较多的地方信仰马头娘。马头娘，又称蚕花娘娘、蚕姑、蚕皇老太、马鸣（明）王菩萨等，其形象大致是骑马的、手捧一盘茧子的古代女子。还有的地方信仰蚕花五圣，如海宁、海盐两地均为盘膝端坐的、有纵目的、手捧一盘茧子的男性神。当然，这样的男性神明显不及女性神流行广泛。[1]

这里顺便提及蚕歌、蚕诗中的女性。正谓有桑蚕处就有蚕歌，这类有关桑蚕事的民间歌谣在浙北的杭嘉湖地区流播甚广。蚕歌具有表现蚕农生活和思想情感的典型意义，具有认识的、民俗和审美的重要价值。蚕歌内容丰富，凡生产的、生活的、信仰的皆可以入歌。其中，女性形象在蚕歌中十分突出。女性在古代桑蚕业中占有"绝对的支配地位"，以及在家庭中也占有"主导地位"。[2] 所谓"不踏嘉禾风土遍，哪知女织胜男耕"（［清］李廷辉《蚕桑词》），正是这一客观现实的反映。杭嘉湖蚕歌，又以已被列入省级非遗代表性项目名录的桐乡蚕歌最为知名。桐乡，古称御儿或语儿，隶属嘉兴市，居杭嘉湖平原腹地。这里地势低平，塘横溇纵，适宜栽桑、种粮、养鱼，素称"鱼米之乡""丝绸之府"。元代无名氏《语溪赋》有赞："山川秀丽，土壤膏肥。桑绿宜蚕，茧白宜丝。夏麦芃芃，秋谷离离。四时之果，千乘之梨。"[3] 古代桐乡诗也多数与桑、蚕、丝等有关。元代仇远《泊桐乡》，明代王稚登《石门曲三首》、朱润《语溪八咏·西野桑阴》，清代厉鹗《夕次石门》、吕煋《归田》、沈明臣《语儿溪》等描写了所见到的桑枝繁茂的景象。明代朱逢吉

---

① 刘文，凌冬梅. 嘉兴蚕桑史［M］. 杭州：浙江工商大学出版社，2013：85-93.

② 史宁. 杭嘉湖蚕歌史话［M］. 杭州：浙江工商大学出版社，2019：191-197.

③ 桐乡市政协文史资料委员会. 桐乡文史资料：第24辑：桐乡运河文化专辑［M］. 北京：台海出版社，2006：294.

《语溪十二咏·桐乡夜织》描写了当时桐乡纺织业之兴旺的盛况。清代汪孟鋗《夜纺女》、颜鼎受《田家女儿行》、吴之振《课蚕词十六首》、徐锦《蚕妇》、张其是《蚕妇吟》等则反映了蚕妇生活的辛苦，其中不乏对社会进行强烈批判的表达。可以承认，古代桐乡的蚕歌、蚕诗很大程度是对女性现实生活的客观反映和审美形象的主观建构。

蚕的故事也与西施有关。相传西施离开越国快到吴国边境的时候十分悲伤，巧遇当地的 12 个采桑姑娘。她们每人送给西施一朵花，以表达美好的祝愿，于是就有了"蚕花十二分"的故事。西施是"吴、越关系中一个起作用的人物"①。西施传说在今浙江省内的绍兴、杭州、嘉兴以及江苏省的苏州、无锡等地都有广泛流传。张尧国主编的《西施传说》（2006 年）一书收集了 94 个故事。其中，女儿亭、语儿亭、西施学绣、槜李、送蚕花、望吴桥、绣花锦、洗粉河、瓶山月波楼、美人胭脂落秀水、梅家荡蚬子、西施濮绸、范蠡湖中彩色螺、紫竹画桥头、西施和鱼箭、蠡山庙、梳妆墩等故事都产生、流行在杭嘉湖地区，约占总数的 1/4。嘉兴西南一带，古称槜李，因吴、越之间发生"槜李大战"而著名。《越绝书》载："语儿乡：故越界，名曰就李。吴疆越地，以为战地，至于柴辟亭。"②就李，即槜李。这里是吴、越两国交界的地方。具体地说，交界处在九里港，河之北属吴国，河之南属越国。宋代在此建了一座石板桥，以桥为界，故又名国界桥。西施从越国都至吴国都，也要经过此桥，因此在这一带流传的西施故事很多，保存至今的相关遗迹也有许多。嘉兴地区，秀洲区有学绣楼、学绣塔、范蠡坞，桐乡市有语儿亭、槜李亭、范蠡坞、洗足滩、胭脂汇、西子妆楼及妆桥，等等。另外湖州地区也有相关的遗迹保存，如德清县干山镇的蠡山有范蠡庙（范蠡祠）、西施画桥、西施梳妆台等。相传蠡山是范蠡和西施隐居的地方。吴疆越界、春秋战地，历代诗人经此大运河段亦多有咏怀范蠡、西施之作，如唐代徐凝《语儿见新月》，明代曹旒《范蠡坞》，宋代梅尧臣《题嘉兴永乐院槜李亭》，清代陈曾祉《槜李亭》、柏三锡《胭脂汇》、朱彝尊《〈鸳鸯湖棹歌〉四十八》。西施传说有人物、地名、物产、风俗等各种故事类型，且文学艺术传播形式多样，凡诗词、小说、戏曲、绘画等皆有。而这些亦无非都是在赞美西施的美

---

① 茅盾. 关于历史和历史剧：从《卧薪尝胆》的许多不同剧本说起 [J]. 文学评论, 1961
(6)：14.

② （东汉）袁康，（东汉）吴平. 越绝书 [M]. 徐儒宗, 点校. 杭州：浙江古籍出版社,
2013：56.

丽、善良和爱情，表达对西施献身精神的崇敬之情。总之，西施传说具有丰富的历史、文学、美学价值。

与西施其人有《越绝书》《吴越春秋》等明确记载不同，苏小小其人在史书中并无详细记载，其身世亦不可考，相传只是一个生活在南朝南齐时期的钱塘歌妓。苏小小之所以为人所知，很大程度是依靠文化记忆、文学想象建构起来的结果。苏小小的故事，最早出现在南朝梁、陈时期徐陵所编《玉台新咏》卷十的《钱塘苏小歌》。之后她的名字频繁出现在古代文人的诗文、词曲、笔记当中。相关的唐代作品尤其多，有柳淡《幽院早春》、韩翊《送王少府归杭州》、杜牧《自宣城赴官上京》、白居易《余杭形胜》《闻歌妓唱严郎中诗因以绝句寄之》《〈和春深二十首〉其二十》《杭州春望》《杨柳枝词八首》、牛峤《杨柳枝》、刘禹锡《白舍人自杭州寄新诗，有柳色春藏苏小家之句，因而戏酬，兼寄浙东元相公》《乐天寄旧游因作报白君以答》《送裴处士应制举诗》、权德舆《苏小小墓》、李贺《苏小小墓》、张祜《题苏小小墓》、徐凝《苏小小墓》《嘉兴寒食》、罗虬《比红儿诗》、殷尧藩《送客游吴》、罗隐《苏小小墓》、李绅《真娘墓·自序》、陆广微《吴地记》、李商隐《汴上送李郢之苏州》、黄滔《寄蒋先辈（在苏州）》，等等。唐代之后的相关诗文作品，五代有温庭筠《苏小小歌》、宋代有张伯玉《苏小小墓》、张耒《〈柯山集〉卷四十四》、李献民《钱塘异梦》、刘克庄《六如亭》、王镃《苏小小墓》、周密《武林旧事》、张炎《霜叶飞》、周紫芝《湖堤步游客言此苏小墓也》、吴自牧《梦粱录》，明代有张岱《西湖梦寻》、周清源《西湖二集·邢君瑞五载幽期》、姜南《蓉塘诗话》，清代有吴墨浪子《西湖佳话·西泠韵迹》，等等。从南朝至清代，文人作家对苏小小这个人物注入了丰富的情感，从而使之成为一个经典的古典江南女性形象。这个历时性的文学书写，是对苏小小形象持续建构的过程：从起初"热情奔放的钱塘女子"，到中晚唐"多情、坚贞的钱塘妓女"，再到宋代以来"从痴情的钱塘美人最终演变为才貌双全的佳人典型"。① 另外值得注意的是，关于苏小小形象的建构和传播，发生地在杭州、嘉兴、苏州，而这三城均在江南运河沿线。大运河这条沟通南北的大动脉，因交通便利而带来的效益，启引我们进一步审视。

---

① 杨华. 苏小小形象的历史生成：文化记忆与文学想象 [J]. 浙江学刊, 2018 (4)：146-154.

第二节 大运河交通与诗路景观

"凡东南郡邑无不通水，故天下货利，舟楫居多。"① 水运是古代江南地区的主要交通方式。京杭大运河流经京、津、冀、鲁、苏、浙六省市，沟通海河、黄河、淮河、长江和钱塘江五大水系。其中，八百里江南运河，浙江段占据大头，并横贯富庶的杭嘉湖平原，形成独特的水乡地貌和迷人的河光水色。清澈、悠长和灵性的大运河，串联起繁华与生机，尤其起着沟通南北的重要的交通功能与作用。古代文人墨客行舟南下或北上，留下大量的诗文作品。代表性的，宋代有陆游《入蜀记》，元代有郭畀《客杭日记》、袁易《过长安堰》、吴镇《嘉禾十咏》，明代有徐霞客《徐霞客游记》、祝允明《秋晚由震泽松陵入嘉禾道中作二首》、田汝成《嘉兴晚发》、汪砢玉《学绣塔》《苏小墓》、冯梦祯《快雪堂日记》、李日华《紫桃轩杂缀》，清代有谈迁《北游录》、朱彝尊《语溪道中》《舟次平望驿》《漕船》《鸳鸯湖棹歌》、张燕昌《鸳鸯湖棹歌》，等等。这些作品大多具有明显的纪行色彩，描写所见之景，展示了水乡的秀丽清美。

一、河路一体

江南运河是浙北地区的大通道，沟通了钱塘江与长江两大水系。此段原是京杭运河的南段，北宋称运河，南宋称浙西运河，后人称江南运河，因全部在长江以南而得名。北接长江，南达钱塘江，经镇江、丹阳、常州、无锡、苏州、吴江、嘉兴至杭州，包括苏南、浙北两段。江南运河到了杭嘉湖平原，便弥漫开来，分叉出不计其数的塘、泾、港、浦、溪、浒、浔、湖、溇、濮、泽、浜、漾等，形成纵横交错，水流相接，北泻太湖，南出钱塘江，东达大海的一张大网。初步统计，杭嘉湖平原地区与江南运河干流相通的较大河流就有 4000 多条（段）。这方面，清光绪《钦定户部漕运全书·浙江运河考》有详细记载：

浙江运河之水，发源于天目山（两峰顶各一池相对如目故名）。而

---

① （唐）李肇．唐国史补校注［M］．王福元，校注．济南：山东人民出版社，2020：240.

宣、歙以东，富阳以北，支分干流，众川为纬，运河北经，自宋淳熙时临安（即杭州府）浚北郭务至镇江漕渠，凡六百四十里。今自北郭务至谢村为十二里泾，为唐栖河，水深阔。德清之水入之。又过北陆桥入石门，过松老抵高新桥，海宁支河通之。绕石门城南转东北至小阳桥，水浅时资挑浚。东北石门桥北至皂林驿，水深者及丈。过永新入秀水界，自赵桥镇至陆门镇，河俱阔。又北由嘉兴府城西转而北，出杉青闸，至王江泾镇，阔六七丈不等，深者至二丈许。又北为平望镇，湖州运艘，由莺脰湖西出会之，已入江南境矣。①

江南运河与当地的河流形成一种鱼骨状的结构，路与河是相通的。江南水乡，以河代路，以船、桥为最主要的交通工具。桥是固定的，路近则走桥。而船可以移动，路远则靠船，或载人，或运货。江南是船和桥的天下。"河就是路，路就是河，运河就是江南的路。"② 河路一体，堪称是江南运河的特色。

江南运河具有悠久的历史。《越绝书·吴地传》记载了以吴国国都（今苏州）为中心的故道"吴古故"。其中的水道，北上"出平门，上郭池，入渎；……出渔浦，入大江，奏广陵"，南下"从由拳、辟塞，度会夷，奏山阴"。又载："百尺渎：奏江，吴以达粮。"③ 辟塞，在今杭州拱辰门外。会夷，即今会稽山。百尺渎，后又名百尺浦、陵水道、武林水，就是从吴国都直达钱塘江的人工渠道，也就是秦始皇下江南、过丹阳、至钱塘、临浙江所走的这条水路。隋炀帝下令开凿江南运河，"自京口（今镇江）至余杭（今杭州）八百余里，广十余丈，使可通龙舟，并置驿宫、草顿，欲东巡会稽"（《资治通鉴·隋纪》）。自隋代起，东线运河已成为南粮北运的主要通道，故又名漕渠。元末农民领袖张士诚，不仅开新开河（亦名北关河），而且对嘉兴运河进行重大改道，将原从崇福、长安到临平一线改由崇福、大麻到塘栖，沿下塘河再接北关河。从此，江南运河改走新开河道，原道成为支线。经过

---

① 中国水利水电科学研究院水利史研究室. 再续行水金鉴：运河卷 5 [M]. 武汉：湖北人民出版社，2004：1936.

② 吕志江. 家乡的那条河：走读京杭大运河：浙江段 [M]. 杭州：浙江教育出版社，2014：10.

③ （东汉）袁康，（东汉）吴平. 越绝书 [M]. 徐儒宗，点校. 杭州：浙江古籍出版社，2013：9.

历代开凿联通、浚深拓宽、截弯取直，到宋室南迁后江南运河更是成为与一个王朝政治、经济、水利、文化、社会等攸关的生命线。

江南运河具有重要的航运功能。运输方式有漕运、民运之分，前者指王朝将所征收的财物，通过水路运往京城或指定地方的运输，以运输粮食、丝绸、官窑瓷器、建筑材料等为主；而后者指生产性运输、商旅客运的民间运输。《宋史·河渠志》载："唯汴水横亘于中国，首承大河，漕运江、湖，利尽南海，半天下之财赋，并山泽之百货，悉由此路而进。"① 历代以来，从北方到南方或从南方到北方，江南运河都是必经之路。作为沟通南北的交通大动脉，大运河在历史上曾起着交通运输的巨大作用。江南运河水势平缓，两岸风光如画，也极其适宜行旅游憩，故成了令无数文人墨客流连驻足的一条水上游线。这条黄金水道之美，从遗存下来的历代诗文中最能体现出来，从中我们也能想象和体验那些极富水乡特色的江南景观。吴越之地河湖密布，川流如织，日常出行、游乐多以舟代步。江南运河至今仍发挥着交通、运输、行洪、灌溉、输水等作用。运河的通航，促进了沿岸城市的迅速发展。清代民间画家顾梁参照家乡王江泾的长虹桥，构思出一幅场面恢宏的《虹桥画舫图》，展现了乾隆皇帝南巡时的热闹场面，反映了嘉兴运河一带的民风民俗，堪称是江南水乡的《清明上河图》。

"运河水乡处处河，东西南北步步桥。"② 江南运河上及其沿岸修建的船闸、堤坝、纤道、河埠、码头、桥梁等大量的水利工程和航运设施，具有重要的文化遗产价值。"中国大运河"于2014年被批准列入世界遗产名录。登录地包括河道遗产27段，以及运河水工遗存、运河附属遗存、运河相关遗产共计31个组成部分，58处遗产，河道总长度1011公里。其中浙江省河道，包括江南运河南浔段、浙东运河萧山至绍兴段等6段，嘉兴长虹桥、杭州拱宸桥等遗产点13个。江南运河文化包含名镇、古桥古井、古宅邸建筑、古塔、寺庙、书院及藏书楼、石刻碑碣、近现代史迹、古街巷以及其他各类遗迹等。多种类型的历史文化，尤其保存在运河沿岸的著名大城市中。就杭州来说，大运河是它的"生发之河""开放之河""繁荣之河""风韵之河"。③严军、胡心爱编著的《杭州运河古诗词选评》（2006年）精选了具有历史文

① 周魁一等．二十五史河渠志注释［M］．北京：中国书店，1990：109.
② 吕志江．家乡的那条河：走读京杭大运河：浙江段［M］．杭州：浙江教育出版社，2014：62.
③ 严军，胡心爱．杭州运河古诗词选评［M］．杭州：杭州出版社，2006：代序2-5.

化内涵、艺术情调与品位的诗作 300 首，时跨千年，涉及 100 多位诗人，地及杭州运河干流、支流沿线。其中干流 57 处，支流 84 处，共 141 处，它们都是繁荣而优美的运河景观，极具诗路文化价值。罗列如下：

干流：杭州、塘栖、超山、下塘、拱宸桥、登云桥、北新关、荆街、螺蛳南巷、忠天庙、湖墅八景、香积寺、江涨桥、卖鱼桥、化度寺、霞湾巷、吴家桥、散花滩、养素园、妙行寺、东梁婆桥、西梁婆桥、潮王庙、昭化寺、枯树湾巷、清湖三闸、五坝三塘、武林门、莲社精舍、舒瞻故居、艮山门、艮山楼、张园、永济庵、可羡园、厉鹗故宅、艮山、艮山门外、元屠存博故居、沙田、范婆滩、松塘、走马塘、汉萧相国祠、殊胜寺、栖云禅院、崇福寺、辨利禅院、草塘、麦庄、溜水桥、清波庵、清凉堤、柳林、翟灏故里、范浦镇、钱塘江。

支流：上塘河、临平、皋亭山、沈塘湾、东新关、东新桥、五里塘、陆柳庙、鹭鸶滩、泛洋湖、施家桥、河东村、会安坝、古新河、松木场、东西马塍、左侯庙、浣纱河、丰乐楼、红门织局、清湖桥、钱塘县学、教场、景灵宫、小河、棚桥、鹅鸭桥、施将军庙、有玉桥、祥符寺、百井坊、天水桥、中河、凤山门、靛青弄、有美堂、潘阆巷、糍团巷、沙河塘、宋画苑故址、富景园、郭东园、望仙桥、宝善巷、报国院、谢太傅祠、荐桥瓦、回回新桥、狗儿山、丰乐桥、盐桥、蒲桥、独树轩、仙林禅院、登云桥、吉祥寺、花楼、范思贤居、南湖、东河、断河头、安乐桥、葵巷、松吹书堂、横河、横河桥、五星楼、明月楼、城曲茅堂、廋园、宿舟河下、东青桥、莲居庵、潮鸣寺、潜园、褚家塘、东园、宝善桥、贴沙河、候潮门、皋园、太平门、水陆寺、华家池北。

广义的江南运河还包括浙东运河。浙东运河，古代亦称曹渠、运道塘、运河、官塘，是我国最古老的人工运河之一。《越绝书·地传》载："山阴故水道，出东郭，从郡阳春亭，去县五十里。"[1] 南宋嘉泰《会稽志》载："（运河）在府西一里，属山阴县。自会稽东流县界五十余里，入萧山县。旧经云：晋司徒贺循临郡，凿此以溉田。（新河）在府城西北二里。唐元和十年，观察使孟简所浚。"[2] 山阴故水道，是一条由西向东的河道，北邻故陆道，南为富

① （东汉）袁康，（东汉）吴平．越绝书 [M]．徐儒宗，点校．杭州：浙江古籍出版社，2013：56.

② （南宋）施宿，（南宋）张淏．南宋会稽二志点校 [M]．李能成，点校．合肥：安徽文艺出版社，2012：177.

中大塘，起初主要用于挡潮和为南部生产基地蓄水排涝。经晋代贺循主持开凿河道和疏浚，至唐代孟简主持修建运道塘（纤道）以及宋代对河道、沿河堰坝设备的大力改进，浙东运河的交通能力得到大幅度提高。明代以来，由于一些水利设施的毁坏导致通行能力有所下降，但是随着鉴湖成为内湖以及潮汐的影响减少，浙东运河仍是一条重要的水道。所谓"航瓯舶闽，浮鄞达吴"（［宋］王十朋《会稽三赋》），描写的是浙东运河上繁忙的水上交通情况。而所谓"浙东四府之人，往来会城及两京各省"（［明］任三宅《修萧山北海塘议》），则又反映了浙东运河在明代是宁、绍、台、温的交通要道的情况。浙东运河在西晋时全线贯通，在南宋定都杭州后进入黄金发展时期，至今仍发挥着重要的航运作用。① 今天的浙东运河，亦称杭甬运河，包括西兴运河、萧绍曹运河、虞甬运河三段。浙东运河航线，北起钱塘江南岸西兴渡，东南到钱清镇，再过绍兴城至曹娥江，过曹娥江以东至梁湖镇，东经上虞丰惠旧县城到达通明坝而与姚江汇合，全长约 125 公里，此段为人工运河段。再经余姚、宁波汇合奉化江后称为甬江，东流镇海以南入海，此段以天然河道为主，也有部分人工改造工程。浙东运河经西兴镇到镇海招宝山全程近 200公里，作为江南运河的重要组成部分，沟通了从萧山西兴至绍兴古城再至宁波入海口的海上丝绸之路。沿线分布有省级古镇西兴、衙前、柯桥、东浦、丰惠、丈亭、驿亭、慈城 8 座。"这条线性文化遗产上，兼具了物质文化和非物质文化，既有器物空间的形态美，又有人文历史演绎的时空美。当形态与文化交织在一起的时候，运河古镇美学显山露水。"② 当然，浙东运河作为大运河诗路的主要依托，所流经的区域杭州市萧山区和绍兴、宁波二市也是浙东唐诗之路所覆盖的区域，甚至与钱塘江诗路所覆盖的区域也有部分重叠。此问题需另当别论，这里不予讨论。

二、三线格局

《天下水陆路程·江南水路》载："浙江杭州府至镇江平水，随风逐流，古称平江。船户善良，河岸若街，牵船可穿鞋袜。船皆楠柏，装油、米不用铺仓。缓则用游山船慢慢游去，急则夜船可行百里。秋无剥浅之劳，冬无步

① 陈桥驿. 浙东运河的变迁［C］//吴越文化论丛. 北京：中华书局，1999：346-353.
② 吕微露. 浙东运河古镇：散落的世界文化遗产［M］. 北京：中国建筑工业出版社，2019：8.

水之涉。是处可宿，昼夜无风……"① 平水，今称平望，三国吴至唐代先后属嘉兴县、湖州府乌程县，吴越国时归吴江县（今苏州市吴江区）。唐代设平望驿，宋代置寨，元代以后皆置巡司，元末张士诚派水师屯驻于此，明洪武年间正式建镇。平望是江南运河上的古镇明珠。流传下来的相关诗作甚多，唐代有颜真卿《夜泊平望送别》、张籍《平望驿》、张祜《题平望驿》、罗隐《秋日泊平望驿寄太常裴郎中》、皎然《登开元寺楼送崔少府还平望驿》，宋代有杨万里《过平望三首》、沈与求《过平望》、沈遘《平望道中》，元代有萨都剌《平望驿道》《复题平望驿》、宋褧《平望驿和王伯循芙蓉韵》，明代有黄凤翔《平望舟中》、王稚登《平望夜泊四首》、朱妙端《平望舟中即事》，清代有玄烨《入平望》、赵景淑《晚泊平望》，等等。从江南运河版图看，杭州至平望的运河之路并非一条直线，而是由众多的河道联系而成，形成了以古运河为轴心，向两岸呈放射型、网格化的状态。江南运河，从杭州到平望有东线、中线、西线。不考虑浙东运河，此三线也就是浙江大运河诗路的基本空间格局。

（一）东线

东线原为京杭大运河江南古运河段的主航道，自南向北经杭州、武林头、塘栖、崇福、石门、皂林、陡门、嘉兴、王江泾到平望，全长约 130 公里，覆盖杭州市的西湖区、拱墅区、临平区和嘉兴市的海宁市、南湖区、秀洲区。该线以运河文化、古镇文化、诗词文化等为特色。相关诗作，唐代有戴叔伦《崇德道中》，宋代有范成大《长安闸》、黄榦《甲子语溪闵雨四首》、杨万里《御命郊劳使客，船过崇德县三首》，元代有袁易《过长安堰》、萨都剌《皂林道中》、方澜《石门夜泊》，明代有贝琼《皂林驿》，清代有朱彝尊《语溪道中》、蒋士铨《塘栖道中》，等等。这条主线中，长水塘段与主线重合。长水塘，古名长水（也是古嘉兴县名），连接嘉兴与海宁二地，是古代南下钱塘、北上东吴的商旅要道。相关诗作，明代有沈尧中《长水飞帆》（"长水飞帆"也是"嘉禾十景"之一），清代有查慎行《二月十六夜，自长水塘乘月放舟，二鼓抵嘉兴城下》、朱彝尊《长水晓行》，等等。东线作为航道，还包含上塘河、崇长港、杭州塘、嘉兴环城河、江苏塘等河段。就相应的诗路支线而言，主要是连接杭州、嘉兴两市下辖各县（市）、镇的支线，代表性的有分别依托上塘河、崇长港、魏塘的三条分支线。

---

① （明）黄汴. 天下水陆路程［M］. 杨正泰，校注. 太原：山西人民出版社，1992：204.

1. 上塘河支线。依托上塘河,覆盖杭州市上城区、临平区和海宁市长安镇、盐官二镇等行政区域。此线位于今天的杭州市区东北,南自德胜坝翻水站起,向东折北,经临平至海宁境内,过长安再至盐官,全长48公里。上塘河,古称陵水道,旧名运河、夹官河等,本是运河干道,因元代时改辟新运河,便成为运河支流。元代改道之前是进入杭州的唯一通道,南来北往的船只如过江之鲫。该支线以塘河文化为特色。相关诗作,宋代有范成大《暮春上塘道中》、道潜《临平道中》,元代有方回《过临平》,明代有释戒襄《长安坝上河道中》,清代有汪沆《上塘行》,等等。

2. 崇长港支线。依托崇长港,连接桐乡、海宁两市(县)。崇长港,古称越水道,亦称长安塘。此线上有一处始建于唐代的水利工程长安闸,这是江南运河上的一处交通要塞和军事枢纽,至今仍保存长安堰旧址(老坝)、上中下三闸遗址、闸河、清代新老两坝示禁勒索碑等。该支线以堰坝文化为特色。相关诗作,宋代有范成大《长安闸》、杨万里《入长安闸》《宿长安闸》、叶绍翁《发长安堰》、项安世《晦日出长安闸》,元代有萨都剌《宿长安驿二首》、胡奎《虹桥夜月》(《海昌八咏》其八),清代有陆嘉淑《泊胡令公庙诗》,等等。

3. 魏塘支线。依托水塘—魏塘—华亭塘,西接江南运河,东至松江(今隶属上海市),主要覆盖嘉善县。嘉善是水泽之区,"县内河道纵横交错、支泾曲港首尾相衔密如蛛网"①。境内有魏塘、华亭塘、伍子塘及其八大支流,为外运内联的主要航道。该支线以塘河文化、田歌文化等为特色。相关诗作,明代有瞿佑《过武塘》、陆埛《筑堤谣》,清代有沈道映《登武水城桥望胥塘》、曹信贤《魏塘竹枝词》,等等。

(二)中线

中线从江苏平望向西南,经江苏鸭子坝入浙,经王江泾、乌镇、练市、含山塘、新市、韶村漾、塘栖、武林头至杭州,全长约107公里。其中平望至王江泾、塘栖至杭州两段,与东线共享。此线以运河文化、古镇文化、蚕桑文化等为特色。相关诗作,宋代有杨万里《宿新市徐公店》、张镃《新市道中》,明代有刘仲景《过新市》,清代有厉鹗《新市道中》、金义植《塘栖道中》,等等。中线是元代改道后形成的运河主线,因处于东、西两线中间,覆

---

① 《嘉善县水利志》编纂委员会. 嘉善县水利志 [M]. 杭州:浙江人民出版社,2013:31.

盖区域比较集中，支线线路较短，故无须再分支线。

中线与东线、西线都有共享段，包括东线的塘栖至杭州段，西线的武林头至杭州段。塘栖、武林头分别是东、中二线的重要节点。塘栖，原名塘西，因元代开大运河之际，彼时民居初集，负塘而居得名，或因宋代苏轼词中"明朝归路下塘西"（《木兰花令·次马中玉韵》）而以之为镇名，今隶属余杭区。特色文化有运河文化、八景文化、古建文化等。相关诗作，明代有王世贞《塘栖道中得转山西报自嘲二首》、文徵明《过卓明卿园居》、王穉登《夜泊塘西》、沈谦《同张祖望沈声令塘栖晚眺》、徐士俊《西里八景》，清代有蒋士铨《塘栖道中》，等等。武林头，原称五林港。元代义军领袖张士诚在此构筑的码头和水上军事要塞，称之铁轮关，在此设卡布防，以封锁江南漕运黄金水道。武林头，意为"居武林之首"。此名相传又是从"伍临头"转化而来。此见俞美英《唐栖行》诗序云："余又闻去此五里名伍临头，乃伍相旧御兵于此。门人朱玮尝为余言之，老友张仲谋云亦然。今亦失考，化为武林头，言居武林之首，此亦不可以无辨。"① 这里是大运河东西南北的水上交通要冲，进入杭城的门户。特色文化有码头文化、军事文化、缫丝文化等。相关诗作，清代有吴观礼《晓雾过武林头口占四首》，等等。武林头，今隶属德清县雷甸镇，与塘栖镇相毗邻，两地相距约 30 公里，以运河相通。

（三）西线

西线从江苏平望向西偏南、经江苏震泽入浙，经南浔、湖州、菱湖、德清、武林头至杭州，覆盖湖州、杭州两地。特色文化有运河文化、苕溪文化、古镇文化、诗画文化等。相关诗作，宋代有杨万里《过德清》《过雪川大溪》、苏轼《赠孙莘老七绝》、姜夔《过德清二首》，明代有夏原吉《武康县》，近现代以来有郁达夫《过莫干山口占》、郭沫若《游莫干山二首》，等等。这条主线中，荻塘段与主线重合。荻塘，因沿塘丛生芦荻故名，位于湖州市东门二里桥向东至南浔镇。此河经西晋吴兴太守殷康，唐代湖州刺史卢幼平、于頔，明代乌程知县杨应聘、湖州知府陈幼学，清代湖州知府唐绍祖等修建而成为一条重要的水上交通线。相关诗作，唐代有皎然、李令从等《与李司直令从荻塘联句》，明代有杨廉《书荻港驿》，等等。与荻塘段一样，德清段也与主线重合，此不再议。西线的支线主要是以湖州古城为中心，通

---

① （清）张之鼎. 栖里景物略 [M]. 周膺，吴晶，点校. 北京：当代中国出版社，2014：20.

向长兴、安吉两县的线路。就湖州诗路体系而言，则还包括通往莫干山的支线。

1. 湖长支线。主要依托长兴古水道、西苕溪、泗安溪、箬溪、乌溪、顾渚溪等，尤其是自雉城高阳桥至吕山（古称塘港、张王塘、吕山塘）至湖州市（古称山塘）的长（兴）湖（州）航道。特色文化有山水文化、诗词文化等。相关诗作，南朝有吴均《吴城赋》，唐代有皎然《顾渚行寄裴方舟》、陆龟蒙《陆汇》、杜牧《题茶山》《顾渚溪》，明代有顾应祥《登碧岩》、李攀龙《晓发画溪》，清代有钱大昕《谢安墓诗并序》，等等。

2. 湖安支线。依托西苕溪，覆盖安吉县、长兴县、吴兴区。西苕溪，又名龙溪港，因在湖州城区以西，故名。上游有南溪、西溪两源，西溪为正源，源于浙江安吉和安徽宁国两县交界的天目山北侧南北龙山之间的天锦堂，山峰海拔 1415 米，东北流至安吉县塘浦乡汇合南溪后始称西苕溪。特色文化有苕溪文化、隐逸文化、诗词文化等。相关诗文，宋代有毛滂《夜行船·余英溪泛舟》，元代有米芾《苕溪帖》、戴表元《苕溪》，明代有胡仔《满江红·泛宅浮家》，等等。

3. 莫干山支线。莫干山系天目山余脉，位于德清县境内，因干将、莫邪在此铸成举世无双的雌雄双剑而得名，素以竹、云、泉"三胜"和清、静、绿、凉"四优"而闻名。特色文化有山水文化、神话文化、名人文化等。相关诗作，明代有顾应祥《天池玉芝上人以十二景诗出示各赋五言》，清代有洪昇《封公洞》、郑训达《过莫干岭》，等等。

三、诗路景观

"平河七百里，沃壤二三州。坐有湖山趣，行无风浪忧。"（［唐］白居易《想东游五十韵》）唐时浙东是文人的向往之地，而江南运河是通往浙东的必经之路。江南运河"网、活、路、变"的特点，造就了诸多的景观，这些景观亦鲜活地保留在历代江南运河诗文当中。古代文人墨客将所见、所感，诉诸笔端，最为直接地表达出作为诗路的审美内容。杭州、嘉兴、湖州三座千年古城，矗立在江南运河畔，皆因水而兴、因河而盛，是极具代表的诗路空间节点。"水清船行"是江南运河的重要景观，在众多的以"余杭道""嘉兴道""湖州道"为名的诗作中尤其得到最为直接的展示。

（一）"余杭道"

"地有湖山美，东南第一州。"（［宋］宋仁宗《赐梅挚知杭州》）杭州是京杭大运河的最南端，古称禹杭、余杭、钱唐、钱塘、临安等。隋时废钱唐郡设余杭州，唐时置杭州郡改钱唐为钱塘，南宋定为都城升临安府，明代改杭州路为杭州府。古老的历史、优美的大运河风景，营造了浓郁的文化氛围地，陶醉了南来北往的文人墨客、权贵显要，吸引了吴越、南宋两朝君王在此定都。他们或循着运河而来，或循着运河而居，长歌短引，抒写自己的境遇与人生的悲欢离合。这些有关杭州运河的诗词，生动地展示了运河历史上曾经存在过桥梁、建筑、街区、文物、民风民俗、社会生活经济场景。"杭州全书·运河（河道）丛书"已陆续出版 50 多册，全方位展示了杭州运河的历史、名人、民间文学、民俗、诗词、旅游、老厂、名胜、交通、非遗、集市、戏曲、特产、歌谣、宗教、建筑、名镇、桥梁、码头、风俗、遗韵以及治理等。杭州市下属的余杭区也出版了与运河文化相关的《余杭历史文化研究丛书·运河文化》（2010 年）。该专题丛书共 6 册，包括《运河史话》《运河商埠》《运河揽胜》《运河望族》《运河风情》《运河梵隐》。这些丛书从多方面展现了深厚的杭州运河文化。

江南运河杭州段是江南运河的重要干道。古代经此余杭道的文人墨客络绎不绝，留下了大量的诗作。这里仅举宋代的三首和元代的一首。宋代连文凤《余杭道中晓行》云："晓雾溟蒙未见天，山光水影白相连。余杭不似西川路，六月中旬叫杜鹃。"宋代范成大《余杭道中》云："落花流水浅深红，尽日帆飞绣浪中。桑眼迷离应欠雨，麦须骚杀已禁风。牛羊路杳千山合，鸡犬村深一径通。五柳能消多许地，客程何苦镇匆匆。"宋代郑起《余杭道上》云："五年兹路上，频往又频还。岁月孤松老，风霜苦竹班。溪流天目水，云出洞霄山。马上因闲眺，蜉蝣宇宙间。"元代白珽《余杭四月》云："四月余杭道，一晴生意繁。朱樱青豆酒，绿草白鹅村。水满船头滑，风轻袖影翻。几家蚕事动，寂寂昼关门。"这四首诗，都有明确标示"余杭道"，或是在诗名中，或是在诗句中，写到了山水、动植物（杜鹃、桑树等），还有行人、村落、生产生活情况，等等，写出了所见到的大运河两岸优美的山水田园景观。

（二）"嘉兴道"

"春云欲泮旋濛濛，百顷南湖一棹通。"（［清］乾隆《烟雨楼用韩子祁诗韵》）嘉兴，古称檇李、嘉禾、禾城、长水、由拳、禾兴、秀州等，是著名的江南运河名城。唐代时贸易十分繁荣，北宋时城中"人丰翕集，市井骈阗"，南宋时"环城皆濠，四门水陆并通，七十五桥，三十六坊，纵横交错，舟车货财广阜，民居有赖"（明弘治《嘉兴府志》），已具有繁荣的城市规模。① 嘉兴地区名人辈出，如汉代有严忌、严助，晋代有陆机、陆云、干宝，唐代有顾况、刘禹锡、陆贽，宋代有朱淑真、岳飞、岳珂，元代有吴镇、杨枢、张成，明代有项元汴，清代有谈迁、范西屏、朱彝尊、张履祥、王概，近现代有沈曾植、王国维、李善兰、陈省身、蒲华、张元济、朱生豪、茅盾、徐志摩、史东山、唐兰、沈钧儒、褚辅成、蒋百里、汪胡桢、徐骝良，等等。运河抱城，八水汇聚，嘉兴是京杭运河中唯——一个夹城而过的城市，遗存了南湖烟雨楼、西水驿等大量运河历史人文景观。

江南运河嘉兴段，南为嘉杭运河，经过桐乡、海宁连杭州，北为苏嘉运河，经过北丽桥、分水墩，端平桥、落帆亭、杉青闸、长虹桥接江苏。古代经此嘉兴道的文人墨客络绎不绝，留下了大量的诗作。代表性的，宋代有朱南杰《出嘉兴》、罗公升《过嘉兴雪中》、吴芾《过嘉禾呈方懋德》、陈著《嘉兴道中》、沈与求《过嘉禾野塘》、姜特立《出使过嘉禾城外》，元代萨都剌《过嘉兴》，明代有陆深《嘉禾道中》、何乔新《过嘉禾怀南丰先生》、陈伯康《过嘉禾嘉禾驿》，清代有金兆燕《舟过檇李》、潘鸿《嘉兴道中》、许传霈《嘉兴道中》、夏曾佑《嘉兴道中》，等等。其中，萨都剌《过嘉兴》云："三山云海几千里，十幅蒲帆挂烟水。吴中过客莫思家，江南画船如屋里。芦芽短短穿碧沙，船头鲤鱼吹浪花。吴姬荡桨入城去，细雨小寒生绿纱。我歌水调无人续，江上月凉吹紫竹。春风一曲鹧鸪吟，花落莺啼满城绿。"此诗是对这条风景如画的滔滔长水和翡翠般的江南水乡如痴如醉，纷纷舞动生花妙笔，饱蘸运河的秀水，描绘风土人情，赞誉秀美风光，歌颂了水乡禾城的清雅隽永。

（三）"湖州道"

"挂帆一纵疾于鸟，长兴夜发吴兴晓。"（［宋］章敏德《湖州题颜鲁公祠堂》）湖州，古称菰城、吴兴，唐代吴兴郡为上郡，明、清时为湖州府，以地滨太湖而得名，是著名的江南运河名城。张前方《湖州运河文化》（2015年）一书从河道、船舶、桥梁、码头、城镇、风俗、文学、航运、人物九个方面进行了较为全面的介绍。古代湖州名人荟萃，诗词家众多。据湖州市碧浪碑廊筹建委员会所编的《碧浪园：湖州历代诗词选注》（1986年）一书所

① 浙江省港航管理局. 大运河航运史：浙江篇［M］. 大连：大连海事大学出版社，2019：201.

载名家，东晋南朝有鲍照、江淹、柳恽、吴均，唐代有李白、王维、颜真卿、皎然、岑参、刘长卿、张志和、孟郊、张籍、白居易、沈亚之、李贺、杜牧、李商隐、陆龟蒙、皮日休，宋代有寇准、张先、梅尧臣、苏舜卿、曾巩、苏轼、黄庭坚、秦观、张耒、叶梦得、王十朋、陆游、范成大、杨万里、姜夔，元代有戴表元、仇远、赵孟頫、杨维桢，明代有刘基、李善长、张羽、孙一元、沈周、文徵明、王守仁、吴承恩、李攀龙、谢肇淛、孙仲衍、张睿卿，清代有吴伟业、吴奇、毛奇龄、朱彝尊、查慎行、金农、厉鹗、郑板桥、阮元、李煊，近现代有吴昌硕、俞陛云、沈尹默，等等。湖州又是书画之乡。据朱全德、薛帅杰《湖州书画史》（2013年）一书所载名家，魏晋南北朝有曹不凡、王羲之、王献之、王僧虔、张僧繇、姚最，唐代有颜真卿、高闲、张志和、杜牧、李煜，宋代有燕文贵、张先、文同、苏轼、米芾、梵隆、江参、周密，元代有钱选、赵孟頫、管道升、王蒙、唐棣，明代有关思、吴承恩，清代有沈铨、费丹旭，近现代有吴昌硕、王一亭、金城、俞樾、钱玄同、沈兼士、沈尹默、沈迈士、谭建丞、诸乐山、费新我、赵延年，等等。

大运河湖州段隶属湖州市，又由南浔段和德清段组成。古代经此湖州道的文人墨客络绎不绝，留下了大量的诗作。代表性的，宋代有梅询《吴兴道中》、秦观《吴兴道中》、沈与求《舟过荻塘》，元代有戴表元《东离湖州泊南浔》，明代有韩奕《湖州道中》、无名氏《南浔祇园寺赠老僧诗》、文徵明《夜泊南浔》，清代有董骏《泛月登浔东分水阁》。其中，韩奕《湖州道中》云："百里溪流见底清，苕花苹叶雨新晴。南浔贾客舟中市，西塞人家水上耕。岸转青山红树近，湖摇碧浪白鸥明。棹歌谁唱弯弯月，仿佛吴侬子夜声。"此诗写到了苕溪、南浔、西塞山、棹歌，反映了荻塘景观。荻塘，又名頔塘，从湖州市区二里桥至南浔镇，全长33公里。其流来自苕溪之水，东达江苏平望莺脰湖与江南大运河会合。塘两侧荡漾如列星，阡陌交错，桑林遍野，盛产鱼米蚕丝。荻塘是湖州市与嘉兴、苏州、上海等地的水路交通主要航道，有"中国的小莱茵河"之誉。頔塘故道德清段为江南运河嘉兴至杭州段，途经德清县雷甸镇塘北村运河北岸。

第三节　"浙西词乡"的魅力

江南运河所流经的嘉兴是以"词乡"（［清］厉鹗《张今涪红螺词序》）

著称的古邑，它是浙西词派的起源地。该词派兴起于康熙盛世开始出现之际，历经 300 多年的发展，成为一个与阳羡词派、常州词派齐名的清代江南词派。三大词派均属于浙西文化区域，因此又可以统称为浙西词派。但一般所说的浙西词派就是指以朱彝尊、厉鹗等浙籍词人为代表的清代浙江词派。浙西词派具有鲜明的地域性和明确的理论主张，且人数众多，影响甚大，因此具有典型意义，"浙西词乡"的魅力也主要指此。浙江大运河诗路也正有了这个追求"清空骚雅"（简称"清雅"）的浙西词派的加持，从而彰显出以"清"为特色的美学品格。当然，这个"清"，是以雅为正的"清雅"，它是"清秀"的深义所在。对此，以下围绕"浙西词乡"，兼顾古代嘉兴、杭州、湖州三地情况，以地域性的词派文化为重点，进而从文化地理学视角进行揭示。

一、浙西词派的浙地性

浙江是中国古代词之重镇，浙西词派是浙江词史上浓墨重彩的一章。浙江之词史，兴起于唐代，繁盛于宋代，中衰于元、明两代，复兴于清代，成熟于近代，又以宋代、清代的词为重。宋代浙江词人词作众多。据统计，词家有 237 人，占全宋词作者（约 1539 人）的 15%。其中，存词 100 首以上的有 26 人，100 首以下且 50 首以上的有 14 人，50 首以下且 20 首以上的有 48 人。若按地区、人数统计，前七位分别是杭州 48 人、湖州 38 人，宁波 31 人、金华 28 人、绍兴 22 人、温州 22 人、台州 17 人。① 此时期又不乏一批名家涌现，如浙西的周邦彦、孙惟信、张炎、仇远、吕渭老、张先，浙东的毛滂、左誉、卢祖皋、黄机、吴文英、陈允平、陆游、高观国、尹焕倚、王沂孙等。就两宋浙江而言，南宋词家达 206 人，词作数量也远超北宋。这种局面的形成，与政治、地理、文化等多个方面有关。"词人主要出诸江南，固然与南宋偏安客居所在有关，而更主要的原因却在于江南风光旖旎、清游之风盛行，且与词之体性相合，适于吟咏。"② 就整体而言，宋代浙江已形成了具有区域特色文化的词体风格，最终确立起尚艺、崇雅、尊情、重寄等重要的词学理念，这为后来清代浙西词派的产生奠定了重要基础。作为一个相对统一的词派，浙西词派在形成之初派别较多，主要有西陵词派、柳洲词派、梅里词派，后来各派在词学理论和创作风格上趋向统一。

---

① 许伯卿. 浙江词史 [M]. 杭州：浙江大学出版社，2014：61-77.
② 薛玉坤. 宋词与江南区域文化：人地关系的视角 [M]. 北京：中国华侨出版社，2007：88.

浙西词派的发展经历了前、中、后三个阶段（时期）。前期，指的是明末清初这一历史时期，嘉兴、杭州两地词派涌现出来。嘉兴地区的词派主要有两个。一个是柳洲词派。据顺治年间钱焕、戈元颖、钱士贲、陈谋道合辑的《柳洲词选》，词人共有158家。主要词人，除钱继章、魏学渠、魏学濂、魏学洢、吴亮中、蒋玉立、陈增新、曹尔堪"柳洲八子"之外，还有柯耸、徐远、李标、王屋、钱棻、支隆求、孙琮、钱士琮、钱士贲、魏允柟、魏允枝等。另一个是梅里词派。据乾隆年间薛廷文原辑、道光年间冯登府重编、同治年间沈爱莲补订的《梅里词辑》，词人共有92家。主要词人，有缪崇正、褚醇、范路、王翃、王庭、胡山、周篔、周篁、朱一是、缪永谋、钱枋、徐槿、杜致远、沈进、朱彝尊、李绳远、李良年、李符、钱炎、郭维坦、蔡耀、冯瑛、史先震、顾仲清、闵荣、戴锜、郭徵、朱昆田、徐在、朱愿为、沈良诒、李琇、沈翼、金大海、徐怀仁等。杭州地区的词派，主要是西陵词派，因康熙前期陆进、俞士彪所编的《西陵词选》而得名。该选本录清初杭郡词人184家。主要词人，有沈丰垣、陆进、俞士彪、沈谦、张台柱、毛先舒、丁澎、王晫、徐昌薇、徐灿、张纲孙、吴仪一、潘云赤、张云锦、徐士俊、洪升等。该选本卷首另有《西陵宦游词选》，选录当时任职杭郡的非杭籍官员10人，分别是宋琬、赵进美、嵇宗孟、梁允植、孟卜、牛兑、张瓒、赵钥、李式祖、毛万龄。康熙年间杭州词人龚翔麟选取朱彝尊、李良年、李符、沈皞日、沈岸登和他本人的词作，编成《浙西六家词》，"浙西词派"遂为人所知。

中期、后期分别指雍正、乾隆时期和道光以来。中期词人"奉樊榭为赤帜，家白石而户梅溪矣"（［清］谢章铤《赌棋山庄词话》卷十一）。此时期有影响的词人，有厉鹗（号樊榭）、陆培、陆纶、张云锦、吴焯、徐逢吉、陈章、朱芳霭、许昂霄、吴衡照、吴锡麒、江炳炎、钱枚、冯登府、朱葵之、赵庆熺、王昶、赵文哲、郭麐、吴翌凤等。到了后期，浙西词派整体渐成颓势，但是出现了一些新转机，亦不乏佼佼者。此时期的主要词人，有周闲、张金镛、杜文澜、蒋清、陈元鼎、钱官俊、张炳、许光治、张景祁、项鸿祚、沈景修、张鸣珂、刘履芬、姚燮、沈曾植、刘毓盘、王国维等。前期与这两个时期构成了三个阶段，可分别以朱彝尊、厉鹗、王国维三人为代表。

浙西词派的发展，除清晰的阶段性之外，还有明显的地域性特点。这种地域性，主要是就词派产生的地域空间而言的，当然也体现在浙西词人的词作中（另论）。古代嘉兴、杭州既是浙西词派的发源地，又是它的繁盛区。前期作为形成阶段，主要与柳洲、梅里、西陵三个地点有关。① 先说西陵。西陵词派之西陵，又作西泠，因杭州孤山西麓的西陵桥而得名。西陵十子，又称西泠十子，是清初陆圻、毛先舒、柴绍炳、张丹、沈谦、丁澎、孙治、吴百朋、陈廷会等 10 人结社于西子湖畔的一个地域性文学群体。其中，柴绍炳、毛先舒订有《西泠十子诗选》行世，故谓"西泠派"。再说柳洲、梅里。柳洲词派之柳洲，在嘉善（今为嘉兴下辖县）古城熙宁门外，同样因结社于此而得名。柳洲词派以曹尔堪、钱继章、魏学渠三人为主要代表，实际上是以曹、钱、魏三大家族为中心的词人群。另外，柳洲词人"多为忠直之士"，或明廷忠臣，或复社成员。② 梅里词派之梅里，又名梅会里，即今天的王店镇，位于嘉兴城南 15 公里之外。此地骚人词客，代不乏人，至清乾隆时期词风尤为盛炽，时人赞之"天下之称诗词者，必举梅里"（［清］薛廷文《梅里词绪·弁言》）。浙西词派正是在梅里词人群体基础上形成的。浙西地区原本西陵、梅里、柳洲三派鼎立，至康熙十八年（1679），由于时世的转移和朱彝尊的崛起，三地词人遂归于一，共奉朱彝尊为宗主，因而统一称为"浙西词派"。朱彝尊墓地在今嘉兴塘汇乡百花庄村，已不存。其故居曝书亭在今王店镇广平路南端，仍存，是浙江省重点文物保护单位。

二、湖州词与浙西词派

浙西词派形成和发展于浙西的杭嘉湖地区，更准确地说是在杭州、嘉兴两地。至于同属浙西文化圈的湖州，在明末清初以来并没有形成某一词派，但这并不能否认有湖州词人参与浙西词派的情况，故这里需要单独议及古代湖州词坛的概况。湖州，古称菰城、乌程、吴兴、湖城等，这是一个具有深厚诗词文化的区域。唐代张志和，婺州（今金华）人，曾任翰林待诏，因事被贬为南浦尉，遇赦后浪迹江湖，自称烟波钓徒，在乌程隐居 10 多年，且能书画，善歌词，其《渔父》开文人词创作先河，"渔父唱和"经久不衰。宋代张先，乌程人，曾任宿州掾、吴江知县、嘉禾（今嘉兴）判官，"能诗及乐府，至老不衰"（［宋］叶梦得《石林诗话》卷下），《全宋词》保存其词 165 首。作为格律派代表，张先词的内容大多反映士大夫的诗酒生活和男女之情，对都市社会生活也有所反映，还有许多描写家乡风物之词，如《倾杯乐·吴

---

① 另有云间派。云间，松江旧称，现为上海市辖区，故这里不论。
② 李康化. 明清之际江南词学思想研究 [M]. 成都：巴蜀书社，2001：172.

兴》《惜琼花·汀苹白》《木兰花·乙卯吴兴寒食》。① 张先是宋代湖州最具代表性的词人。据唐圭璋统计，宋代词人浙江籍216人，其中湖州27人，仅次于杭州30人，位居第二。② 民国时期朱祖谋编选《湖州词征》30卷。是编先为24卷，辑录湖州词人词作，第1—22卷收宋人词，第22—23卷录元明人词作，第24卷为闺秀词。清宣统三年（1911）刊刻，为章震福刻本。之后朱祖谋续辑成《国朝湖州词录》6卷，合前书共30卷，民国九年（1920）刻入《吴兴丛书》（吴兴刘氏嘉业堂刊本）。朱祖谋编《湖州词征》，先辑18家，分别是张先、叶梦得、沈与求、刘一止、沈端节、倪偁、葛立方、葛郯、沈瀛、吴渊、吴潜、牟𪩘、周密、赵孟頫、赵雍、沈禧、朱晞颜、陈霆，共24卷；次辑53家，分别是叶清臣、刘述、朱服、丁注、刘焘、沈会宗、何㮚、吴益、章良能、俞灏、章谦亨、胡仔、李仁本、周晋、施枢、李彭老、李莱老、钱选、朱嗣发、释净端、韦居安、郯韶、赵由儶、王国器、张翚、姚式、沈景高、王蒙、严震直、张密、陈曼年、顾应祥、赵金、唐枢、闵如霖、骆文盛、董份、姚一元、沈祠、陈敬直、茅维、范汭、董斯张、韩曾驹、孟称舜、沈㵎、吴鼎芳、韩纯玉、唐达、吴淑姬、管道昇、钱氏、韩智玥，共6卷。以上两辑总计71家，30卷。该书所录词家为宋、元、明时期，可见湖州文人近700年间在词方面做出了重要成就。

入清以来湖州诗词出现了中兴局面，涌现出了沈尔燝、沈尔煜、沈昆、沈三曾、沈苕祥、韩献、韩云、韩裴、董师植、董炳文、董衡、郑元庆等一批词人。至乾嘉时期，又涌现出戴文灯、严鼎臣、董恂、奚疑、周学浚、戴铭金、管以金、王二樵、徐球、姚椿、陈长孺、沈钖璜等一批词人。湖州本籍词人的词集，在清代甚多。初期，有沈尔燝《月团词》、沈昆《禾畊词》、沈三曾《赐书堂词》、韩献《楚游词》、韩云《怡园词》、董师植《汾园词》、董炳文《百花词》、泮世暹《裕斋词》、吴启思《望嵩楼词》、孙在丰《尊道堂词》、郑元庆《只自怡词》、严允弘《月查词》、茅麟《溯江词》、谈九叙《是山词草》、闵荣《缶笑诗余》、陈之群《后溪词》、董汉策《蓝珍词》、徐倬《水香词》、胡会恩《清芬堂诗余》、沈涵《赐砚斋词》，等等。乾嘉时期，有戴文灯《甜雪词》、严鼎臣《化蝶斋词》、奚疑《方屏樵唱》、王二樵《不

---

① 王德保，杨茜. 北宋词人张先与湖州地域文化关系考论 [J]. 江西社会科学，2004（6）：60-65.

② 唐圭璋. 宋词四考 [M]. 南京：江苏文艺出版社，2009：1-5.

竹里馆词》、陈长孺《画溪渔唱红烛词》《萧瑟词》《宝钿庵词》、宋维藩《滇游词》、吴兰庭《兰缘室词》、叶绍本《罄草堂词》、邢妆仁《拙庵词》、沈长春《古香楼词》、章光曾《笛舫》、张师诚《省鹤山房词》、徐保字《抱碧堂诗余》、严元照《柯家山馆词》、倪炜文《梦文山馆词》、费丹旭《依旧草堂词》、董恂《紫藤花馆词》、姚春《洒雪词》，等等。就湖州词人的词集而言，在清代也有许多，如纪复亨《抒亭乐府》、戴鼎恒《玲珑山馆词》、戴铭金《妙吉祥庵词》《月湖渔唱》《翠云馆词》、徐球《还印庐词》、徐天柱《桐初书屋词》、费融《红蕉山馆词》、许宗彦《华藏室词》、冯如璋《秋君遗词》，等等。①

　　古代湖州词创作发达，只是无论是在元、明两代还是在入清以来都没有特别著名的词人出现，直至清末民初才产生本籍著名词学家朱祖谋。朱祖谋，号彊村，工词，以"学人之词"而得到王国维的高度评价。其《人间词话》云："近人词如复堂词之深婉，彊村词之隐秀，皆在半塘老人之上。彊村学梦窗而情味较梦窗反胜，盖有临川庐陵之高华，而济以白石之疏越者。学人之词，斯为极则。然古人自然神妙处，尚未梦见。"②　王国维认为，近人的词，如谭献（字复堂）的词深切委婉，朱祖谋的词含蓄清秀，都在他本人和王鹏运（号半塘翁）的词之上。朱祖谋学习吴文英（号梦窗）而情味反比其高，大体上已有王安石（临川人）、欧阳修（庐陵人）的高妙华美，而又济之以姜夔（号白石道人）的疏朗清越。学前人的词，能达到这种地步，可以说已是最高的水平了，但是古人的那种自然神妙之处还是无法达到。从中可见，朱祖谋学习宋代词人的艺术，兼采吴文英、姜夔之词风但又超越了他们，并形成了"隐秀"风格。朱祖谋是浙西词派后期代表人物，而此时期的浙西词派已摆脱了词派之见，进而发展到了江南词学发展的新阶段。

　　徐志平《浙西词派研究》（2022 年）一书所论主要以嘉兴词人词作为主，仅用很少的篇幅议及浙西词派后期的两位湖州词人汪曰桢、周作镕，这的确是历史上湖州词发展状况的真实反映。相比之下，与词相接近的诗之发展在清康熙中叶后的湖州文坛极盛，且涌现出了许多诗派。据清代戴璐《吴兴诗话》所述，主要词派有南浔诗派（乌程）、章氏诗家（荻港）、俞樾诗家（德清）、"双溪诸子"（归安）、"前溪三子"（武康）等。其中，南浔诗派持续

---

① 　高万湖．湖州文学史［M］．海口：海南出版社，1999：161-227.
② 　姚淦铭，王燕．王国维文集：第 1 卷［M］．北京：中国文史出版社，1999：162.

时间最长，影响较大。清代范锴《浔溪纪事诗》有赞："群从风流奏雅音，一门诗派著南浔。芬陀利复昙花隐，又见香闺善静吟。"该派以董斯张、董说、董樵、董耒祖孙三代为主要代表，包括董份、董嗣成、董汉策等其他家族成员，还包括董琴、姚益敬（芬陀利）等女性诗人。据董熄《董氏诗萃》（20卷）所记，从明初董仁寿到清乾隆初董丰垣，南浔董氏历十二世，共有诗文作家 54 人，其中有诗文别集的 50 人，共 152 种。但南浔诗派只是一个艺文世家，还称不上严格意义上的诗派。他们没有明确的理论主张，只是以血缘、姻娅为基础形成的，且以诗词创作为主的董氏家族诗人群体。① 值得一提的是，南浔诗派诗人并非固守一隅，他们也参与当时的诗文结社活动，故与浙西词派中人多有互动。如姚益敬刊刻《芬陀利居小稿》，作为浙西词派中期的中坚人物厉鹗曾为之作序。从这一方面来说，该派对浙西词派的发展亦起到了助推作用。

三、承变而来的"清雅"

浙西词派尊雅词为体。词这种文体最早来自民间文学。晚唐词人温庭筠是第一个真正致力于创作词的文人，其词以秾丽密隐、流丽轻倩的艺术风格著称。花间派，宗温词，因后蜀赵承祚所编《花间集》而得名。这个以韦庄、牛希济等为主要代表的词派，对后世文人词创作产生了重要影响。北宋承五代余绪，词坛沉寂，直至宋室南渡之后迎来高峰，涌现出以苏轼、辛弃疾为代表的豪放派和以柳永为代表的婉约派。元、明直至清，词派出现了明显的郡邑性特点，尤其是清代江南地区堪称繁盛，浙西词派就是典型。浙西词派是时代的产物，顺应了清初以来稳定的社会和太平盛世，提高了词的文学地位和文化影响，其承变而来的"清雅"（"清空骚雅"）主张成为清代词坛的普遍审美取向。这里所说的承变，即继承和变化，主要指文学艺术之形式或内容方面。今人运用此词所言对象十分广泛，如诗体、诗风、文道观、意境说、造物思想、抒情模式、创作体裁、诗赋创作、孔孟之理想人格、散文理论、文化精神。② 但这个"变"无疑是基于变体之于本体的关系，指向影响或效果。正如南朝刘勰在"宗经"的前提下，反对当时诗坛绮靡之风和文质

---

① 赵红娟. 明清湖州董氏文学世家研究［M］. 北京：中国社会科学出版社，2011：52-59.

② 此据知网调查。

不一的现状，提出在继承的基础上进行创新的"通变"观点。清代刘熙载《艺概·词曲概》曰："词尚清空妥溜，昔人已言之矣。惟须妥溜中有奇创，清空中有沉厚，才见本领。"① 所谓"奇创"，说的正是这种创造性转化。

浙西词派的理论主张主要是建立在对南宋词认同的基础上的，具体地说就是追随以姜夔、张炎为代表的词学。姜夔，号白石道人，终生未仕，精通音律，能自度曲，其词格律严密，以空灵含蓄著称。张炎出身于诗词世家，其祖辈张镃（字功甫）、张金监（字平甫）都是姜夔好友，其父张枢晓畅音律，著有词集《寄闲集》（已佚）。张炎转益多师，其词兼有周邦彦、姜夔之所长，虽然多抒亡国之痛，哀怨凄楚、悲愤感人，但是又呈现出流丽清畅、淡远超玄之境。《词源》系其晚年词论专著，分论制曲、句法、字面、虚、清空、意趣、用事、咏物、节序、赋情、令曲，以"意趣""雅正""清空"等为论词最高标准。其"清空"一节云：

> 词要清空，不要质实。清空则古雅峭拔，质实则凝涩晦昧。姜白石如野云孤飞，去留无迹。……白石词如《疏影》《暗香》《扬州慢》《一萼红》《琵琶仙》《探春》《八归》《淡黄柳》等曲，不惟清空，又且骚雅，读之使人神观飞越。②

所谓"清空"就是指运笔空灵，意境飘逸。反对"质实"，就是要求清空明快、雅健雄浑。如果结构细密，词语裱丽，而又缺乏生气灌注，难免给人以支离破碎之感。这种作词主张，与张炎本人从周邦彦之"雅丽"、姜夔之"清空"转益多师而来的"流丽清畅"的作词实践是一致的。

浙西词派的理论主张从朱彝尊、汪森选编的《词综》能够反映出来。该书收录从唐代至元代的词659家2253首。其中，所录词人诗作超过20首的有15人，具体是温庭筠33首、晏几道22首、张先27首、柳永21首、周邦彦37首、辛弃疾35首、姜夔22首、吴文英45首、蒋捷21首、陈允平22首、周密54首、王沂孙31首、张炎38首、无名氏45首、张煮27首。其中绝大部分是南宋的，从中显示出选编者对南宋词重视、喜好的倾向。另外，该书

---

① （清）刘熙载.艺概笺注 [M].王气中，笺注.贵阳：贵州人民出版社，1980：353.
② （宋）张炎，（宋）沈义父.词源注：乐府指迷笺注 [M].夏承焘，校注.蔡嵩云，笺注.北京：人民文学出版社，2018：16-17.

又附有词人小传和相关的若干宋、元人的评语，极具参考价值。如介绍姜夔，罗列了范石湖、赵子固、黄叔旸、沈伯时、张叔夏的评语。对于姜词，黄叔旸评之"不减清真"，沈伯时评之"清劲知音"，张叔夏评之"不惟清虚"，他们评价时均用"清"词。① 值得注意的是，张炎（字叔夏）处使用的是"清虚"，而并非他的《词源》中的"清空"。改"空"为"虚"，这种变化颇为微妙，或许正是为了突出以《楚辞》《诗经》为代表的"骚雅"传统。

浙西诗派的理论主张与实际创作是结合在一起的，这种追求从前期的朱彝尊和中期的厉鹗那里能够见出。朱彝尊论词以清空为重，其《解珮令·自题词集》堪称是"清雅"词风的宣言式代表作：

> 十年磨剑，五陵结客，把平生、涕泪都飘尽。老去填词，一半是、空中传恨。几曾围、燕钗蝉鬓？
>
> 不师秦七，不师黄九，倚新声、玉田差近。落拓江湖，且分付、歌筵红粉。料封侯、白头无分。②

此词上阙回顾自己早年结交同志、参加抗清复明斗争的经历，感叹家亡国破、身世飘零，因而借填词寄愁传恨；下阕阐述自己的词学主张，应取法南宋末年张炎抒写家国之恨、寄托兴亡之感的词学方向。全词艳而不浮，疏而不流，用语简洁流畅，有一股清气贯穿其中，同时营造了一种清刚的词境，确实古雅峭拔。

厉鹗论张炎词"玉田秀笔溯清空，净洗花香意匠中。羡杀时人唤春水，源流故自寄闲翁"（《〈论词绝句十二首〉其七》）；评张龙威词"清婉深秀，摈去凡近"（《红兰阁词序》）；评陆南香词"清丽闲婉，使人意消"（《白蕉词序》）。这些大抵都是以"清"为调、以"雅"为正的。厉鹗本人词"幽隽清绮""有超然独绝之致者矣"（王煜《清十一家词钞·樊榭山房词钞序》）。其《百字令·月夜过七里滩，光景奇绝，歌此调，几令众山皆响》云：

---

① （清）朱彝尊，（清）汪森. 词综［M］. 民辉，校点. 长沙：岳麓书社，1995：304.

② （清）朱彝尊. 朱彝尊词集［M］. 屈兴国，袁李来，点校. 杭州：浙江古籍出版社，2011：100-101.

秋光今夜，向桐江、为写当年高蹈。风露皆非人世有，自坐船头吹竹。万籁生山，一星在水，鹤梦疑重续。棹音遥去，西岩渔父初宿。

心忆汐社沈埋，清狂不见，使我形容独。寂寂冷萤三四点，穿破前湾茅屋。林净藏烟，峰危限月，帆影摇空绿。随风飘荡，白云还卧深谷。①

此词一方面表达了对在桐庐隐居的两位历史名人严光、谢翱的崇敬之情，另一方面赞美了七里滩景致的空灵、秀美。全词幽隽清绮，婉约淡冷，可谓无一字不清俊。此外，语言多从淡处着笔，炼字、炼句归于纯雅。如同上述所举的朱彝尊词，此词亦明显具有张炎式的风格。张炎是由宋入元处于易代之际的词人，其词因清雅之风而得到清人认同。这种承变精神，亦正是浙西词派主张的特色所在。

四、从"江山之助"看

清词发展具有地域性特征，这种特征在清词的题材和风格中也明显体现出来，浙西词就是有力的佐证。这里涉及地域之于文学影响这个常见的话题，对此以"江山之助"进行解释是一种较佳的选择。不过，今人与古人所说的"江山之助"并不完全相同，其中有一个语义变迁的过程。"江山之助"最早见于《文心雕龙·物色》："若乃山林皋壤，实文思之奥府，略语则阙，详说则繁。然屈平所以能洞监风骚之情者，抑亦江山之助乎！"② 大意是说：至于山水林泉、肥沃原野，实是启发文思的宝库，但简略地写就会空洞不全，详细地写又会显得烦冗啰嗦。屈原之所以能够洞察《诗经·国风》和楚国民间《骚》体诗的情韵，或许就是依靠江山的帮助。刘勰的观点十分清楚：在文学创作中，作为对象的山水自然，无论是对之进行简写还是详述都是不恰当的，而在这方面屈原的创作能够提供借鉴。刘勰肯定自然景物是文学创作的源泉，但又提出对它需要恰当地描写，关键是要能够像屈原写作《离骚》那样融入抒情。刘勰此说的提出，与魏晋山水诗发达这一背景有关。皆知，魏晋士人有感于现实压力，不婴世务，远离现实，脱离社会，遁入山水之间，把山水

---

① （清）厉鹗．厉鹗集：上［M］．罗仲鼎，俞浣萍，点校．杭州：浙江古籍出版社，2016：219．

② （南朝梁）刘勰．增订文心雕龙校注［M］．黄叔琳，注；李详，补注；杨明照，校注拾遗．北京：中华书局，2012：574．

人格化。对于魏晋的玄言诗、山水之诗如此处理山水与抒情的关系，显然不是刘勰能够接受的。刘勰对于传统思想的基本态度就是"唯务折中"。在天、人的关系上，刘勰排斥"不知人"（《庄子》）、"不知天"（《荀子》）的极端思想，而要求在两者之间寻求平衡，即既遵循自然法，又尊重作家的主体性。在面对自然景物、处理主客关系上，刘勰尤其推崇屈原的"发愤抒情"。

今人大多把"江山之助"当作用于解释文学与地理之关系的文学地理学命题。这种接受，只能说是一种"正误"，即一种相对合理的解释和阐发。真正要深得这一命题的奥秘，仍然需要回到刘勰的写作语境中，尤其要重视对"江山"二字的解读。《文心雕龙·物色》之前的《庄子·外篇·山木》云："君曰：'彼其道远而险，又有江山，我无舟车，奈何？'"这里的"江山"已隐含"道远而险"的意思。故屈原遭放逐，被阻隔于朝廷之外，"发愤以抒情"（《楚辞·九章·惜诵》），合乎"江山"之本义。如此，"江山之助"也就具有了"抗争不幸命运以强烈抒情的意味"。《文心雕龙·物色》之后的《新唐书·张说传》云："（张说）既谪岳州，而诗益凄婉，人谓得江山之助云。"清人何焯则批道："……岳州在江南，屈子所放之地也。"此亦明显继承了刘勰的观点。① 但是今人所说的"江山"基本是广义的，"包括山川、风物等在内的广泛的范围"②。如此理解，极易陷入文学由地理决定的绝对论偏向。刘勰的"江山之助"说，揭示了地理与文学之间的密切关系，提供了两者弥合的机制，亦深刻表明一地的文学对一地的传统进行承继的必要性。而这对反思包括诗词在内一切文学艺术的地域性特征的形成具有重要启示。

浙西词派的词风并非铁板一块。词风之异，与区域环境之间具有某种同构关系。对此，同样需要站在历史的、辩证的立场上进行理解。程千帆在注解刘师培《南北文学的不同论》时提出"差异"说："中国文学中方舆色彩，细析之，有先天后天的差异。所谓先天者，即班氏所谓风，而原乎自然地理者也；所谓后天者，即班氏所谓俗，而原乎人文地理者也。前者为其根本，后者尤多蕃变。盖虽山川风气为其大齐，而政教习俗时有熏染。山川终古若是，而政教与日俱新也。"他肯定刘师培对于南北文学差异的看法，但也承认这只是大体而言的，"且地理区分，于文学之发展，固不失为重要之因素，然

① 参见汪春泓. 关于《文心雕龙》"江山之助"的本义 [J]. 文学评论，2003 (3)：133-139.
② 范松义. 清词的地域性与地域研究 [J]. 社会科学战线，2014 (7)：144.

实非决定性之条件"①。作为一种区域的文学，它是一个整体的概念，是评价的结果，而文学评价本身又具有时代性。同一个时代对前代的文学评价，往往由于评价者的"偏见"而体现出新的内涵、价值。朱彝尊在《词综·发凡》中指出："世人言词，必称北宋。然词至南宋，始极其工，至宋季始极其变……"② 宋词发展具有变化性，具体表现为南宋词之"大"而北宋词之"深"。这里涉及对宋词传统的理解问题。如同唐诗，宋词是宋代最具代表性的文体，但具体到北宋、南宋，两代的词风还是有差异的。王国维在《人间词话》中提出"词家时代"说，并举朱彝尊、周济、潘德舆、刘熙载的观点进行说明。一方面，北宋乃是词之巅峰时期，南宋词没有北宋词的"浑涵之旨"（周济）、"闳深曲挚"（潘德舆）；另一方面，两宋的词风有一个从"大"到"深"的明显变化过程。故他认为，周、潘、刘三人词创作水平一般，但是眼光卓越，可见两者之间并无直接的关系。③ 王国维此说重在对一个朝代之词风的评价，即在肯定时代不同造成词风不同的前提下言说的，而并非否定一个朝代之于该朝代之词的重要影响。对于宋词传统的认识，也唯有卓越的眼光才能意识到两宋词的差异变化。

浙西词派之创新追求，不是要求单纯的自然性，而是要兼有"骚雅"特性。朱彝尊之所以把目光转向南宋词，实则是对南宋词传统的新发现、再认识。之所以重视南宋词之"深"，又正与他对姜夔、张炎的推崇有关。此种由传统而来，标榜淳雅、清空，注重词的声律、技巧的主张，可谓适应了时代的需要和文人们的心态，故能风行一时，产生持续的影响。当然，作为地域词派还须强化地域景观书写，以反映本土风情为贵，按清人刘熙载所言就是"词贵得本地风光"（《艺概·词概》）。这些可以董恂④为例略作拓展说明。董恂，湖州南浔人，清道光附生，工诗词，著有《紫藤花馆诗集》《紫藤花馆词集》等。其《浔溪棹歌》云："米凭转斗接青黄，加一钱多幸已偿。二月新丝五月谷，为谁辛苦为谁忙？"此诗描绘了劳动者的辛勤劳作和为生计奔忙

① 程千帆.文论十笺［M］.武汉：武汉大学出版社，2008：112-113.
② （清）朱彝尊，（清）汪森.词综［M］.民辉，校点.长沙：岳麓书社，1995：10.
③ 姚淦铭，王燕.王国维文集：第1卷［M］.北京：中国文史出版社，1999：161-162.
④ 清代另有一同名人物董恂（1810—1893），江苏甘泉（今扬州）人。工书法，好读书，为官数十年，官至户部尚书。每任一职或奉一差，皆喜记事。著作、笔记甚丰，存世的有《楚漕工程》《江北运程》《甘棠小志》《随轺载笔七种》《荻芬书屋诗文稿》《手订年谱》《转漕横湘笔记》《秋闱所记》等多种。

的场景。《捉船行》（曾刊于《湖州月刊》1925 年第 2 期）云："年年三月春水生，漕艘打鼓飞帆行。今年阻浅行不得，篙师缩手真无策。诘朝县吏都下乡，有例捉船云载粮。捉船载粮船数足，捉船索钱难满欲。朝廷正供官长符，那钱徒饱奸胥囊。大船有钱可潜避，小船无钱复谁替。"此诗则描写运河因干旱无法使用官用漕船，只能征用民用小船运粮的现实，透露出无奈之情。两首诗都关注民生，表达了诗人对底层人民生活的感慨。董恂诗词实乃运河诗词，以舟船意象的频繁使用最为明显。其《南浔十景词》之《疏影·荻塘帆影》云：

> 横塘百里，趁布帆乍上，今日风利。渡口潜遮，波面平移，渺渺送来桥底。江边八字分飞处，问梦醒、白鸥惊未？把夕阳、隔住篷窗，却唤榜人斜曳。
>
> 不断蒲悬席挂，看芦湾荻汊，旋露还蔽。桂楫棠舟，东船西舫，日日愁风愁水。江湖纵得人安稳，已识惯、天涯愁意。到夜深、寒月初高，又把明湖全翳。①

此词艺精、雅高，展示了湖州的自然地理和运河景观，虽无明显的社会批判表达，却多了一份人生感叹之情，显示出对浙西词派传统的延续和发展。浙西词派是浙江词学文化宝库的重要组成部分。显然，进一步发掘浙江词学资源，宣传"浙西词乡"，可以推进浙北地区文旅事业的发展，彰显刚柔并济、韧雅兼具的浙江文化形象。

---

① 周庆云．南浔志：点校本：上册［M］．赵红娟，杨柳，点校．北京：方志出版社，2022：7.

第四章

雅秀钱塘江诗路

海神来过恶风回，浪打天门石壁开。浙江八月何如此？涛如连山喷雪来。

——（唐）李白《〈横江词六首〉其四》

钱塘江尽到桐庐，水碧山青画不如。……此境只应词客爱，投文空吊木玄虚。

——（唐）韦庄《桐庐县作》

一折青山一扇屏，一湾碧水一条琴。无声诗与有声画，须在桐庐江上寻。

——（清）刘嗣绾《自钱塘至桐庐舟中杂诗》

规划建设的钱塘江诗路文化带，以钱塘江—富春江—新安江—兰江—婺江—衢江为主线，包括新安江至安徽黄山市支线、浦阳江支线、义乌江至东阳江支线，覆盖杭州、金华、衢州、海宁等行政区域。经钱塘江溯游而上是浙、闽、赣、皖四省通衢水运要道，南朝谢灵运《富春渚》《初往新安至桐庐口》、吴均《与朱元思书》，唐代孟浩然《宿建德江》，宋代苏轼《饮湖上初晴后雨二首》、范仲淹《潇洒桐庐郡十绝》、李清照《题八咏楼》，元代黄公望《富春山居图》等诗文名篇、传世画作，"其诗情、哲思、画意绵延古今，承载了'浙'文化的精华"①。在浙江四条诗路中，钱塘江诗路覆盖的区域范围最广、古城之多也是其他三条诗路难以企及的。历史上大量的文人雅士经行钱塘江，遗存至今的诗词不可胜数。钱塘江山水秀丽、风光雅致、人文风

---

① 浙江省人民政府. 浙江省人民政府关于印发浙江省诗路文化带发展规划的通知：浙政发〔2019〕22 号［R/OL］. 浙江省人民政府公报，2019-10-01.

雅，彼此高度密合，别具"清丽雅秀"①。尤其是居于中游的富春江，以水清、山青、史悠、境幽著称。这里是元代名画《富春山居图》的实景地，也是打造浙江诗路文化带的示范性区域。"天下佳山水，古今推富春。"（［元］李桓《〈富春舟中二首〉其一》）富春江是一条文化之江，是当代学人视野中的"人文江南关键词"② 和"中国文化意象"③。富春江魅力无限，雅味十足，格外值得我们重视。本章围绕钱塘江的地理、交通以及"天下之至美"的富春山水展开论述，以彰显钱塘江诗路的雅秀之美。

第一节　钱塘江地理与文化原型

雅秀者，雅致秀丽也。古人以此或形容一人之外表，如"素闻十郎才调风流，今又见容仪雅秀，名下固无虚士"（［唐］蒋防《霍小玉传》）；或形容一地风景之美，如"自楚蜀以至中原，山川莽苍浑浑，江左雅秀郁郁，咏歌描写须各极其致"（［明］王世贞《与徐子与书》）；或表达一种艺术境界，如"（王维诗）词秀调雅，意新理惬，在泉为珠，着壁成绘，一字一句，皆出常境"（［唐］殷璠《河岳英灵集》卷上）。由此亦可见，"雅秀"是一个包容性很强的中国古典诗学、美学范畴。钱塘江的雅秀之美，从根底来说是由钱塘江的诗性因子所决定的。诗性因子，指的是"自然、历史、文化方面触发诗情、启迪诗思的元素"④。山水之为物，是以情为本的。而物作为对象，则是观照的结果，其意义也是生成性的。所谓"缘情""体物"（［西晋］陆机《文赋》）和"情以物兴""物以情观"（［南朝梁］刘勰《文心雕龙·诠赋》），这些观点都表明物、情两者互为条件，彼此依赖，不可分离。山水为物，亦是抒情、写意的媒介。通过审美移情，山水不再是物之物，而是美之物。使山水成为诗性的自然地理、历史文化等，它们都可以化物、入艺、成美。"……在中国山水里，有文化的深潜，有历史的厚度，每个朝代都在它身上留下了踪迹。这些历史精英、文物荟萃、英雄业绩，正是人们进行审美的

---

① 钱塘江志编纂委员会. 钱塘江志［M］. 北京：方志出版社，1998：122.

② 刘士林. 人文江南关键词：第2版［M］. 上海：上海音乐学院出版社，2008：64-67.

③ 胡晓明. 从严子陵到黄公望：富春江的文化意象：《富春山居图》的前传及其展开［J］. 华东师范大学学报（哲学社会科学版），2016（4）：15.

④ 瞿明刚. 三峡诗学［M］. 济南：齐鲁书社，2006：17.

绝好材料，足以触发人们的心灵，成为人们审美活动中的重要因子，是审美主体观照的对象。"① 钱塘江作为地理存在，拥有独特的地理景观、交通环境和广阔的人文活动空间。多重因素使得钱塘江山水不断被圣迹化、文本化，使之成为诗画般的存在。

一、钱塘江山水

作为钱塘江诗路的主要依托，钱塘江是与周边省份闽、赣、皖连接的通衢水陆要道和逸行山水之地。钱塘江，古称浙江，又名折江、之江、制（淛）河、曲江、罗刹江等。其名最早见于《山海经》，因流经古钱塘县（今杭州市）而得名。钱塘江流经皖、浙二省，干流总长近 670 公里，流域面积近 5.6 万平方公里。其中，浙江段干流总长 520 多公里，流域面积约 4.8 万平方公里，接近全省陆域面积的一半。钱塘江源远流长，是浙江的第一大江。它的源头，一般有"北源——新安江""南源——兰江"两说。② 新安江一源，出安徽省休宁县境内海拔 1350 米的六股尖东坡，流经大源、率水、浙江等段，纳最大支流练江后，始称为新安江，又在街口镇附近流入浙江境内，流经淳安县、建德市。兰江一源，出安徽省休宁县海拔 810 米的青芝埭尖北坡，依次流经龙田溪、齐溪、马金溪、常山港、衢江，至马公滩与婺江交汇。实际上，汇入兰江的重要支流，除衢江外，还有自东向西流向的婺江（金华江）。金华江之最重要的源头在金华市磐安县境内的大盘山。"山脉连九州，水系通五县（市）。"大盘山号称"诸水之源"，是钱塘江、瓯江、灵江、曹娥江四大水系的共同发源地。此故，钱塘江又有"东源——大盘山"一说。钱塘江北、南、东三源，植被丰富，森林覆盖率高，都是著名的水源涵养地。其中，开化县境内的古田山、钱江源于 2023 年被授予"世界最佳自然保护地"称号。

钱塘江以建德梅城、萧山闻堰为界，分为上游、中游、下游。建德梅城以上，含新安江、兰江、金华江、衢江等为上游，萧山闻堰以下至入海口为下游。下游、中游（部分）属感潮性河流，水道受到潮汐影响，加上地形、地势等诸多因素，造就了各种地貌景观，古人以泷、濑、渚、滩、泷、洲、

---

① 黄贯群.论自然山水的审美特性［C］//范阳，黄贯群.山水美学研究.南宁：广西人
　　民出版社，1988：260.

② 钱塘江志编纂委员会.钱塘江志［M］.北京：方志出版社，1998：67.

岛等名之。濑，湍也，沙石上流过的急水。急流的水，又称泷。滩是河边水深时淹没、水浅时露出的地方。洲是水中的陆地，古称之"水中可居者"（《尔雅·释水第十二·水中》）。这些地理名词在富春诗中较频繁出现，又以七里濑、七里滩、富春渚、九里洲等地名较为著名。建德梅城至萧山闻堰为中游。20 世纪以来政府加强了钱塘江水道治理，在上游兴建了新安江水库，形成了碧波荡漾的千岛湖，又在中游兴建了富春江水库，成就了新景致"七里扬帆"。富春江水库库区，包括七里泷、严子陵钓台、白云村、芦茨湾等诸多著名景观，可谓集"漓江之奇、三峡之险、西湖之美"，成为人皆向往的休闲旅游目的地。

钱塘江流域地貌形态分为山地、盆地和平原三大类。域内有天目山、黄山、五龙山（怀玉山）、仙霞岭、大盘山、天台山、四明山等与邻近流域相隔，有千里岗山、龙门山、会稽山等为干、支流间的分水岭。盆地有常山、江山、金衢、武义、永康、南马、浦江等 10 多个。平原，包括河谷、河口平原，主要分布在钱塘江下游地段。其中，河口平原南岸属萧绍平原和三北（余姚市、慈溪市、镇海区的北部）平原，北岸为乔司平原。平原地势平衍，其中有零星山丘分布；河道纵横，湖荡密布。① 盆地，又以金衢盆地面积最大，所谓"三面环山夹一川，盆地错落涵三江"指的就是此。金衢盆地东起东阳市、西至衢州市，东西长逾 200 公里，宽逾 20 公里，面积 3500 平方公里，是浙江省内最大的盆地，属中国南方著名的红色盆地之一，因盆地中有金华、衢州两个城市而得名。此盆地属堑式断陷构造，发育有规模不大的丹霞地貌，著名的如金华市婺城区汤溪镇南郊的九峰山、永康市区东郊的方岩、衢州市区南郊的烂柯山，等等。其中，方岩峰险石怪，瀑美洞奇，融雄伟险峻、青绿秀丽于一体，兼擅山石、林壑之胜，且历史悠久、人文荟萃，文物古迹触目皆是。只有亲临至此，才能深深体会到这里的别致景观。正如郁达夫在游记《浙东景物纪略》中所言的："从前看中国画里的奇岩绝壁，皴法皱叠，苍劲雄伟到不可思议的地步，现在到了方岩，向各山略一举目，才知道南宗北派的画山点石，都还有未到之处。"② 金、衢一带，古属浙东，今为浙中、浙西，山川佳丽，名胜较多。

钱塘江山水相依、山海相连，各段构成性质有异。中、上游是山溪性河

① 钱塘江志编纂委员会. 钱塘江志 [M]. 北京：方志出版社，1998：88-89.
② 陈子善. 郁达夫散文 [M]. 上海：上海三联书店，2019：126-127.

流，流经的金、衢、严地区多山谷、丘陵。两岸则群山林立，并集聚了一批文化名山。富春山，亦称严陵山，因汉代隐士严光隐居此处而得名，又因元代黄公望实景画而名气日显。天目山，古称浮玉山，东汉道教大宗张道陵（张天师）在此修炼多年，梁代昭明太子萧统隐居于此分经读书。金华山，古名长山。这里流传着上古时期皇帝，春秋末期范蠡，晋代郭璞、葛洪，南朝孙游岳、陶渊明等人的传说故事。晋代黄大仙得道成仙于此地，南朝刘孝标弃官讲学于此，并撰中国最早的山志之一《山栖志》。长山与东白山乃"今中国名山不可得至，江东名山之可得住者"（［晋］葛洪《抱朴子·内篇·金丹》）。东白山是道家修仙之所，传说东晋葛洪、三国时期赵广信、南朝褚伯玉等均在此地求仙问道。江郎山，古称玉郎山、金纯山，俗称三爿石，传说是在古时候三个姓江的兄弟登上山顶变成三大巨石而形成的。唐代祝其岱在此地设馆讲学，从事著述。其他的，还有仙华山、明招山、牛头山、方岩、三衢山、烂柯山、乌岩山等。这些名山，皆有其故事传说、历史文化。像天目山、金华山都是集儒、道、佛三教于一体的文化名山，因而又是钱塘江名山文化的重要代表。钱塘江山水是一片隐逸的天地，源远流长的隐逸文化赋予钱塘江山水更为神奇的色彩。

"钱塘江尽到桐庐，水碧山青画不如。白羽鸟飞严子濑，绿蓑人钓季鹰鱼。潭心倒影时开合，谷口闲云自卷舒。此境只应词客爱，投文空吊木玄虚。"（［唐］韦庄《桐庐县作》）① 此诗巧妙地把江、海景观对比，也客观地反映了钱塘江中、下游的河流状况。与中、上游不同，下游受到海潮影响大，自然也就影响到通航。如宋代苏轼《乞相度开石门河状》云："自衢、睦、处、婺、宣、歙、饶、信及福建路八州往来者，皆出入龙山，沿泝此江。江水滩浅，必乘潮而行。"② 矗立在离入海口不远的钱塘江畔的杭州城，自古繁华。宋代欧阳修《有美堂记》把金陵、钱塘并称，称之是"四方之所聚，百货之所交，物盛人众为一都会，而又能兼有山水之美，以资富贵之娱者"，并如此盛赞钱塘："……今其民幸福完安乐。又其俗习工巧，邑屋华丽，盖十万余家。环以湖山，左右映带。而闽商海贾，风帆浪舶，出入于江涛浩渺、

---

① 此诗最后一句中的木玄虚，即木华，西晋广川（今河北景县）人，曾为太傅杨骏府主簿。其《海赋》描写大海气势浩瀚，物产丰富，多神怪精灵，壮丽多姿。唐代李善《文选注》引南朝宋傅亮《续文章志》赞曰："广川木玄虚为《海赋》，文甚丽，足继前良。"

② （宋）苏轼. 苏东坡全集：下［M］. 邓立勋，编校. 合肥：黄山书社，1997：399.

烟云杳霭之间,可谓盛矣。"① 古城之繁盛,亦正因有江、海交通之便利。

二、钱塘江传说故事

作为中华文明的发源地之一,钱塘江流域至今保存着数万年前人类活动的遗迹,20世纪70年代以来先后发现了"建德人",发掘了跨湖桥、良渚、上山等多处古文化遗址。先人们在这片土地上繁衍生息,绵延不已。秦汉之后,尤其是晋室南渡以来,钱塘江流域人文活动日益频繁,至南宋时期达到鼎盛期,并延续至明、清时期,从而积累了深厚的人文文化。与以地理为基础的钱塘江山水文化高度密合,两者相得益彰,别具雅秀之美。钱塘江流域传说故事甚多。吴关荣《钱塘江传说》(2013年)一书分5篇,收录了传说故事40个,包括人物篇10个、地名篇8个、物产篇8个、寺庙篇6个、神话篇8个。王云良《钱塘江传说》(2013年)一书分3篇,收录了传说故事85个,包括作者整理的非遗保护区域·彭埠镇流传篇39个、非遗保护区域流传篇29个,他人整理篇17个。两书所说的钱塘江范围不同,前书仅指杭州地区部分,后书扩展到包括曹娥江在内的整个流域。以下聚焦钱塘江流域的杭、金、衢三地,分别选择严子陵、黄大仙、南孔三个代表性的经典传说故事略作说明。至于传说众多且具有象征意义的钱江潮,另行单独议及。

(一)严子陵传说

富春江是钱塘江的中游段,北源新安江在梅城纳入此江。这一流域内流传着桐君老人、严子陵、九姓渔民、三国孙刘、黄公望、刘伯温等众多的传说故事,留下了桐君山、子胥渡、严子陵钓台、谢翱墓、龙门古镇、鹳山、庙山坞黄公望隐居地等名胜古迹。林林总总的传说故事、星罗棋布的名胜古迹与富春山水文化彼此成就。富春山水,令严子陵、黄公望等无数名士文人流连忘返,也让历史上避北方战乱而南迁的孙、刘氏族世家找到了安居乐业的世外桃源,等等。众多的"史",成为重要题材,融入钱塘江诗词中。如元代赵孟頫《〈过严陵钓台二首〉其一》云:"富春山中有客星,辞荣归来意更真。羊裘坐钓沧波上,却笑刘郎非故人。"题名《富春怀古》的古诗较多,对此更是嘉赞吟咏。如明代湛若水诗云:"孙氏雄图逐水逝,子陵高节与云平。舟中感慨怀千古,怅望晴空虚翠屏。"又如清代李雯诗云:"开吴业已芜,助汉功亦烁。雄风遂千秋,相视徒龙蠖。"再如同为清代的王义祖诗云:"双台

---

① 胡晓明,沈喜阳. 江南文 [M]. 上海:上海科学技术文献出版社,2019:56.

名士真千古，三国英雄第一家。子久画添山翠重，赤松碑掩篆文斜。"山水是文化的载体，历史文化则是山水的生命。洵美的风景、深潜的文化、厚重的历史，共同筑就了以山水为源的钱塘江文化。

水因龙灵，山因仙名。在钱塘江文化中，严光是一个经典的符号。严光，字子陵，少有高名，与汉武帝刘秀是同窗，但多次拒绝刘秀之邀任谏议大夫，从洛阳返回后便隐姓埋名，退居富春山长达三四十年（约从 44—80 岁）。①东晋皇甫谧《高士传》谓严子陵是两汉之际的高士，而汉代范晔《逸民列传》树立了严子陵的隐士形象。不仕而隐的严光，是一个真正的高人，历世不替，在唐人眼里是淡泊名利的原型，在宋人眼里则是隐士人格精神的典范。富春山水，古时又称严陵山水，正因为严光隐居于此而得名。严光不慕富贵、不图名利的思想品格，一直受到后世的赞誉。宋代范仲淹出守桐庐期间作《严先生祠堂记》，有赞"云山苍苍，江水泱泱；先生之风，山高水长"，从而更使严光以高风亮节闻名天下。汉代以来，到此凭吊者甚多，留下了大量诗文作品，保存在后人所编的一些集子中。《严陵集》是南宋初年时编印的一部严州地方文献汇编，由严州知州董棻主持收集、编刻，所辑严州诗、赋、碑铭、题记等共 9 卷，起讫自南朝谢灵运、沈约以下到南宋之初。另外有明代杨束所编的《钓台集》、清代严懋功所编的《桐江钓台集》《桐江钓台续集》，等等。历代有关富春江的文学艺术作品不可胜计，但多数与严子陵钓台有关。严子陵故事是最为悠久的"意识形态"②，已经把富春山水圣迹化了。

（二）黄大仙传说

金华江是钱塘江的东源和上游段，这一流域内流传着黄帝、颜乌、黄大仙、白沙老爷、傅大士、叶法善、胡公、毕矮等传说故事。其中，有关黄帝的传说较丰富。相传黄帝游至金华山，赞此地为"婺女星座分野"，故有了婺州这个金华古称。又传黄帝在金华山铸鼎，南朝刘峻《山栖志》、虞荔《鼎录》有明确记载，对此后人亦深信不疑。石城山也有黄帝炼铜铸鼎的传说，这里至今仍有炼铜场所轩辕洞府和"皇帝古道"等遗存。清光绪《浦江县志》引录南朝宋郑缉之《东阳记》及旧县志记载的仙姑故事。此仙姑相传为轩辕皇帝少女，因其在仙华山采药、炼丹、修身、飞天，后人筑庙以祈求之，

---

① 隐姓埋名的原因有多种，如家族的（先祖严助受政治牵连被害）、思想的（道家的影响），甚至还有迷信的说法（"客星犯帝座"），等等。

② 胡晓明. 从严子陵到黄公望：富春江的文化意义：《富春山居图》的前传及其展开 [J]. 华东师范大学学报（哲学社会科学版），2016（4）：22.

奉为神灵。显然，此故事是从黄帝铸鼎的故事延伸出来的。后人亦作诗释之。如南宋方凤《八景胜概·卦尖望鼎》云："遥岑谁画卦，置此荆山鼎。乍可姹女飞，千秋觇溟涬。"又如清代戴殿泗《登少女峰》云："轩辕一去少女留，王炉丹杵风飕飕。嗣经唐帝画井界，始知此峰落扬州。"石城山、仙华山分别在金华市下辖的永康市、浦江县境内，都属于广义上的金华山范围。金华山，古称长山或常山，属龙门山脉，东西绵延 50 多公里，是一座集儒、道、佛三教为一体的文化名山。据洪波《历代名人与浙江金华山》（2001 年）一书所记，慕名而来金华山的古代君王、名人众多，唐代以前有黄帝、范蠡、郭璞、葛洪、孙游岳、陶渊明、沈约、刘孝标、达摩，唐代以来有李阳冰、刘禹锡、李白、贯休、韦庄、钱镠、钱藻、张寿、李清照、王十朋、韩元吉、洪迈、陆游、唐仲友、吕祖谦、陈亮、王柏、方凤、谢翱、宋濂、朱元璋、唐伯虎、郑文林、王宗沐、屠隆、胡应麟、徐霞客，等等。据统计，以金华为中心的浙中生态廊道流域内留下的唐诗有 3000 多首。可以说，金华不仅是浙江的地理中心，而且是浙江的"诗心"。

"乍闻帝鸿鼎，今见初平石。"（［明］胡应麟《〈秋日偕诸同志游金华二首〉其二》）黄大仙传说是最具代表性的民间口头文学形态之一。它的中心发源地在金华山一带。黄大仙，本名黄初平，号赤松子，相传在金华山得道成仙。金华山建有黄大仙祠，又名赤松观，世代祀奉，由此各地信奉黄大仙者均以金华为仙乡，奉赤松观为祖庙。黄大仙叱石成羊的故事流传十分广泛，形成了有关黄大仙生平及修炼得道、行善止恶、扶弱济贫等传说故事群。这些故事还融入了金华山的自然地理风貌与历史人文景观，增加了传说内容的可信度，也使得民众更加喜爱。在 1700 多年的历史传承中，黄大仙传说始终与信仰、文化、民众生活紧密结合在一起。而传说中所推崇的主神黄大仙也因此传播到更远的东南亚、美洲等地区，成为在世界华人中最具影响力的尊神之一。古代所载黄大仙的生平、事迹，主要见于东晋葛洪《神仙传》、南朝宋郑缉之《东阳记》、唐代孟松年《仙苑编珠》、宋代倪守约《赤松山志》和乐史《太平寰宇记》、明代吴之器《婺书》，以及清雍正《浙江通志》、康熙《金华府志》、光绪《兰溪县志》等典籍和地方志。此外还有大量的黄大仙传说散布在民间，任凭记忆和口耳相传的方式代代传承至今。

（三）南孔故事

衢江是钱塘江的南源和上游段，这一流域内流传着众多的神话故事和与地名、动植物、美食、名人等相关的各种传说。盘古开天、女娲造人、大禹治水、后羿射日、精卫填海等神话故事，均有本地地域特色的版本，如民间故事《人为啥上不了天》《马齿苋救太阳》等。江郎山、烂柯山、浮石潭、虎头山、狮子岩、九龙山、药王山等也都有一些传说故事。其中，烂柯山是一个神仙下棋的地方、一个声名远播的旅游胜地，也是一座蕴含着丰富民间传说的宝山。早在晋代，这里就流传着王质采樵观棋遇仙的故事。自晋以降，由这一故事衍生出的民间传说达六七十个之多，包括各种版本的王质遇仙、成仙的传说，以及与之相关的地名、佛教、民俗等传说。常山的王琼奴与徐苕郎凄美绝伦的爱情故事、开化的民歌演唱形式满山唱也都流传甚广。还有"衢州三怪"的故事，因载于清代蒲松龄《聊斋志异》而为人所知。其实在成书之前，"钟楼大头鬼""县学塘白布怪"之类的传说就已在衢州民间流传。①

衢州是孔子后裔在南方最大的聚居地之一，被誉为"南孔圣地"。历代孔氏名人众多。南宋时期，有南宗始祖孔端友、"衢州派"始祖孔传、"西山门人"孔元龙、衍圣公孔文远、志在报国的孔端朝和孔端隐、学识淹贯的孔行可、"签书枢密院事"孔应得、相互切磋的孔应选和孔应发兄弟。元代时期，有两度建庙的孔洙、"民之慈父母"孔诏、"怀奇抱介"的孔昭孙、福建名宦孔公俊、"六行兼修"的孔涛、多"侠气"的孔瀛、仁慈而好学的衢庭族长孔汾、宗晦书院山长孔思溥。明代时期，有详考宗谱的孔思模、"孔氏贤子孙"孔克准、谦和文雅的孔克进、"心田"两字遗子孙的孔公诚、新建家庙的孔承美、祁庵书院山长孔克谦、止盗安民的孔希昇、主持杭州万松书院祭祀的孔公衢、三居乡饮宾位的孔弘章。清代以来，则有为文贵新的孔兴道、孝悌友爱的孔尚楫、治族不怠的孔广杓、"品学两优"的孔昭晙、"得风气之先"的孔庆仪、教授乡里的孔传曾、留心军务的孔广升、阵亡嘉兴的孔广椿、制定《婚丧章程》的孔昭畏、留学日本的孔昭仁和孔宪荬、因护卫圣像而卒于庆元的孔繁豪，等等。② 位于常山港畔的沟溪村（今属柯城区）是目前衢州最集中的孔姓村落，也是浙西孔子后裔最集中的村落。③ 以孔子、棋子为象

① 陈才. 朴野清风：衢州民俗风情［M］. 北京：商务印书馆，2016：90-91.
② 刘小成. 孔氏南宗史话（四）［C］//杜泽逊. 国学茶座：第14期. 济南：山东人民出版社，2017：27-36.
③ 在浙东也有一处著名的孔子后裔聚集地——金华市磐安县榉溪村。这里是孔氏婺州南宗所在，有"中国第三圣地"之称。始祖是南宋孔若钧，系孔子第四十七代嫡裔，历官赠至评事。其子孔端躬，登进士第，授承事郎、大理寺评事。

征的"两子文化"是衢州区域文化的核心，是衢州精神最主要的传统文化根基，也是衢州人创业创新精神的文化基石，包含了"仁义之心""勇毅之气""科学之理""智慧之道"四个方面的精神内涵。①

三、钱江潮的象征意义

钱塘江古道串联起两岸无数的山水景致，尤其是与浩瀚东海相汇合，形成了令人称奇、闻名于世的钱江潮壮丽景象。钱江潮，亦称海宁潮，史称钱塘潮，学名钱塘江涌潮，被誉为"天下第一潮"。潮是海水因为受了日月的引力而定时涨落的现象。在天文潮的基础上，加上钱塘江出海口喇叭口状地理结构，这两个自然因素造就了钱江潮景观。钱江潮有涨潮、落潮的规律性变化，形成美丽的、极具观赏性的潮波；但也有洪潮、暴潮的时候，变得凶猛无比，带来灾害。涌潮、控潮、观潮、用潮、崇潮，以潮为主题的钱江潮文化十分丰富。在这座文化宝库中，故事传说、文学艺术又构成了崇潮内容的重要方面。

钱塘江的传说有人物、地名、物产、寺庙、神话等各种类型。其中，人物、神话两类与钱江潮最直接相关，具有代表性的钱江潮故事有3个。一是关于涨潮，流行的如小华的故事。小华给东海老龙王治病，涨潮是因为龙宫中军队在钱塘江水下操演。二是关于射潮，经典的如钱王的故事。吴越王钱镠，字具美，后世尊称尚父。他见潮水冲击，命令弓弩手张弓射潮，潮水因此后退。这一故事令人遐想的空间很大。如宋代苏轼《〈八月十五日看潮五绝〉其五》云："江神河伯两醯鸡，海若东来气吐霓。安得夫差水犀手，三千强弩射潮低。"此诗巧妙地把吴王夫差的水犀军和钱王射潮这两件本不相干的事融合在一起。三是关于潮神，著名的如伍子胥的传说。传伍子胥被吴王夫差赐死，自己死前主动挖掉双目，以表示对吴国的一片忠心。失明的伍子胥鬼魂，误以为钱塘江大潮是越国军队，于是大战一番，幸得司职朝霞的仙女、因做错事被玉帝禁锢在钱塘江底上千年的小红的提醒和相救。一个含冤屈死，一个被长久禁锢，两人颇有相见恨晚之感。龙王本想约架伍子胥，但有感于伍的忠心，于是治好了他的失明症，并请玉帝封之为潮神，管理钱塘江潮水。此策不仅可以让百姓免遭潮患之祸，而且可以解伍与小红的相思之苦，让两

---

① 张伟胜．"两子文化"与衢州创业创新精神的内涵［J］．观察与思考，2012（12）：52-54.

人在乘潮的时候相会。潮神伍子胥的故事流传甚广。宋代米芾《绍圣二年八月十八日观潮于浙江亭书》云："怒势豪声进海门，州人传是子胥魂。"宋代释文珦《钱塘江潮》云："若是吴胥魄，如何渡越兵。"元代钱惟善《八月望日登江楼观潮》云："白马涛头驾素车，至今犹是诧灵胥。"这些诗都将潮神伍子胥的故事作为典故来运用。小华的故事纯属虚构，而钱王、伍子胥的故事是以真实的历史人物为基础的想象。这些故事都有神秘色彩，却共同表达了人们对美好生活理想的追求，反映了人们面对大自然时或敬畏或希望征服的复杂而又普遍的人类感情。

"浙江悠悠海西绿，惊涛日夜两翻覆。钱塘郭里看潮人，直至白头看不足。"（［唐］徐凝《观浙江涛》）钱江潮，潮形多样，观赏价值高。钱江潮每日两潮，尤以农历初一至初五、十五至二十潮大，每年中有 120 个观潮佳日。在钱塘江北岸海宁（海塘）江堤上，尤其能够观赏到潮高、多变、惊险、汹涌的潮景。尖山源头潮，大缺口、八堡碰头潮，盐官一线潮，老盐仓回头潮，移地换形，景致各异。日为潮，夜为汐。夜潮来临的时候，同样惊心动魄。① 如清乾隆《睡醒》云："睡醒恰三更，喧闻万马声。"历经两千多年发展，钱塘江观潮已成为一项著名的习俗活动。观潮之风，汉时即已蔚然，唐、宋时更盛。如宋代潘阆《酒泉子·长忆观潮》云："长忆观潮，满郭人争江上望。来疑沧海尽成空，万面鼓声中。弄潮儿向涛头立，手把红旗旗不湿。别来几向梦中看，梦觉尚心寒。"自明、清以来，每逢农历八月十八日为传统的观潮节，吸引了无数游客慕名而来。观潮，堪称是天下之一大盛事。

历代文人雅士被钱江潮所吸引，留下了大量吟"涌"的诗词文画佳作。仅就唐、宋的诗而论，有唐代孟浩然《渡浙江问舟中人》、李白《横江词六首》、刘禹锡《观潮》、白居易《观浙江潮》、姚合《杭州观潮》、罗隐《钱塘江观潮》，五代温庭筠《钱塘曲》，宋代范仲淹《和运使舍人观潮》、蔡襄《和浙江观潮》、苏轼《八月十五日看潮五绝》、陆游《观潮》、范成大《晚潮》、谢翱《元旦舟中听潮》，等等。"一线横江"，堪称天下奇观，专咏此潮景的诗词就有 180 多首。② 陶存焕等人所编的《钱塘江涌潮诗词汇编》（上编，2013 年；下编，2019 年）辑录了有关钱塘江涌潮河段（下游始于涌潮的

---

① 《海宁潮志》编纂委员会. 海宁潮志［M］. 北京：中国文史出版社，2014：252-258.
② 《海宁市文化志》编纂委员会. 海宁市文化志［M］. 杭州：浙江人民出版社，2015：237.

起点线，上游影响到桐庐县境）的历代涌嘲诗词，还根据需要和可能适当插编了有关钱塘江涌潮的图画、书法和摄影作品。上编，分专题临江观潮、登高望潮、江上吟潮、题画咏潮4个，辑录了从东晋到清代的诗词420多首。下编，分专题举世金秋观潮、骋怀抒情寄潮、思浙怀乡忆潮、赠诗题词系潮、治江围涂御潮5个，辑录了民国以来的涉潮诗词220余首。两编共有专题9个，辑录诗词640多首。历史上的涌潮诗词，实际数量应当远不止于此。潮诗是钱江潮文化中极富诗意的部分。称"钱江潮"是"诗潮"，可谓实至名归。

钱江潮文化是钱塘江诗路文化的亮点，是极具浙江辨识度的诗路文化。这种文化在长期的社会、历史发展过程中形成，尤其经过文学艺术的演绎而变得更加动人心魄，具有鲜明的原型性。文化本有隐性和显性两个层面，它的外在表现是由原型决定的。作为文化的前因和共同性的要素，原型是理解象征所代表的意义的重要依据。按照精神分析学的观点，原型是一种集体无意识，深藏于民族记忆和原始经验当中，尤其体现在神话故事、文学作品当中，以不断重复的意象方式存在。而一旦将这种意象有意识地主题化，原型便具有了象征意义。钱江潮作为文化意象，广泛存在于文学性、符号化的文本当中，彰显了人类的生活方式，具有明显的象征意义。此故，钱塘江诗路具有其他三条诗路不可比拟的特质："勇立潮头"的鲜明个性、"大气开放"的文化特质、"互通共融"的宽广胸怀。① 换言之，正因为钱江潮的存在，钱塘江诗路更具壮美的品格。

第二节　钱塘江交通与诗路体系

钱塘江诗路是贯通整个流域的文化纽带，铺嵌在由钱塘江主流（含新安江、富春江等），兰江、金华江、衢江等支流和天目山、千里岗、龙门山、仙霞岭、怀玉山等山脉共同构成的山水网络体系中。所依托的钱塘江，由北、南、东三源之水汇聚而来，串缀起杭、金、衢三个地级市广大区域。钱塘江由干流和众多支流组成。作为钱塘江山水诗路之路，还包括古道。正如陈志岁《古道歇棚记》所言的，古道是"古来人世跨空移时、运往行来之途，贯

---

① 马智慧. 钱塘江文化的三大内涵 [J]. 杭州，2019（24）：36-39.

朝穿代、纫忧缀乐之线"①。钱塘江古道沧桑邈远，南北纵贯，承载着厚重的历史文化，奔竞着不息的前进精神。作为交通要道，钱塘江留下了古往今来无数行人的足迹。它是历代文人墨客的经行之地，留下了大量诗文作品，构建起独特的钱塘江诗路景观。郑翰献、王骏主编的《钱塘江诗词选》（2019年）挖掘、搜集、整理、筛选了南朝东晋以来直至20世纪中叶的780多位诗人吟咏钱塘江的诗词佳作近3000首，分下、中、上游三辑，汇编成上、下两册。这部选集，"成了引人情思激荡的一个特殊空间"，而"如此之多的古今不同时代的文人在同一地所生发的感慨，让钱塘江的前尘往事变得生动而令人感念，也使其拥有了一种文化的内在支撑力"。②按钱塘江"一江三源"的提法，相应地，钱塘江传统诗路具有"一轴三线"的空间格局。一轴，即依托钱塘江中下游的主轴线。三线，由主轴线延伸而去，又与钱塘江的北、东、南三源相对应，亦可以分别称作北源线、东源线、南源线。一轴、三线成为了钱塘江诗路交通网络的主要依托。鉴于新安江、富春江在历史上同根同源的事实，故将新安江这一北源线一并列入杭州段（唐诗西路），如此亦与钱塘江金华段（八咏诗路）、衢州段（三衢诗路）对应起来。此三段又构成了钱塘江诗路体系的主体部分。

一、黄金水道

钱塘江是钱塘江诗路之"路"的实体性部分。钱塘江水系十分庞杂，由新安江、兰江，富春江主干段及江山港、乌溪江、灵山港、金华江、分水江、壶源江、渌渚江、浦阳江、曹娥江等数百条大小支流构成。下游河口段是强感性河流，中、上游则是山溪性河流。受到潮流、径流的影响，钱塘江并不是一条流量稳定的河流，可常年通航的主流大概在三四百公里。另外有些江段，如七里滩，滩多流急，给航船造成困难。实际上，与近海航路相比，钱塘江航路更为安全、方便、快捷。古人往来南北，大多也选择这一航路。晚唐时期，钱塘江已成为皖、浙、赣、闽水陆转运的通道。③南宋时钱塘江是严、婺、衢、徽等浙西诸州到都城临安的商路。元代以来随着京杭大运河的进一步疏通，江、河、海相连，钱塘江的航运价值进一步得到凸显。至于古

---

① 转引自吴涛，安全山．京西古道［M］．北京：中国长安出版社，2015：1.

② 郑翰献，王骏．钱塘江诗词选：上册［M］．杭州：杭州出版社，2019：前言2-3.

③ 沈璧，金阿根，韩文根．钱塘江航运［M］．杭州：杭州出版社，2013：14.

代钱塘江全段、分段可通航的情况，都可以在一些诗文中得到明显体现。如南朝谢灵运出守永嘉，清代朱彝尊为避身远祸而客游永嘉，两人之"永嘉行"均是溯钱塘江再转入瓯江而到达。谢灵运有诗《富春渚》《七里濑》《初往新安至桐庐口》等，朱彝尊有诗《将之永嘉，曹侍郎饯予江上，吴客韦二丈为弹长亭之曲，并吹笛送行，歌以赠韦，即送其出塞》《舟行酬王明府世显》《七里濑经严子陵钓台作》《兰溪道中怀远》《双溪》《金华道上梦游天台歌》等。唐代李翱奉尚书公命远赴岭南，详细记录了舟行钱塘江的过程。其《来南录》云："癸巳，驾涛江逆波，至富春。丙申，七里滩至睦州。庚子，上杨盈川亭。辛丑，至衢州。……丙戌，去衢州。戊子，自常山上岭，至玉山。"① 古代钱塘江各江段的可通航情况，可以从南朝沈约《泛永康江》，唐代权德舆《早发杭州泛富春江寄陆三十一公佐》、许浑《晚泊七里滩》，宋代陆游《桐庐县泛舟东归》，元代鲜于枢《建德溪行二首》、柳贯《舟过衢江》等当中看出。这样的诗文作品也生动表明古代钱塘江是一条可行、可泊、可游的黄金水道。

"不到江湖恰五年，歙山青绕屋头边。富春渡口闲舒目，落日孤舟浪拍天。"（［宋］范成大《下口渡》，又题《富阳》）钱塘江通航能力强，在古代航运十分发达，成为行旅、商运等的重要航道，从而促进了钱塘江诗路交通文化的发展。至今沿线留下了一批具有重要历史文化价值的遗物、遗迹，除大量的诗词、书画、碑刻之外，还有古渡、古埠、古桥、古坝等。据史载，春秋时期钱塘江南岸已建有固陵港渡，南朝刘宋时期有柳浦、定浦、黄山浦、渔浦等一批名渡。南宋时期修建了许多官渡，分布在桐庐县东门至盐官一线的有浙江渡、龙山渡、黄山浦、盐官渡、定山渡、周家渡、西陵渡、萧家渡、边家渡、睦家渡、船头渡、下口渡、鹳山渡、窄溪渡、上杭渡等。其中下口渡，又称南门渡，在原富阳县（今富阳区）城南，久废。明代以来，钱塘江两岸的民间渡口逐渐增多，官渡与义渡并存。至 20 世纪 80 年代，包括钱塘江在内的杭州航区渡口有 160 多处。② 又据清康熙《衢州府志》记载，衢江津渡 103 个，包括西安 41 个、龙游 19 个、常山 10 个、江山 17 个、开化 16 个。其中，较著名的津渡有盈川渡、安仁渡、浮石官渡、樟树潭渡、上塘渡、

---

① 葛剑雄，傅林祥. 中华大典·交通运输典·交通路线与里程分典［M］. 上海：上海交通大学出版社，2017：263.

② 沈璧，金阿根，韩文根. 钱塘江航运［M］. 杭州：杭州出版社，2013：50-51.

招贤渡、清湖渡、华埠渡等。衢江沿江古码头有数十座，衢州城旧时有柴埠头、常山码头、杀狗码头、盐埠头、中码头、朝京埠、德平埠、浮石埠、青龙码头，龙游有驿前码头、茶圩码头等。至20世纪80年代末，保存下来的大小码头仍有20多座。①

　　连接衢江和富春江的是兰江。说起兰江，不得不提兰溪。这个"要冲之地"是钱塘江最大的商埠之一，沿江码头众多。清光绪《兰溪县志·河埠》记载，自城南北流有保安埠、水门码头、破码头（又称新安阁或维善码头）、台基码头、赵家码头、驿前码头、范家码头、庄家码头、王公桥码头、小码头（又称永康码头）、白酒巷码头、南门码头（均四坊东通南街）、新码头、水门码头、西门码头、柳家码头、朱家码头、瀫西药业公所埠、张家码头（东通北前街）、王家码头、陈家堰埠、桃源渡码头（均八坊通北溪下街），等等。旧时兰溪自回龙桥至下卡之间共有32座码头，至20世纪80年代尚存码头9处，依次是驿前、南门、水门、西门、柳家、朱家、张家、王家、下卡码头。这些码头，与古城门相连并直通街道巷陌，与街面店铺、行栈仓储紧密衔接，见证了古代兰溪水运发达和商埠繁荣。这种景象从明代诗人的诗句中能够见出："凭阑万户依城阙，绕坐千樯下海潮"（［明］李能茂《登山作呈元瑞诗》）；"帆樯绕郭人音杂，灯火临江夜市明"（［明］吴宗爱《舟泊兰江》）。兰溪扼钱塘江之上游的钱塘江诗路关键节点，是富春山居诗画胜地、宋元婺学文化高地、南孔文化圣地"三地"交汇之处。

　　钱塘江诗路古道系统，除由古水道构成的部分之外，还包括由众多古陆道构成的部分。因此，这里顺便把古陆道情况一并介绍。同古水道一样，古陆道具有联内通外的重要功能和作用。一是通外，即联通钱塘江流域与灵江流域、瓯江流域、赣江流域。这些流域的交界之地，如金华的磐安、永康、武义，衢州的龙游、江山、常山，杭州的淳安、临安等境内古道较多。浙江与安徽、江西、福建三省交界。唐代越州、杭州、歙州、睦州、宣州都是重要产茶地。"钱塘江流域茶业发达，南茶北上也使钱塘江流域水路和陆路活跃起来，形成了发达的钱塘江两栖茶路。"② 杭徽古道是连接杭州与古徽州的陆上官道。据调查，从古徽州通往周边州府的府际古道有很多，通过浙江的古

①　李吉安. 瀫水吟波：衢州水文化［M］. 北京：商务印书馆，2016：54-64.
②　陈保亚，张刚，王光海，等. 茶马古道重要形态：钱塘江流域两栖茶路：词与物的证据［J］. 科学中国人，2019（11）：40.

道有 16 条，其中目的地是杭州的有 11 条，且大多是以歙县、屯溪、休宁为起点的钱塘江水路。① 处州古道连接古代婺州和处州（缙云、遂昌等县），也是通往更远的温州的重要道路。南朝谢灵运、明代文林出守永嘉，南宋陆游赴宁德任主簿，走的都是这条道路。仙霞岭古道在江山市境内，是通往闽地的必经陆道。二是联内，即钱塘江流域内的各级行政区域之间的通道。如建德市境内的古道众多，有梓马古道（梓村至浦江马岭）、乌龙古道（梅城镇境内，旧时严州通往都城的官马大道）、遥岭古道（与淳安县交界）、寿龙古道（寿昌至龙游，大洞镇境内）、胥岭古道（乾潭镇境内）。又如与江西玉山县交界的常山县，境内古道错综复杂。政协常山县委员会所编的《常山古道》（2017 年）一书所记，遗存下来的古道有璞信古道、常严古道、常徽古道、绕岭古道、木棉岭古道、菱湖岭古道、紫竹山古道、谢源弄古道、白马山古道、寿源古道、信安岭古道、常玉古道、常衢古道、常山港古水道、芳村溪古水道，等等。这些古道沿途分布有古民居、古村落、古桥、古亭、古树等，烙下了浓厚的乡土文化印记。2015 年年底，浙江省在全省范围内遴选出"森林古道"100 条和"最美森林古道"50 条，其中在杭、金、衢三地的共有 35 条。2022 年 2 月，浙江省林业局发布调查结果，全省现存古道 1200 多条，总长 9000 多公里，其中目前已作为文物保护的古道有 53 条。②

二、唐诗西路

杭州诗路的钱塘江诗路杭州片区，覆盖杭州市所辖各区、县（市），包括上城区、拱墅区、西湖区、滨江区、萧山区、余杭区、临平区、钱塘区、富阳区、临安区、桐庐县、建德市、淳安县。钱塘江是唐代诗人漫游江南的重要线路。唐代诗人沿京杭大运河南下抵达钱塘江边，一部分渡江往东，前往浙东地区，形成了著名的浙东唐诗之路；还有一部分则是溯钱塘江而上，经富春江、新安江，到达睦州（今桐庐、建德、淳安）和更远的徽州等地区。有唐一代，经此线路游历的诗人很多，著名的有孟浩然、王维、崔颢、刘长卿、杜牧、吴筠、吴融、郎士元、权德舆、白居易、杜荀鹤、黄休、严维、孟郊、张继、韩愈、张籍、张祜、陆龟蒙、韦庄、王贞白、皎然，等等。不

---

① 马可莉，顾康康，储金龙，等.徽州古道空间特征研究［J］.安徽建筑大学学报，2018（2）：83.

② 浙江省古道保护工作新闻发布会［EB/OL］.浙江省人民政府门户网站，2022-02-25. https://www.zj.gov.cn/art/2022/2/24/art_ 1229630150_ 1508. html.

仅如此，睦州本地还涌现出施肩吾、徐凝、章八元、章孝标、章碣、喻坦之、崔涂、方卜、李频、翁挑、皇甫湜、皇甫松、罗隐等一批著名诗人，后人称之睦州诗派。据统计，《全唐诗》所载的 2200 多位诗人中游历过这条风景线的有 321 位，留下的诗词佳作有 1000 多首。① 这是一条堪与浙东唐诗之路相媲美的浙西唐诗之路。浙西唐诗之路，简称唐诗西路。该路具有深厚的古道文化、诗词文化底蕴，以西湖文化、钱塘潮涌文化、富春山水文化、严子陵文化、浙西民俗文化等为内涵和特色。"一川如画，风雅钱塘"是主要的文化印记。

唐诗西路，所依托的主干古水道就是今天钱塘江的中、下游段，儿其是富春江段（另论）。此段的主要支流有浦阳江、分水江等。浦阳江本是独流入海的河流，由临浦、麻溪经绍兴钱清，至三江口入海，明朝之后则筑坝强行将其上游导入钱塘江。历代以来文人墨客前往浙东，亦由经过渔浦、临浦的浦阳江而来。今天的浦阳江流经萧山（属杭州市）、诸暨（属绍兴市）、浦江（属金华市）等地。历史上浦阳江的地理、治理等情况较为复杂，这里只能稍略提及。至于分水江，它是富春江的最大支流，有前溪、后溪、夏塘溪、毕浦溪等众多支流，涵盖分水镇、百江镇、合村乡、瑶琳镇、横村镇、袁山乡、钟山乡。分水江流域是古昭德、分水县所在地，拥有深厚的历史韵味和人文内涵，可谓史脉悠长、文人辈出。相关诗作，唐代有施肩吾《归分水留赠王少府》、徐凝《再归松溪旧居宿西林》、章孝标《梦乡》，明代有徐舫《瑶林洞》，清代有臧槐《村居二首》，等等。分水江下游段，穿越桐庐古城，古称桐溪。

钱塘江上游的新安江，古称渐江水（《汉书·地理志》）、浙江（《史记·秦始皇本纪》《史记·项羽本纪》《山海经·海内东经》《水经》）等，至唐代《元和郡县图志》中才明确此称。古今沿用的名称，可见《中国古今地名大辞典》的简介："新安江，浙江之上游，即古渐江水，亦曰歙港，又名徽港。"② 新安江发源于安徽省休宁县境内，东入浙江省西部，经淳安至建德，此亦为一般说的钱塘江之上游，长约 124 公里。1959 年建成新安江水库并开始蓄水，淹没了贺城、狮城两座古城，形成了碧波浩荡的千岛湖，从而呈现出江湖相连、山青水清的另外一番景致。该线主要依托新安江及相关古

① 董利荣．"钱塘江唐诗之路"初探［M］//诗说桐庐．北京：团结出版社，2020：26.
② 臧励龢，等．中国古今地名大辞典［M］．上海：上海书店出版社，2015：1007.

道，覆盖建德市、淳安县两个行政区划。新安江山水风光无限，诗意浓厚，中国最早的地方诗派睦州诗派即诞生于此。处于新安江、富春江、兰江三江交汇之处的梅城是古代睦州、严州府的治所。南宋诗人陆游和他的高祖父陆轸、儿子陆子遹，一家三代人曾为官于此地。相关诗作，南朝有沈约《新安江至清浅深见底贻京邑游好》，唐代有孟浩然《宿建德江》、章八元《新安江行》、权德舆《新安江路》，等等。此线又因是通往古代徽州地区的重要通道，故在钱塘江诗路版图中具有联内通外的重要地位和意义。新安江的支流，以流经兰溪、建德两地的寿昌溪最大。寿昌溪源出千里岗山脉三井尖，全长57公里，流经长林、寿昌①等乡镇，绕行苍山，流至沧滩汇入新安江。古时因两岸艾草丛生，故又称艾溪。相关诗作，宋代有翁卷《寿昌道中》、俞德邻《行寿昌道中》，清代有袁昶《寿昌县》，等等。此支线是古代睦州通往衢州、婺州的重要交通要道。

三、八咏诗路

金华诗路，以钱塘江东源线为依托，是钱塘江诗路金华片区，覆盖金华市所辖各区、县（市），包括婺城区、金东区、义乌市、东阳市、永康市、武义县、浦江县、磐安县等行政区划。金华，古称东阳、婺州。南朝时期沈约出守期间，作《登玄畅楼诗》一诗，又以八字为首，作"八咏"组诗，从而开创了吟咏自然风土的八景诗，并对后世产生了深远影响。金华本土的八景文化十分流行。金华，又称八婺，素有"小邹鲁"之誉。"金华开八景，玉洞上三危"（［南北朝］庾信《入道士馆诗》）；"况自丰年，须信金华别是天"（［宋］韩元吉《减字木兰花·次韵赵倅》）。这里文风鼎盛，收录在各地宗谱资料中的"八咏诗""十景诗""二十四景诗"等数量相当可观。黄晓刚编著的《金华古十景诗选》（2008年）一书辑录了南朝至1949年近1600年的3132首。相关诗作，南朝有沈约《八咏》，宋代有陆游《长衢郭氏山林十六咏》、陈傅良《石洞书院十景》、陈亮《永康县地景赋》、方凤《仙华八景》，元代有陈樵《吴宁八景》、吴莱《浦阳十景》，明代有杜桓《金华十咏》、唐龙《兰溪八景》《竹溪别业八景并引》、胡应麟《鹤山八景》《十二曲山房十

---

① 寿昌，旧县名。原名新昌县，系三国吴黄武四年（225）从富春县析出，在太康元年（280）更名为寿昌县。隋、唐以来，此县几经废置、复置，今为建德市寿昌镇。与梅城一样，寿昌是著名的浙西古城。

景》、刘同等《绣湖八景》、熊人霖《华川八景》，俞俊《俞源八景歌》、宋濂《元麓八景》、陈文仲《安文四奇》，清代有叶蓁《梓誉十景》、徐友范《古丽八景》、倪成萱《武阳十景》，民国时期有吕公望《华溪八景》（亦称《永城八景》），等等。其中，传世之作最多的是东阳市，其次是婺城、金东两区。金华是八景文化的起源地和繁盛地，八景文化也就成了金华文化的特色部分。金华诗路，可美其名曰"八咏诗路"。金华诗路具有深厚的古道文化、诗词文化底蕴，以八咏文化、双溪文化、婺学文化等为特色。"八咏圣地，闲情水乡"是金华诗路文化印记。金华诗路的主轴线是婺江—兰江段。它的重点支线有两条，即以金华古城为中心点，分别向东、南延伸形成的东支线和南支线。

　　金华诗路东支线起自金华古子城边的双溪，溯东阳江（含义乌江）而上，经义乌、东阳、磐安等地，连接浙东唐诗之路。东阳江长195公里，以"一江春水向西流"而显示出独特的景观。相关诗作，南朝有谢灵运《东阳溪中赠答》、沈约《登玄畅楼》《泛东阳江》，唐代有方干《东阳道中作》、李白《见京兆韦参军量移东阳二首》、戴叔伦《临流送顾东阳》、骆宾王《咏鹅》、崔颢《舟行入剡》，宋代有李清照《武陵春》《题八咏楼》、吕祖谦《登八咏楼有感》、王安石《东阳郡道中》（《〈次韵唐公三首〉其一》）、刘子翚《过东阳》、辛弃疾《鹧鸪天·东阳道中》、杜旟《同辛稼轩游月岩》、陆游《东阳道中》，元代有黄镇成《东阳道上》、陈樵《吴宁八景》，明代有刘同等《绣湖八景》，等等。东阳江的最大支流是南江。从义乌佛堂古镇往东，溯南江而上，过画水、南马、横店、湖溪、安文五镇，越岭过大盘山，直至天台，亦与浙东唐诗之路相连。沿线特色文化有诗词文化、古镇文化、教育文化、中药养生文化、南孔文化（榉溪）等。磐安是浙东唐诗之路的发源地之一，十里红枫古道留下了孟浩然、陆羽、陆游等无数名人的背影，遗存诗作数百首。此地处于四州（越、台、处、婺）交会的独特地理位置，因而具有与临海、新昌、天台、嵊州、丽水跨地域共建诗路的巨大合作空间。相关诗作，宋代有徐侨《舟溪吟》、陆宰《题安文山居》、陆游《别安福寺僧》，元代有陈元恺《安文八景》，等等。

　　金华诗路南支线同样起自金华古子城边的双溪，溯武义江至武义，再溯永康江至永康，复溯新建溪入缙云，转入好溪，沿好溪至丽水（处州）、温州。沿线特色文化有诗词文化、明招文化、温泉文化、书院文化等。相关诗作，南朝有沈约《泛永康江》，唐代有孟浩然《宿武阳川》，宋代有戴栩《永康道中三首》、徐照《宿永康》，元代洪焱祖《永康道中》，明代有文林《永康》，清代有厉鹗《自金华至永康道中作》、阮元《夜至永康县》、吴绛雪《晴湖春泛图》《春夏秋冬》、倪成萱《武阳十景》，民国时期有吕公望《华溪八景》（亦称《永城八景》），等等。此线连接瓯江山水诗路，因而在钱塘江诗路版图中的重要地位和意义不言而喻。

四、三衢诗路

衢州诗路是钱塘江诗路衢州片区，覆盖衢州市所辖各区、县（市），包括柯城区、衢江区、江山市、龙游县、常山县和开化县。四省通衢，两浙首站，衢州具有得天独厚的交通方位，是往来浙赣之间的必经地。衢江是衢州人民的母亲河，三衢山是衢州市的母亲山，衢州文化因此又得名三衢文化。三衢，以之为题名的诗词作品甚多，仅宋代就有胡宿《三衢道中马上口占》《仲春三衢道中》、释静端《送客之三衢》、张伯玉《自新定沿牒三衢舟中寓兴寄所知》、赵鼎《三衢多碧轩》、李纲《三衢道中》、周弼《送陈云崖游三衢》、曾几《三衢道中》、华岳《三衢道中》、杨万里《三衢登舟午睡》《明发三衢三首》《过三衢徐载叔采菊载酒夜酌走笔二首》、吕本中《三衢上元》、赵必象《和黄秋三衢舟中韵》，等等。衢州诗路，可美其名曰"三衢诗路"。该路具有深厚的古道文化、诗词文化底蕴，以三衢文化、南孔文化等为内涵和特色。"南孔圣地，诗礼传家"是主要的文化印记。衢州诗路主干线路就是衢江。它的重点支线有两条，即以衢州古城为中心点，分别向西、南形成的西支线和南支线。

衢州诗路西支线以常山港、马金溪为线路主干。常山港在双港口汇入衢江，上接开化县马金溪，沿线有华埠、天马、招贤等乡镇。此线还通往邻近的赣、皖两省，古道亦较多。特色文化主要有古道文化、宋诗文化、根雕文化等。相关诗作，仅宋代就有赵鼎《题常山草萍驿》、曾几《三衢道中》、曾丰《常山道中》、陆游《晚过招贤渡》、杨万里《过招贤渡》《过江村》、辛弃疾《浣溪沙·常山道中即事》、赵蕃《常山道中二首》，等等。常山是三衢山所在地，拥有"四省通衢，两浙首站"的交通优势。古代大批官臣、文人来此聚集隐居，从而造就了空前的文化繁荣。在宋代，迁居、定居、隐居在此地的有赵伯晫、赵伯鲤、赵伯鳞、赵鼎、魏矼、范冲、樊清、司马彪、胡正、孔诏、陈伦、徐幸隆、徐大兴等一批文化名人。而游历或描写常山的又有陆游、杨万里、范成大、辛弃疾、曾几、朱熹、吕祖谦、周必大等数十位诗坛名人。传世的常山宋诗约 3000 首。宋代衢州词坛也十分兴盛，著名词人有潇洒派词宗毛滂，大晟词人徐伸、汉江，"柴氏四隐"之柴望、柴元彪，等等。《全宋词》中衢籍词人有数十位，存词近 400 首。① 常山可谓是宋代文化高地，常山江是堪与"唐诗之路"相媲美的"宋诗之河"。②

衢州诗路南支线以须江、仙霞岭古道为线路主干。须江纵贯江山市全境，在经四都镇双溪村后汇入衢江。溯须江而上可达清湖古镇。这里是仙霞岭古道的起点，有"浙闽要途""浙闽会要"之称，民初时商铺林立，"繁盛胜于县城"。③ 仙霞岭处交通咽喉之地，在古代是兵家必争之地、贸易必经之道和文人必游之路。这条古道古迹众多，沿途的江郎山、仙霞岭、枫岭、梨岭等胜景，或因险峻，或因秀美，或因其为省界象征，吸引了大量文人墨客前来观山揽胜。唐代张九龄，宋代王安石、陆游、朱熹、杨万里、辛弃疾，明代徐霞客等于此留下赞美篇章。江郎山在江山市境内，这里景色绝美，每当云雾弥漫，烟岚迷乱，霞光陆离，常凝天山于一色，融云峰于一体。唐代白居易《江郎山》有赞："林虑双童长不食，江郎三子梦还家。安得此身生羽翼，与君来往醉烟霞。"明代徐霞客三次游江山时都写到江郎山，并把它与雁荡山、黄山和鼎湖峰进行比较，极力地赞叹它的奇、险、神。烂柯山，位于衢州市南郊，主峰如一座石桥，堪称奇观。唐代孟郊《烂柯石》云："樵客返归路，斧柯烂从风。唯余石桥在，犹自凌丹红。"烂柯一典已盛传棋界，成了围棋的别称。曾留下足迹或咏叹此地的诗家文人众多，汉代有朱买臣，三国时期有贺齐，晋代有殷浩、毛琚、虞喜，南朝有谢灵运，唐代有孟郊、白居易、刘禹锡、黄巢，宋代有王安石、苏东坡、赵忭、朱熹、陆游，明代有徐谓、徐霞客，清代有左宗棠、李渔、洪昇，等等。

第三节　富春山水文化与美学

"奇山异水，天下独绝"（［南朝梁］吴均《与宋元思书》）；"胜甲浙

① 陈定睿. 衢州宋词管窥［C］//衢州市政协文史资料委员会. 衢州探古. 北京：中国戏剧出版社，2001：55-64.
② 余风. 常山县打造"宋诗之河"文化品牌的几点思考［J］. 政策瞭望，2018（10）：21-24.
③ 罗德胤. 浙闽通途：仙霞古道［M］. 北京：商务印书馆，2016：26-27.

右"（［清］乾隆《〈富春山居图〉子明卷题跋》）。自富阳至桐庐一带的山水，备受文人雅士的推崇，传唱不衰，历久弥新。绝美的风光，引得汉代高士严光"耕钓富春山"、南朝诗人谢灵运笔赋《富春渚》、元代画家黄公望"仆归富春山居"，他们给富春山水注入了文化和生命，增添了无限的诗情画意。特别是黄公望的《富春山居图》，万千景象跃然其上，堪称神奇雅致。它以笔墨创新而影响明、清画坛，又以精彩的传世故事而成为国画之经典，被誉为"画中之兰亭"，堪称中国山水画"第一神品"。新时代乡村振兴战略、浙江诗路文化带建设都明确提出打造现代版的"富春山居图"，这一目标赋予了它更具时代性的价值和意义。这幅元代的山水画卷，在今天依然以其精湛的技艺、厚重的文化、浓郁的生活气息不减魅力，因此也值得对其所蕴藏的美学精神进行总结和张扬。

一、富春山水

富春山水文化是因富春江的山水而兴起的人文文化。富春江，相传也叫富生江，来自一个叫富生的人名。[①] 正是富春江成就了富阳的古称富春。明万历《杭州府志·卷二十三》云："富春江自桐庐经富春入钱塘，昔桑钦《水经》谓浙江之源，西自严陵滩，东通海道。"清康熙《建德县志·卷一》云："汉曰富春自桐庐一带，统名富春县，山曰富春山水。"[②] 乾隆时期进士冯浩对《樊南文集·卷六》之《为李兵曹祭兄濠州刺史文》中的"严陵山水"有注："睦州新安郡有新安江、严陵山诸胜，清丽奇绝，古所称富春山水……"[③] 事实上，三处所说的"富春"，所指的范围并非完全一致。秦、汉时设富春县，辖境含今天的桐庐、建德等地。隋代置睦州，治所在新安（今淳安）。唐代置严州，治所在桐庐。北宋改睦州为严州，南宋时升为建德府，元代改为建德路，明代又先后改为建德府、严州府，府治均在建德。简单地说，古时的睦州、严州，即今天的桐庐、建德、淳安三县（市），而桐庐、建德又曾同属富春县。对此，民国时期周天放、叶浅予《富春江游览志》（1934 年）一书的开篇有详细的介绍：

---

① 吴关荣. 钱塘江传说［M］. 杭州：杭州出版社，2013：53-55.
② 均引自爱如生中国方志库 http://dh. ersjk. com/spring/front/jumpread。
③ （唐）李商隐. 樊南文集：上［M］. 冯浩，详注；钱振伦，钱振常，笺注. 上海：上海古籍出版社，2015：384.

　　古称富春山水之胜，甲于天下。史载严光耕于富春山，今富春山在桐庐县，上有东汉故人严子陵钓台。而浙江上游之流经富阳县境者，称富春江，在桐庐县境者别称桐江，则所谓富春江，今已不包括桐江在内。顾富春山僻在桐庐之西陲，而千古词人墨客登山玩水，搜奇探胜，其见于记序吟咏者，率泛指钓台以下富阳以上为富春江。盖富阳、桐庐在三国吴以前实一邑也。《文选》任彦升赠郭桐庐诗《早发富春渚》注云："汉富春，今杭州富阳县及严州建德县地。"则富春江自宜包括桐江在内，桐江之名乃后世土人之过自细析耳。①

　　富春江流域历史上行政区划的复杂变迁情况，影响了民众对"富春"一地的明确认知。冠以此二字的"富春江""富春山""富春山水"，三者所指范围确有不同。像后两者究竟是在桐庐还是在富阳，至今在民间仍有争议。今天所划定的富春江范围，是指从建德梅城至萧山闻堰的江段，流贯桐庐县、富阳区（均属杭州市）。就"富春山水"而言，一般有狭、广两义。狭义的，仅指严光隐居地富春山（又名钓矶、钓台，在今桐庐县境内）一带，又称"严陵山水"。广义的，包括千岛湖以下的新安江风光带，这也是习惯的称法。②

　　地质、地形、地貌以及气候、水文、植物、土壤等自然条件，为人的活动、人文现象的产生提供了环境。富春山水的人文化，很大程度得益于山川河流的地理格局。富春江之源，远在安徽省休宁县、金华市磐安县境内，近则由新安江、兰江汇合而成。"歙婺分流合入泷，渐江直下转桐江。"（黄宾虹《合江亭》）自梅城东北流至乌石滩进峡谷，又东北流与桐庐严陵滩相接，这一段又称七里泷、七里濑或七里滩（今称七里扬帆）。群峰夹峙，水流湍急，连亘七里，故名。诗亦有描写："危石耸烟际，遗庙在峰阴"（［明］严嵩《经严陵祠》）；"两岸山峦峭巉，其水渟深如黛"（清乾隆《桐庐县志》）。出七里泷，江面渐阔，两岸常见洪积阶地和河谷冲积平原。芦茨至窄溪一段，有宽广的河漫滩、洪积扇、江心洲、漏江滩、放马洲和九里洲等。这一带由于土地肥沃，宜种稻麦瓜果，成了"江南水乡"的米粮川、瓜果园。九里洲

---

① 郑翰献. 钱塘江文献集成：第 19 册：富春江、萧山专辑 ［M］. 杭州：杭州出版社，2017：487.

② 毕愚溪. 富春山水景观特点及成因初探 ［J］. 杭州师范学院学报（自然科学版），1991（2）：6.

景色尤为佳丽，历来有"十里洋滩九里洲"之称。这里依山傍水，且是一处赏梅胜地。许多文人墨客、达官贵人来此赏花品景、唱和吟诗，至今余风尚存。"九里沙洲梅不断，残香犹在野人家"（［清］张芸《九里洲》）；"浅水横沙九里长，梅花如雪覆沧浪"（［清］吴祖谦《九里洲》）；"九里江洲好画图，梅花曾见此间无。花农不记花开数，约略一洲三万株"（［清］阮元《桐庐九里洲看梅花》）。九里洲，距桐君山不远，今隶属桐君街道。出桐庐，两岸地形起伏，至场口镇始有较大平地。从桐庐到富阳，江宽流缓，江水缥碧，两岸绿树烟花，芳草如茵，村舍错落，阡陌纵横，富有水乡特色。至下游富阳境内，江面一马平川。"远岸平如剪，澄江静似铺"（［唐］罗隐《秋日富春江行》）；"一江流碧玉，两岸染红霜"（郭沫若《快艇溯钱塘》）。过富阳城，水流分汊，河中多沙洲，以东洲岛（又称东洲沙）最大。大小沙洲，如块块翡翠，嵌镶在"玉带"之上。① 再往下则纳浦阳江进入钱塘江，东流入海。"钱塘江尽到桐庐，水碧山青画不如"（［唐］韦庄《桐庐县作》）；"眼底别开诗境界，富春山水浙江潮"（［清］周向辰《桐江道中》）。无论顺江而下还是溯江而上，皆如入画屏，别开诗境。

富春江与三峡、桂林山水相媲美，皆以风光绝美而成为著名的旅游胜地，并称为中国三大山水风光带。但富春山水的美，与三峡的美不同，也与桂林山水的美有异。三峡山高水急、曲折漫长。它的美在于深幽隽逸，似一条彩色画廊。郦道元《水经注》如此描写三峡之美："自三峡七百里中，两岸连山，略无阙处。重岩叠嶂，隐天蔽日，自非亭午夜分，不见曦月。"② 桂林山水融山、水、洞于一体，形成了地貌奇景："山根在水，水啮山穿，山中抱洞，水在洞中。"③ 唐代韩愈以"江作青罗带，山如碧玉簪"（《送桂州严大夫同用南字》）赞漓江山青水碧，美不胜收。桂林山水的美，美在意态，或人态，或仙态，或艺态（如雕塑），多姿多彩；亦美在有静有动，或如静物写生画般的静态美，或在大自然的诸种联系中呈现出变幻神奇的动态美。富春江七里泷有"小三峡"之称。富春山水有"三峡之险，桂林之奇"之誉，集三峡、桂林的美于一体。

富春一江如画，水皆缥碧，景致殊异，两岸峰锦岭绣，植被茂盛，而支

---

① 马时雍. 杭州的水［M］. 杭州：杭州出版社，2012：13.

② （北魏）郦道元. 水经注［M］. 陈桥驿，注释. 杭州：浙江古籍出版社，2001：530.

③ 范阳. 从桂林山水谈到山水美学问题［C］//范阳，黄贯群. 山水美学研究. 桂林：广西人民出版社，1988：141.

流亦增其秀色。富春江从南至北再向东迤逦而去，水流则由湍急逐渐变平缓，江面也逐渐开阔。主干道长110多公里，沿途汇入的大小支流10多条。桐庐境内的支流有芦茨溪、分水江、大源溪等。其中，分水江古称桐溪、学溪、天目溪，是富春江桐庐境内最大的支流。河道曲折，洲滩较多，素称"溪有十八滩，一滩高一滩"。沿线有浪石金滩、垂云通天河、瑶琳仙境等景观分布，在桐君山脚下与富春江汇合。富阳境内主要河流统称"一江十溪"。十溪，即富春江的10条支流，分别是渌渚江、宋家溪、壶源江、剡溪、上里溪、苋浦、大源溪、里山溪、渔山溪、常绿溪。其中，常绿溪出境至萧山浦阳江。富春江出富阳城后向东蜿蜒，至萧山闻堰进入钱塘江下游。此段江道更加弯曲，造成泥沙堆积情况，形成了大小不一、形状各异的沙洲。富春渚，指的就是这道别致的地理景观。

富春江源远流长，孕育了悠久的历史文化。洵美的风景、深潜的文化、厚重的历史，成就了以山水为源、为核的富春文化。富春江是一条隐逸之江，在这里积淀着深厚的隐逸文化。皇甫汉昌编著的《隐逸桐庐》（2016年）收录了从黄帝时期桐君、春秋时期范蠡、汉代严光至清代臧槐、陈本忠，或短暂或长期隐居在桐庐的51位隐士。其中，最为著名的隐士当属严光（字子陵）。"严子陵作为范蠡之后江浙地区最著名的隐士，他的到来，又为富春山水增添了不少文化内涵。严子陵的隐逸精神与富春山水相得益彰，但凡途经富春江或生长于此的诗人，都好吟咏子陵的高风亮节以及富春山水的钟灵毓秀。"[①] 严子陵钓台是来来往往的文人墨客必游必吊之地，早已化为富春文化符号。"桐庐钟秀无严子，七里至今亦寻常"（［清］沈景运《题蓝田叔仿黄子久富春山图卷》）；"自富阳至桐庐，胜甲浙右。子陵高风，与山水同远"（［清］乾隆《富春山居图》子明卷题跋）。在富春江，除七里泷钓矶这处严子陵钓迹之外，载籍可考的还有多处，如桐庐境内的桐君山和富阳境内的桐洲、观山（又名鹳山）、赤亭山（又名鸡笼山）。实际上，严子陵钓迹在浙江余姚及山东临淄，安徽宣城，河南巩义、宜阳、南阳等地也有分布。倘若论及知名度，无疑以富春江的钓台最高。山水之所以吸引人，往往不在于它的地理高度或深度，而在于它的文化积淀和美的境界、气韵，富春江就是如此。富春山水与传说故事、文学艺术、历史文化及时代气息融为一体。游人至此，无论是观光游览、探胜觅幽还是赏奇访古，都可以从中得到满足。

---

① 皇甫汉昌.隐逸桐庐［M］.杭州：西泠印社出版社，2016：220.

二、富春诗画

水是文明之源，河流对地域文化的形成具有直接促进作用。宋代郑樵《通志·地理略·地理序》载："州县之设，有时而更；山川之形，千古不易。……水者，地之脉络也。郡县棋布、州道瓜分，皆有水以别焉。"① 在古人看来，自然形貌是不可变的地理存在，顺其脉络，则兴则盛。这种观念与今人的自然实践观念不同。1959 年富春江上游建造了新安江水库，形成了碧波万顷的千岛湖；1968 年又在富春江七里垅峡谷出口处建造了富春江水库，形成了绿道"七里扬帆"。江湖之变，形成新的景观，自然也对江河航运产生了显著的影响。但在过去，富春江是一条畅道，从建德可以一路顺江而下直抵桐庐、富阳和杭州。水道之通畅，也凸显出沿江城镇之地理位置的重要。元代裘伯宣《浙江潮候图说》云："杭之为郡，枕带江海，远引瓯闽，近控吴越，商贾之所辐辏，舟航之所骈集，则浙江为要津焉。"② 历史上富阳、桐庐均是郡县治所地。富阳古城又是军事重镇，为杭州西南屏障，形势险要，自古为兵家必争之地，兵事不少。③ 桐庐古城处富春江腹地，是南来北往的商家、文人的重要中转地。唐代以来富春江就是一条重要的水上交通线，是北上或南下的重要通道。从广东北上，沿珠江的支流北江、浈江到达江西境内，再从洪州（今南昌）往东到玉山、衢州，再顺衢江而下，经兰江、富春江到杭州，再经京杭大运河北上。相对于长江等大江大河，富春江水流较为平缓，因此舟行相对安全。此路主要是水路，路途遥远。如明代广东顺德诗人郑学醇《庚戌九月将有浙行舟泊穗城怅然有作》云："悠悠吴楚去，何处是严州"；又《浈江对月》云："越水吴山路渺漫，孤舟偏觉别程难。愁心莫对空清宵月，添得游人两鬓寒。"另外，经由富春江的水路，可以北上、南下、西进、东出，选择余地较大。如清代湖南湘阴诗人李桓④浙游之行，从长沙出发，顺长江而下到扬州，再转大运河到常州、杭州，又溯钱塘江而上，直达金华江，再往南顺瓯江而下到温州，再往北到天台，经越州，回到杭州。此

---

① 转引自张舜徽. 中国古代史籍举要 [M]. 昆明：云南人民出版社，2004：150.
② 转引自（明）田汝成. 西湖游览志 [M]. 陈志明，编校. 上海：东方出版社，2012：268.
③ 富阳县志编纂委员会. 富阳县志 [M]. 杭州：浙江人民出版社，1993：995.
④ 另有同名诗人李桓，字晋仲，元代上元（今南京市）人。由乡贡进士累迁浙江儒学副提举，为江东文坛有名人物，名句"天下佳山水，古今推富春"（《〈富春舟中二首〉其一》）即出自他的笔下。

行经富阳、兰溪、金华、缙云、青田、温州、西兴渡到杭州，游历了越中大片地区。一路有诗，甚为详细。

　　具有交通优势的富春江，自然吸引了无数文人墨客前来，留下了大量以富春山水为题材的诗、画、文，以艺术方式建构出洵美且异的富春山水意境。今人已整理出版《历代诗人咏富阳》（1999 年）、《富春江古今散文选》（1999 年）、《富春江名胜诗集》（1990 年）、《严州诗词》（2012 年）、《画中桐庐》（2015 年）、《桐庐古诗词大集》（2019 年），以及《钱塘江文化集成：富春江、萧山专题》（第 19 册，2014 年）、《钱塘江唐诗之路唐诗选集》（2019 年）等各种专集、选集。其中富春山水诗的数量尤其庞大。如《富春江名胜诗集》（1990 年）编入诗 1435 首，词 64 首。其中，南北朝诗 6 首、唐诗 93 首、宋诗 291 首、宋词 44 首、元诗 117 首、元词 1 首、明诗 204 首、明词 1 首、清诗 724 首、清词 18 首，尚有诗 573 首只存目。据编者申屠丹荣所述，自己当初共收集了自南北朝至清代共 1003 位诗人吟咏桐庐山水、人物、古迹的诗词 2072 首。① 南朝诗人开创了富春山水诗创作的先河，具体有谢灵运《富春渚》《七里濑》《夜发石关亭》《初往新安至桐庐口》、沈约《新安江至清浅深见底贻京邑游好》、任昉《严陵濑》《赠郭桐庐山溪口见候余既未至郭仍进村维舟久之郭生方至》、王筠《东阳还经严陵濑赠萧大夫》，等等。直接写出"富春山水"的，既有如唐代孟郊《送无怀道士游富春山水》这样出现在题名中的，又有如唐代吴融《富春》，宋代虞俦《〈钓台三首〉其一》，明代张丑《〈铭心籍〉七十三》，清代刘大櫆《题大痴富春山居图》、魏丙庆《寄松生桐庐郡》、周向辰《桐庐道中》、凌洁贞《严子陵》这样出现在诗句中的。

　　富春山水诗，除少数题画诗之外，多数是诗人真实行船经富春江所作。富春江古属江南东道，连接杭、睦两州，是北上南下的重要交通要道。唐代流行游逸之风，壮游吴越者，大多从扬州出发，顺大运河南下至杭州，过钱塘江到西兴渡，或延浙东运河往东南至越州、明州、台州等地，或溯钱塘江而上，至睦州、婺州、衢州、洪州、徽州等地。建德市政协文史委员会所编的《严州诗词》（2011 年），入编唐诗 355 首，收录唐代诗人 106 位，像孟浩然、王维、李白、崔颢、刘长卿、严维、孟郊、张继、韩愈、张籍、白居易、张祜、杜牧、李频、陆龟蒙、罗隐、吴融、杜荀鹤、韦庄、王贞白、皎然、

---

① 申屠丹荣. 富春江名胜诗集 [M]. 杭州：浙江人民出版社，1990：编后记715.

贯休等著名诗人都在列。其中，李白《古风》《酬崔侍御》、白居易《宿桐庐馆同崔存度醉后作》《凭李睦州访徐凝山人》等都是桐庐诗中的名作。桐庐自三国吴黄武四年（225）置县以来，已有 1800 年的历史，文化积淀深厚，诗词文化源远流长，是中国山水诗的发祥地和唐诗的盛发地。李白、苏轼、白居易、黄公望、张大千等 1000 多位历代文人墨客为富春山水所陶醉，流连忘返、泼墨挥毫，留下了 3000 多篇诗词华章和众多山水名画。

与数量庞大的富春山水诗相比，富春山水画数量远不及之，但在影响上毫不逊色。王樟松编著的《画中桐庐》（2015 年）共介绍了 118 位画家，其中唐代至清代 37 位。据该著所述，最早的几位富春山水画作者是唐代释道芬（见顾况《稽山道芬上人画山水歌》）、项洙（见方干《项洙处士画水墨钓台》）以及宋代李公麟（见黄庭坚《题伯时画严子陵钓滩》）。今存台北故宫博物院的《清溪渔隐图》是宋代李唐的作品，大概是现存最早的富春山水画。富春山水画，无疑以元代黄公望《富春山居图》最为经典。清代王原祁如此评价："痴翁得力处于董巨荆关大小二米融会而出，故《富春》一卷，兀傲排荡，娟秀雅逸，无古无今，为笔墨巨观。"① 这里从笔墨的角度高度赞扬，称此画开创的"浅绛山水"彻底革除了南宋院体画的积弊。黄公望神笔挥毫，挖掘了富春江景色的神韵。画中有远浦、近丘、荒村、疏林，穿插着矶头峰峦。平岗连绵、江水如镜，一峰一状、一树一态，这些山的墨色或浓或淡，都以"披麻皴"进行勾画，看上去疏朗简秀、清爽潇洒。此画描绘的主要是桐庐沿江一带的山水风景，即依实景而画，在向来讲究写意的中国山水画中的确少见。可以说，以实景为对象的山水画，黄公望是开创者。他的另一幅《富春大岭图》也是依大岭（在今桐庐县旧县街道合岭村）实景而作，与《富春山居图》异曲同工，堪称"富春双璧"。《富春山居图》是中国山水艺术高峰，达到了中国山水画的新境界和新高度，而这种境界和高度的来源正在于"天下独绝"的富春山水和熔铸于富春山水中的人文精神。明、清的藏家和画家，以黄公望的作品为追逐对象。此时期画坛上甚至出现了一批临仿之作，如明代有沈周《仿黄公望富春山居图》、董其昌《仿黄公望富春大岭图》，清代有王翚《临富春山居图卷》、王时敏《仿黄公望陡壑密林》、王原祁《仿黄公望山水》《仿黄公望秋山图》，等等。这些仿作也不缺乏艺术水准和收藏价值。今人以高科技手段、跨艺术形式进行演绎，如电影《天机：

---

① （清）王原祁 . 王原祁画论译注［M］. 俞丰，译注 . 北京：荣宝斋出版社，2012：120.

富春山居图》（2013 年）、诗剧《随黄公望游富春山》（2015 年）、话剧《〈富春山居图〉传奇》（2016 年），等等。这些是《富春山居图》经典化的一部分，自然也是对中国传统艺术文本形态的创新探索。

三、富春风景

山水是"地上之文章"①。漫游山水之于文学艺术创作具有直接的促进作用。但是要使后者成功，创作主体的审美自觉十分关键，毕竟山水只是唤起审美意愿的契机。只有积极主动地面对自然山水，才可能真正激发美感。当然，与普通游者不同，文人艺术家更具诗心，他们不仅拥有发现美的慧眼，而且具有表达美的能力。那些由山水润得、妙手偶成的诗文作品，也就具有了美。同样是富春山水，因主体心境、动机不同，定然呈现出不同的感受。东晋殷仲文迁守东阳（今金华），心意甚为不平，及郡至富阳时慨然叹曰："看此山川形势，当复出一孙伯符。"② 南朝戴颙因"桐庐僻远，难以养疾"而"出居吴下"。③ 与殷仲文、戴颙二人情况不同，谢灵运、沈约等一批诗人则将富春山水当作抒情写意的最好的对象和寄放情思的绝佳的处所。富春山水的美，主要是随着南朝以来人们山水审美意识的自觉，被文人艺术家所"发现"的风景的美。吴均《与朱元思书》描写了富春江两岸清朗秀丽的景色，读之如身临其境。这篇南朝山水小品佳作，开创了富春山水散文的先河。散文，与诗、画一样都是书写富春山水风景的重要载体。相关作品还有许多，如唐代有罗隐《东安镇新筑罗城记》，宋代有晁补之《新城游北山记》，明代有徐霞客《游洞山洞记》、刘基《述石羊先生自叹》、聂大年《严先生祠记》，清代有郑日奎《游钓台记》、王义祖《春江水灯记》、诸匡鼎《中沙记》、蒋复敦《游钟山记》、牛奂《富春赋》，等等。

山水深处皆风景。风景的美"是一种借助遐想产生的美，是取决于把感情客观化的美"。"……当我们学会了欣赏；当我们渐渐喜欢捕捉和留意线条，并且眺望风景，尤其当景物对我们心理情调更微妙的影响变成那些地方表现

---

① （清）张潮．幽梦影［M］．王峰，评注．北京：中华书局，2008：105.

② （南朝宋）刘义庆．世说新语校注［M］．朱奇志，校注．长沙：岳麓书社，2007：485.（富阳一地乃三国孙权故里，孙策［字伯符］系其长兄）

③ （南宋）施宿，（南宋）张淏．南宋会稽二志点校［M］．李能成，点校．合肥：安徽文艺出版社，2012：282.（戴颙，字仲若，谯郡铚地［今安徽濉溪］人，博学琴家。其父戴逵、其兄戴勃，父子三人皆是著名的隐士）

出的某种意味深长的特质，而我们的梦想又赋予它们某种诗意，并由我们瞬间的幻想把它们化为幸福仙境和缥缈传奇等各种寓意，那时我们就会觉得风景显得多么美丽。那时，森林、原野及至一切荒凉景物或乡村风光都会充满情意和乐趣。"①　与传统文人相比，现代文人具有更加强烈的风景审美意识。郁达夫、周天放、钱耕莘、叶浅予、楼适夷、赵清阁、徐迟等一批作家都留下了有关富春江的散文佳作。其中，郁达夫是一位出生在富春江畔的本地作家。他对于乡土的那份特殊的感情，渗透在他的小说、游记当中。收录在他的游记散文集《屐痕处处》（1933 年）中的《钓台的春昼》，以游踪为线索，记叙了夜访桐君山、凭吊延陵台的经过。渡江的幽意、山景的静远及归隐之情尽浸字间，清奇、脱俗的性情也表露无遗。同年出版的另一部游记散文集《浙东景物记》共 7 篇，篇篇精彩有致，妙趣横生，具有地方色彩和文献价值。郁过夫是一位热爱旅游的作家，也是一位极为敏感的旅行者。他的游记尤其注重传达个体生命对现代生活的体验，而这种主观感受同样表现在他的富春山水风景描写中，从而使得他的游记散文彰显出浓郁的现代乡愁。

山水风景极具旅游价值。大凡名山胜水，赴游者趋之若鹜，富春山水亦莫能外。民国时期富春江旅游受到外地市民的普遍欢迎，上海、杭州的一些旅行社和《申报》《良友画报》《上海画报》《东方杂志》《旅行杂志》等都有意推荐、组织和宣传。其中，《旅行杂志》是一本以"服务社会，提倡旅行"为宗旨，由中国旅行社编辑的专门刊物。该杂志刊登了许多有关富春江的游记，并配以图片，可读性强。这些游记的作者，其中不乏名家，如著名作家周瘦娟两游富春江，在该刊发表了《富春江上》（1928 年第 2 卷春游特刊）和《绿水青山两相映带的富春江》（1941 年第 15 卷第 1 号）。中国旅行社杭州分社曾两次组织富春江旅行团，活动都非常成功，事见记者编写的《富春江旅行团记》（1930 年第 4 卷第 5 号）和陆维屏所写的《富春江游记》（1931 年第 5 卷第 6 号）。民国时期富春江旅游热兴起的原因，除市民旅游休闲意识普遍增强之外，主要与铁路、水路交通的便捷有关。外地市民可以乘坐沪杭铁路到杭州，再乘船溯江而上游览富春江，或反其道而行之，十分方便。1934 年元旦，连接杭州至江山和江西玉山的杭江铁路正式开通。这条铁路对富春江的航运产生了重大影响，但又因连接了沪杭铁路从而迎来了富春江旅游业发展的新契机。为宣传杭江铁路，杭江铁路局在通车之前组织了一

① ［美］桑塔耶纳．美感［M］．杨向荣，译．北京：人民出版社，2013：100-101.

次名家文学采风活动，还出版了"导游丛书"，其中包括周天放、叶浅予合著的《富春江游览志》（1934 年）。该志概述了富春江的交通、风景、物产等，是一本专业的旅游指南，"开中国旅游手册之先河"①。同年 6 月，浙江建设厅负责组织东南交通周览会，广邀文坛人士参加。这次文学采风活动分五线，其中第三线（杭徽线）、第五线（杭江线）都要经富春江返回杭州。为宣扬名胜，寓文艺之欣赏，宣传组又编写并出版了《东南揽胜》（1935 年）。该书以展览会特约作品、应征作品为取材范围，共分七部分。其中，第四部分"浙赣铁路杭玉段与杭广公路沿线及富春江之部"，收录了文 4 篇、诗 50 首、照片 37 幅。以上所举的活动都由一批重要名家参与其中，这对富春山水起到了重要的宣传作用。此正所谓"江山也要文人捧，堤柳而今尚姓苏"（郁达夫《乙亥夏日楼外楼坐雨》，又名《咏西子湖》）。发表、出版的各种游记、志书，都具有引导作用，富春风景也就保存在其中。

富春风景的美，美在山水，也美在历史文化、风土人情。富春江独特的自然环境造就了两岸人民的独特生活方式，至今依然保存着一些传统的技艺、风俗、礼节、习惯等。像富阳的竹纸制作技艺、孝子祭，桐庐的剪纸、传统古民居营造技艺、十六回切家宴、富春江渔歌、江南时节等都具有代表性。它们都是历史的真实见证，蕴含着富春江文化的基因，链接着现代人的乡愁。富春这方如画的山水总是引人遐想、魂牵梦绕。这里就不得不提到与郁达夫同样出生在富春江畔的叶浅予。这位国画大师对故乡桐庐有着十分浓厚的感情，在晚年先后创作了山水《富春山居新图》（1976—1980 年）和《富春人物画谱》（1985—1993 年）。前者集四季胜景于一卷，细绘了从杭州六和塔至梅城的沿江景色，处处充溢着人间烟火味，堪称是对"今日已无黄子久，谁人能画富春山"（［清］王修玉《泊富春山下》）之问做出的最好回应。后者是百幅人物图谱，且每幅附有风趣的打油诗，可谓富春江风土、人情"两尽其美"。近现代以来，富春江风景的知名度提高、影响力提升，郁达夫、叶浅予为代表的这批本籍人士功不可没。通过现代文人画家的书写、描摹，美丽的富春江更加深入人心，更加令人神往。

四、富春意境

山水、人文俱美的富春江是一道别异的风景美。这种美不仅通过富春山

---

① 吴晓东．郁达夫与中国现代"风景的发现"［J］．中国现代文学研究丛刊，2012（10）：82.

水诗、画、散文等文学艺术表达、展现出来，而且通过诗学、美学传递出来。且不论"擅长写景，风格清旷淡远，亦可谓得山水之助"① 的睦州诗派，这里仅就清代王士禛诗学而议之。王士禛评王维的诗《同崔傅答贤弟》云："下连用兰陵镇、富春郭、石头城诸地名，皆寥远不相属。"② 其中，"富春郭"来自南朝谢灵运《富春渚》中的诗句"宵济渔浦潭，且及富春郭"。这一意象进入古代诗学体系中，本身就是富有意味的。王士禛据王维诗画一体说，提出以"兴会神到"为核心内涵的神韵说。而此说又因其舍本逐末的片面性，在近代以来遭到王国维、宗白华的批判，从而构成了现代意境说形成、确立的一个基础。说到"意境"，不得不承认它是源于特定地理、地域特征而后成为普遍且具有特色的中国诗学、美学范畴。"没有江南山水这一特殊的中国地理空间，就不可能有意境这一中国审美文化的伟大贡献。"③ 江南是理解"意境"的一个重要视角。彰显富春山水之美，自然要从"意境"开始，当然还要把它上升到比之更高级、更核心的"气韵"进行言说，如此方能体现它作为诗性的江南山水的代表。

富春山水令人流连忘返，本身就是富有意境的。意境的审美结构特征是情景交融，即所谓的诗画一体。"无声诗与有声画，须在桐庐江上寻。"（〔清〕刘嗣绾《自钱塘至桐庐舟中杂诗》）富春山水，如诗如画，或曰亦诗亦画。古人既有"一川如画晚晴新"（〔唐〕吴融《富春》）的赞叹，又有"山清水秀画不如"（〔唐〕韦庄《桐庐县作》）的感慨。两种表达看似矛盾，实则饶有趣味，皆指富春山水具有无与伦比的美。现代画家黄宾虹题《富春山图》诗云："江山本如画，内美静中参。"江山如画，亦谓江山不如画，因为画可以通过人工之裁剪达到尽善尽美。江山不如画，又正是江山如画，因为山水之美是一种自然的美，是审美主体内省、静观的结果。黄宾虹此诗是题画时作，所面对的并非现实的富春山水，而是艺术化的富春山水，故有如此之感悟。当然，此种感悟与他的师承有关系。清代王士禛《古画微》云："新安画家，多宗倪、黄，以渐江开其先路。"④ 渐江，安徽歙县人，新安画派的开创大师。黄宾虹在《渐江大师事迹佚闻》中称其"师古人兼师造化""取境奇僻，命意幽

---

① 尹占华. 评睦州诗派 [J]. 贵阳学院学报（社会科学版），2010 (1)：7.
② （清）王士禛. 池北偶谈 [M]. 文益人，校点. 济南：齐鲁书社，2007：356.
③ 吴海庆. 江南山水与中国审美文化生成 [M]. 北京：中国社会科学出版社，2011：67.
④ 汪世清，汪聪. 渐江资料集：修订本 [M]. 合肥：安徽人民出版社，1984：187.

深", 赞其"数百年来, 卓然大家"。① 作为新安画派最重要的传承者之一, 黄宾虹题诗于富春山水画, 这不啻是新安文化与富春文化的一次"碰撞"。

气韵, 亦作气韵生动, 是一个与意境息息相关的概念。意境乃气韵生动之境, 而气韵生动则是意境之魂。普遍承认, 气韵生动是中国传统艺术的精髓灵魂和最高美学准则, 对中国传统的山水绘画起着指导与规范的作用。由此可见中国传统的绘画, 在创作中一直注重格调和气韵的精神追求, 在赏鉴中也有体味庙堂之气、书卷之气和山林之气的讲求。富春山水的美, 尤其表现在它的艺术气质, 即它是由大量诗、画、文等文学艺术作品积累而成并显露出来的气韵。富春山水文学艺术史也便是在遵循传统的基础上所形成的传统出新、气韵为先的美学之路。黄公望《富春山居图》富有形象变化、精神解放、技巧通融的特征, 堪称是气韵美的上乘之作。此图中, 两岸峰峦连绵, 山色苍茫, 沙渚舟泊, 林木掩映, 景致极佳。黄公望用写实手法, 采诸津要, 首尾相继。百里富春江, 经他的巧妙处理, 成为一幅风韵独特的山水画杰作。黄公望作长披麻, 皴似相交而非交, 疏密有致, 干湿并存, 笔墨灵动。在元代画家中, 董源、巨然、黄公望都以披麻皴为表现山石的主要手段, 但董源多为短笔披麻, 巨然善为长披麻, 两人用笔变化较少。黄公望的披麻画法是对董、巨画法的一次突破。清代王原祁评董其昌的画时引王山谷所云: "写时不问粗细, 但看进出大意。烦简亦不拘成见, 任笔所之, 由意得情, 随境生巧, 气韵一来便止, 此最合先生后熟之意。"② 这里其实说的是黄公望高超的创作技巧, 即把董、巨开创的披麻皴画法提高到新的阶段。写画要求形似, 同时要求笔灵, 因此对于画面形象, 从强调充实转入讲究笔墨的韵味和要求形象的生动。新的画风, 其作品虽淡化了北宋山水画的那种凝重、具体, 但特具生气。于是又发掘出了笔墨这种新的欣赏视点, 而这就是所谓的"黄子久特妙风格"(〔元〕倪瓒《画旨》)。黄公望在晚年所造就的这一独特风格, 卓尔不群, 广受世人瞩目。

说到底, 气韵具有整体性、空灵性, 它是一个类似风格的概念。在中国山水艺术中, 具有江南风格的富春山水艺术极具意义, 并产生了重要影响。富春山水, 是浙地山水。黄公望《富春山居图》, 其诗情画意绵延至今, 承载了浙江文化的精华。在钱塘江乃至整个浙江的诗路文化中, 富春山水文化都

① 汪世清, 汪聪. 浙江资料集: 修订本 [M]. 合肥: 安徽人民出版社, 1984: 213.
② (清) 王原祁. 王原祁画论译注 [M]. 俞丰, 译注. 北京: 荣宝斋出版社, 2012: 56.

占据了一个极其特殊的位置。缺少了富春江，浙江文化版图定然是不完整的。从创作看，这幅传世名画是对江南山水体验的结晶。所谓"大半江南子久家"（［明］魏骥《南斋摘稿》），说的就是黄公望游历了苏州、松江、吴兴、钱塘等江南多地，至晚年隐居富春江畔，从而才有了这幅名画的问世。富春江是中国山水文化的高地。但凡一个国画家，没有到过富春江，没有画过富春山水，似乎都不能称自己是国画家。像李可染等现代著名国画家都亲自来到江南，到富春江实地体验，进行山水画创作。浙江的、江南的，也意味着是中国的。意境、气韵，两者在本质上是相通的，都是对自然、艺术这类对象的审美把握和悟得，以艺术生命为底色，代表中国文化的美丽精神。因此，以这两个中国诗学、美学的重要范畴论富春山水，自然也都非常鲜明地标示中国艺术具有极其重视诗意开掘的传统。富春山水文化，是典型的富春文化，又是作为江南文化乃至中国文化的代表。林语堂这位长期致力"对外国人讲中国文化"的中国作家，在美国等西方国家拥有很高的知名度。他的"对外讲中"的英文写作方式，即"主动移入西方语境本身，尽力按西方语境需要而讲述中国故事"，由于注重"传者与受者的互动"，从而"开掘出新的文化亲合力及历史深度"。① 他的英文小说《红牡丹》（1961 年）讲述了发生在京杭大运河、富春江上的爱情故事，其中对富春江的山水、人文多有描写、赞叹。显然，通过文学艺术对中国文化进行海外传播的方式是富有成效的。

---

① 赖勤芳. 中国经典的现代重构：林语堂"对外讲中"写作研究 ［M］. 北京：人民出版社，2013：王一川序言 3.

第五章

灵秀瓯江山水诗路

乱流趋正绝，孤屿媚中川。云日相辉映，空水共澄鲜。

——（南朝宋）谢灵运《登江中孤屿》

百亩新池傍郭斜，居人行乐路人夸。自言官长如灵运，能使江山似永嘉。

——（宋）苏东坡《寄题兴州晁太守新开古东池》

永嘉山色秀成堆，曾忆前年访旧来。何处最牵东阁梦？一林松叶覆春苔。

——（明）王弼《柳中书山水小景次王修撰韵》

规划建设的瓯江山水诗路文化带，以瓯江—大溪—龙泉溪为主线，包括楠溪江、温瑞塘河、松阴溪支线，覆盖温州、丽水两大行政区域。瓯江、楠溪江是逸行山水之地，是中国山水诗的发源地。南朝谢灵运《登池上楼》、宋代沈括《雁荡山》、清代袁枚《大龙湫》等名篇佳作，"开启和陶铸了瓯江山水诗路，展现了烂若披锦的瓯越文化风情"①。在浙江四条诗路中，瓯江山水诗路是唯一以"山水"命名的诗路，尤其以灵秀之美著称。"灵秀"一说源自清代沈德潜《说诗晬语》："游山诗，永嘉山水主灵秀，谢康乐称之；蜀中山水主险隘，杜工部称之；永州山水主幽峭，柳仪曹称之。略一转移，失却山川真面。"② 此不失为古人对山水诗的一种经典言论。凡一地有一地之山水，自然也有一地之审美风格。所谓"真面"，就是山水本然的样子，游山诗创作就是要求将此本真还原出来。永嘉山水诗是以永嘉这一特定区域的山水

①　浙江省人民政府. 浙江省人民政府关于印发浙江省诗路文化带发展规划的通知：浙政发〔2019〕22 号 [R/OL]. 浙江省人民政府公报，2019-10-01.

②　转引自陈增杰. 宋元明温州诗话 [M]. 厦门：厦门大学出版社，2020：277.

为对象、主题的审美结晶。永嘉山水，自然与蜀中山水、永州山水不同，但又可与剡中（会稽、越中）山水相媲美，它是"江南秀美自然景物的象征"①。永嘉山水，最早因谢灵运出守永嘉期间创作的山水诗而成名。这里是古代文人、官员的归隐休憩、砥砺学问、贬黜避难之所，是诗人魂牵梦绕的殊胜之地，也是僧道景从云集的绝胜之地。明代王叔果文称"瓯为文献邦，孤屿为灵区"（《江心孤屿记》），现代画家黄宾虹借明代王弼的诗题画赞"永嘉山色秀成堆"（《题永嘉山色图》）。本章围绕瓯江的地理、交通以及"灵区""诗之岛"江心屿展开论述，以彰显瓯江山水诗路的灵秀之美。

第一节　瓯江地理与文化原型

天下山水何其多，而唯永嘉山水最先被谢灵运赋予灵秀之美。"灵秀"之"灵"，在古代汉语中大致有神、人两个层面的意思，分别如"灵，巫也。……以玉事神"（《说文解字·玉部》）和"惟天地，万物父母；惟人，万物之灵"（《尚书·泰誓上》）。"灵"与"气"组成"灵气"。"灵气"说，既可以作为一种世界本体论，又可以作为文艺创作论。所谓"灵气在心"（《管子·内业》），就是说灵气是物之源，且对于人之心具有反作用。所谓"文之为物，自然灵气"（[唐] 李德裕《文章论》），就是说创作主体是受外物之感发而产生创作冲动（灵感）。在中国古典诗学、美学中，"灵"具有性灵、灵通、灵活、灵机、趣灵等审美内涵和神秘性、情感性、褒义性等多重文化特征，体现了中国文人的生命追求和诗性智慧。② 这里从"灵""灵气"等方面来理解"灵秀"，意在表明瓯江山水诗路形成的一种原始性背景。瓯江流域地区之所以令人神往，是因为被富有灵性的山水地理和各种灵异的故事所吸引。谢灵运出守永嘉，游遍郡内山水，获得创作灵感，以山水诗创作方式揭开了永嘉山水的面目，使得瓯地成为中国山水诗的摇篮。谢灵运之后的文人墨客，又大多慕谢而来，并留下大量瓯地山水诗，从而增强了永嘉山水的知名度。"瓯江山水诗路"之命名，很大程度是基于谢灵运永嘉山水诗的开

① 丁海涵. 近现代绘画视野中的永嘉山水 [M]. 杭州：浙江人民出版社，2013：10.
② 余雪. 中国古典美学"灵"范畴探微 [J]. 安徽理工大学学报（社会科学版），2014（5）：60-64.

创性意义及其产生的深远影响的考量。就此而言，谢灵运文化具有原型意义。

一、"水长而美"

瓯江山水诗路的研究"本质上就是基于地理环境的文学活动研究"①。瓯江山水诗路的主要载体瓯江是仅次于钱塘江的浙江省第二大江。瓯江发源于龙泉市与庆元县交界的百山祖西北麓锅帽尖，自西向东流，流经丽水、温州两市，干流全长约380公里，故有"八百里瓯江"之称。从源头到入海口，地势逐级下降，江水急缓有致，两岸植被错落有致，地貌景观丰富多样。瓯江上游，自源头至大港头镇，河道落差达上千米，主要由龙泉溪、松阴溪组成。瓯江中游，即大溪，主要支流有宣平溪、小安溪（太平港）、好溪、小溪。小溪与大溪，干流同出洞宫山，源头相近，中上游段几乎平行。从这个意义上说，瓯江就是由大溪、小溪二水相汇而成的。瓯江下游，即从小溪汇入大溪之处（三溪口）开始直至东海。绵延流长的瓯江宛如一条青丝罗带，挽起东南的山海大观。峰秀、潭深、泉涌、海浩，构成了一幅绮丽的壮美画卷。崇山峻岭，山脉横纵，处山川海陆相间之地，瓯江就是从这里奔流到海，又有括苍山、雁荡山等名山胜景相傍，得天地之灵气、海陆之精华。

瓯江流域拥有独特的地貌、土壤、植被、气候等自然条件。流域内的主要地质地貌特征是"断层纵横交错，局部密集成带，大片火山岩覆盖，以及有规律分布的沉积盆地"。地质以火山岩、侵入岩等刚性岩石为主体，其次为变质岩及海相沉积岩。构造线展布以北北东——南南西向为主体，大体与浙闽海岸线相平行，南北向、东西向构造与主体构造交会衔接。流域地貌的基本格局是"山脉、盆地、平原、海岸及蜿蜒其间的水流，错落有致"。按地质成因，主要地貌除山地、河谷、平原、海岸之外，还有河漫滩、心滩、心洲、沙堤等河流沉积地貌。流域的总地势是西南高、东北低。受仙霞岭、括苍山、洞宫山三大山脉控制，山地面积广，起伏剧烈。最高峰黄茅峰，系洞宫山脉主峰，海拔1929米，为浙江第一高峰。从总体的构成面积占比看，山地约85%、盆地（碧湖—丽水盆地等）约5%，平原（温瑞平原等）约10%。就山地的构成面积占比看，1000米以上的中山约10%，600—1000米以下低山

---

① 谢琦慧. 文化地理与诗学传统：瓯江山水诗路中的温州书写 [J]. 浙江工贸职业技术学院学报，2021（3）：64.

约 45%，250 米以下的丘陵约 30%，① 温州又处在东海之滨，海岸线长达近 140 公里。所辖的大小岛屿有 435 个，总面积达 130 多平方公里，最大的大门岛、洞头岛面积都在 20 平方公里以上。② 瓯江流域内土壤以黄壤土、红壤土、水稻土为主，总面积占 70% 以上。植被丰富，尤其是中、上游的森林覆盖率极高。流域属亚热带季风气候区，温暖湿润。温州之"温"，该字源于其地在温峤岭以南。此地"虽隆冬而恒燠"（《浙江通志》卷八引《图经》）。清代曾任东山书院（在今温州城东南积谷山麓）主持的孙扩图，对此有地道的描写。其《忆江南·温州好》十首其二云："温州好，别是一乾坤。宜雨宜晴天较远，不寒不燠气恒温，风色异朝昏。"丽水之"丽"，音同"罹"，大概与曾遭水患有关，但又有美好的意思。此地同样四季分明，气候温和。其中，松阴溪流经的松古平原在历史上以产粮著称。这里地形平坦，土层肥厚，雨量充沛，光、热、水条件优越。宋代沈晦知处州。其《初至松阳》云："惟此桃花源，四塞无他虞。"所咏叹的便是这片生态良好、风景宜人的理想天地。

瓯江独特的地理环境也造就了江心屿、雁荡山、石门洞、南明山等一批山水景观。这些自然胜景，加以人文活动和诗人的吟咏而成为名山胜景。代表性的，有峰岩奇绝、山水神秀的缙云（仙都）山，瓯江发源地龙泉山，浙江最高峰百山祖，"江南九寨"千佛山，丹霞地貌东西岩、南尖岩、双童山、大木山、巾子峰、九龙山，还有闻名遐迩的雁荡山、大罗山、大若岩、乌岩岭，等等。百丈漈（文成县）、乌岩岭（泰顺县）、白云山（丽水莲都区）、九龙山（遂昌县）于 2022 年入选浙江省新十大名山公园名单。谈到公园，除了名山名水之类外，还有遗址文化类。瓯人早就生活在此的温州位于浙江省东南部，东濒东海，南与福建省宁德地区毗邻，西和丽水地区相接，北和东北与台州地区为界，地势自西向东呈梯状倾斜，气候湿润。2002 年在温州市鹿城区藤桥镇渡头村发现了新石器时代的古人类遗址曹湾山，出土了陶器、石器、玉器等各种文物。这处浙南先秦遗址文化，同属于 1997 年在瓯江上游松阴溪畔、仙霞岭南麓发现的好川古文化，距今 4000 年左右，现已开辟为曹湾山遗址文化公园。

瓯江流域地理特征也往往是地名命名的依据。便捷高效又易于人们识记的地名，总是运用那些凸显的、易于感知的、直接（观）的、现实（在）

---

① 瓯江志编纂委员会. 瓯江志［M］. 北京：水利水电出版社，1995：58-59.
② 姜竺卿. 温州地理：自然地理分册［M］. 上海：上海三联书店，2015：72.

的、特定的、能引起注意的、显著度高的、或熟知的、相关的人、事、物来认知和命名某一地域。瓯江流域转喻命名的地名特别多，它们都是与形地、物地、人地、事地相关的命名。其中，与人、事相关的大多是一些人物掌故、历史故事或传说。历史上永嘉郡范围主要在瓯江流域，郡府及各县府皆山水相依。从晋明帝太宁元年（323）分临海郡置永嘉郡以来，"永嘉"一名已有1800多年历史。此名拥有美好的意思。永者，长也；嘉者，美也。两者合起来意为"水长而美"。永嘉素有"山水城郡"之美誉。瓯江流域地跨丽水、金华、温州、台州4个地市18个县（市、区）。瓯江流经龙泉、云和、丽水、青田、永嘉、瓯海、鹿城、龙湾8个县（市、区）。它的干流长380多公里，流域面积1.8万多平方公里，主要支流有小溪、松阴溪、好溪、宣平溪、小安溪、楠溪江、乌牛溪等几十条。故瓯江流域大量的地名，直接以江河湖溪之水名为名或与水密切相关的坑、源、湾、潭、洲、滩、泉、井、湖、塘、埠、渡、口等为通名定名，或者直接借某山之名为名或与山相关的岭、岱、岗、峰、尖、岙等为通名定名，或者直接以物产，植物（如莲都、碧莲），动物（如鹤城、乌牛、南白象、鹿城），自然景物，建筑物等为通名定名。① 地名反映出该地独特的地理位置、悠久的历史文化，甚至所包含的美好寓意。

　　"流域轴线的稳定，是瓯江山水诗路的重要特征。"② 瓯江山水诗路以瓯江这条大动脉为主干，以瓯江领域为重要的覆盖范围。温州市境内的飞云江、鳌江并不属于瓯江水系，但两江也都是瓯江山水诗路体系当中的重要组成部分。飞云江，古称安阳江、安固江、罗阳江、瑞安江、飞云渡等，是瑞安市的母亲河。该江发源于景宁畲族自治县洞宫山白云尖，自西向东流经泰顺、文成二县，在瑞安市城关镇东南上望镇新村入东海。干流长约200公里，落差达1200米，平均坡降达5.7%，流域面积超3700平方公里。中、上游坡降较大，滩多水急，水力资源丰富。下游流经冲积平原，两岸为滨海平原水网地区，左（北）岸温瑞塘河（瑞安部分）和右（南）岸瑞平塘河的雨洪亦排入飞云江。江口外滩涂发育，约有30万亩海涂。河流发育受地质构造的制约，沿华夏式断裂线流向，为西向东流，又因受纵横断裂影响，支流多构成羽状水系，左右两岸流域面积不相对称，一般南岸支流较短小，大部支流发

---

① 刘美娟，陈小珍. 瓯江流域地名命名理据试析［J］. 中国地名，2020（1）：20-23.

② 陈凯. 瓯江山水诗路的文学地理形态与演变［J］. 温州职业技术学院学报，2020（4）：77.

育在北岸。瑞安境内支流主要有漈门溪等13条，渡口以城郊的飞云渡最为著名。宋代林景熙《飞云渡》云："人烟荒县少，澹澹隔秋阴。帆影分南北，潮声变古今。断峰僧塔远，初日海门深。小立芦风起，乘槎动客心。"此渡临近东海，自古以来就是南北交通的要津。鳌江，古称始阳江、横阳江、钱仓江等，发源于文成县境内。干流主要在平阳县境内，全长80多公里。支流分南、北两支，最大支流横阳支江在苍南县境内。鳌江之水贯穿了南雁荡山整个景区。该景区整体自然景观突出地表现为"秀溪、幽洞、奇峰、石垒、银瀑、景岩"的"南雁六胜"，且融自然景观洞、峰、溪、瀑等和宗教文化于一体。元代陆文圭《宾月亭记》有赞："永嘉山水甲东浙，而南雁荡占胜处第一。山据平阳邑南，林壑幽秘，源洞纡缜，众峰崚岈，互相吞噬，岿然出奇者三十有六。"①

飞云江、鳌江独流入海，两江与瓯江形如"川"字烙印在浙南大地上。纵贯南北的塘河则起到了连接三大水系的作用。塘河分温瑞、瑞平两段。瑞平段跨越瑞安、平阳，覆盖两县（市）诸多乡镇，主要承担防洪、排涝、蓄水灌溉、排污等任务，同时起着水上交通、生态调节的作用。瑞平塘河流域地灵人杰，沿岸则是鱼米之乡和风光之域。直穿瑞安江的塘河，历史上又是浙闽之间的重要通道。如宋代陆游赴任福州府宁德县主簿，便是经行此道。他在返归经温州途中还写下了《戏题江心寺僧房壁》《泛瑞安江风涛贴然》《平阳驿舍梅花》《自来福州，诗酒殆废。北归，始稍稍复饮。至永嘉、栝苍，无日不醉，诗亦屡作，此事不可不记也》等诗多首。

二、瓯江故事

瓯江流淌着无数优美、生动的故事。故事者，前人之言也。所谓"整齐其世传"（《史记·太史公自序》），就是说先有流传，后经世人记录整理而成故事。瓯江流域是瓯江故事的发源地。山水古迹、民俗习惯、乡土特产，这些风物以及各种人物、史事等构成了瓯江故事的题材，也正是这些成就了瓯江故事极具特色的地域特征和浓郁的乡土气息。瓯江流域流传着上古神话皇帝飞升鼎湖峰、春秋时期欧冶子铸剑龙泉、秦汉时期建立东瓯古国等故事。汉、晋时期浮丘伯、梅福、郭璞、葛洪等隐士，南朝谢灵运等太守，唐代以

---

① 转引自（清）孙衣言. 瓯海轶闻：下 [M]. 张如元，校笺. 上海：上海社会科学院出版社，2005：1405.

来孟浩然、李阳冰、刘基等诗家名人都留下事迹或足迹。括苍山、雁荡山等名山和温州、处州、松阳、龙泉等古城也均有各种传说流传。温润丽秀，山水传奇，瓯江传说故事赋予了这片土地神秘而诗意的色彩。以下就瓯江山水传说、人物传说及民间信仰略作介绍。

（一）山水传说

瓯江山水传说是关于瓯江山水的解释性故事，有其独特的历史渊源与故事类型。这些故事主要与名山联系在一起，故这里着重讲述龙泉山、吹台山、卯山和洞天福地等一批名山的故事。龙泉山，在今龙泉市境内。相传春秋时期欧冶子受越王之命铸剑，至闽、浙一带遍寻适宜铸剑之处。《越绝书》载："欧冶子、干将凿茨山，泄其溪，取铁英，作为铁剑三枚，一曰'龙渊'，二曰'泰阿'，三曰'工布'。"① 龙渊，因避唐高祖李渊的名讳而改为龙泉，即龙泉市之名的来源。今龙泉城南的秦溪山、剑池湖作为欧冶子在龙泉铸剑的遗迹而保存下来。吹台山，在今温州瓯海区境内，相传是王子晋吹笙之地。王子晋，周灵王之子，好音乐，吹箫如凤吟凰鸣，成仙后跨鹤来过东瓯。传说之地还有今乐清市境内两处，分别是在城西郊的萧台山和大荆镇仙溪一带。相关的诗作，宋代有两首。其一，刘克庄《王子晋》："宿有骖鸾约，飘然溯碧霄。不为君主卬，却伴女吹箫。"其二，杨蟠《吹笙台》："子晋吹笙已寂寥，旧台犹枕斗城腰。"卯山，在今松阳县境内，是唐代著名道士叶法善修炼之所，至今仍保存遗迹，现已被辟为国家森林公园。

瓯江山水形胜，界山濒海，是道家之圣地。这里有洞天福地5处，包括华盖山、仙都山、青田山小洞天3处，大若岩、三皇井福地2处。另有福地1处，即飞云江畔的陶山，这里一并介绍。华盖山，亦称东山，在今温州鹿城区境内。遥望此山，形如华盖，故名。元代许谦《华盖山》云："群山如斗形，华盖气独壮。奋身地势高，目极天宇旷。周回万象澄，一一来献状。中江漾孤屿，濒海横叠嶂。楼台市中居，棋列相背向。"仙都山，在缙云县境内，相传轩辕黄帝在此铸鼎炼丹、觞敬百神、驾龙升天、坠须生天。这里是"南方黄帝文化内涵最丰富、遗迹最多的地方，是南方黄帝文化的辐射地"②。唐代白居易《咏鼎湖峰》云："黄帝旌旗去不回，片云孤石独崔嵬。有时风激

---

① （东汉）袁康，（东汉）吴平．越绝书［M］．徐儒宗，点校．杭州：浙江古籍出版社，2013：70.
② 袁占钊．处州文化史［M］．杭州：浙江古籍出版社，2010：25.

鼎湖浪，散作晴天雨点来。"宋代王十朋《游仙都》云："皇都仙客入仙都，厌看西湖看鼎湖。"青田山，又名大鹤山，在今青田县境内，传说有一对白鹤年年到此育雏，故名。古时候有道士在此修道，后来骑鹤升天了。鹤也是青田山的物产。南朝梁元帝萧绎《鸳鸯赋》云："青田之鹤，昼夜俱飞。"唐代杜甫《秋日夔府咏怀奉寄郑监李宾客一百韵》云："马来皆汗血，鹤唳必青田。"明代刘伯温在学道青田山时似乎就满怀着"身骑青田鹤，去采青田芝"（《二鬼》）的期盼，最后儒道双修。大若岩，在今永嘉县境内。此处最大石洞陶公洞，相传为上古神鸟所啄，因南朝陶弘景在此隐修而得名。三皇井，在今瓯海区境内。相传伏羲、神农、女娲三皇凿井于仙岩山。自南朝谢灵运作诗《舟向仙岩寻三皇井仙迹》以来，到此寻仙访迹者众多。唐代有两篇《仙岩铭》盛赞此地。一篇是姚揆刻于翠微岭崖壁上的题刻："维仙之居，既清且虚。一泉一石，可诗可图。"① 另一篇是司空图题仙岩寺的碑铭："岩之巅，森戟镵天，中宅灵仙。岩之瀑，风斡洞壑，地涌山凿。越之裔，瓯之隅，人逸而腴。某其师，某其牧，寺圮而复。"② 陶山，原称屿山，传陶弘景在此采药、炼丹、行医、著书。陶公辟地种药，以药草为民驱疫疗疾。自此地方百姓每逢端午，便用陶公所教的药草煮粽，以防病健身。今人陈志岁有诗《端午陶山品粽》赞之："五日山村鲜角粽，褪绳解箬气犹温。淡黄应渍陶公草，膏饭舌翻香阵喷。"

（二）人物传说

正如刘景晨《大若岩志》云："山水之胜，因人而显。……则人物亦因山水而传也。"③ 瓯江流域较早的历史人物传说故事，除上述已提及的王子晋、陶弘景之外，还有梅福、郭璞、葛洪、张薦等。梅福，西汉末年人，字子真，王莽时弃官，慕永嘉山水，遂居梅屿山（亦称吹台山），后世尊称吏隐真人。唐代祖咏《题韩少府水亭》云："梅福幽栖处，佳期不忘返。"郭璞，东晋人，擅长多种奇异的方术，也是游仙诗体的鼻祖，传温州古城最早由他设计。时任太守的郭璞登上西山时说：城绕山外，当聚富盛，然不免兵戈水火，若城建于山则寇不入斗，可长保安逸。于是郭璞仿照北斗星体位置，围绕诸山筑城，故又有了"斗城"一说。葛洪为东晋道士，传在南明山修道，刻"灵

① 周绍良. 全唐文新编：第5部：第1册. 长春：吉林文史出版社，2000：12923.
② 周绍良. 全唐文新编：第4部：第3册. 长春：吉林文史出版社，2000：9941.
③ 刘景晨. 刘景晨集 [M]. 卢礼阳，李康化，编注. 上海：上海社会科学院出版社，2006：54.

崇"两大字于崖壁上，至今保留。这处位于丽水市莲都区城南的名山，摩崖石刻众多，还有宋代沈括、米芾等众多名人的真迹。丹崖石梁、寺阁亭台、清泉绿林，此乃幽静胜地。清代处州知府伊汤安《南明山》云："荷香僧院静，泉响石梁幽。古洞夸仙迹，虚亭豁远眸。"乐清，古称乐成，又称"张文君入竹之乡"。张文君，名鹰，字子雁，东晋乐成县民，隐居于丹霞山麓（今乐成镇金溪村境内），平素修道颐志，以炼丹为事，后骑鹿出游，不知所终。传永嘉郡守王羲之慕名前往拜访之，却避入家旁竹林中不与相见。南朝郑缉之《永嘉郡记》有载其事迹，称之"竹中高士"。

　　"隐吏逢梅福，看山忆谢公。"（［唐］杜甫《送裴二虬作尉永嘉》）瓯江山水佳地，人杰地灵，自古以来途歌者代不乏人。永嘉郡北据瓯江，山水相依，素有山水城郡之美誉。据明代弘治《温州府志·卷八》记载，南朝永嘉郡太守共有20位：谢毅、王羲之、孙绰、蔡邵、谢铁、刘怀之、司马逸、骆球、谢灵运、裴松之、颜延之、檀道鸾、沈景德、王瞻、王彬、庾昙隆、范述曾、丘迟、虞权、毛喜。其中，丘迟是南朝文学家，诗文辞采逸丽，情理兼备，尤擅作诗。天监三年（504）出任永嘉郡守后，提倡农桑，重视教化，崇尚俭约富民，这些在他的《永嘉郡教》中得到集中体现。王羲之出身世族大家，是东晋书法家、文学家，其《兰亭集序》被誉为"天下第一行书"，后世尊称为"书圣"。他在东晋穆帝永和三年（347）出任永嘉太守，勤政为民，并留下诸多逸事遗迹。唐代刘言史《右军墨池》云："永嘉人事尽归空，逸少遗居蔓草中。至今池水涵余墨，犹共诸泉色不同。"王羲之遗迹在温州古城的五马坊、墨池、华严石砚、富览亭等地都有保存。另外，楠溪江畔妇女洗衣用的鹅兜，据传是为了纪念他；处州境内恶溪（后改名好溪）中的"突星濑"三字，据传也是由他所写。唐代处州刺史（太守）有徐莹、李邕、张守珪、苗奉倩、季景宣、王缙、齐抗、姚骊、李繁、韦纾、李中敏、段成式等28人，他们都在这里千载扬名。唐代杜光庭，宋代陈言、范成大、何澹、吴三公、叶绍翁、张玉娘，明代刘基、汤显祖、卢镗是公认的处州十大历史名人。另外的名人，有唐代叶法善、叶适、高则诚、孙诒让，还有南宋"永嘉四灵"（徐照、徐玑、翁卷、赵师秀），宋、元、明代"雁山七贤"（北宋兵部侍郎胡彦卿、南宋状元王十朋、元代秘书监李孝光、元代列大夫朱希晦、明代礼部右侍郎谢铎、明代礼部尚书章纶、明代兵部员外郎谢省），等等。隋、唐以来，大批的商贾官宦、文人骚人，或生于瓯，或仕于瓯，或流寓于瓯，唱响于瓯越大地，有的流芳百世，留下众多动人的故事。

（三）民间信仰

瓯江山水传说总有自然地理、社会历史、民族文化心理等多方面的产生原因，且蕴含美学意义、人文意蕴、民俗意味。"山山水水的优美环境，在民间看来，似乎与仙、佛和各种地方神有关，是民间诸神活动的场所。"① 山水传说创作中把各种民间的仙、佛、山神、水神等信仰寄寓其中，这是很自然的事情。瓯江流域历史悠久，传说故事久远，以越俗较早。瓯江之"瓯"，系中原汉人的古越语"蛙"的近音，本为古越人一支的图腾，江名由此而来。瓯江下游是瓯越文化的中心区域。史载越王勾践灭吴之后分封诸王于吴、瓯、闽三地，东瓯国自此开始。东瓯王驺摇是越王无疆次子蹄的六世孙，姒姓，欧阳氏。古代温州为瓯越之地。秦统一，置闽中郡，辖闽、越各部落。汉廷封越王勾践十三世孙驺摇为东海王，都东瓯，世称东瓯王，尊为东瓯始祖。殁葬瓯浦山侧，后人几度重修其坟墓，并在华盖山西麓立庙祀之。瓯越国在浙南统治长达350多年，留下了许多越俗，对后人的生活方式产生了重要影响。这方面有两首唐诗可证。顾况《永嘉》云："东瓯传旧俗，风日江边好。何处乐神声，夷歌出烟岛。"陆龟蒙《野庙碑》云："瓯越间好事鬼，山椒水滨多淫祀。"前诗描写了永嘉江边敬神欢歌的新风，后文则反映了瓯越一带侍奉鬼神的陋俗。

瓯江流域的一种典型民间信仰是女神崇拜。女神崇拜是以女性神明崇拜为对象的民间信仰。这种文化在中国文化中根深蒂固。上古原始神话中就出现过众多光彩夺目的女性神，有太阳神羲和、月亮神嫦曦、创世神女娲、生命之神西王母、填海不息的精卫、巫山神女瑶姬，还有纺织神嫘祖、商人之祖简狄、周人之祖姜嫄、神巫女丑、洛神宓妃、湘水之神娥皇与女英、天河边的织女，等等。瓯江流域地形较闭塞、交通不便、人口分散，民众切需得到精神上的依靠。加上女神本身的美好品质，与民众的心路历程极易契合，故造成了女神信仰盛行的状况。据刘秀峰《瓯江女神》（2015年）一书所记，著名的故事有孝妇马天仙、恩泽夫人汤妙元、十四夫人陈靖姑、天妃林默娘、司雨女神柳姑婆、龙女仙娘、白龙瑞现夫人、南岩圣母、畲族女神始祖三公主、插花娘娘、女灶神，还有铁扇公主、痘疹娘娘、花街娘娘、梨花仙子、何仙姑、九天玄女、厕神紫姑、寿星麻姑、郑仙姑、郑太妃、徐夫人，等等。瓯江传统女神崇拜历经千年的发展演变，已形成了丰富、完善、规范化的崇

---

① 许豪炯.山风水韵：江南山水传说 [M].上海：文汇出版社，2012：226.

拜方式和祭祀仪式，如建祠庙、塑偶像、挂画像、设神龛、放牌位、撰文本和开展系列的民俗节日活动。而在这个过程中，文学化的改编起到了重要作用。

瓯江流域的另一种典型民间信仰是菇神崇拜。瓯江流域盛产水稻等作物，但山多田少，地瘠民贫，唯长于种香菇一业。香菇，又名香蕈，形如伞，味鲜，是一种名贵的山珍，还具有益胃助食的药用价值。瓯江上游的庆元县号称"香菇之乡"，种菇历史有900多年。相传南宋初庆元人吴三公创制出"砍花法""惊覃术"等人工栽培香菇的技术，提高了香菇的产量，并经常以降龙伏虎之精神鼓励菇民与天奋斗，从而成了菇民们的领袖人物。历代菇民感念吴三公的功德，集资在五大堡乡松源溪畔蝶建造了寺庙，俗称西洋殿（原名吴判府庙、松源殿）。自此之后，吴三公就被神化为"菇神"。刘伯温（祖籍青田县南田乡，今属文成县）奏请明太祖以种香菇为龙、庆、景三县之专利，他县人不得经营此业。现菇乡各大小菇神庙中均有"朱皇亲封龙庆景，国师讨来做香菇"的对联。菇神崇拜在庆元民间是一种十分普遍的现象，包括设神位，建神庙，举行祭祀、庙会等各种表现形式。庆元的菇神崇拜具有鲜明的本土特色。就菇神而言，它是菇民自发信仰的土生土长的历史人物吴三公、刘伯温，在历史发展过程中又纳入了五显神、太上老君等道教人物，因此是多个的，具有多重的神性。这种局限于庆元县域的民间信仰，能够发挥凝聚人心的功能和维护社会道德的作用，还孕育出像"二都戏"这样的地方戏种。此种菇民戏，除用以朝拜菇神之外，还可以满足菇民们的休闲娱乐需要，起着丰富文化生活的重要意义。①

三、山水诗摇篮

"洵美东瓯地，由来谢客娱。"（［清］朱彝尊《永嘉除日述怀》）瓯江流域的传说故事具有十分浓厚的地域特征，它们的形成离不开瓯江山水的滋养。而瓯江山水为人所知，实际上与谢灵运的永嘉山水诗创作分不开。偏隅一方的永嘉之地，因谢灵运的到来而别开生面——把永嘉山水自然景象纳入文学创作中，使得永嘉成为中国山水诗的发源地。"他的山水诗如同顾恺之的某些画一样，都只是一种概念性的描述，缺乏个性和情感。然而通过这种描述，

---

①　吴珍珍.浙南庆元县域菇神崇拜现象及其历史文化特征浅析［J］.史志学刊，2014（5）：119-122.

文学形式自身却积累、创造了格律、语汇、修辞、音韵上的种种财富，给后世提供了资料和借鉴。"① 谢灵运和他的永嘉山水诗，在谢灵运之后又不断被作为典故、意象用及，从而形成了独特的"谢灵运现象"。谢灵运之后，慕谢、咏谢、拟谢诗不绝，永嘉山水之美名也随之得以不断外传。谢灵运的永嘉山水诗是古代瓯江山水文学艺术的高峰，"对于温州地域内的诗歌创作，以及历史上有关温州题材的诗歌作品，可以说是具有母题的性质，也可以说是温州诗歌史最基本的元素之一"②。瓯江山水诗路的形成，正与谢灵运山水诗的传统具有直接关系。

（一）模范"永嘉山水"

谢灵运的永嘉山水诗是在他出守永嘉期间所创作。《南史·谢灵运传》载："郡有名山水，灵运素所爱好。出守既不得志，遂肆意游遨，遍历诸县，动逾旬朔。理人听讼，不复关怀，所至辄为诗咏以致其意。"③ 永初三年（422）七月，谢灵运离开金陵（今南京），途中枉道过始宁县（今绍兴市上虞区、嵊州市交界一带），这里有他父亲、祖父的旧宅和别墅，然后经富春江转婺处古道，顺瓯江而下抵达永嘉郡城（今温州市区），但翌年秋便托病辞官离开。如此算来，谢灵运在永嘉仅约 1 年时间。从《永初三年七月十六日之郡初发都》《邻里相送方山》到《北亭与吏民别》《初去郡》《归辞赋》，这一组诗完整地保存了这次永嘉之行的始终。"凡永嘉山水，游历殆遍。"④ 谢灵运在任上足迹遍及范围较广，登过孤屿、池上楼（在今温州城区），东经界田亩至海口（在今乐清市），东北至白石岩（在今乐清市），北至绿嶂山、石室山（均在今永嘉县），南至仙岩、岭门山、帆海（均在今瑞安市），西至石鼓山（在今永嘉县），等等。这些从留下的《登永嘉绿嶂山》《游岭门山》《登池上楼》《东山望海》《石室山》《登上成石鼓山》《过白岸亭》《游赤石进帆海》《舟向仙岩寻三皇井仙迹》《游南亭》《登江中孤屿》《过瞿溪山饭僧》等二三十首诗中可以见出。

谢灵运的永嘉山水诗具有原创性。在谢灵运来到永嘉之前，永嘉山水已有一定的名声，只是没有一位诗人能够像他那样进行模范。谢灵运将创作现

① 李泽厚. 美的历程［M］. 北京：生活·读书·新知三联书店，2014：102.

② 钱志熙. 谢客去后的永嘉山水：从地域文学经典的角度论谢灵运温州诗风中的传承［C］//《第二届江南文化论坛》论文集. 上海：上海师范大学，2013：81.

③ （唐）李延寿. 南史［M］. 周国林，等，校点. 长沙：岳麓书社，1998：310.

④ （宋）沈括. 梦溪笔谈［M］. 金良年，校注. 北京：中华书局，2017：182.

场置于山水之间，且有意识地将审美的重点放在行游的过程中，寻求一种"在场感"。这种特点，从那些诗题名称当中就能够反映出来，如多用"游""登""望""过"等表示过程的动词。谢灵运的永嘉山水诗也带有很强的标识性，此中包含了大量的地理、地名信息。那些地名，都是真实的名称，虚构的几乎没有，尽管我们无法一一证实，但是许多仍有遗迹可循。在今天的温州城区、永嘉县境内尚有康乐坊、竹马坊、五马街、谢池巷、谢公池、池上楼、西堂、谢公村、飞霞洞、谢客岩、西射堂、谢公楼、谢公堂、谢公岭、白岸亭、北亭、南亭、读书斋、五谢祠、谢康乐祠、澄鲜阁、怀谢亭、东山堂、谢客亭等遗迹20多处。另外，谢灵运作为太守自然要尽本职之事。明代弘治《温州府志》将其置于"名宦"之列："谢灵运，性颖异，文擅江左第一。为永嘉守，常以德惠及民。居西堂，梦弟惠连，得'池塘生春草'句，大以为工，有《行田》《种桑》《与吏民别》等诗。今有谢公亭、梦草堂、谢岩、谢步及康乐坊之名，皆民所不能忘者。"① 原创性、标识性，还有太守和诗人双重身份的加持，这些无疑使得谢灵运的永嘉山水诗更具魅力，而永嘉山水亦因谢灵运的模范而更具有诗意和吸引力。

（二）延续"谢康乐体"

谢灵运的永嘉山水诗是中国山水诗创作的真正开端。正如清代王士禛指出的，南朝宋齐以下"率以康乐为宗"，至于唐代王维、孟浩然等为代表的山水诗派也是"滥觞于康乐"。② 山水诗从玄言诗发展而来。谢灵运摆脱了玄言的羁绊，真正把山水作为审美对象。谢灵运之后，尤其是唐代以来，山水田园诗创作成风，很大程度受到谢诗诗风的影响。唐代诗人普遍具有一种康乐情结，甚至怀着膜拜的心情来永嘉打卡。开元年间张子容被贬为温州乐成县尉，其间写下了《春江花月夜二首》《除夜乐城逢孟浩然》《泛永嘉江日暮回舟》《永嘉即事寄赣县袁少府瓘王》《乐城岁日赠孟浩然》《永嘉作》《送孟浩然归襄阳二首》《贬乐城尉日作》《自乐城赴永嘉，枉路泛白湖，寄松阳李少府》等诗。与张子容曾同隐鹿门山（在今湖北襄阳）、交友颇深的孟浩然，也慕名来到永嘉，并留下《宿永嘉江寄山阴崔少府国辅》《永嘉别张子容》《永嘉上浦馆逢张八子容》《除夜乐城逢张少府》《岁除夜会乐城张少府宅》《陪

---

① （明）王瓒，（明）蔡芳．弘治温州府志［M］．胡珠生，校注．上海：上海社会科学院出版社，2006：165-166.

② （清）王士禛．带经堂诗话：上［M］．张宗柟，纂集；戴鸿森，校点．北京：人民文学出版社，1982：115.

张丞相祠紫盖山，途经玉泉寺》《初年乐城馆中卧疾怀归作》等诗。李白、杜甫虽然没有到过永嘉，但是都把谢灵运当成了创作的灵感和借鉴，毫不吝啬地表达自己对谢灵运的倾心和仰慕。诸如"谢客""康乐""谢公"等名，出现在李白的《梦游天姥吟留别》《劳劳亭歌》《与谢良辅游泾川陵岩寺》《春夜宴从弟桃李园序》《早夏于将军叔宅与诸昆季送傅八之江南序》《游谢氏山亭》等诗文中。特别是《与周刚清溪玉镜潭宴别》一诗云："康乐上官去，永嘉游石门。江亭有孤屿，千载迹犹存。……兴与谢公合，文因周子论……"杜甫亦有诗《送裴二虬作尉永嘉》："孤屿亭何处？天涯水气中。故人官就此，绝与谁同？隐吏寻梅福，游山忆谢公。扁舟吾已僦，把钓待秋风。"无论是张子容与孟浩然，还是李白与杜甫，唐代诗人都无不表现出向谢灵运致敬之意。咏谢，堪称是瓯江山水诗中经久不衰的主题。

谢灵运的山水诗以其独特的诗风产生了重大影响，以至成为后人效仿的对象。谢诗长于描绘山水景物，讲求对偶、琢句，语言风格清丽，别成一体。所谓"谢康乐体"（［唐］姚思廉《梁书·文学传下·伏挺》）、"谢体"（［宋］严羽《沧浪诗话·诗体》）都是指谢灵运的诗。谢体，又称大谢体，它是相对小谢体而言的。大谢体就是以谢灵运为代表的沉厚典重的风格，善写深秀奇险之景；而小谢体就是以谢眺为代表的清新秀丽的风格，善写淡远平矿之景。谢体，又是相对陶体而言的。古代诗论家往往将谢灵运、陶渊明并称"陶谢"，认为两人虽然都以描绘自然景物而著称，但是在艺术风格上有区别，如"康乐之诗精工、渊明之诗质而自然"①。从这两方面看，谢诗犹如一面镜子，起着参照作用，故在南朝以来至唐、宋的山水诗史上具有重要地位。宋代以后，谢诗仍然受到尊重，拟谢诗就是这种表现之一。相关的拟作，明代有朱均和《石门山观用康乐登最高顶韵》、梁以壮《拟谢康乐游永嘉山水》，清代有李元度《又拟谢康乐石壁精舍还湖中作》、吴乃伊《拟谢灵运游南亭》、沈铎《拟谢康乐游山》、杨锐《读谢康乐游览诗拟作八首》、黄周星《拟谢康乐南楼中望所迟客》，等等。总之，谢诗在后人看来具有典范意义，它是一种值得学习的诗体。通过效仿谢诗，诗人将主体精神带入像谢灵运所创造的山水世界，可以借永嘉景观表达其与谢灵运相似的"生命之感、时光之叹"。诗人通过永嘉景观产生的"情感共振"，体现出超越地域的情感风格

---

① （南宋）严羽. 沧浪诗话［M］. 普慧，等，评注. 北京：中华书局，2014：111.

的一致性，而这种情感风格也是超时间性的。①

（三）媲美"剡中山水"

诗因得山水灵性而造作，山水凭借诗作传播而增辉。谢灵运之后，"永嘉山水"作为一个完整的意象出现在后人诗作中。唐代庾光先《奉和刘采访缙云南岭作》云："百越城池枕海圻，永嘉山水复相依。悬劳弱筱垂清浅，宿雨朝暾和翠微。鸟讶山经传不尽，花随月令数仍稀。幸陪谢客题诗句，谁与王孙此地归。"宋代苏东坡《寄题兴州晁太守新开古东池》云："百亩新池傍郭斜，居人行乐路人夸。自言官长如灵运，能使江山似永嘉。纵饮座中遗白帢，幽寻尽处见桃花。不堪山鸟号归去，长遣工孙苦忆家。"明代袁华《高则诚录事》云："永嘉山水郡，燕服帝山州。献赋长杨内，从军沧海头。阿戎终放旷，小杜最风流。花满西泠路，烟波渺白鸥。"正是倚谢灵运之名，永嘉山水得以不断成为后人吟咏的对象，甚至成为经典的意象和优美山水的代名词。凡一地美的山水，或可以"永嘉山水"喻之。永嘉的地理特征是永嘉山水诗兴盛的起点。与其他地方的山水相比，永嘉山水更是以"灵秀"著称。自清代沈德潜《说诗晬语》提出"游山诗"见解以来，照着此说的同代人有不少。如陈仅《竹林答问》云："游山水者，秦、蜀诗学杜老，江、浙诗学康乐，滇、粤诗学仪曹，边塞诗学嘉州。"② 又如施补华《岘佣说诗》云："入蜀诸诗，须玩其镂刻山水，于谢康乐外另辟一境。"③ 谢灵运永嘉山水诗"主灵秀"的论调，已成为中国山水诗重要的诗学、美学传统。

南朝陶弘景的《答谢中书书》盛赞美在山水的江南，称之"欲界之仙都"，且认为"自康乐以来未复有能与其奇者"。④ 作为江南山水的一部分，永嘉山水经过谢灵运等南朝文人的书写而变得更富奇美。永嘉地处江南，是瓯越之地，又是浙东区域。浙东山水之美，又以越中、剡中的山水之美为代表。"越中山海高且深，兴来无处不登临"（［唐］宋之问《桂州三月三日》）；"夫越地称山水之乡，辕门当节钺之重。进可以自荐求试，退可以闲

① 王玉林. 永嘉：文化地理符号与清代谢灵运诗歌的经典化［J］. 洛阳理工学院学报（社会科学版），2022（3）：66-70.

② （清）陈仅. 继雅堂集校注［M］. 郑继猛，等，校注. 西安：陕西人民教育出版社，2016：864.

③ （清）施补华. 施补华集：下［M］. 杨国成，点校. 杭州：浙江古籍出版社，2018：574.

④ （清）许梿. 六朝文洁［M］. 沈泓，汪政，注. 杭州：浙江古籍出版社，2017：184.

居保和。……岂徒尝镜水之鱼，宿耶溪之月而已"（［唐］皇甫湜《送陆鸿渐赴越序》）。在唐代文人眼中，永嘉山水又能与剡中山水相媲美。赵嘏《送张又新除温州》云："东晋江山称永嘉，莫辞红旆向天涯。凝弦夜醉松亭月，歇马晓寻溪寺花。地与剡川分水石，境将蓬岛共烟霞。却愁明诏征非晚，不得秋来见海槎。"此诗名中的张又新，系开成年间温州刺史。他在任上广泛游历永嘉郡各地，写下诸多的咏景物绝句，可以说是自谢灵运之后大规模的以永嘉山水风物为主题的诗歌创作。相关诗作，有《行田诗》《罗浮山》《青障山》《中界山》《帆游山》《华盖山》《吹台山》《青岙山》《谢池》《孤屿》《春草池》《题常云峰》《郭公山》《大罗山》《白鹤山》《百里芳》，等等。在他的诗中，"谢公"（如《谢池》《春草池》）、"谢守"（如《白石》）等经常出现，从中能够见出他对谢灵运永嘉山水诗的推崇。唐代以后，这种"媲美"之言仍然延续了下来。如明代程邑《寄嵇叔子》云："永嘉山水，在越地为最。足下建节以来，继王谢之芳躅，登临所历，吟味必多，当不使山水之乐，独让古人也。"[1] 又如清代钱兆鹏《述古堂文集·游北山记》云："夫美不自美，因人而彰。以兰亭之胜、永嘉山水之奇，犹必待右军、康乐而后显，而况于丘垤乎?"[2] 可见，"永嘉山水"早已蜚声古今。永嘉，或者说瓯越之地，是真正的中国山水诗摇篮。

第二节　瓯江交通与诗路体系

"拙宦从江左，投荒更海边。山将孤屿近，水共恶溪连。地湿梅多雨，潭蒸竹起烟。未应悲晚发，炎瘴苦华年。"（［唐］张子容《永嘉作》）此诗反映了古代瓯江流域地理环境恶劣、交通极其不便的状况。温、丽是古瓯越之地，长久以来偏隅一方，远离政治中心。这里在唐代时属浙东，与越州虽然有驿道相通，但是险峻的山川阻碍了与外界的便捷联系。好在有瓯江这条大动脉的联结，可以北上进入钱塘江流域地区，东出大海到达更远的地方。在历代文人雅士眼里，瓯江流域是荒凉、险恶、瘴疠之地，同时又是别有诗意

① （清）周亮工. 尺牍新钞二集：藏弇集［M］. 乔继堂，点校. 上海：上海科学技术文献出版社，2022：143.
② 《清代诗文集汇编》编纂委员会. 清代诗文集汇编：第406册［M］. 上海：上海古籍出版社，2010：725.

之域。他们经行瓯江，以如椽之笔尽显这里灵秀的自然景观和多彩的风土人情。以瓯江这条交通要道为重点依托，以深潜着历史、人文和蕴藏着诗性因子的山水为特色，瓯江山水诗路浪漫而别致。以下先对古代瓯江的交通情况进行概述，再分别就瓯江山水诗路体系构成的主线和支线进行勾勒。

一、古道瓯江

瓯江山水诗路覆盖浙西南的丽水地区和浙南的温州地区。温州，古称永宁、永嘉、东嘉；丽水，古称括州、处州。这两个毗连的地区，历史上有一个从合到分的过程，可以从永嘉郡（县）的设立及其辖地的变化反映出来。今天的温州，辖鹿城、龙湾、瓯海、洞头、瑞安、乐清、龙港、永嘉、平阳、苍南、文成、泰顺 12 个县级行政区。其中，永嘉是一个东邻乐清（属温州市）、黄岩（属台州市），西连青田、缙云（均属丽水市），北接仙居（属台州市），南与温州市区隔江相望的温州市下辖县。永嘉作为郡名，始于东汉。越王无疆七代孙闽君摇佐汉有功，立为东瓯王，都东瓯，立为永嘉郡，辖四县，分别是永宁（今温州城区）、安固（今瑞安）、横阳（今平阳）、松阳。梁陈因之。隋开皇九年（589）改永嘉为处州，十二年（592）又改为括州，大业三年（607）复改为永嘉郡，唐武德四年（621）复立括州，仍置总管府，七年（624）改为都督府。贞观元年（627）废，天宝元年（742）改为缙云郡，乾元元年（758）复为括州。大历十四年（779）因避德宗名讳（另有星宿分野一说）又改为处州。其中，唐高宗上元二年（675）又从括州析永嘉、安固两县置温州，温州建州由此始。另外，今属丽水市的松阳县在历史上先后分属会稽郡、临海郡、永嘉郡，但后来又因处州（括州）设立而成为后者的下辖县，并一直延续下来。永嘉郡建制的变化，也正好反映了处州、温州两行政区划设立的情况。《元和郡县图志》记载，处州管县丽水、松阳、缙云、遂昌、青田、龙泉，西北至婺州 130 公里、衢州 225 公里，东北至台州 245 公里，西北至建州水路 450 公里、陆路 245 公里。处州，本为永嘉之地，东南水路至温州 135 公里。温州管县永嘉、安固、横阳、乐成，正北微西至台州 250 公里，西北至处州 135 公里，东至大海 40 公里，西南至福州水路相兼 900 公里。[①] 瓯江，如今流经龙泉市、云和县、莲都区、青田县、永嘉

---

① （唐）李吉甫. 元和郡县图志：下 [M]. 贺次君，点校. 北京：中华书局，2005：623-626.

县、鹿城区、龙湾区，流入东海。它的流域面积在丽水市最大、温州市次之。

瓯江江海相通，水路交通便利。清光绪《浙江全省舆图并水陆道里记·温州府图说》载："瓯江，为处州大溪之下流，处郡群山纠纷，高插霄汉，飞瀑奔注，汇为大溪，又合旁邑诸水，并趋永嘉，入夷出险，瀁漾渟泫，源远虽逊于浙江，而利赖或过之。"① 处州地区物产丰富，著名的如龙泉青瓷，其外运很大程度依赖瓯江这条重要的运输通道。近代以来，随着温州通商口岸的开放，外国的商人、传教士、领事官员等也陆续来到温州，并溯源而上，深入内地，从而促进了文化上的交流。瓯江流域的经济、文化等发展都离不开瓯江这条交通大动脉。据《瓯江志》记载，瓯江干流平均水深 4.7 米，通航河段可上溯至龙泉小梅镇。其中温州至温溪 40 公里，可通大型船舶；温溪至丽水 95 公里，可通小型船舶。一级支流松荫溪、宣平溪、小安溪、好溪、小溪、楠溪江平均水深也都在 3 米以上，可通舴艋船、竹筏。丽水境内的瓯江航道，除沟通丽、温二地的丽温航道之外，主要的还有丽龙（泉）航道、丽松航道、丽缙航道。丽泉航道起自丽水大水门，溯流而上，经石牛、碧湖，至大港头 26 公里，再溯流而上，经云和至龙泉，全长 117 公里。其中大港头以上段，滩多水急，险滩多。清代端木国瑚有诗："雷公游滩头，雷鼓殷滩尾。滩头响上天，滩属响地底。"丽松航道也起自大水门，溯流而上，过通济堰，至松阳西屏镇，全长 60 公里。此航道俗称松阴溪或松阳港，水大溪阔，适宜通航，旧时松阳港是瓯江上的重要码头之一。丽缙航道，即好溪航道，同样起自丽水大水门，溯好溪而上，至缙云壶镇，全长 45 公里。此外还有宣平溪航道、小安溪航道，均在瓯江上游支流，在历史上均可通竹筏、木船。② 瓯江干流、支流航道总里程达上千公里。至于下游平原地区，则是河网密布，像温瑞塘河干流长 36 公里、乐琯运河干流长 28 公里，均可通小型船舶。

瓯江沿线分布有温州、青田、丽水三大港口和大量的津渡。其中，温州港位于入海口，因腹地广阔，周围地区生产甚富而成为东海良港。这里早在战国时期就形成了原始港口的雏形，唐代时开辟了通往日本的航线，清代时被辟为通商口岸。目前已在温州古城朔门之外发现码头 9 座、沉船 2 艘，还有栈道遗迹、数以吨计的古代瓷器残片，成功再现了宋元时期温州港的繁荣景象。津渡又以处州境内居多。清代时处州有处州府括苍驿、丽水县县驿、

---

① 转引自马学强，何赤峰，姜增尧. 八百里瓯江 [M]. 北京：商务印书馆，2016：9.
② 瓯江志编纂委员会. 瓯江志 [M]. 北京：水利水电出版社，1995：50.

青田县芝田驿、缙云县县驿、缙云县丹峰驿重要水驿 5 处。清光绪《处州府志·建置制志下》载，处州境内主要渡口有 125 处。① 这些渡口又分布在处州各县。其中，丽水县境内有葛渡、洪渡、浯溪渡、南明渡、黄山渡、官桥渡、浐山渡、三港渡、好溪渡、项渡、沈渡、乌滩渡、石牛渡、均溪渡、宝定渡、石侯渡、坑口渡、资福渡、九龙渡、黄渡、西阮民渡、竹山渡、郑溪渡、使君渡、大驿渡、古竹渡 26 处；青田县境内有水南渡、上店渡、磨船渡、石郭渡、湖口渡、平堰渡、钱仓渡、油竹渡、顾溪口渡、石溪口渡、沙埠渡、大洋渡、芝溪渡、金水渡、腊口渡、古竹渡、陈宫渡、吕浦渡、白岩渡、鹤口渡、石涧渡、船寮渡、山径湾渡、乌云渡、驿川渡 25 处。

"云冉冉，草纤纤，谁家隐居山半崦。水烟寒，溪路险。半幅青帘，五里桃花店。"（［元］张可久《迎仙客·括山道中》）瓯江交通，除水道外，还包括沿江陆道以及与之连接、延伸出来的各种陆路。瓯江沿江古道是连接温、处两州并通向周边州县最重要的陆道，清代时称为永嘉官路。此古道分栝瓯、通济两部分。栝瓯古道，沿瓯江而筑，从处州经青田到温州，全长 100 多公里。通济古道，又分南道和西道。南道是从处州城到龙泉再到浦城的通闽古道，西道则是经松阳、遂昌再至衢州的通衢古道。此外，有通向婺州的括婺古道，包括梅田古道、括苍古道、稽勾古道等；还有通向台州的括台古道，包括苍岭古道、普通岭古道等。② 处州十县，古道遍布，著名的如括苍古道。这条古道，汉时始筑，唐时定为驿道并设有五云馆（又称缙云馆），明、清时列为官马大道并设有急递铺。桃花岭、却金馆村、孝子牌坊等古迹至今依然保存。温州境内的古道，除海岛地区之外，其他各县（市、区）都有不少的遗存，初略估计有 150 条。代表性的，如石垟古道（鹿城区）、天长岭古道（瓯海区）、瞿湖林源古道（瑞安市）、大会岭红枫古道（文成县）、状元岭古道（泰顺县）、芙蓉岭古道（永嘉县）、盘山古道（乐清市）、风门岭古道（平阳县）、横阳古道、挑矾古道（苍南县）。这些古道浓缩着处、温两州优美的自然景观和厚重的历史人文，更是见证了社会的发展与兴衰，对研究古代文明传播、民间交流、社会变迁、人与环境的和谐共生具有重要意义。③

瓯江是一条具有重要航运价值的航道。随着历代以来对航道的疏浚，通

---

① 余厚洪. 瓯江水运［M］. 杭州：浙江古籍出版社，2015：25-26.
② 李香珠. 处州古道［M］. 杭州：浙江古籍出版社，2011：22-35.
③ 黄以平. 温州古道［M］. 北京：中国对外翻译出版有限公司，2014：前言 2.（该丛书共 8 册，分城区、乐清、瑞安、永嘉、文成、平阳、泰顺、苍南 8 篇出版）

过陆续修筑堤堰、水库，航运能力得到有力提升，生态环境也得到有效改善。从瓯江古代交通以及相关的港渡、古道遗存情况看，瓯江的确拥有丰富的交通文化资源，这是瓯江山水诗路建设的基础和条件。以瓯江主干道为载体的主轴线，以楠溪江、温瑞塘河、小溪、好溪、宣平溪、松阴溪等支流以及乐琯运河、相关古陆道为载体的支线，共同构成了瓯江山水诗路交通网络。历代文人墨客行舟于瓯江上，流连于这里的山山水水，用笔墨书写了灵秀的自然景观与别致的人文风情。

二、瓯括诗路

瓯括诗路是瓯江山水诗路主轴部分，依托瓯江古航道及永嘉官道，串联起温州、青田、丽水、龙泉四座历史文化名城，涵盖温州市的鹿城区、永嘉县，丽水市的青田县、莲都区、云和县、龙泉市等行政区域。这条诗路自然条件优越，人文底蕴深厚，以山水文化、好川文化、船帮文化、古城文化、青瓷文化、古堰文化等为特色。"历代以来，诸多的文人墨客经过瓯括航道，触景生情，留下几多美文佳句，也赋予了八百里瓯江'诗词之路'丰富的文化内涵。"① 相关的诗词作品，南朝有谢灵运《登江中孤屿》《过白岸亭》《登石门最高顶》《夜宿石门》《登永嘉绿嶂山》《北亭与吏民别》，唐代有张子容《泛永嘉江日暮回舟》、郭密之《永嘉经谢公石门山作》、孟浩然《宿永嘉江寄山阴崔少府国辅》，宋代有陆游《瓯江遇险转安》、姜夔《水调歌头·富览亭永嘉作》，元代有宋褧《竹枝歌六首〈自温州抵处州途中作〉》，清代有阮元《自丽水县放舟至永嘉四首》、陈献同《自下河至青田舟次即景》、袁枚《坐永嘉花船渡温溪》、余永森《舟次青田》，等等。这条山水之路沿线的江心屿、石门洞、南明山、万象山、通济堰等，经历代诗人反复吟咏而成为极具标志性的诗路景观。

（一）澄鲜江心屿

"云日相辉映，空水共澄鲜。"（[南朝宋]谢灵运《登江中孤屿》）澄鲜者，清新也。江心屿，古称孤屿，素有"瓯江蓬莱"之称，是永嘉山水中一处集自然与人文于一体的清新的景观。唐代司空图《寄崔道融旅寓永嘉》云："旅寓虽难定，乘闲是胜游。碧云萧寺霁，红树谢村秋。戍鼓和潮暗，船灯照

---

① 丽水瓯江风情旅游度假区管理委员会，丽水古堰画乡开发建设管理委员会．千年港埠[M]．杭州：浙江古籍出版社，2015：27.

岛幽。诗家多滞此，风景似相留。"清代江湜《舟中望孤屿作》云："又看孤屿在中流，双塔凌波势欲浮。天与瓯江自千古，我思谢客不同游。潮平别浦帆初落，野阔孤飞鸟亦愁。蓦地乡心来一片，明朝题上孟公楼。"清人仿"西湖十景"造"孤屿十景"：春城烟雨、塔院筠风、瓯江月色、罗浮雪影、海淀朝霞、翠微残照、孟楼潮韵、海眼泉香、沙汀渔火、远浦归帆。一年四季有异，一日四时不同，江心屿坐拥不同角度的风景：春看烟雨，冬看雪影，朝赏朝霞，晚观月色，孟楼听潮韵，海眼品泉香。时过境迁，虽然有的景色已无缘欣赏，但是它的美是始终的。优美的自然风景和丰富的宗教景观、名人文化，亦自然吸引各朝各代的文人墨客驻足、流连。清代陈舜咨订修的《孤屿志》载有孤屿、龙潭、象岩、狮岩、海眼泉、琉璃泉、江心寺正殿、东塔、西塔、山门、演法堂、龙翔禅院、兴庆禅院、翠幄轩、清辉轩、浴光精舍、庵画楼、全愚堂、十力轩、谢公亭、临清亭、读书台、孟楼、澄鲜阁、海月堂、注法庵、文信国公祠、卓忠毅祠、顾瑞屏先生祠、三贤祠、陆公祠、祭田勒石、朱公祠、望江亭名胜34处，收录了南朝至明代200多位诗家文人的作品300多首。江心屿是名实相符的"诗之岛"。

（二）天开石门洞

"扁舟一夕驾春风，图画谁施景色工。怪石坐如僧入定，乱云飞似马行空。门开瀑挂书堂外，夜午潮回客梦中。此去永嘉山水窟，谢公吟兴情谁同。"（［清］陈献同《自下河至青田舟次即景》）石门洞，位于瓯江青田段，临江，旗、鼓两峰劈立，对峙如门，故有此名。石门洞是道家三十六洞天之一，是以浙东十四山水奇观著称之胜地。飞瀑从高达千余米的悬崖上倾泻而下，形若垂帘，溅如跳珠，散似银雾，此景令人神驰。相传李白曾游此地，奇赏叹绝，题诗《过石门》于壁："何年霹雳惊，云散苍崖裂。直上泻银河，万古流不竭。"后人亦有诗赞，如宋代徐照《石门瀑布》云："一派从天下，曾经李白看。千年流不尽，六月地长寒。洒木喷微沫，冲崖激怒湍。人言深碧处，常有老龙蟠。"明代名臣刘伯温曾在此地读书和隐居，今存刘文成公祠。清泉飞瀑，古迹遍陈，如此辉媚山水、绮丽风光引得前来的诗家墨客常以诗文咏颂，赞美不止。南朝谢灵运、丘迟，唐代李白、杜审言、斐士庵、郭密之、丘丹、方干，宋代王十朋、陆游、楼钥、徐照、叶适、徐玑、戴复古、林景熙，元代虞集、高明，明代汤显祖、杨文驰，清代方亨咸、朱彝尊、洪昇、袁枚、李鼎元、魏源、俞越等都曾游此并留下诗作。张钱松编著的《青田古诗词选注》（2006年）收录咏石门洞诗200多首。

（三）灵崇南明山

"灵崇"二字系南明山古代摩崖石刻，相传由晋代葛洪所书。南明山，位于大溪之畔，与丽水古城隔江相望，有幽林飞瀑、摩崖石刻，还有石梁、高阳洞、丹井、仁寿寺、献花岩、弥勒龛等诸多名胜。山上寺阁掩映于丛林，古迹隐现于悬崖，素有"括苍之胜"美誉。登山有石磴道可循。半山有峭壁，在宋代时面壁建有漱雪亭。稍上有爽气亭，俗称半山亭。山上有巨石长33余米，横架岩间，称石梁。石梁上有名人真迹。历代同题《南明山》的诗作甚多，仅在明代就有王明汲、夏浚、顾大典、边贡、卢勋、张廷登、乔因阜、王养端、侯一元、黄一鹏、叶曾、王宏祖、王应兰、何应春、周继昌、刘世懋、郑汝璧、朱葵、陆起元、皇甫汸、屠隆、龚大器、朱应钟、许国忠、文似韩、刘淑、邱云霄、叶志淑、王一中、李继韶、谢启廷、胡继升等50人题诗。① 另外，与南明山隔江相望的万象山，山径迂回，古木参天，亭阁错落其间，素称"洞天烟雨"。相关诗词作品，宋代有秦观《千秋岁》《好事近梦中作》、陆游《莺花亭》、姜夔《虞美人·烟雨楼（和范成大）》，明代有刘基《题处州翔峰阁》、汤显祖《九日登处州万象山》，等等。

（四）画乡通济堰

"雨歇村南大港头，湖光掩映夕阳楼。也能热闹如城市，六县来船并一州。"（［清］朱小塘《大港头春望》）此诗诉说着瓯江边大港头千年古埠的昔时繁华。大港头，原名双溪，是瓯江中游的水运埠头，号称"三江交汇，六邑要津"。古埠对面的通济堰，位于松阴溪上，拥有1500多年历史，始建于南朝梁武帝期间，而经宋代以来的多次整修至今依然在发挥着蓄泄作用。堰体为拱形大坝、水上立交桥，系人类建坝史上首创。2014年成功入选世界灌溉工程遗产。古堰所在的堰头村，有成片的樟树群，还有二司庙、文昌阁、石函等诸多遗迹名录。现存宋代范成大《重修通济堰规碑》等历代碑刻18方。② 如今以大港头为中心区域，包括堰头、坪地、保定等村落范围的古堰画乡是著名的4A景区。青山绿水环绕，江上白帆点点，犹如仙境，一派真山真水景象。而古街、古亭、古埠、古堰、古窑址、古村落、古樟树，错落分布，一切皆显得自然古朴。这里是绝佳的休闲旅游去处和写生创作之地，如今成

① 中共丽水市莲都区委宣传部，丽水市莲都区文学艺术界联合会．莲都古代诗词选［M］．杭州：浙江古籍出版社，2007：146-153.
② 吴志标，吴志华．瓯江古堰［M］．杭州：浙江古籍出版社，2015：40-51.

了莲都区乃至丽水市的旅游金名片。相关诗作，宋代有晁公溯《视通济堰二首》、赵汝适《括溪倚舟》，清代有吴世涵《大水渡堰头》、刘廷玑《雨后郊行》《往视通济堰过碧湖即事》《修通济堰得覃字二十四字韵》，曹抡彬《通济浮桥落成志喜》，等等。

（五）云上龙泉溪

"朝朝坐卧斗篷船，两岸青山一水悬。高屋建瓴三百里，缘篙直斗到龙泉。"（胡行之《〈丽龙舟中即事七首〉其六》）龙泉溪自大港头从西沿江而上直抵龙泉县城，全长约 160 公里。此溪发源于龙泉、庆元两县毗邻的洞宫山锅帽尖西北麓，流经龙泉、景宁、云和、莲都等县（市、区），流域面积将近 3600 平方公里，自然落差约 1100 米，平均坡降达 5.6%。[①] 注入龙泉溪的重要支流有 19 条。其中，自南向北汇入龙泉溪的有来自洞宫山脉的支流青溪（秦溪）、南窖溪、石隆溪、八都溪、横溪、桑溪、豫章溪、均溪 8 条，自北向南汇入龙泉溪的有来自仙霞岭山脉支流锦溪、岩樟溪、大贵溪、林洋溪、塔石溪、白雁溪、道太溪、安仁溪、安福溪、大石溪、武溪 11 条。历史上，作为瓯江之源的龙泉溪是"黄金水道"。龙泉青瓷是龙泉这座国家级历史文化名城的金名片。相关的诗文作品，宋代有季南寿《留槎阁记》、道通《游云庵访月上人》，元代有王毅《济川桥》，明代有叶子奇《题留槎阁二首》、端木国珊《龙泉济川桥落成五章为李巨川作》、刘基《晚同方舟上人登狮子岩》，清代有见心氏《宝溪华胜》、胡鸿基《大港头至宝定途中》，等等。

三、瓯源诗路

瓯江山水诗路，除瓯括诗路这条依托瓯江航道的主轴线外，还有依托乐琯运河、温瑞塘河、楠溪江、小溪、好溪、松溪、午溪等支流水脉的支线。由这些支流以及一些古陆道的衔接而形成的瓯江山水诗路支线，统称"瓯源诗路"。需要事先说明两点：一是雁荡山水系庞杂，很多溪流东流入乐清湾，但也有部分溪流南入瓯江，而乐琯运河起到了连接瓯、雁的作用；二是温瑞塘河，以帆游山为界，向北流入瓯江，向南汇入飞云江。为方便起见，这里把乐清（雁荡山）诗路、温瑞塘河诗路一并视作欧源诗路。

（一）奇秀雁荡

"温州雁荡山，天下奇秀。"（［宋］沈括《梦溪笔谈》）乐清诗路是一条

---

① 马学强，何赤峰，姜增尧．八百里瓯江［M］．北京：商务印书馆，2015：30.

以雁荡山为主要游览目的地的山水游线，串联起台、温两地。从温州古城出发，渡瓯江到达北岸的琯头，通过乐琯运河到达县城乐成，再经新市（今虹桥）过窑（瑶）岙岭至芙蓉驿，或经谢公岭、马鞍岭、能仁寺，过四十九盘岭（又名丹芳岭），或经白箬岭、筋竹岭，抵达大荆镇，再越盘山岭，则进入台州境内。① 特色文化主要有雁荡山文化、运河文化、诗画文化等。相关诗作，南朝有谢灵运《白石岩下径行田》《行田登海口盘屿山》，唐代有张又新《白石》、孟浩然《除夕夜乐成逢张少府》，宋代有王十朋《白石山》《过白溪》《梅溪诗》、林景熙《芙蓉山》，元代有李孝光《雁荡山》，明代有汤显祖《大龙湫》、章九义《雁湖》，清代有刘德新《乐清行田诗》、袁枚《琯头呼萝茑船渡江至永嘉》《雪后晚至琯头》《过四十九盘岭才到雁山》《过芙蓉岭》，等等。这条诗路的核心地段就是雁荡山。雁荡山，简称雁山、雁岩，素有"海上名山，寰中绝胜""东南第一山"之誉。主峰百岗尖，海拔1057米。雁荡山开山凿胜始于南北朝，兴于唐，盛于宋，文化底蕴丰厚。灵峰、灵岩、大龙湫、三折瀑、雁湖、显胜门、羊角洞、仙桥等景区分布有500多处景点，景观资源十分丰富，给人以强烈的美感和灵感，历代留下的诗词5000多首以及摩崖石刻400多处。乐清诗路，水道、陆道结合，由于穿越雁荡山这座久负盛名的名山，故亦可以称为游览雁荡山的雁荡山诗路。

（二）烟雨南塘

"半川寒日满村烟，红树青林古岸边。渔子不知何处去，渚禽飞落拗罾船。"（［宋］翁卷《南塘即事》）温瑞塘河支线是依托温瑞塘河的山水诗路。温瑞塘河位于瓯江以南、飞云江以北的温瑞平原，串联起温州、瑞安两座古城。水源主要来自"三溪"（瞿溪、雄溪、郭溪）及"两山"（大罗山、集云山）的山涧溪流，主干道长80多公里。古称南塘河，宋代傍河辟驿路，通称南塘驿路，明、清时期称七铺塘河。此塘河北起鹿城区小南门跃进桥，向南流经梧埏、白象、帆游、河口塘、塘下、莘塍、九里，再向西至瑞安市城关东门白岩桥，全长近35公里。特色文化有塘河文化、古桥文化、榕亭文化、古街（镇）文化、名人文化、宗教文化等。温瑞塘河是一条流淌千年的诗韵流芳之河，古往今来吟咏者甚多。相关诗作，南朝有谢灵运《舟向仙岩寻三皇井仙迹》《游赤石进帆海》《过瞿溪山饭僧》、谢惠连《泛南湖至石帆》，唐代有张又新《帆游山》《南塘》、崔道融《溪居即事》，宋代有杨蟠《咏永嘉》

---

① 黄以平. 温州古道·乐清篇［M］. 北京：中国对外翻译出版有限公司，2014：44-47.

《永嘉双莲桥》《南塘》、许景衡《横塘》、林曾《溪上谣》、王十朋《题宋庄》、陈傅良《作南塘记，郡守沈持要以诗来谢，次韵奉酬》《观南塘四首呈沈守》、叶适《西山》《建会昌桥》、卢方春《莲塘》《水云园池》、翁卷《南塘即事》《雁池》、薛师石《至日游湖》《宿瞿溪》《题南塘薛圃》、徐献可《南塘》，元代有郑昂《舟至南塘》、陈高《客南塘》、郑谧《舟中偶成》、张孚敬《采莲曲》《藕塘》、王激《雄溪舟中》，等等。

（三）灵域楠溪

"灵域人韬隐，为与心赏交。合欢不容言，摘芳弄寒条。"（［南朝宋］谢灵运《石宰山》）楠溪江支线是依托楠溪江的山水诗路。作为瓯江的第二大支流，楠溪江自北向南，流经今天的永嘉县中心腹地，直注瓯江，干流总长约140公里。风景优美，以水秀、岩奇、瀑多、村古、滩林多而著称，被誉为"天下第一溪"。这条诗路是历代文人墨客寻找诗魂的胜地，以山水文化、田园文化、古村落文化为特色，诗词文化底蕴十分深厚。对楠溪江山水，古人称其"莫不留连，吟辍不断，以诧其异"，今人则以"野趣天然""不掩国色""秋水筏如梦中过"表示赞叹与忘情。① 相关诗作，南朝有谢灵运《石室山》、陶弘景《题"白云山"》，唐代有张又新《罗浮山》《青嶂山》，宋代有徐照《石门庵》、谢隽伯《大烘溪》、许景亮《陶隐居祠》、潘希白《入楠溪》、桑瑜《渡江入楠溪》，元代有朱伯清《南山》《北湖》《峨眉峰》《金钟阜》《龟石洞》《屏风屿》《龙船岩》，明代有朱墨耀《金山》《飞凤山》《伏虎岩》、潘舜臣《北涧龙吟》《石洞归云》《仙观鸣钟》，清代有韩则愈《楠溪诗》《游大若岩》、朱彝尊《永嘉杂诗二十首》之《白水漈》《华严山》《雨渡永嘉江夜入楠溪》、陈遇春《赤水岩诗》《九峰山》《响山诗》《罗浮双塔》《鹤巢洞诗》、朱泉轩《珍川十绝》、朱兰轩《小源埭头十景诗》《文阁十景》、朱竹川《罗川八景》、谢天五《鹤溪十景》、陈梦鳌《泳埭头八景诗》，等等。

（四）晴川小溪

"括苍山色正江南，下有婵娟百尺潭。似与空明沉翠碧，应开倒影映晴岚。寒余洞壑尘烟渺，雨过墟原暮色含。独叹侍臣青鬓晚，春衣点染思何堪。"（［明］汤显祖《咏瓯江小溪》）小溪支线是依托小溪的山水诗路。小溪是瓯江的最大支流，发源于庆元县大毛峰山麓，源头叫杨溪，入景宁境内称毛垟港（旧称山溪），纳英川港后始称小溪，在三溪口汇入大溪。沿线支流

---

① 永嘉县政协文史委员会．楠溪江历代诗文选［M］．北京：海洋出版社，1994：3.

有左溪、黄水坑、英川港、标溪港、梧桐坑、金兰坑、大赤坑、鹤溪河、炉西坑、大顺坑、阜口源、小顺坑等。干流全长 220 多公里，其中景宁境内约 125 公里。小溪集寿宁（今福建宁德市下辖县）和庆元、龙泉、云和、景宁、文成、莲都、青田之水，贯穿景宁全境，是一条"涉及 8 县 41 个乡镇的有历史、有故事的文化长廊"①。流域内有汉代浮丘伯"溪滨岩石筑台垂钓"、唐代马夫人"倒持其伞以自载"、宋代汤夫人"显灵运木，以供国用"等传说故事。特色文化有山水文化、古渡文化、畲乡文化等。众多渡口、村埠成为旧时地方官员和本地生员们集聚、吟咏的地方。历史上许多文人墨客都曾在小溪乘船游览。相关诗作以清人的为代表，有陈啸卢《溪行》、胡述文《渡口浮槎》、胡敦淳《晚渡凌波》、严用光《库川渡》、端木国瑚《沙湾放船》、李兆光《洋滩雪浪》、钟夏涛《伞渡春涛》、许之龙《大均古渡》、严用光《外卸》，袁衔《外卸》《大常》《官渡》《金钟》《绿草》《渤海》、徐震唐《鲍岸义渡》，等等。

（五）奇绝好溪

"激箭溪湍势莫凭，飘然一叶若为乘。仰瞻青壁开天罅，斗转寒湾避石棱。巢鸟夜惊离岛树，啼猿昼怯下岩藤。此中明日寻知己，恐似龙门不易登。"（［唐］方干《自缙云赴郡，溪流百里，轻棹一发，曾不崇朝，叙事四韵，寄献段郎中》）好溪支线依托好溪②古水道，串联起处州、缙云两座古城。好溪，发源于大盘山南麓，至缙云县城后称好溪。西流而南合管溪，又溪及远近诸条涧水，经仙都山下谓之练溪，至县南入丽水市区称东港，又南入大溪，为瓯江中游重要支流。《太平御览·一七一·州郡记》引《永嘉（郡）记》载："王右军游恶溪道，叹其奇绝，遂书'突星濑'于石。"③ 好溪溪水浅清，趋途百里，随山万转，高岩壁立，两岸连云。尤其是仙都段九曲练溪，十里画廊，山水飘逸，云雾缭绕。沿线景观主要有谢公岩（又名南

---

① 周树根，张钢辉. 瓯江小溪流域水运历史与文化价值探究［EB/OL］. 丽水史志网，2022-1-28. http：//lssz. lishui. gov. cn/art/2022/3/28/art_ 1229398076_ 6737. html.

② 好溪，旧名恶溪，相传溪中多水怪。宣宗时刺史段成式有善政，水怪潜去，民谓之好溪。另外，"恶溪"是唐诗中一个重要的地理意象，但所指并非同地。如李白《送王屋山人魏万还王屋》、张籍《送蛮客》、孟浩然《寻天台山》诗中的"恶溪"，分别在处州、潮州、台州。参见胡正武. 浙东恶溪与唐诗恶溪考略［J］. 台州学院学报，2008（5）：22-26+33.

③ 政协瑞安文史资料委员会. 永嘉郡记校集本［M］. 宋维远，点注. 瑞安：瑞安市印刷总厂，1993：32.

岩、康乐岩），还有突星濑、鼎湖、洞溪村等。特色文化有山水文化、道教文化、古村落文化、诗文文化等。好溪是古代温、处通京的必经要道，历代文人墨客经过（或想象）此道的也不少。相关诗作，唐代有方干《处州洞溪》、李阳冰《恶溪铭》、李白《送王屋山人魏万还王屋》、白居易《咏鼎湖峰》，宋代有沈括《仙都》、王十朋《游仙都》，元代有令狐赤岱《好溪》、樊杞孙《练金溪》，明代有田正春《三月好溪舟中》、郑赓唐《游好溪》，清代有朱彝尊《恶溪》，等等。

（六）桃源松溪

"溪流旋绕乱峰堆，中隔群峦失溯洄。转过数峰溪复出，绿云深处一舟来。"（［清］吴世涵《〈由丽水还遂昌道中杂咏六首〉其三》）松阴溪支线依托松阴溪，串联起松阳、遂昌两座古城。松阴溪，又名松川、松溪、松阳溪，发源于遂昌境内，斜贯松阳全境，在莲都的大港头汇入大溪（瓯江），汇集了小港、十二都源等支流30多条，干流全长100多公里。这是一条诗情画意的山水之路，以田园文化最有特色。松溪沿岸一派诗意的田园景观，至今仍然保持着传统的人间风貌，被誉为"浙南桃花源"。相关诗作，唐代有王维《送缙云苗太守》、五代有贯休《唐山》，宋代有文天祥《夜起一律》、沈晦《游竹溪》《初至松阳》，明代有汤显祖《丁酉平昌迎春口占》《除夕遣囚》《平昌河桥纵囚观灯》、屠隆《含晖洞》《白马山》、郑还《梅溪春意》（《环邑十二景》之七）、方亨咸《客有为余谈松川小峨嵋、小桃源、小赤壁之胜，诗以怀之》、樊通《小桃源》，清代有蔡懋建《鹤翔仙境》、刘廷玑《由松阳至遂昌道中》、王崇铭《小槎山舟行回郡》、高焕然《塔溪绿涨》、沈昌《游小桃源》《遥望钓鱼岭》、毛斐然《郡试舟中咏秋景》，等等。

（七）风情午溪

"康乐遗踪地，言归已有期。江流富春阔，山沓括苍危。锡润飞晴霭，罗寒滤晓澌。东岩有幽石，应许折松枝。"（［宋］林逋《送僧机素还东嘉》）宣平溪支线依托宣平溪古水道，串联起处州、宣平两座古城，又是连接钱塘江、瓯江的一条重要通道。宣平溪，古称午溪，发源于武义县顶头岗，在莲都区港口村汇入瓯江，干流全长70多公里。特色文化有山水文化、畲乡文化等。相关诗作，元代有周此山《次韵午溪·植竹六首》、陈镒《次韵叶文范训导杂咏八首》，明代有沈晦《竹客岭》、项世安《竹客源二首》，清代有何逢源《午溪》，民国时期有郑如璋《宣阳八景》，等等。① 其中，莲都段最著名的景点就是以"穹窿崛起，怪伟环峙"（［明］何镗《东西岩游记》）为特点，以"奇岩怪洞、悬崖绝壁、峡谷风光和民族风情"② 为特色的东西岩景区。这里早在唐代就形成了标志性景观"十景"，即玉甄岩、水帘洞、桃花洞、将军岩、试剑岩、穿身洞、卓笔峰、牛鼻洞、清风峡、蹼头岩。相关诗作，明代有蔡希佐《游东西岩》、王在镐《曳岭》《东西岩》、郑之鳌《东西岩》、许国忠《东西岩》、金文《东西岩》、雷仁育《曳岭》、韩宗纲《东岩》、李仁灼《玉岩山》、王谦《赤石楼》，清代有祝元琨《赤石楼》、陶聘《赤石楼》、梁尚璧《东西岩十景》，等等。

第三节　江心屿文化空间的审美建构

八百里瓯江，浩浩荡荡，流入东海，沿江分布有徐家圩、七都岛、西洲岛、江心屿、灵昆岛等多座岛屿、沙洲。其中，江心屿位于瓯江下游，临近入海口，犹如一叶扁舟浮于江面，是一道别致而富有诗意的江河景观。从南朝谢灵运开始，历代文人登屿赏景，怀古赠别，题咏不绝，留下大量的佳作名篇。李震主编的《诗画江心》（2022 年）从上千首历代江心屿诗词中选取经典之作 70 多首，按照寻异、逆旅、驻跸、忠烈、禅林、雅集、丹青 7 个主题进行分类解说，以图文并茂、雅俗共赏的形式展现江心屿之美。该书以诗为证，即使是丹青部分也列举了多首诗作。在中国的著名岛屿中，像江心屿这样拥有如此厚重的诗词文化并不多见，称之为"诗之岛"实至名归。"诗之岛"的形成，不仅是历史性问题，而且是空间性问题，事关温州地域文化、瓯江山水诗路文化的当代传承和发展。以下依托江心屿历代诗词作品，着重阐述江心屿地理、宗教、休闲、城市四重文化空间的建构及其美学意义。

---

① 宣平县于明景泰三年（1452）从丽水县析出，1958 年被撤销，所属地域分别划归毗邻的莲都区、松阳县、武义县。该县建县历史长达 500 多年。武松古道，又称松宣古道，连接武义宣平和松阳县，拥有上千年的历史，是古时候通商、外出的主要官道，现已列入"浙江十大经典古道"。从宣平古城出发，涉宣平溪，过竹客岭，抵达松阳县城，长约 75 公里。竹客岭，亦名竹客山，是古代宣、松二县的分界地，而竹客溪是宣平溪的支流。

② 中共丽水市莲都区委宣传部，丽水市莲都区文学艺术界联合会. 莲都古代诗词选 ［M］. 杭州：浙江古籍出版社，2007：196.

一、"孤屿媚中川"

在瓯江山水诗路中，江心屿具有连接江、海、城的中转意义，节点位置十分特殊。称江心屿为"屿"，大概与"瓯居海中"（《山海经·海内南经》）有关。一般来说，岛屿是深入海洋、湖泊中被水域包围的陆地，面积较大的被称为岛，面积较小的则被称为屿。实际上，江心屿不在海洋中，也不在湖泊中，只不过是呈东西长、南北狭的形状，面积约 0.07 平方公里，居于瓯江中的一座小岛。宋代之前为两个小岛，后由人工填川并成一岛，从而形成了今天所见的地理形态。由自然造化和人为设计共同赋予的这一特殊情况，增添了江心屿空间想象及其审美建构的变数。"孤屿""中川""江心"这些称谓，既是依据地理条件命名的结果，又是被大量诗词佳作所描述和赞美的地理景观之特征的反映。

江心屿原始的地理形成究竟在何时已不可考，但有与之相关的传说故事。一是所谓的"沉落奇云山，浮起江心屿"。相传在今天的瓯海区和青田县交界处有一座一半在仙界、一半在凡界的奇云山。此山因遭遇倾盆大雨而沉陷，连接仙界的半爿山落到瓯江中，后来又浮起来，于是有了闻名天下的江心屿。① 二是关于飞鹏的传说。飞鹏是住在太鹤山（又称青田山，在今青田县境内）的一位石雕高手。他把雕好的"山水"顺着水势排成两道弯弯曲曲的河道，这就是瓯江的由来。而江心屿便是因"山水"破碎掉下的石屑掉进瓯江，从而形成的一块鲤鱼形小岛。② 三是老龙助清了和尚填川的故事。古时瓯江中有两个孤岛，中间称"中川"，上架木桥相通。中川下有龙潭，里面住着一条老龙。南宋时，峨眉山清了和尚来此，想在上面造一大庙，并成一岛，便设坛讲经。老龙也每天化作老人来听。清了和尚知道他是老龙所化，便施礼求教。老人向龙潭一指，忽地不见。清了和尚抓起一把土，向龙潭掷去。次日，泥土填满中川，两个岛合并，于是有了完整一体的江心屿。③ 以上三则传说故事，第一、二则纯属虚构，第三则是在历史事实基础上的想象和加工。清了，别名真歇清了，宋代蜀僧，系曹洞宗洞山系高僧，为普陀禅宗开宗第一代，后来奉诏来到江心屿主持寺院。他的事迹在有关温州府、江心屿等的

---

① 徐强．江心屿的传说［M］．成都：四川美术出版社，2018：1-5.

② 中国民间文艺研究会浙江分会．浙江风物传说［M］．杭州：浙江人民出版社，1981：101-103.

③ 姜彬．中国民间文学大辞典［M］．上海：上海文艺出版社，1992：435.

志书上均有记载，填川并岛一事确其所为。但是这则故事所说的江心屿之由来，仍是十分模糊，并未说到这个岛的最早由来，所说的都是有了岛之后所发生的变化。称为"江心屿"，实际上并非在古代，大概是民国以来的事。①

关于江心屿，明弘治《温州府志》已把它列为永嘉县之名山："孤屿，在府城北蜃江中，与城对峙，绝比金、焦之胜。东西有二峰。今有江心寺。"②清代《孤屿志》载："孤屿之名著自六朝，忠贤名迹，历久益彰，至江心寺者建于南渡，不过一佛庐而已。旧志以寺得名，称其细而遗其大，于义已非，况直曰江心，尤非核实之义，今名孤屿从乎其朔。"③此志还辑录了明代王光蕴《孤屿赋》和王叔果《江心孤屿记》两文。前文序云："中川，又名孤屿。屿东西两山，中贯川流，以水则曰中川，以山则曰孤屿。宋时有蜀僧清了室中川为址刱今寺。"④后文云："城北枕江。江之中浮大洲为孤屿，有江心寺在焉。初，屿东西两山分峙，中贯川流为龙潭，因名'中川'。川上小山，所称'孤屿'者指此。两山故并刱禅院树塔。宋时有蜀僧清了说法。相传龙化人听法，了随投土石室潭联两山，创今寺。东西相距三百余丈。"⑤从明、清时期的文献记载情况看，"孤屿"是江心屿的最早之名，"中川"则是它的别名，至于"江心"又是因"江心寺"而得名。

"孤屿"一名始见于南朝谢灵运《登江中孤屿》："江南倦历览，江北旷周旋。怀新道转迥，寻异景不延。乱流趋正绝，孤屿媚中川。云日相辉映，空水共澄鲜。表灵物莫赏，蕴真谁为传。想象昆山姿，缅邈区中缘。始信安期术，得尽养生年。"对于此诗，明代黄省曾、钟惺、谭元春、陆时雍、胡应麟、孙鑛，清代王夫之、陈祚明、何焯、沈德潜、邵长蘅、延君寿、张玉穀、方薰、方东树等皆有高度评价。如陆时雍曰："'乱流趋正绝（一作孤屿）'，此景人所不道，然言之自佳。'孤屿媚中川'，此山水赏心语，得趣既饶，故赋景自别。"（《古诗镜》）又如张玉穀曰："诗有喜得奇境意。前四，以江边游历几周，折落'怀新、寻异'，领入本题。中六，正叙绝流登屿。'云日'十字，写景清超，莫赏谁传，写出自矜得意。后四，即孤屿想到昆山仙境，

---

① 项建中. 游江心屿记 [J]. 浙江青年，1935（7）：196-198.（这是笔者所能够查询到的且较早的一篇）

② （明）王瓒，（明）蔡芳. 弘治温州府志 [M]. 胡珠生，校注. 上海：上海社会科学院出版社，2006：35.

③ （清）陈舜咨. 孤屿志：影印本 [M]. 温州：江心屿办事处，2004：15.

④ （清）陈舜咨. 孤屿志：影印本 [M]. 温州：江心屿办事处，2004：73.

⑤ （清）陈舜咨. 孤屿志：影印本 [M]. 温州：江心屿办事处，2004：340-341.

真绝尘寰，而以安期得尽长年，拓空收住，余波亦好。"(《古诗赏析》)① 此诗真实地描写了孤屿、中川、天水交际的地理景观，同时不乏空灵之意境。这种亦实亦虚的写景方法，对后人建构江心屿形象具有重要启示。

对于"孤屿"一名，也有古人认为称之"双峰"更妥。唐代张又新《改孤屿为双峰》云："碧水逶迤浮翠巘，绿萝蒙密媚晴江。不知谁与名孤屿，其实中川是一双。"宋代杨蟠《江心寺》云："孤屿今才见，元来却两峰。"明代弘治《温州府志》卷三"孤屿"条有按语："前世皆云孤屿，不知何年析为两峰。宋南渡后，蜀僧清了塞两峰之中江尽为陆地，建巨刹在上，成大丛林。"② 由此可见，自魏晋到唐，对江心屿的认知已从"孤屿"变为"双峰"。宋代之前，江心屿并非一个完整的岛屿，而是由两座山峰组成，故有"双峰"一说。而称为"孤屿"，皆因谢诗和谢灵运的名气，此言不假。其实，天下孤屿何其多，但唯瓯江中的孤屿最为人知，以至有些人把唐代孟浩然《登江中孤屿赠白云先生王迥》、韩愈《孤屿》两诗中的"孤屿"错当此处。

"中川"作为一个意象，较频繁出现在古代江心屿诗词中，有的甚至直接作为诗名。如明代张俊《中川》云："鳌极凌空亦壮哉，水晶宫殿此中开。云扶塔影随波涌，风挟潮声撼地来。落日寒蝉鸣绿树，荒亭古碣肃苍苔。凄凉留得双祠在，千古精光射斗台。"相对"孤屿"之名来说，"中川"更为模糊难辨，以致至今仍有人感叹"多少游人觅孤屿，不知何处是中川"③。那么，中川究竟在哪里？事实上，古代江心屿诗词中的"中川"，具体所指并不相同。有的是指川中，即在江河之中，谓江心屿在瓯江之中。有的是指两峰（岛）之间的河流，即原来的两座小岛，江流横贯其中，如王叔果《江心孤屿记》所言的"中贯川流为龙潭"，只是后来被填平，从此就没有了此川流。如此，"中川"从固定的地理形态演变成为特指的地理景观，从而成了"江心屿"的代称。这种变化，自然也给诗人们留下充足的想象空间。如清代赵贻瑄《孤屿媚中川》云："中川环远碧，孤屿出崚嶒。九斗分苍翠，三江镇沸腾。楼疑灵蜃幻，山似巨鳌升。岸隔埃尘绝，辉涵海宇澄。高标霄汉塔，清磬水云僧。薄幕苍茫外，荧荧见佛灯。"此诗以谢灵运诗句为题名，描写了江心屿的山水、楼塔等景观，呈现出一派清远之境。显然，此诗中的"中川"

---

① 转引自程怡. 汉魏六朝诗文赋 [M]. 上海：上海人民出版社，2017：211-213.

② （明）王瓒，（明）蔡芳. 弘治温州府志 [M]. 胡珠生，校注. 上海：上海社会科学院出版社，2006：35.

③ 叶大兵. 温州史话 [M]. 杭州：浙江人民出版社，1982：114.

又与谢诗中的"中川"不同，应是指发源于丽水山间，自西向东注入东海的瓯江。

与"孤屿""中川"相比，"江心"一名较简单、通俗，古代文人雅士亦采而用之。如宋代曹豳孙有一首"题江心"的词《贺新郎》：

> 极目天如画，水花中、涌出莲宫，翠楹璧瓦。胜境中川金焦似，勒石□□□□。尚隔浦、风烟不跨。妖蜃自降真歇手，涨平沙、妙补乾坤罅。双寺合，万僧夏。
>
> 东西塔影龙分挂。夜无云、点点一天，星斗相射。七十二滩声到海，括橹瓯帆上下。泣不为、琵琶声哑。故寝荒凉成一梦，问来鸥、去鹭无知者。烟树湿，怒涛打。①

此词勾画出一派江心屿的美景，堪称是江心屿诗词中的经典词作。历代诗家文人，写下了大量的江心屿诗文。明、清时期本籍的有志之士对这些诗文进行了搜集、整理。相关的刻本，明代有释成斌所辑的《江心志》，王叔杲、王季宣增编的《江心志》，清代有陈陛、陆之再辑的《江心志》、释元奇编集的《江心志》、陈舜咨订修的《孤屿志》。前四"志"均以"江心"为名，此名直至清代永嘉人、嘉庆六年拔贡陈舜咨订修时才改为"孤屿"。对此，清代孙诒让批曰："所编《孤屿志》以释元奇《江心志》为蓝本，因旧《志》名不雅驯，取谢灵运诗语，改题其书。"②

"孤屿""中川""江心"三名都直接标明了江心屿所在的特定位置和独特的地理特征。而谢诗中"孤屿媚中川"一句把其中两名巧妙地联结在一起，引得无数后人追捧，历代文人皆称"江心屿"为"孤屿"抑或肇始于此。无论是古代的刻本《江心志》《孤屿志》，还是今人的选本《江心屿历代题咏选》（1995 年）、《江心屿诗选》（2003 年）、《江心屿诗选百首》（2020 年）、《江心屿诗词选》（2021 年），都将此首谢诗列于"诗"卷之首，当是公认的现存最早的咏孤屿之诗。谢诗给当时籍籍无名的江心屿注入了文化基因，江心屿也因此成为历代文人墨客身心游历的胜地。唐代李白、杜甫、孟浩然，

---

① （明）姜准. 岐海琐谈 [M]. 蔡克骄，点校. 上海：上海社会科学院出版社，2002：65.

② （清）孙诒让. 温州经籍志：上 [M]. 潘猛补，校补. 上海：上海社会科学院出版社，2005：495.

宋代陆游、苏东坡等大家或神游景仰，或慕名而来，为江心屿留下了诸多传世名作。总之，自谢灵运登屿以后，历代文人墨客有关江心屿的诗词唱和不曾间断。谢灵运文化，堪称是江心屿文化的原型和重要组成部分。江心屿上至今仍保存谢公亭、澄鲜阁两处与谢灵运直接相关的景观。谢公亭是谢灵运欣赏江景之处。相传谢灵运游孤屿时，在一石亭中休憩观景，故有此称。"江亭有孤屿，千载迹犹存"（［唐］李白《与周刚青溪玉镜潭宴别》）；"孤屿亭何处，天涯水气中"（［唐］杜甫《送裴二虬作尉永嘉》），可见唐代时此亭犹在。明宣德四年（1429），谢公亭重建，温州知府何文渊作《谢公亭记》。相关诗作，有明代林彦《谢公亭诗》、王至言《谢公亭效谢体》，等等。亭因人显，人以亭传。谢公亭注定是孤屿上充满象征性的传奇风景。澄鲜阁，旧名水陆阁，始建于北宋崇宁元年（1102）。明万历十九年（1591）本籍人士王叔杲集资重修，并取谢诗中"澄鲜"二字更名之。此阁在西塔院下，距谢公亭不远，傍山临江。登阁可以俯瞰瓯江，饱览温州古城风光。相关诗作，有明代嵇宗孟《孤屿寻谢康乐遗碑吊信国文文山先生》、林宗教《登澄鲜阁》、郑世源《澄鲜阁避暑》，等等。

二、"胜绝江心寺"

江心屿居于瓯江中央，所谓"江心"是也。这处因地壳运动而造就的地理景观，数千年里它的地理空间位置并没有发生重大变化，但是由于人工改造和大量的人文活动使得其人文空间内涵不断提升，最主要体现在它的文化气质和美学意蕴方面。谢灵运《登江中孤屿》开创了江心屿文学艺术的先河，赋予了它不同于一般孤岛的独特审美价值。唐代诗僧皎然高度评价谢灵运："早岁能文，性情神澈。及通内典，心地更精，故所作诗，发皆造极。"[①] 从中亦可得知谢灵运及其诗文创作明显受到佛理的影响，此诗概莫能外。佛教因素，在唐代以来尤其是宋室南渡之后的江心屿诗词中明显得到强化。宋代僧人清了奉赵构之命来江心屿填川并岛，设坛造寺，从此江心屿景观的格局与内涵与之前大有不同。以江心寺为中心的宗教空间，包括兴建的诸多名祠，成为叠加在山水地理空间之上的人文空间，从而使得江心屿意境更为深沉邈远。

清代孙衣言《瓯海轶闻》辑录的"江心异迹""江心御塌""江心雷异"

---

① 转引自何方形. 浙江山水文学史［M］. 杭州：浙江大学出版社，2020：58.

"江心寺妖僧"等传闻均发生在江心寺内。① 江心寺是江心屿上最具代表性的宗教建筑,它的存在使得江心屿充满了某种神秘感。江心屿上有宗教建筑,可以追溯到唐代。原岛两端分别有一座小山峰,峰顶各有一座宝塔,由于东西相对峙,遂称东塔、西塔。东峰西麓原有普寂禅院(又称东塔院),西峰东麓有净信讲寺(又称西塔院),分别在唐咸通十年(869)、北宋开宝二年(969)所建造。南宋绍兴元年(1131),宋高宗赐改普寂禅院为龙翔禅寺,净信讲寺为兴庆讲寺。绍兴七年(1137),宋高宗下诏命清了禅师从普陀山来此主持两寺诸务。清了禅师见两寺隔水相望,东西相对,就亲率僧众簣土垒石,将两岛之间川流填满,使之相连,并在中川新基兴建中川寺,集三座寺院为一体。宋高宗又赐名为龙翔兴庆禅寺。由于该寺挺立于瓯江之中,故有了俗称江心寺。江心寺被尊奉为高宗道场,每年的春秋二季有京官来寺朝拜进香。南宋时的江心寺香火盛极,是南宋江南十刹之一。宋代以后800余载的沧桑历史中,江心寺废兴反复,延续至清末民初官家来寺朝拜者仍接踵而至。江心寺素传临济宗风,唐宋时远播日本、新罗(朝鲜)。唐代时慧运、圆珍,宋代时义介、义尹、绍明,元代时祖能,明代时清启,先后渡海来此寻师访道,与江心寺僧众研习教义。江心寺也曾派出大休、宗觉、子昙等僧众前往日本、新罗参学,为东亚文化交流做出了重要贡献。南宋时的江心寺宇横列数百间,巍然屹立,金碧辉煌,主要建筑有天王殿、钟鼓楼、大雄宝殿、三圣殿、方丈室、斋堂等。现存的江心寺为清乾隆五十四年(1789)重建,面积约2870平方米,保存了宋代古钟等诸多珍贵的历史文化遗物。

"北斗城池增王气,东瓯山水发清辉。"([宋]王十朋《驾幸江心次僧宗觉韵》)江心寺又因皇帝的驻跸和赐名而闻名。南宋建炎四年(1130)春,宋高宗自章安镇(今台州市椒江区章安街道)至温州港,次琯头(今属乐清市白象镇),驻水陆寺,至江心寺,后移跸郡城,驾谒天庆宫,等等。驻跸江心屿期间,金兵开始北撤,捷报频传,国安而可以赏景,于是留下御书"清辉""浴光"四字勒匾。百年之后,文天祥辗转来到江心屿并停留两月有余,留下两诗《北归宿中川寺》(又名《到温州》)和《江心寺》。《到温州》云:"万里风霜鬓已丝,飘零回首壮心悲。罗浮山下雪来未,扬子江心月照谁?只谓虎头非贵相,不图羝乳有归。乘潮一到中川寺,暗读中兴第二碑。"

---

① (清)孙衣言. 瓯海轶闻:下 [M]. 张如元,校笺. 上海:上海社会科学院出版社,2005:1529.

此诗自述漂泊年老，无心赏景，悲痛再无返宋之日，最后用了典故《中兴碑》，暗示自己坚守南宋、为国捐躯的信念。后人有"中流滚滚英雄恨，输与高僧入定回"（［宋］柴望《江心寺》）之叹。文天祥就义两百年后，明代温州知府、文天祥同宗文林提议建文天祥祠（简称文祠），后由继任者刘逊主持兴建完成。落成后刘逊有诗《题江心文丞相祠》："丞相行踪叹久遗，于今始为立新祠。一心扶宋生无愧，万里归程死不辞。敌国山河终丧去，中原伦理赖维持。非因僧寺堪容祀，想像先生过此时。"历代文人骚客途经文祠时亦无不感慨，故题诗怀之。或哀思亡国之恨，钦佩文天祥忠君殉国的精神，如"为国将身等寸丝，至今说着使人悲"（［明］何鼎《和文丞相江心寺韵》）和"一心扶宋生无愧，万里归程死不辞"（［明］刘逊《题江心文丞相祠》）；或登高怀古，感慨沧桑事变、世事浮沉，如"六朝人物眼中尽，万古江山醉后看"（［明］项澄《江心孤屿亭》）和"千载浮沉无限事，不堪更上最高台"（［明］金瓯《无题》）。文祠的兴建，使得江心屿这一地理景观的文化意义在诗学传统中完成了一次彻底的重构与升华，承载了更深刻的家国内涵。自此以文祠为中心的江心屿成了后人咏史怀古的绝佳地点，亦成为与有隐逸传统的楠溪江、佛禅渊源的雁荡山并称的"（温州）地方文学景观"。①

"胜绝江心寺，江空塔影长。潮痕剥断石，海气湿危廊。僧老秋无寐，雕寒翅有霜。英雄徐涕泗，风雨吊残阳。"（［明］杨承鲲《寄题江心寺》）宋高宗驻跸、赐书，文天祥避难于此的百年之后兴建文祠，这些历史事件、历史人物与江心屿之间形成了富有意味的关联，且经文人墨客的叙述，形塑了江心屿的文化意义。这一意义也可以从《孤屿志》所集的诗词中明显体现出来。该志以"孤屿"为名，"书中于梵宇兴废及禅宗志传，纪录特详"②。经统计，所录赋4篇、诗283首、记27篇、序8篇、杂著27篇、词（诗余）29首，共378篇（首），收录范围为南朝至明代，未辑录本朝的诗文。而所录历代的诗词，又以明代的最多，达301首（包括无题诗37首）。其中，以"江心寺"为名的有98首，约占1/3。黄立中主编的《江心屿历代题咏选》（1995年）辑谢灵运登临以来1500余年间历代诗词749首。此选本中题名有"文祠"（包括"文信国祠""文信公祠""文丞相祠""文信公庙""文相国

---

① 谢琦慧. 文化地理与诗学传统：瓯江山水诗路中的温州书写［J］. 浙江工贸职业技术学院学报，2021（3）：64-68.

② （清）孙诒让. 温州经籍志：上［M］. 潘猛补，校补. 上海：上海社会科学院出版社，2005：495.

祠""文信国公祠""先信国公祠"等）的 120 首，其他明显具有歌颂文天祥忠节意涵的 133 首，两者共计 253 首。在诗家文人的笔下，江心屿不再只是一个风光秀丽、修行问禅的小岛，而是具有了更浓厚的历史、更悲壮的色彩、更凛冽的气质的"千古忠义宅灵之地"。江心屿祠宇林立，除文祠之外，还有明代陆问礼、顾锡畴、卓敬，清代朱衮、秦瀛、李銮宣等人的祠（或像）。这些祠宇的兴建，尤其是本籍忠义之士的卓敬之祠移建于文祠之右，强化了文祠存在的道德意义。后人亦把文、卓二祠合称为"双祠""双忠祠"或"两贤祠"，成了纪念英雄、弘扬忠义精神的重要场所。如此，江心屿被缔造成了具有仪式化色彩的"神圣孤屿"。①

三、"此是清凉界"

江心屿是"诗之岛""佛之屿"，也是"闲之境"。古代江心屿诗词中，以"登""题""过""观""游""还""宿""寓""饮"为题名较普遍，体现出一种明显的休闲意味。中国古人崇尚游艺、隐逸、闲赏，热衷追求闲雅的生活艺术和精神世界。这种特点反映出古人重视天人合一、与自然环境和谐共在的休闲空间理念，表明了中国文化具有一种深刻的闲情内在。② 江心屿是一处绝佳的休闲胜地。这里拥有秀美的地理风光、别具一格的建筑和园林景观，休闲资源十分丰富。对那些文人雅士而言，江心屿是能够得到闲趣，勃发浓浓兴意诗情的休闲空间。消夏避暑、雅集聚会、潮赏月、读书静心，这些也都是他们在江心屿的主要休闲方式。

江心屿上绿树成荫，是消暑纳凉的天地。对此，明代诗人描写较多。王瓒《游江心寺》云："人说南州暖，中川夏似秋。峰孤便四望，江阔会群流。"王叔杲《江心避暑》云："追凉来古寺，露顶坐蒲团。云散诸天净，江空六月寒。丛林开雪窖，曲槛落风湍。一入清凉界，顿令心地宽。"张可元《江心寺避暑》云："水晶宫殿傍江滣，天竺携来第五轮。暑气不教侵净土，冷官且喜得仙身。松篁密阴三千界，城市遥祛十丈尘。坐看潮廻孤屿白，清凉我亦定中人。"林启亨《孤屿十景·春城烟雨》云："结夏绿筠阴，南薰披袂快。人间烦暑多，此是清凉界。"清代诗人同样有这方面的描写。郑世源

---

① 李世众. 忠义文化的地方化渠道：以温州孤屿文天祥祠的历史记忆建构为中心 [J]. 史林，2023（1）：107-110.

② 赖勤芳. 休闲美学：审美视域中的休闲研究 [M]. 北京：北京大学出版社，2016：184-197.

《澄鲜阁避暑》云："避暑虚无境，冰壶几洞天。凉飚时暂至，声出树头蝉。云拥千山画，城浮万井烟。莫嫌归棹晚，月色满中川。"林占春《中川避暑歌》云："炎夏起呼二三子，拏舟且避中川涘。脱巾不是林宗巾，曳履直同东郭履。轻飚天上起江树，泽国炎蒸归何处。地近鱼龙寒自生，塔盘鹳鹤凉还住。"徐照《赠江心寺钦上人》云："客至启幽户，笋鞋行曲廊。潮侵坐禅石，雨润读经香。古砚传人远，新篁过塔长。城中如火热，此地独清凉。"明、清诗人无不称赞江心屿这处胜地，用"清凉"二字最可以形容之。

江心屿是相谈高论、把酒言欢、彼此唱和的好地方。南宋淳熙六年（1179）夏，陈亮与众多才俊在江心屿有讨一场聚会。其《南乡子·谢永嘉诸友相饯》云："人物满东瓯，别我江心识俊游。北尽平芜南似画，中流，谁系龙骧万斛舟。"陈亮是永康学派的代表人物，与永嘉学派的郑伯熊、薛季宣、陈傅良、叶适、郑伯英、徐元德、蔡幼学、陈谦、戴溪、徐谊等人交往密切。他曾三访温州，寻讨学术思想。明万历七年（1579）春，王叔杲与同族兄弟叔本、叔懋宴集于江心屿谢公亭，并作诗纪事。其《己卯春日同诸兄弟集江心谢公亭》云："芳榭俯中川，登临意豁然。繁华一水隔，形势九山连。古树浮江动，清风拂座偏。谢公遗韵在，春草正堪怜。"此诗写登临所见，并借谢诗典故，可以见出历代吟咏江心屿的传承迢递。清康熙二十三年（1684）四月，王复礼发起江心雅集，与30位名流酬唱倾洽，并作《立夏前一日集江心寺即席分赋》。今存康世绶、陈天章、包文恒、李朝贤、郑应曾、黄芳卿、陈元书、朱宾、李焯、戴志迻、林迈涞、李象震、赵应桂等人分赋之诗。江心屿上的诗会雅集，还有清乾嘉年间乐清附贡生郑作朋发起的重阳诗会，民国十年（1921）慎社社友梅冷生、郑猷、黄光、王理孚、夏承焘等人参与的上巳雅集，等等。

江心屿视野开阔，适宜玩月兼观潮之雅事。清康熙年间的一个中秋节后，雁荡山灵岩寺住持尧南和尚（字峰岭）在江心屿组织了一场以观涛和放生为主题的雅集。邀请参加的都是温州当地的文人雅士，有府学教授金大起、府学训导胡燫，还有永嘉陈振麟、林嘉圭、陈洞发、周长潈、康应薰，瑞安林齐鉉等人。现仅存陈振麟、陈洞发、周长潈三人诗《中秋后三日，峰岭和尚招集江心观涛并为放鱼之约，即席分体分韵》。其中，陈洞发诗云："八月惊涛起，相观共惠休。卷云银汉落，喷雪玉山浮。鱼鳖随杯渡，蛟龙破浪游。诗怀何浩荡，月上海门秋。"清康熙三十九年（1700）中秋，谷诚、林元桂等一众人到江心屿玩月。林元桂作《江心玩月赋》以记其事，发出"仰挹光华，最宜秋月，近远皆浮，变幻百出，映水兮澄空，照人兮皎洁"的惊叹。历代以来，描写江心屿之月的诗甚多，宋代有杨蟠《海月堂》，明代有王光蕴《中秋过江心寺喜逢旧友玩月》、洪珠《江心听月洲上人弹琴》、林启亨《瓯江月色》、戴斌《瓯江月色》，清代有薛英《中秋集江心舫月，用王梅溪先生九日饮酒韵》、刘振瑄《游江心寺，月公留宿龙翔山房》，等等。正是江心屿独特的地理位置，更好地凝聚了时空的神奇，激发了诗人词客的超尘出世之情。宋代时期江心屿建有海月堂，明、清时期瓯江月色是作为著名的孤屿十景之一。

　　江心屿远离人间喧嚣，是读书静心的好地方。温州有重教传统，历史上涌现出多位著名的状元，如南宋徐奭、王十朋、木待问、赵建大、周坦。其中，乐清人王十朋在年方 26 时由叔父宝印大师介绍，到江心寺借了一方栖身之地备考。现江心屿上还有王十朋读书的遗迹，据说山门的"云潮"奇联（"云朝朝朝朝朝朝朝朝散，潮长长长长长长长长消"）就是出自他的手。清代曾镛，泰顺人，与江心屿也有不解之缘。其《读书孤屿》云："弱龄蹑屐下天关，千里寻奇两浙间。八载江湖双脚倦，不知孤屿胜孤山。"曾镛年轻时负笈远行，壮游天下山水，于乾隆丙申年（1776）返乡，之后在江心屿静心读书，发现江心屿才是自己向往的人间仙境。曾镛心生此念，除因江心屿宜居宜隐之外，还因在这里方便知交好友。"月夜访曾"指的就是曾镛结识永嘉名士曾唯、曾儒璋的这段佳话。曾镛曾到西湖孤山踏雪寻梅，却不知孤屿美景胜过孤山。皆知，梅林归鹤是清代"西湖十八景"之一。北宋林逋结庐于西湖孤山，以种梅养鹤、酌酒吟诗为乐。清代王复礼《孤山志》载，林逋种梅360 多株。自此，历代爱梅之士不断来此补梅，延续至今。明代李象坤《孤屿种梅序》云："梅信久杳、雪君狼藉更甚，逋仙妻跨鹤远去，迴风之舞且零落于烟波浩渺中，孤山、孤屿异调至此。今春集梅得百本，散植庵前后。"清代张岱《补孤山种梅叙》云："兹来韵友，欲步前贤，补种千梅，重修孤屿。"① 西湖孤山之孤屿，与江心屿之孤屿可相媲美。《孤屿志》云："孤屿特瓯江片壤，虽不及西湖境界之宽，而四时朝暮，风月烟霞，顾盼之间，各臻妙趣。"② 江心屿上也有种梅传统，"孤屿十景"本就是仿照"西湖十景"而来。由这些可见，两处孤屿都是清静的、可隐逸的胜地。

---

① 转引自王春亭. 历代名人与梅［M］. 济南：齐鲁书社，2014：20-24.
② （清）陈舜咨. 孤屿志：影印本［M］. 温州：江心屿办事处，2004：17.

四、"门对鹿城开"

屿以诗显，城因屿辉。瓯江上的江心屿，距南岸郡城里许，出永清门，登舟楫即可至。诚然，在温州郡城内也有不少可供休闲的山水名胜、祠庙庵观，但却很少能像江心屿那样拥有近在咫尺的体验场域。这里地理相对隔绝，气候温润，风光似画，诗卷常新，集自然、人文的景观于一体，既"超凡脱俗"，又与烟火人间只有一水之隔。历代文人用笔墨将之营造成了一个"绝比金、焦之胜"的"海天佛国""蓬莱仙境"。"因为拥有诗之魂，空灵清绝的千年孤屿，在温州乃至中国山水诗史的浩荡烟波之中独具韵味，于隔岸喧嚣繁华的都市对比明显。"①"出城何所诣，孤屿海云间"（［宋］张扩《宿温州江心寺》）；"市声非远尘难到，塔影虽双屿只孤"（［宋］许及之《酬常之换韵和江心寺诗》）；"斗杓横截江城北，殿脚长随雪浪浮"（［元］尹廷高《江心寺》）；"僧当鳌背住，门对鹿城开"（［明］王叔杲《〈江心寺四首〉其二》）；"层峦秀结水云间，前面州城后面山"（［清］焦尚奎《江心怀古》）。在历代江心屿诗词中，"城（市）"也是其中一个经常出现的意象。这提示我们在解读江心屿文化的时候，需要把江心屿与温州古城两者联系起来看待。亦唯有此，才能进一步凸显江心屿文化空间建构的现代意义。

"隔岸人家粘浪起，凌空仙塔踏云攀。"（［清］谢包京《登江中孤屿》）江心屿与郡城坊市是一种对望、对闻、对比的空间关系，在城看屿与在屿看城都别有一番心境与趣味。历史上温州是一座重要港口城市，人烟浩森，士人与过客都奔波忙碌，而江心屿这份清净、沉静与秀美因此显得格外醒目与珍贵。《宿温州江心寺》云："出城何所诣，孤屿海云中。寺影一拳石，潮声四面风。断烟迷过鸟，密叶坠丹枫。咄咄劳生梦，真成一洗空。"此诗作者张扩，字彦实，一字子微，饶州德兴（今江西德兴）人，北宋崇宁五年（1106）进士，曾任处州工曹，南渡后历中书舍人，外补两浙市舶提举。张扩说自己"劳生"，或许是因为宦途奔波而感到倦怠，故能够在江心寺感受到一份格外的恬静。江心屿犹如一处桃花源，是避世胜地，儒、释、俗皆在此演绎出自己的故事。温州民间的爱情传说高机与吴三春私奔的故事，有些场景也发生在江心屿（见各种唱本《高机与吴三春》）。

"一城仙岛外，双塔画图间。"（［宋］杨蟠《登孤屿》）温州，古称永

---

① 陈凯. 瓯江山水诗路与温州人文精神［J］. 宁波职业技术学院学报，2020（5）：105.

嘉，号称山水城郡。永嘉山水，如诗似画。论及永嘉山水画，可以追溯到魏晋南北朝时期。已知最早的作品是《永嘉屋邑图》，作者是南朝陶弘景（一说陶景真，一说宗炳）。此后，唐代张湮，元代王振鹏，明代郭纯、谢庭循、任道逊、任白等一批永嘉本籍的画家也多有创作。只可惜他们很少有大量表现永嘉山水形象的画作传世，唯王振鹏的两幅值得一提。他的长卷《江山揽胜图》以纪实性、全景式方式展现了浙东山水风情，图中瓯江、江心屿、江心寺清晰可见。他的另一幅《瀛海胜景图》的实景地，据传也在江心屿。另外为人所知的作品，有明代王昕《江心寺图》（见王圻、王思义《三才图会》），有清代汪春泉《永嘉登塔》（见完颜麟庆《鸿雪因缘图记》）、江湜《江心饯别图》、汪如渊《江心孤屿奇胜图》、杨宾《江心孤屿》、叶应宿《孤屿全图》，等等。这些作品以览胜、饯别为主题。结合史志记载与考古发现，我们可以从中了解古代江心屿景观及瓯江两岸的景致。总的来看，江心屿于何时进入画家笔下已难考证，留下的古代画作数量也十分有限。这种情况，自然无法与雁荡山水画相比。雁荡山水画在温州山水画史乃至中国山水画谱系中占据了重要位置。雁荡山在宋代以来得到开发。北宋赵宗汉《雁山叙别图》是所知的最早的雁荡画卷，此后有元代李昭、叶澄，明代李流芳、杨文骢、黄道周、谢时臣，清代王昱、钱维城等留下画作，民国以来更多。民国时期出现了游雁热潮，随之就是雁荡山游记大量出现，像蒋维乔、康有为、黄宾虹、邓春澍、吴似兰、李鸿梁、黄炎培、郁达夫、萧乾、蔡元培、李书华、周季伦、郦瓞初等一批学人都实地游览过雁荡山，并写下了游记。① 相比之下，有关江心屿的游记无论在古代还是在近代以来都不多。但是就与温州城的距离来看，雁荡山较远，而江心屿近在咫尺，几乎融为一体，更方便市民去休闲游玩。

"半江灯火东西塔，一枕风雷上下潮"（［宋］吴驲《江心寺》）；"塔灯相对影，夜夜照蛟龙。"（［宋］杨蟠《江心屿》）江心屿不但是郡城的后花园，在古代温州港江海联运的水上交通系统中也起着重要作用。屿上的双塔可提示码头位置，塔灯又可引导夜航船。双塔与温州古港遗址形成对应，从而可以让我们想象宋、元时期温州古港码头的繁华景象。古港遗址于 2021 年发现，从而填补了国内外海上丝绸之路港口类遗产的空白，成为宋、元时期

---

① 张洁，赵颖. 民国前期的学人与雁荡山：以 1912—1937 年为叙述时段［J］. 温州大学学报（社会科学版），2017（6）：101-108.

海上丝绸之路的真实历史见证。今人不见古时月，今月曾经照古人。屹立在瓯江之中的江心屿，如定海神针般的存在，在历史的变迁中从未褪色。"江山如此清辉在，人物当年逝水忙。"（［宋］梁章钜《浩然楼》）千年双塔的灯光在每一个夜晚亮起，保存和续写着这片天地中发生过的故事。江心屿灯塔已在 1997 年被国际航标协会评为世界历史文物。

"屹立中川屿，江行结斗城。"（［宋］许及之《题江心寺》）斗城、鹿城，皆是古代温州主城区的别称。温州多山，史称有斗山九座。相传晋代郭璞登温州西郭山（故又名郭公山）望诸山形似北斗，经缜密考虑，以倚江、负山、通水的原则建城，于是有了"斗城"的说法。除郭璞根据天象风水布局温州城之外，传说还有"鹿城"。相传古代温州建城时，有一只美丽的白鹿衔花奔来，把花吐在城墙上。白鹿跑过的地方，一片鸟语花香。为讨吉利，此城名便开始流传。从东瓯国、东晋以来的永嘉郡、唐代以来的温州、明代的温州府，温州古城历经了各朝各代的治理。宋、元时期的温州，已是一片繁荣景象。正如宋代杨蟠《咏永嘉》所描写："一片繁华海上头，从来唤作小杭州。水如棋局连街陌，山似屏帏绕画楼。"近代以来江南旅游业兴起，温州也成为重要的旅游目的地。《增订中国旅行指南》（民国元年创编，重印 10 多次）中的"温州"部分，罗列了从上海到温州的路程、轮船码头、轮船价、民船码头、民船价、人力车价、轿价、挑力、城门、客寓、繁盛街市、金融机关及银钱情形、工厂、大商店、饮食处、戏馆、妓馆、浴堂、理发、洗衣、电报、电话、电灯、邮政、报馆、会所、官署、警察、教育、名胜古迹、祠庙庵观、教堂、医院、慈善团、气候、著名土产等，十分详细。其中，列于祠庙庵观之首的便是"文信国公祠、卓敬公祠、陆公祠（均江心孤屿）、江心寺（朔门外孤屿）"①。游温州古城，城外的江心屿是不容错过的景点。

江心屿在温州文学史上"几可代表温州山水诗的实景之书"②。作为代表性的温州意象，它不仅在传统的诗文中呈现，而且被现代艺术演绎。电影是现代艺术，在中国也只有 120 多年的历史。自 20 世纪初西洋影戏进入中国以来就深受群众喜欢，成为消遣娱乐的重要方式。据调查，温州城区第一次放映电影是在民国七年（1918）2 月 22 日，第一座专业电影院光华电影院于

---

① 商务印书馆编译所. 增订中国旅行指南：第 12 版［M］. 上海：商务印书馆，1924：67.
② 陈凯. 瓯江山水诗路与温州人文精神［J］. 宁波职业技术学院学报，2020（5）：106.

1933 年初落成。从 20 世纪 20 年代底起，"看电影已成为城乡群众的时兴娱乐"①。江心屿最早作为影视艺术形象呈现，是新时期公映的《何处不风流》（1983 年）。这部电影时长 90 多分钟，以江心屿为主要取景地，江心屿的镜头约占 1/3，加以深入人心的故事，故在当时的温州观众中产生了巨大反响。近年来则有电影《红日亭》（2019 年）、电视剧《我在温州等你》（2019 年）等多部作品在江心屿取景。当代温州的城市形象设计、各类展会、商业品牌标志中，也经常出现江心屿形象，其双峰相连、双塔耸立的独特图式，成为温州的标志性符号。

综上，江心屿是瓯江山水路上的一处极具特色的地方景观，它在进入不同的文本关系和诗学话语体系之后，其人文意蕴就在不断地丰富和更新，最终积淀并显现为温州山水诗中诗词数量最多、文化影响最深远的审美文化景观之一。江心屿是著名的诗之岛、佛之屿、闲之境，是世界著名的古航标之地和温州市代表性风景区。江心屿，在古代与京口（今镇江）金焦、南粤（今广东）海珠并称，在今天则是作为中国四大名屿之一而广为人知。关于四大名屿，目前有两种说法。一是指"瓯江蓬莱"江心屿（温州）、"钢琴之岛"鼓浪屿（厦门）、"海上仙山""水上仙景"东门屿（漳州）、"遗世明珠"兰屿（台东）。此说的形成，与明末民族英雄郑成功有莫大的关系，郑成功曾在这四个岛上练兵。二是指温州的江心孤屿、厦门的鼓浪屿、长沙的橘子洲头、镇江的焦山岛，它们又合称为中国的"四大城市名胜孤屿"。无论何种说法，江心屿都被列为四大名屿之首。在瓯江山水诗路的版图中，瓯江是一条主线，承载着古港、古塔、古屿、古城等多种丰厚的"古"文化。而江心屿这座古屿，犹如一叶精致的扁舟，从悠悠历史长河中顺流而下，堪称是诗路、丝路上的一朵奇葩。进一步加强保护、利用江心屿诗禅审美文化，对于延续温州文脉、擦亮"山水城市"金名片、推进瓯江山水诗路文化带建设都具有重要意义。

---

① 中国人民政治协商会议浙江省温州市鹿城区委员会文史组. 鹿城文史资料：第 2 辑 [M]. 温州：内部发行，1987：64.

余 论

家园美化

蝉噪林逾静，鸟鸣山更幽。此地动归念，长年悲倦游。

——（南朝梁）王籍《入若耶溪》

澄鲜祗共邻僧惜，冷落犹嫌俗客看。忆着江南旧行路，酒旗斜拂堕吟鞍。

——（宋）林逋《〈山园小梅二首〉其二》

三山云海几千里，十幅蒲帆挂烟水。吴中过客莫思家，江南画船如屋里。

——（元）萨都剌《过嘉兴》

    浙江诗路之美，归根到底是和谐之美。"和谐意味着一种最佳的生存状态和最佳的发展状态，和谐是人类的一种理想追求。"① 彰显浙江诗路文化的美学品格，也正是为了满足人民日益增长的美好生活需要。在古代文人作家的笔下，浙江不仅是可游之处，而且是宜居之地。"人人尽说江南好，游人只合江南老"（［唐］韦庄《〈菩萨蛮五首〉其二》）；"行遍江南清丽地，人生只合住湖州"（［元］戴表元《湖州》）。两诗都是对浙江这片诗意的栖居地的由衷赞美。抒写古代浙江的，除了方外诗人，还有一批浙江本土诗人以及众多的异域者（国外旅行家等）。他们的共同"关注"，使得浙江这片古老的江南大地呈现出别样的面目，尤其是以诗性的语言开辟出更为怡人的生活天地。现代生活方式，相对传统的生活方式而言，也是可以从传统的文学艺术演化而来的。这种可跨越性正是浙江诗路文化得以重视的关键所在。以下主要结合一些浙籍诗人诗作、浙地特色文化展开论述，希冀对建构更加美好的家园之理想有所启示。

---

    ① 张法. 中西美学与文化精神 ［M］. 北京：中国人民大学出版社，2010：52.

一、可亲之山水

"水光山色与人亲，说不尽，无穷好。"（［宋］李清照《怨王孙·赏荷》）山水总是因人而美好。浙江山水可亲、可爱，它是浙江人民共同的美丽家园，也是一直不断被书写着、传唱着。浙江山水风光绝美，令人流连忘返，大量文人雅士不慕功名，到此寻求隐居以终身。杭州西湖，森木葱郁，山环水绕，滤尽了城市的喧嚣。这处尽显江南氤氲之感的山水胜地，成了大量文人雅士的栖居地。宋代明州诗人林逋抛弃凡尘俗世的一切烦恼，隐居西湖孤山，留下了梅妻鹤子的佳话。其《孤山隐居书壁》云："山水未深猿鸟少，此生犹拟别移居。直过天竺溪流上，独树为桥小结庐。"此诗鲜明地表达出诗人对淡泊生活的追求和对平静人生的向往。诗如其人，人亦如诗。林逋诗主乎静正，深受好评。宋代梅尧臣有赞："其顺物玩情为之诗，则平淡邃美，读之令人忘百事也。"① 在西湖，在浙地，名胜遍布，类似林逋这样的隐逸名士代不乏人。以杭州地区为例，清康熙《杭州府志》第35卷录历代仙、释164人，清光绪《杭州府志》录历代隐逸人物116人。这一事实也从侧面反映了浙地确实是山佳水美。古代文人雅士崇尚自在、闲适、质朴的生活，追求道家式的和谐境界。通过隐逸能够化解自我与外部世界之间的矛盾，起到平衡入世与出世的良效，故这种超脱世俗的生活方式成为他们的重要选择。隐逸思想，确有消极的一面，但是也有可取之处，如那种追求人性舒展、生活诗意、与自然和谐交融的生存理念是富有价值的，所创造的充满诗情画意、超越精神的生活境界和人生理想也是具有现代启示意义的。

传统的山水艺术是建构现代生活方式的重要参照。中国古代山水画，基本上由山水、人物、建筑等众多的景观元素构成。以此对元代黄公望《富春山居图·无用师卷》进行统计，结果显示：山体32.6%、水体34.5%、天空17.2%、植被15.5%、人物0.1%、建筑0.1%，其余的云雾、道路、动物、岸石均为零。② 可见，人物几乎完全"淹没"在山水情境中，自然成为首要的东西。宋代僧了宗善墨戏，其《苕溪渔隐图》落笔潇洒，深得友人胡仔赞叹和同情。胡仔，字元任，绩溪（今属安徽宣城）人，曾任文林郎、承直郎

---

① （宋）林逋. 林和靖集［M］. 沈幼征，校注. 杭州：浙江古籍出版社，2012：林和靖先生诗集序1.

② 鲁苗. 环境美学视域下的乡村景观评价研究［M］. 上海：上海社会科学院出版社，2019：82.

等职，去官后卜居苕溪，日以渔钓自适，自号苕溪渔隐。其《满江红》云：

　　泛宅浮家，何处好，苕溪清境。占云山万叠，烟波千顷。茶灶笔床浑不用，雪蓑月笛偏相称。争不教二纪赋归来，甘幽屏！

　　红尘事，谁能省？青霞志，方高引，任家风舴艋，生涯笭箵。三尺鲈鱼真好脍，一瓢春酒宜闲饮。问此时怀抱向谁论？惟箕颍！①

　　此词赞苕溪的清境之美，抒渔隐之情趣，也是诗词化的《苕溪渔隐图》。苕溪，与孤山、富春山一样，它们的审美意境代表了浙地山水优美的一面。诚然，这样的山水可以用来登高望远、温故知新、怡神静心、泛舟游走，但都不如"可居"更有意味。

　　孤山结庐、富春山居、苕溪渔隐，这些兼具现实性与理想性的传统生活方式，呈现为一派富有浙地特色的生活美学景观，蕴含了深刻的环境美学意义。宋代郭熙《林泉高致·山水训》云："世之笃论：谓山水有可行者，有可望者，有可游者，有可居者。画凡至此，皆入妙品。但可行、可望，不如可游、可居之为得。……故画者当以此意造，而览者又当以此意求之，此之谓不失其本意。"② 四"可"观点是对古代山水艺术之胜根本缘由的总结，也从根本上反映了古人的环境审美观。就居而言，它是环境的基本功能。环境的美，很大程度就在于居之美。就游、居二者比较，游之情是短暂为瞬间，居之情则是深厚，长而无限；游偏重于将环境作为人的感受对象，居则偏重于环境与人的生命联系。环境之美就美在它的"家园感"。亲情或类似亲情则是乐居环境的情感基调。这种情感是深沉的、绵长的、丰富的，让人温馨的、依恋的，可以经久回味的。③ 从与山水紧密联系的田园来看，居的环境美学意义也十分突出。东晋陶渊明的《归园田居》之所以成为经典，是因为该诗营造出最具乡土本色的田园诗境，特别是将村落场景化，赋予村民相互认同和信任的环境，展现了一幅既现实而又理想的生活景观，从而实现了以"可居"为理想的乡村美学主题回归。④ 唐代婺州（今金华市）人张志和的渔父词、宋代鄞县（今宁波市鄞州区）人楼璹的耕织图、元代处州（今丽水市）人陈

①　（清）朱彝尊，（清）汪森．词综［M］.民辉，校点．长沙：岳麓书社，1995：654.
②　（宋）郭思．林泉高致［M］.杨无锐，编著．天津：天津人民出版社，2018：17.
③　陈望衡．我们的家园：环境美学谈［M］.杭州：江苏人民出版社，2014：33-34.
④　肖鹰．陶渊明《归园田居》与中国乡村美学［N］.光明日报，2022-04-08（13）.

镒的田园诗、清代兰溪人李渔的伊园诗和桐庐人臧槐的村居诗，这些浙籍文人的诗画之作所表达的也都是同样的适居主题。随着人类文明的发展，古村落和田园美景的境遇却每况愈下。在新时代诗路乡村振兴过程中，守护好青山绿水、延续美好的传统田园美学显得十分重要。

二、风土之吟咏

每一个地方都有它特定的自然环境和特有的风俗、礼节、习惯。这些风土人情往往是文人艺术家吟咏的重要对象。像八景诗、竹枝词、棹歌等具有地域特色的诗体，在浙地起源早，且流行广泛，对传播浙江地域文化起到了重要作用。八景，或十景、十二景、二十四景，是古代约定俗成的一种风物景观，也是人文文化的一种历史体现。自南朝东阳（今金华）太守沈约作《玄畅楼八咏》开启先河后，八景诗风波及各地。南宋若芬、马远、马麟、陈清波、叶肖岩等作"西湖十景"画，王洧等作"湖山十景"诗，张矩、周密、杨缵、陈允平等作"西湖十景"词。这些绘画题名和诗词描绘，促进了"西湖十景"的形成，并流传至今，终成为西湖景观文化的重要单元和闻名中外的经典景观。以典雅规整、形象生动的八景诗画为代表的浙江八景文化，在广大的城市、乡村都有十分丰富的资源存在。有学者整理、统计了浙江省村落八景文化组景 212 个、景点 1650 个，发现自然景观（气候、地文、水文、生物等）占比八成以上，而人文景观（建筑、人类活动等）占比不足两成。① 八景，这种以自然景观为主体的地域文化现象源于古人崇尚山水文化的传统，随着宋代以来城市社会平民化而流行开来，以致相沿成俗，成为地方志的必备内容。从历史看，凡有八景诗、八景画的地方基本上都是乡土景观丰富、历史文化积淀深厚的地方。从积极方面看，八景文化是人与自然和谐发展的一种实物见证，起着保持地方情感、焕发地域记忆的功能和作用。对当下的乡村旅游来说，深入挖掘这种具有历史文化价值和可传承发扬的八景文化，借此打造特色主题旅游业，能够带动文旅经济的发展。

竹枝词具有悠久的历史，"起源于楚地，孕育于重淫祀而哀怨悲催的楚文化"②。它本是由民歌演变而来，但在发展过程中又经文人加工创造，宋元以后合流，成为以吟咏风土为主要特色的诗体。在竹枝词发展史上，浙地的竹

---

① 吴文丽，金荷仙. 浙江村落八景文化资源研究［J］. 古建园林技术，2019（4）：71-74.
② 孙杰. 竹枝词发展史［M］. 上海：上海人民出版社，2014：16.

枝词占有重要地位。且不论与浙江颇有渊源的刘禹锡、白居易这两位唐代竹枝词创作的重要代表，仅论元代杨维桢、清代朱彝尊这两位浙籍诗人，就足以看出浙江竹枝词文化之兴盛。浙江古代的竹枝词作品数量大，以吟咏西湖、鸳鸯湖居多，大抵都是受到杨维桢《西湖竹枝词》、朱彝尊《鸳鸯湖棹歌》的影响。相关的竹枝词作品，明代有宋濂《镜湖竹枝词》、黄枢《婺州竹枝词》、沈明臣《明州竹枝词》、胡应麟《兰江竹枝词》、王翃《会稽竹枝词》，清代有谈迁《越中竹枝词》、鲁忠《鉴湖竹枝词》、陆栱斗《当湖竹枝词》、张云锦《当湖百咏》、孙康济《魏塘竹枝词》、吴骞《蠡塘渔乃》、钟鼎《荻塘棹歌》、郭钟岳《瓯江竹枝词》、戴文俊《瓯江竹枝词》、钱子奇和方鼎瑞《温州竹枝词》、宋梦良《余姚竹枝词》、丁立诚《武林市肆吟》、丁立中《武林新市肆吟》、陈祖钊《西湖棹歌》《鉴湖棹歌》、蒋清瑞《吴兴竹枝词》、陈蝶仙《拱宸桥竹枝词》，等等。今人整理的集子，有《西湖竹枝词》（1983年）、《宁波竹枝词》（1999年）、《平湖竹枝词汇编》（2004年）、《温州竹枝词》（2008年）、《越中竹枝词选》（2011年）、《宁海竹枝词》（2016年），等等。竹枝词泛咏风土，内容丰富，可以描述地方民俗风情，记载历史陈迹、传统产业，具有重要的史料价值，因此又被誉为"有韵之方志"。

竹枝词是一个泛称，包括专咏风土的棹歌、口号、欸乃曲、橘枝词、桃叶歌等。它们与竹枝词原有区别，但在发展过程中渐趋混同。棹歌，亦作櫂歌，是指行船时所唱之歌，起源于民间歌谣，流行于江南地区。唐代刘禹锡《竞渡曲》《竹枝词二首》、张志和《渔父歌》、戴叔伦《兰溪棹歌》，元代陶宗仪《沧浪棹歌》，清代朱彝尊《鸳鸯湖棹歌》，这些皆是经典之作。古代浙江的棹歌，同样以咏西湖、鸳鸯湖为主。特别是咏鸳鸯湖的，数量更大，且大多是对朱彝尊《鸳鸯湖棹歌》的"延续"。明确题为唱和的、有数目可计的、且流传至今的，共有陈忱《和韵鸳鸯湖棹歌》、谭吉璁《和鸳鸯湖棹歌》等14家1374首和诗。鸳鸯湖的唱和诗，全面描述了具有水乡特色的工艺物产、丰富多彩的节俗、繁华的市镇经济生活、男女相恋的美好场景。这些也是对江南运河景观的全方面展示。与棹歌唱和者较多不同，唱橘枝词者相对较少，但是仍有不少文人追求。橘枝词，顾名思义，是专咏橘的竹枝词，以南宋永嘉（今温州）诗人叶适为代表。叶适承唐代刘禹锡、白居易的新体绝句《竹枝》《柳枝词》，别创《橘枝词》。其记永嘉风土的三首诗分别吟咏了永嘉特产橘子、乡村的酿酒沽饮和节日歌舞场面，展现了橘乡的绚丽风光、欢乐的劳动生活，富有乡土气息。竹枝词，包括专咏风土的棹歌、橘枝词等和泛咏风土的竹枝词，对于保存一地的文化、延续一地的文脉，具有重要意义。设计新的地方文化形象，打造标志性景观都可以从中汲取营养。

三、乡土之眷恋

乡土是每一个人的物质家园，也是每一个人的精神家园。每一个人心中都有一份挥之不去、无法摆脱的乡土情结。无论是现在居住的家乡、曾经居住过的故乡，还是祖辈们居住过的原乡，这些都是文人艺术家们拥有不倦诗情的源泉。唐代越州诗人贺知章以绝句见长，其诗脍炙人口。如《咏柳》《采莲曲》《回乡偶书二首》等描写、赞美越地的自然景物、风土人情，传唱不已。同为越州人，元代诗人、画家王冕善于画梅、咏梅。其诗《墨梅》《白梅》，以梅喻志，借梅花表现自己的情操，志在以清气立于天地之间；另一首诗《村居》则赞美了山家景物具有英雄气概。宋代天台诗人刘知过，其诗宏富俊健、气格浑整、意语俱佳。其《梅花》描写在海乡、渔家所见的梅花，情味悠长，《春日即事》叙写在乡村所见山水田园景色，极富生活气息。宋代处州（今丽水市）诗人叶绍翁（祖籍建州，今福建省建瓯市）的《游园不值》《田家三咏》以居住在瓯江上游龙泉时的生活经历为题材，平易含蓄，饶有风味。吴之振是清康熙年间最为著名的山林诗人之一，隐居在家乡桐乡黄叶村20余年，其间写下了大量的乡土诗，著名的如《课蚕诗》16首。近代嘉兴诗人沈曾植也曾写下大量的归乡之诗，如《归里作（谷雨后一日）》《驾浮阁远望》《到家作》《壬子秋暮归里作》《还家杂诗》《出港》《放鹤洲》都是对故园生活的吟咏。元末明初绣州（今义乌市）诗人金涓长期隐居在家乡蜀山边的下青村，以讲学、著述自娱。从他存世的约150首诗看，除表达隐居意趣之外，描写山水风景构成了主要部分，以《蜀墅头》《秋日山中》《春过绣湖》《游赤松》《山庄》《江村》《康湖山居》等为代表。其中，《春过绣湖》所写虽非名山大川，景物亦称不上惊心动魄，但雍容安闲，整体风致极好，"流露出亲切、温情的意味，能够让读诗的人感受到作者是真的喜爱、寄情于这一方山水"①。清代桐庐诗人臧槐一生几乎没有远离过家乡麂坞（今百江镇联盟村），留下了古今体诗3400多首。从今人整理的遗稿《绿阴山房诗稿》（2018年）看，以山、坡、岭、坪、坞、坝、水、溪、泷、浦、渚、渡、塘、雨、霜、雪、月、夜、春、夏、秋、松、柳、花、梅、鸟、塔、寺、

---

① 卢敦基，庄国瑞，池若飞. 义乌文学史［M］. 上海：上海人民出版社，2013：107.

庵、舟、桥、亭、轩、村、家、园、屋、酒等为题名的，数量较大。通过这些乡村景象，表现了自然、恬静、淳朴的乡村生活。臧槐的诗又多为即兴之作，如《凤坡》《松村》《蒲村》《茆山小憩》《柳山庵》《瓦窑坪》《游玉瑞寺》《分水坞中》《毕浦夜泊》《西村》《晚登卧龙桥即兴》《胥岭夜行》都是描写在家乡的所见所闻、所游所居，散发出浓郁的田园气息。与贺知章、叶绍翁、沈曾植不同，金涓、臧槐这类诗人终生未仕。不过从他们的诗作看，对家乡的热爱、赞美是共同的。

对于乡土的眷恋，回忆也许是最好的表达方式之一。唐代太原人白居易曾流转苏杭，至晚年居洛阳，其间写下多首回忆浙地游的诗作。其《想东游五十韵》自言："故两浙之间，一物已上，想皆在日，吟且成篇，不能自休，盈五百字，亦犹孙兴公想天台山而赋之也。"白氏自视为江南人，愿把一生中最美好的记忆留在江南、留给杭州。其《忆江南》三首均以"最忆"起笔，描写美丽的江南图景，传达出最美的江南之时刻、景色、气氛，堪称吟咏江南的绝唱。宋代杨蟠，章安（今台州临海）人，亦作钱塘（今杭州）人，著有《钱塘百咏》《西湖百咏》《永嘉百咏》等。杨氏一生为官多地，唯温州成为"最忆"。其《去郡后作》云："为官一十政，宦游五十秋。平生忆何处，最忆是温州。思远城南曲，西岑古渡头。缘艑春送酒，红烛夜行舟。不敢言遗爱，惟应念旧游。凭君将此句，寄写谢公楼。"清代济宁人孙扩图《忆江南·温州好》十首分别描写温州的民生、气候、地势、水土、城郭、特产、士女、贾客、官长、书院。这是孙氏在主温州东山书院讲席两年之后离开时在瓯江途中所作，同样表达出像杨诗那样对温州一地的深厚感情。杭州之于白居易，温州之于杨蟠、孙扩图，都具有特殊的情感意义。所谓"最忆""好"，就是对一个个体来说最值得回忆的地方。如果没有对一地热爱至极，这种炽热的乡情、赞美之情是不可能发生的。

乡土不仅是物质性的构成，而且是给予精神上投入的"想象的共同体"。与古代文人作家偏重把乡土作为乡思、乡情、乡恋的载体不同，现代文人作家更加愿意把它进行怀旧生产和乡愁叙事。①"五四"以来的浙江文学，在现代科学精神、启蒙思潮的影响下发生、发展，同时又在吴越文化的积淀中成长、壮大，从而呈现出鲜明的浙江地域特色。具体而言，受吴文化影响的浙西文学表现出水性的、柔性的特点，如茅盾的小说，徐志摩、戴望舒的诗，

---

① 参见本书附录。

俞平伯、丰子恺的散文都具有清丽之美。其中，俞平伯生于苏州，祖籍德清，是首先以诗人身份出现在文坛的散文大家。他在居北平时期所作的词《忆江南》四首分别忆西湖、长塘、吴城、吾乡。其四云："江南好，长忆在吾乡。鱼浪乌篷春拨网，蟹田红稻夜鸣榔。人语闹宵航。"此诗尽现浙北水乡风景，充满色彩感、图画感，由衷赞美之情溢于言表，至今仍为人所乐道。他的散文冲淡平和，追求趣味，散发出传统的韵味，同样具有江南诗性意境。这些都是沉淀在他的灵魂深处，以精神原乡式被召唤的乡愁使然。相比之下，受越文化影响的浙东文学则是土性的、刚性的，如鲁迅、许钦文、王鲁彦、巴人、许杰、潘训、魏金枝的小说和艾青的诗都具有深刻之美。其中，艾青是金华籍诗人，长年漂泊在外，即使在狱中，对故乡的牵挂、眷恋也始终未变。他的诗《大堰河——我的保姆》《我的父亲》《献给乡村的诗》《我爱这土地》《我们的田地》《双尖山》等洋溢着绘画的、忧郁的和人情的美。这批怀乡诗，也不只是简单地对故乡的村庄、土地的描写、思念，而是上升到了精神层面，把故乡与祖国的命运联系在一起，表达了对祖国的前途和年轻一代志向的深切关怀。浙西之"清丽"、浙东之"深刻"，两种美学风格并茂，这是浙籍作家追求艺术独创性的体现，自然也是因"在都市与乡间灵魂漂泊的文化观照"的结果。传统的乡村，虽然有丑陋的一面，但是对它的书写归根到底是为了使之现代化，变得更美，因为这是希望、理想的存在之所。文人作家对乡土的现代性审思，饱含着那份来自灵魂深处的爱和对土地的深情，或者说"为了生成一种与乡土相亲和身份认同的愿望"①，保留它作为民族真实性的资源。这种原乡人的意识，"给人所带来的回归此岸、回归形而下、回归存在的精神趋向，也让更多艺术家深入反思当下既有的艺术体制、规则和标准，探索制度规范对人类本源性存在的适应性和匹配性"②。乡愁是情感，是美学，更是为我们提供了一种经过时间发酵酿造而成的文化营养。正因为乡愁具有如此重要的情感功能和生存意义，以至于在今天成了一种经济形式。所谓"乡愁经济"，正是以乡愁为主题，以乡村为核心载体，用以满足人们思乡怀旧情感需求的"美丽经济"，它对于推进诗路城市发展、诗路乡村振兴都具有促进作用。

---

① ［美］杜赞奇，作；褚建芳，译. 地方世界：现代中国的乡土诗学与政治 [C] //王铭铭. 中国人类学评论：第2辑. 北京：世界图书出版公司，2007：36.

② 曾葵芬. 中国现代小说中的原乡意识研究 [M]. 北京：世界图书出版公司，2017：1.

四、"异"的视角

异者，奇异、异域也。这里不论像晋代干宝《搜神记》中"晋永嘉中，有天竺胡人来渡江南"① 的叙事和想象，就论外国人真实前来浙地并对之进行别样的描述和记录。浙地的山水、人文，对外国人具有强烈的吸引力，甚至因"距离"② 的作用诱发出美感来。外国人来到浙地，主要是在唐代以来。唐代浙东，佛教兴盛，天台山闻名天下。高僧鉴真东渡日本，传扬佛法，开辟了天台宗佛教的海外传播之路。此后，日本僧人最澄及其弟子圆仁、圆澄等先后入天台山求法。而新罗僧人来到浙东的时间更早，南朝时就有玄光前来求法。隋代时波若，唐代时法融、理应、纯英、道育、永乾等一批僧人先后到来。唐代诗人与僧人，尤其是与新罗僧人交往密切，留下了一些赠别诗。相关诗作，有祖逖《送新罗法师还国》、张籍《赠东海僧》、项斯《送客归新罗》、张蠙《送友人及弟归新罗》、雍陶《送友人罢举归东海》、刘禹锡《送源中丞充新罗册立使侍中之孙》、僧法照《送无著禅师归新罗国》、贯休《送人归新罗》，等等。新罗国王子新地藏，入境后，甚至还写下了诗作《送童子下山》。宋代时有日本高僧寂照、绍良、成寻，高丽僧人义道、谛观等到天台山学法。其中，成寻在神宗熙宁五年（1072）携一众弟子入宋，在宋时间长达 9 年，有《参天台五台山记》传世。这部入宋旅游日记，即闻即记，所见必录，真实客观，且内容丰富，具有十分重要的史料价值。由于作者持以崇敬之情，故向读者展示了一个真实、和谐的古代浙江形象。

德国学者利普斯（Julius E. Lips）曾高度评价中国大运河，称之是"人类最早的建筑成就之一，运河的修建把大的水路联系起来，这是非常了不起的事业"③。大运河通江达海，是对外沟通交流的重要通道。处在大运河最南端的城市杭州，以其繁荣而吸引了国外旅行家、传教士的关注。他们不仅实地游览或停留居住，而且将所见到的美丽、繁荣的杭州景象付诸语言文字。意大利马可·波罗（Marco Polo）的《马可·波罗游记》（1298 年）广泛谈到杭

---

① （东晋）干宝.搜神记［M］.钱振民，点校.长沙：岳麓书社，2015：16.
② 朱光潜在谈到美感经验如何产生的时候这样举例说明："西方人陡然站在东方的环境中，都觉得面前事物光怪陆离，别有一番美妙的风味，这是因为那个新环境还没有变成实用的工具，……它们和你的欲念和希冀之中还存有一种适当的'距离'。"（朱光潜.文艺心理学［M］.上海：华东师范大学出版社，2015：16.）
③ ［德］利普斯.事物的起源：修订本［M］.汪宁生，译.兰州：敦煌文艺出版社，2000：171.

州之城、市、民、湖。其中，形容杭州城"雄伟富丽"，并对之如此赞道："这座城的庄严和秀丽，的确是世界其他城市所无法比拟的，而且城内处处景色秀丽，让人疑为人间天堂。"另外，还称"这座城市位于一个清澈澄明的淡水湖与一条大河之间"，城内除了陆上交通外，还有各种水上通道，"可以到达城市各处"，等等。① 意大利鄂多立克（Friar Odoric）的《东游录》（1330年）称杭州城是"世界上最大的城市"。此城不仅大，而且桥多、水长："此城位于静水的礁石上，像威尼斯一样［有运河］。它有一万二千多座桥……城旁流过一条河，城在河旁就像波河（Po）畔费腊腊（Ferrara）之建设，因为它的长度胜过它的宽度。"② 朝鲜人崔溥的《漂海录》（1484年）专门记载了在中国运河沿岸城镇的所见所闻。在他的笔下，杭州是城极繁华、景为常绿的"别作天地"。卫匡国（Martino Martini，原名马尔蒂尼）的《中国新图志》（1655年）详细介绍包括杭州在内的浙江11个府，描写了"数不清"的高桥、"为当地居民和游客带来了许多欢乐"的西湖。意大利马黎诺里（John de Marignolli）的《奉使东方录》（1820年）称杭州是"最美、最大、最富"的著名城市。英国传教士慕雅德（Anhur Evans Moule）的《新旧中国：来华三十年的个人记忆和观察》（1891年）对杭州的渡船、六和塔、城墙、城门和杭州人的休闲娱乐生活进行了相当细致的描写，甚至对钱江潮等景观做了科学的解释。美国传教士威廉·亚历山大·巴尔森·马丁（W. A. P. Martin，汉名丁韪良）的《花甲记忆》（1910年）将杭州、苏州并列视为"全国最好的两个城市"，等等。③ 从以上所列的外国人"实事求是"的记载情况来看，古代杭州交通、经济十分发达，物产十分丰富，特别是以丝绸为主体的产业促进了贸易发展，同时注重城市建设，市政设施完善。如此，杭州这座山川秀丽、历史悠久、文化昌盛、生活富庶，与西方现代大城市相媲美的东方城市形象被建构起来了。

　　钱塘江、瓯江分别是浙江的第一、第二大江。外国人对于钱塘江的相关记录，除作为京杭大运河最南端和矗立在钱塘江之畔的山水城市杭州外，莫过于钱塘潮涌的壮观景象。如罗马尼亚人米烈斯库（N. S. Milescu）的《中国漫记》（1677年）描写了浙江11个府城的盛况，称浙江省"富裕和秀丽在中

① ［意］波罗．马可·波罗游记［M］．梁生智，译．北京：中国文史出版社，1998：192.
② ［意］鄂多立克．海屯行纪：鄂多立克东游录：沙哈鲁遣使中国记［M］．何高济，译．北京：中华书局，2019：65.
③ 参见张环宙，沈旭炜．外国人眼中的大运河［M］．杭州：杭州出版社，2013：86-136.

国首屈一指"和杭州被誉为"地上天堂""确实名不虚传",赞钱塘江潮是"全中国的唯一景观";又称赞嘉兴府"秀丽而土壤肥沃",湖州城"中国最富裕的城市之一",金华城"豪华而壮阔",绍兴城"景色之秀丽在中国首屈一指",等等。① 受限于交通条件,在古代很少有外国人能够深入钱塘江中、上游进行旅行、考察、探险,这种情况在进入 20 世纪以来才有一些变化。英国女作家罗安逸(A. S. Roe)的《我眼中的中国》(1910 年)和《中国:机遇和变革》(1920 年)记录了自己在中国的所见所闻,其中就有对杭州的风景、新生活潮流的描写。尤其是后一部游记对钱塘江上游城市兰溪的生活方式、民间风俗等进行了详细描写,而且还配有反映兰江秀丽风光、兰溪社会面貌的照片 11 张,实属难得。至于外国人对瓯江的记录,也主要是随着近代以来通商口岸的开放而逐渐兴起的。外国商人、传教士、领事官员先抵达温州港,再乘船溯江而上,深入内地。加拿大传教士麦格拉思(William C. McGrath)的《亲历龙国》(1938 年)记录了他在丽水天主教会工作期间的所见所闻。该书通过约 25 万文字和上百张拍摄于丽水的老照片,描绘了丽水的传教士、修女和教民的生活和丽水的交通航运、瓯江风光、民俗风情,内容十分丰富。其中,"丽水的水陆交通""永远的小帆船""有限的陆路""丽水的渡船"四篇配有照片共 13 张。② 罗安逸、麦格拉思的游记,以"真实"的笔调和图文并茂的方式,为我们保存了那个年代浙江的历史、社会与风景,因而具有较高的历史价值和艺术价值。

　　最后,借上述所谈的中外文化交流之机就浙江诗路文化的宣传、研究再做一点说明。诗路文化,如本书"导论"部分已指出的,实质上是"走出来"的文化。"诗路浙江"建设固然有必要对此种文化进行总结、强化,但是也要坚持"走出去"的战略。浙江是中国海洋文化的重要发祥地,在历史的发展过程中与海外的经济贸易、文化交流频繁。浙江古代的海外交流历史,奠基于史前,发端于汉晋,跃升于盛唐,兴盛于宋元,剧变于明清,转型于近代。③ 以天台山为代表的佛教文化、以西湖为代表的山水文化,早在唐代就传播到东亚、东南亚等地区。浙江与海外文学、文化的交流,在宋代以来有

　　① ［罗］米列斯库. 中国漫记［M］. 蒋本良,柳凤运,译. 北京:中国工人出版社,2000:172.

　　② ［加］麦格拉思. 亲历龙国:外国人眼中的民国丽水:增订版［M］. 任莺,周率,程盼,译. 武汉:武汉出版社,2019:15-25.

　　③ 龚缨晏. 浙江古代海外交流史的发展历程［J］. 浙江社会科学,2023(9):150-155.

些波动，但总体上没有中断，甚至一度出现兴盛的局面。由此看来，浙江除了有四条诗路之外，还有一条引人关注、不应忽视的诗路，这就是有学者已经提出的"海上诗路"①。在当今，传承、发扬这条诗路的文化与美学精神，应该重视浙江传统文化中优秀部分的推广，还应该重视新时代"美丽浙江"建设成果的海外宣传，从而不断提升、凸显"浙江"国际新形象。浙江诗路是山水之路、人文之路、生态之路，更是传播之路、开放之路、富裕之路。加强从"秀美"向"富美"的浙江诗路文化美学品格提升，这种认识和实践也是极为重要的。

---

①　罗时进. 浙江诗路研究的视界与视点［J］. 浙江师范大学学报（社会科学版），2019（4）：28.

参考文献

一、著作

［1］安祖朝. 天台山唐诗总集［M］. 杭州. 浙江古籍出版社，2018.

［2］（北魏）郦道元. 水经注［M］. 陈桥驿，注释. 杭州：浙江古籍出版社，2001.

［3］陈爱平. 浙江学术文化通史［M］. 重庆：重庆出版社，2008.

［4］陈荣富. 浙江佛教史［M］. 北京：华夏出版社，2001.

［5］陈磊. 富春山居图［M］. 杭州：西泠印社出版社，1999.

［6］陈水云. 中国山水文化［M］. 武汉：武汉大学出版社，2001.

［7］陈望衡. 我们的家园：环境美学谈［M］. 南京：江苏人民出版社，2014.

［8］陈野. 浙江绘画史［M］. 杭州：杭州出版社，2005.

［9］陈增杰. 宋元明温州诗话［M］. 厦门：厦门大学出版社，2020.

［10］陈子善. 郁达夫散文［M］. 上海：上海三联书店，2019.

［11］程金城. 原型批判与重释［M］. 西安：陕西师范大学出版社，2019.

［12］程相占. 生态美学引论［M］. 济南：山东文艺出版社，2021.

［13］程怡. 汉魏六朝诗文赋［M］. 上海：上海人民出版社，2017.

［14］丁福保. 清诗话：全二册［M］. 上海：上海古籍出版社，2015.

［15］丁海涵. 近现代绘画视野中的永嘉山水［M］. 杭州：浙江人民出版社，2013.

［16］（东汉）袁康，（东汉）吴平. 越绝书［M］. 徐儒宗，点校. 杭州：浙江古籍出版社，2013.

［17］董楚平，金永平，等. 吴越文化志［M］. 上海：上海人民出版社，1998.

［18］董平．浙江思想学术史：从王充到王国维［M］．北京：中国社会科学出版社，2005.

［19］段滨．宋画·山水卷［M］．杭州：西泠印社出版社，2005.

［20］方韦，李新富．严州诗词［M］．天津：天津古籍出版社，2011.

［21］葛剑雄，傅林祥．中华大典·交通运输典·交通路线与里程分典［M］．上海：上海交通大学出版社，2017.

［22］龚鹏程．游的精神文化史论［M］．石家庄：河北教育出版社，2001.

［23］古风．意境探微［M］．南昌：百花洲文艺出版社，2017.

［24］顾易，张中之．汉字美学［M］．广州：广东教育出版社，2017.

［25］郭绍虞．宋诗话辑佚：上、下册［M］．北京：中华书局，1980.

［26］《海宁潮志》编纂委员会．海宁潮志［M］．北京：中国文史出版社，2014.

［27］《海宁市文化志》编纂委员会．海宁市文化志［M］．杭州：浙江人民出版社，2015.

［28］（汉）王充．论衡［M］．陈蒲清，点校．长沙：岳麓书社，2015.

［29］（汉）许慎．说文解字注［M］．（清）段玉裁，注；许惟贤，整理．南京：凤凰出版社，2015.

［30］（汉）赵晔．吴越春秋［M］．崔冶，译注．北京：中华书局，2019.

［31］何方形．浙江山水文学史［M］．杭州：浙江大学出版社，2020.

［32］胡可先．唐诗发展的地域因缘和空间形态［M］．北京：中国社会科学出版社，2010.

［33］胡可先．唐诗之路与文学空间研究［M］．北京：中国书局，2023.

［34］胡念望．瓯江山水诗词选［M］．北京：中国财富出版社有限公司，2021.

［35］胡文炜．会稽山志［M］．北京：中国戏剧出版社，2010.

［36］胡晓明，沈喜阳．江南文［M］．上海：上海科学技术文献出版社，2019.

［37］胡正武．天台山文化简明读本［M］．杭州：浙江工商大学出版社，2019.

［38］湖州市碧浪碑廊筹建委员会．碧浪园：湖州历代诗词选注［M］.

湖州：碧浪碑廊墨迹影印，1986.

[39] 皇甫汉昌．隐逸桐庐 [M]．杭州：西泠印社出版社，2016.

[40] 黄宾虹．黄宾虹画集 [M]．北京：人民美术出版社，2003.

[41] 黄立中．江心屿历代题咏选 [M]．杭州：浙江古籍出版社，1995.

[42] 黄鸣奋．超文本诗学 [M]．厦门：厦门大学出版社，2002.

[43] 黄以平．温州古道·乐清篇 [M]．北京：中国对外翻译出版有限公司，2014.

[44] 蒋剑勇，闫彦．钱塘江唐诗之路唐诗选集 [M]．北京：中国水利水电出版社，2019.

[45] 蒋叔南．雁荡山志 [M]．卢礼阳，詹王美，校注．北京：线装书局，2009.

[46] 金华市地方志编纂委员会．万历金华府志 [M]．北京：国家图书馆出版社，2013.

[47] 金明雪．雁荡山诗词 [M]．北京：中国民族摄影艺术出版社，2004.

[48] 瞿明刚．三峡诗学 [M]．济南：齐鲁书社，2006.

[49] 孔令宏，韩松涛，王巧玲．浙江道教史 [M]．北京：中国社会科学出版社，2015.

[50] 赖骞宇，周群芳．外国人眼中的钱塘江 [M]．杭州：杭州出版社，2014.

[51] 赖勤芳．休闲美学：审美视域中的休闲研究 [M]．北京：北京大学出版社，2016.

[52] 赖勤芳．中国经典的现代重构：林语堂"对外讲中"写作研究 [M]．北京：人民出版社，2013.

[53] 李吉安．瀫水吟波：衢州水文化 [M]．北京：商务印书馆，2016.

[54] 李康化．明清之际江南词学思想研究 [M]．成都：巴蜀书社，2001.

[55] 李圣华，吴远龙．诗路金华：金华经典诗词赏析 [M]．杭州：浙江古籍出版社，2023.

[56] 李文初，等．中国山水文化 [M]．广州：广东人民出版社，1996.

[57] 李香珠．处州古道 [M]．杭州：浙江古籍出版社，2011.

［58］李泽厚．美的历程［M］．北京：生活·读书·新知三联书店，2014.

［59］李震．诗画江心［M］．杭州：西泠印社出版社，2022.

［60］林轶南，严国泰．线性文化景观的保护与发展研究：基于景观性格理论［M］．上海：同济大学出版社，2017.

［61］刘国庆，陈定謇．信安湖诗选［M］．北京：中国文史出版社，2014.

［62］刘强．魏晋风流［M］．北京：中国青年出版社，2018.

［63］刘士林．江南诗性文化［M］．上海：上海文艺出版社，2020.

［64］刘文，凌冬梅．嘉兴蚕桑史［M］．杭州：浙江工商大学出版社，2013.

［65］刘秀峰．瓯江女神［M］．杭州：浙江古籍出版社，2015.

［66］卢礼阳．温州山水诗选［M］．上海：上海书画出版社，2006.

［67］卢盛江．浙东唐诗之路唐诗全编［M］．北京：中华书局，2022.

［68］卢燕平．李白诗路管窥［M］．北京：中国社会科学出版社，2012.

［69］鲁苗．环境美学视域下的乡村景观评价研究［M］．上海：上海社会科学院出版社，2019.

［70］陆殿奎．浙江省民间文学集成·嘉兴市故事卷［M］．杭州：浙江文艺出版社，1991.

［71］吕志江．家乡的那条河：走读京杭大运河：浙江段［M］．杭州：浙江教育出版社，2014.

［72］马春明．古道仙霞［M］．上海：同济大学出版社，2017.

［73］马洪路．人在江湖：古代行路文化［M］．南京：江苏古籍出版社，2002.

［74］马学强，何赤峰，姜增尧．八百里瓯江［M］．北京：商务印书馆，2015.

［75］《美学原理》编写组．美学原理：第二版［M］．北京：高等教育出版社，2018.

［76］孟诚磊．诗路遗珍：浙江诗路沿线文物资源调研报告［M］．杭州：浙江大学出版社，2021.

［77］（明）传灯．天台山方外志［M］．释慧月，点校．北京：中国档案

出版社，1997.

[78]（明）黄汴．天下水陆路程 [M]．杨正泰，校注．太原：山西人民出版社，1992.

[79]（明）陆时雍．诗镜 [M]．任文京，赵东岚，点校．保定：河北大学出版社，2010.

[80]（明）田汝成．西湖游览志 [M]．陈志明，编校．北京：东方出版社，2012.

[81]（明）田汝成．西湖游览志余 [M]．刘雄，尹晓宁，点校．上海：上海古籍出版社，2018

[82]（明）王士性．王士性地理书三种 [M]．周振鹤，校注．上海：上海古籍出版社，1993.

[83]（明）王瓒，（明）蔡芳．弘治温州府志 [M]．胡珠生，校注．上海：上海社会科学院出版社，2006.

[84]（明）徐霞客．徐霞客游记 [M]．朱惠荣，整理．北京：中华书局，2009.

[85]（南朝梁）刘勰．增订文心雕龙校注 [M]．黄叔琳，注；李详，补注；杨明照，校注拾遗．北京：中华书局，2012.

[86]（南朝宋）刘义庆．世说新语校注 [M]．朱奇志，校注．长沙：岳麓书社，2007.

[87]（南朝宋）谢灵运．谢灵运集校注 [M]．顾绍柏，校注．郑州：中州古籍出版社，1987.

[88]（南宋）施宿，（南宋）张淏．南宋会稽二志点校 [M]．李能成，点校．合肥：安徽文艺出版社，2012.

[89]（南宋）严羽．沧浪诗话 [M]．普慧，等，评注．北京：中华书局，2014.

[90]（南宋）张炎，（南宋）沈义父．词源注 乐府指迷笺释 [M]．夏承焘，校注；蔡嵩云，笺释．北京：人民文学出版社，2018.

[91] 瓯江志编纂委员会．瓯江志 [M]．北京：水利水电出版社，1995.

[92] 钱塘江志编纂委员会．钱塘江志 [M]．北京：方志出版社，1998.

[93]（清）陈舜咨．孤屿志：影印本 [M]．温州：江心屿办事处，2004.

[94]（清）李渔．闲情偶寄·窥词管见 [M]．杜书瀛，校注．北京：中

国社会科学出版社，2009.

[95]（清）厉鹗．厉鹗集［M］．罗仲鼎，俞浣萍，点校．杭州：浙江古籍出版社，2016.

[96]（清）刘熙载．艺概笺注［M］．王气中，笺注．贵阳：贵州人民出版社，1980.

[97]（清）孙衣言．瓯海轶闻［M］．张如元，校笺．上海：上海社会科学院出版社，2005.

[98]（清）孙诒让．温州经籍志［M］．潘猛补，校补．上海：上海社会科学院出版社，2005.

[99]（清）陶元藻．全浙诗话：外一种（5册）［M］．蒋寅，点校．杭州：浙江古籍出版社，2017.

[100]（清）曾唯．东瓯诗存［M］．张如元，吴佐仁，校补．上海：上海社会科学院出版社，2006.

[101]（清）郑楘．浦阳历朝诗录［M］．董雪莲，徐永明，点校．杭州：浙江大学出版社，2016.

[102]（清）朱彝尊，（清）汪森．词综［M］．民辉，校点．长沙：岳麓书社，1995.

[103]（清）朱彝尊．朱彝尊词集［M］．屈兴国，袁李来，点校．杭州：浙江古籍出版社，2011.

[104] 邱志荣，陈鹏儿．浙东运河史［M］．北京：中国文史出版社，2014.

[105] 衢州市地方志办公室．衢州府志集成［M］．韩章训，标点．杭州：西泠印社出版社，2009.

[106] 衢州市文化广电新闻出版局．三衢道中：衢州历代诗文选［M］．北京：商务印书馆，2015.

[107]《苕溪运河志》编纂委员会．苕溪运河志［M］．北京：中国水利水电出版社，2010.

[108] 沈璧，等．钱塘江航运［M］．杭州：杭州出版社，2013.

[109] 沈鑫元．湖州古城传说［M］．北京：中国文史出版社，2010.

[110] 史宁．杭嘉湖蚕歌史话［M］．杭州：浙江工商大学出版社，2019.

[111] （宋）郭思. 林泉高致 [M]. 杨无锐，编著. 天津：天津人民出版社，2018.

[112] （宋）林逋. 林和靖集 [M]. 沈幼征，校注. 杭州：浙江古籍出版社，2012.

[113] （宋）苏轼. 苏东坡全集 [M]. 邓立勋，编校. 合肥：黄山书社，1997.

[114] （宋）王象之. 舆地纪胜：第1册 [M]. 赵一生，点校. 杭州：浙江古籍出版社，2012.

[115] （宋）王应麟. 诗考　诗地理考 [M]. 王京州，江合友，点校. 北京：中华书局，2011.

[116] 孙杰. 竹枝词发展史 [M]. 上海：上海人民出版社，2014.

[117] 孙晓霞. 艺术语境研究 [M]. 北京：中国社会科学出版社，2013.

[118] （唐）白居易. 白居易全集 [M]. 丁如明，聂世美，校点. 上海：上海古籍出版社，1999.

[119] 唐圭璋. 宋词四考 [M]. 南京：江苏文艺出版社，2009.

[120] （唐）李白. 李白诗全译 [M]. 詹福瑞，等，译释. 石家庄：河北人民出版社，1997.

[121] （唐）李吉甫. 元和郡县图志 [M]. 贺次君，点校. 北京：中华书局，2005.

[122] （唐）李延寿. 南史 [M]. 周国林，等，校点. 长沙：岳麓书社，1998.

[123] （唐）李肇. 唐国史补校注 [M]. 王福元，校注. 济南：山东人民出版社，2020.

[124] 陶存焕，颜成第，周潮生. 钱塘江涌潮诗词汇编：上编 [M]. 杭州：浙江人民出版社，2013.

[125] 陶存焕，颜成第，周潮生. 钱塘江涌潮诗词汇编：下编 [M]. 杭州：浙江人民出版社，2019.

[126] 桐乡市政协文史资料委员会. 桐乡文史资料第24辑：桐乡运河文化专辑 [M]. 台海出版社，2006.

[127] 王福基. 嘉兴市文学艺术志 [M]. 杭州：杭州大学出版

社，1998.

[128] 王建华．鉴湖水系与越地文明 [M]．北京：人民出版社，2008.

[129] 王丽萍．成寻《参天台五台山记》研究 [M]．上海：上海人民出版社，2017.

[130] 王樟松．画中桐庐 [M]．杭州：西泠印社出版社，2015.

[131] 吴功正．宋代美学史：修订本 [M]．西安：陕西师范大学出版总社有限公司，2020.

[132] 吴海庆．江南美学的远古起源 [M]．北京：中国社会科学出版社，2023.

[133] 吴海庆．江南山水与中国审美文化的生成 [M]．北京：中国社会科学出版社，2011.

[134] 吴一舟，陶琳，沈少英．西湖传说 [M]．杭州：浙江摄影出版社，2012.

[135] 谢无量．中国哲学史 [M]．北京：中国人民大学出版社，2011.

[136] 徐复观．中国艺术精神 [M]．桂林：广西师范大学出版社，2007.

[137] 徐国华，王增勇，叶朝海．江郎山诗文集 [M]．呼和浩特：内蒙古文化出版社，1996.

[138] 徐国兆．历代咏剡诗选 [M]．杭州：浙江古籍出版，2008.

[139] 徐国兆．历代咏剡文选 [M]．杭州：浙江古籍出版，2008.

[140] 徐慧慧．境象诗心：浙江诗路文化意象研究 [M]．杭州：浙江大学出版社，2023.

[141] 徐小飞．永康历代诗词选 [M]．杭州：杭州出版社，2015.

[142] 徐志平．浙江古代诗歌史 [M]．杭州：杭州出版社，2008.

[143] 许伯卿．浙江词史 [M]．杭州：浙江大学出版社，2014.

[144] 许豪炯．山风水韵：江南山水传说 [M]．上海：文汇出版社，2012.

[145] 许尚枢，徐永恩．天台山游记选注 [M]．西安：西安地图出版社，2004.

[146] 薛玉坤．宋词与江南区域文化：人地关系的视角 [M]．北京：中国华侨出版社，2007.

[147] 杨晖.古代诗"路"之辩:《原诗》和正变研究 [M].桂林:广西师范大学出版社,2008.

[148] 姚淦铭,王燕.王国维文集:第1卷 [M].北京:中国文史出版社,1997.

[149] 永嘉县政协文史委员会.楠溪江历代诗文选 [M].北京:海洋出版社,1994.

[150] 余风.常山宋诗一百首选注 [M].杭州:浙江教育出版社,2019.

[151] 袁宣萍,徐铮.浙江丝绸文化史 [M].杭州:杭州出版社,2008.

[152] 袁占剑.处州文化史 [M].杭州:浙江古籍出版社,2013.

[153] 曾大兴.中国历代文学家之地理分布 [M].北京:商务印书馆,2013.

[154] 占剑.千古风华:衢州古代史 [M].北京:商务印书馆,2016.

[155] 张法.美学重要问题研究 [M].北京:人民出版社,2019.

[156] 张法.中西美学与文化精神 [M].北京:中国人民大学出版社,2010.

[157] 张高澄,等.唐诗与天台山 [M].北京:社会科学文献出版社,2021.

[158] 张环宙,沈旭炜.外国人眼中的大运河 [M].杭州:杭州出版社,2013.

[159] 张前方.湖州运河文化 [M].北京:二十一世纪出版社集团,2015.

[160] 张钱松.青田古诗词选注 [M].哈尔滨:北方文艺出版社,2006.

[161] 张森生.桐乡历代诗钞 [M].杭州:浙江人民出版社,2014.

[162] 张十庆.五山十刹图与南宋江南禅寺 [M].南京:东南大学出版社,2000.

[163] 张尧国.西施传说 [M].杭州:中国美术学院出版社,2006.

[164] 赵红娟.明清湖州董氏文学世家研究 [M].北京:中国社会科学出版社,2011.

[165] 赵汀阳.历史·山水·渔樵 [M].北京:生活·读书·新知三联书店,2019.

[166]《浙江通志》编纂委员会.浙江通志：第3、4卷［M］.杭州：浙江人民出版社，2019.

[167]《浙江通志》编纂委员会.浙江通志：第78卷［M］.杭州：浙江人民出版社，2018.

[168] 郑翰献.钱塘江文献集成：第19册：富春江、萧山专辑［M］.杭州：杭州出版社，2017.

[169] 郑翰献，王骏.钱塘江诗词选：全2册［M］.杭州：杭州出版社，2019.

[170] 中共丽水市莲都区委宣传部，丽水市莲都区文学艺术界联合会.莲都古代诗词选［M］.杭州：浙江古籍出版社，2007.

[171] 钟伟今，欧阳习庸.防风氏资料汇编：增订本［M］.哈尔滨：黑龙江人民出版社，2013.

[172] 周魁一，等.二十五史河渠志注释［M］.北京：中国书店，1990.

[173] 周庆云.南浔志：点校本［M］.赵红娟，杨柳，点校.北京：方志出版社，2022.

[174] 周天放，叶浅予.富春江游览志［M］.上海：上海文艺出版社，2017.

[175] 周晓林，刘玉平.空间与审美：文化地理视域中的中国古代文学［M］.北京：人民出版社，2009.

[176] 朱封鳌.天台山佛道儒传说［M］.北京：宗教文化出版社，2012.

[177] 朱光潜.文艺心理学［M］.上海：华东师范大学出版社，2015.

[178] 朱海滨.近世浙江文化地理研究［M］.上海：复旦大学出版社，2011.

[179] 朱秋枫.浙江歌谣源流史［M］.杭州：浙江古籍出版社，2004.

[180] 朱炜.跳上诗船到德清［M］.杭州：浙江工商大学出版社，2020.

[181] 朱雪霏.神王之国：良渚古城遗址［M］.杭州：浙江大学出版社，2019.

[182] 竺岳兵.唐诗之路唐代诗人行迹考［M］.北京：中国文史出版社，2004.

[183] 竺岳兵.唐诗之路唐诗总集［M］.北京：中国文史出版社，2003.

[184] 宗白华.美学的散步［M］.合肥：安徽教育出版社，2006.

［185］邹志方，冯张法，张金军．历代诗人咏会稽山［M］．北京：新华出版社，2002.

［186］邹志方．浙东唐诗之路［M］．杭州：浙江古籍出版社，2019.

［187］［法］勒克莱齐奥，董强．唐诗之路［M］．北京：人民文学出版社，2021.

二、译著

［1］［法］韦斯特法尔．地理批评：真实、虚构、空间［M］．高方，路斯琪，张倩格，译．北京：北京联合出版公司，2023.

［2］［加］卡尔松．自然与景观［M］．陈李波，译．长沙：湖南科技出版社，2006.

［3］［加］麦格拉思．亲历龙国：外国人眼中的民国丽水：增订版［M］．任莺，周率，程盼，译．武汉：武汉出版社，2019.

［4］［罗］米列斯库．中国漫记［M］．蒋本良，柳凤运，译．北京：中国工人出版社，2000.

［5］［美］博伊姆．怀旧的未来［M］．杨德友，译．南京：译林出版社，2010.

［6］［美］布拉萨．景观美学［M］．彭锋，译．北京：北京大学出版社，2008.

［7］［美］曼素恩．缀珍录：18 世纪及其前后的中国妇女［M］．定宜庄，颜宜葳，译．南京：江苏人民出版社，2022.

［8］［美］桑塔耶纳．美感［M］．杨向荣，译．北京：人民出版社，2013.

［9］［意］波罗．马可·波罗游记［M］．梁生智，译．北京：中国文史出版社，1998.

［10］［意］鄂多立克．海屯行纪：鄂多立克东游录：沙哈鲁遣使中国记［M］．何高济，译．北京：中华书局，2019.

［11］［英］克朗．文化地理学［M］．杨淑华，宋慧敏，译．南京：南京大学出版社，2003.

三、期刊论文

［1］查屏球．盛唐诗人江南游历之风与李白独特的地理记忆：李白《送

王屋山人魏万还王屋并序》考论 [J]．文学遗产，2013（3）．

[2] 陈保亚，张刚，王光海，等．茶马古道重要形态：钱塘江流域两栖茶路：词与物的证据 [J]．科学中国人，2019（11）．

[3] 陈凯．瓯江山水诗路的文学地理形态与演变 [J]．温州职业技术学院学报，2020（4）．

[4] 陈望衡．江南文化的美学品格 [J]．江海学刊，2006（1）．

[5] 方英，译；刘宸，整理．关于空间理论和地理批评三人谈：朱立元、陆扬与罗伯特·塔利教授的对话 [J]．学术研究，2022（1）．

[6] 傅璇琮．走出唐诗的"唐诗之路"[J]．中华遗产，2007（1）．

[7] 高建平．美学的围城：乡村与城市 [J]．四川师范大学学报（社会科学版），2010（5）．

[8] 龚缨晏．浙江古代海外交流史的发展历程 [J]．浙江社会科学，2023（9）．

[9] 顾希佳．虞舜传说与吴越文化圈 [J]．杭州师范大学学报（社会科学版），2001（3）．

[10] 郭伟欣．盛唐诗人壮游活动略考：以李白、杜甫等十二位诗人为例 [J]．广州广播电视大学学报，2022（3）．

[11] 胡经之．走向文化美学 [J]．学术研究，2001（1）．

[12] 胡可先．西陵·渔浦：浙东唐诗之路的起点 [J]．浙江社会科学，2022（6）．

[13] 胡晓明．从严子陵到黄公望：富春江的文化意象：《富春山居图》的前传及其展开 [J]．华东师范大学学报（哲学社会科学版），2016（4）．

[14] 胡晓明．略论中国文化意象的生产 [J]．文艺理论研究，2007（1）．

[15] 胡正武．浙东唐诗之路新线拓展研究 [J]．浙江水利水电学院学报，2021（3）．

[16] 华林甫．唐代两浙驿路考 [J]．浙江社会科学，1999（5）．

[17] 蒋寅．古典诗学中的"清"概念 [J]．中国社会科学，2000（1）．

[18] 景遐东．唐代山水诗与隐逸诗中的若耶溪 [J]．湖北师范大学学报（哲学社会科学版），2022（6）．

[19] 李德辉．唐代两京驿道：真正的"唐诗之路"[J]．山西大学学报

（哲学社会科学版），2007（1）.

[20] 李剑亮. 夜航船与浙江诗路 [J]. 浙江社会科学，2020（2）.

[21] 李世众. 忠义文化的地方化渠道：以温州孤屿文天祥祠的历史记忆建构为中心 [J]. 史林，2023（1）.

[22] 梁苍泱，梁福标. 民间传说与"浙东唐诗之路"的建构与延伸 [J]. 绍兴文理学院学报（人文社会科学），2020（11）.

[23] 廖美玉. 驻足与追忆：李白在天地行旅中浮现的浙东诗景 [J]. 绍兴文理学院学报（人文社会科学），2018（6）.

[24] 刘成纪. 地理·地图·山水：中国美学空间呈现模式的递变 [J]. 文艺争鸣，2020（6）.

[25] 刘成纪. 诗性地理与庄子的哲学发现 [J]. 江苏大学学报（社会科学版），2003（3）.

[26] 刘美娟，陈小珍. 瓯江流域地名命名理据试析 [J]. 中国地名，2020（1）.

[27] 罗时进. 浙江诗路研究的视界与视点 [J]. 浙江师范大学学报（社会科学版），2019（4）.

[28] 马可莉，顾康康，储金龙，等. 徽州古道空间特征研究 [J]. 安徽建筑大学学报，2018（2）.

[29] 钱志熙. 东晋南朝时代钱塘江诗路的形成 [J]. 浙江学刊，2021（5）.

[30] 史有为. "秀"字的七七八八 [J]. 咬文嚼字，2022（11）.

[31] 汪春泓. 关于《文心雕龙》"江山之助"的本义 [J]. 文学评论，2003（3）.

[32] 王昌忠. "诗意"之探 [J]. 文艺评论，2013（12）.

[33] 王德保. 张先与湖州地域文化关系考论 [J]. 江西社会科学，2004（6）.

[34] 王建革. 水文、稻作、景观与江南生态文明的历史经验 [J]. 思想战线，2017（1）.

[35] 王丽萍. 文化线路：理论演进、内容体系与研究意义 [J]. 人文地理，2011（5）.

[36] 王琴. 从唐"境"宋"韵"看中国传统美学的特点 [J]. 福州大

学学报（哲学社会科学版），2004（2）.

　　[37] 王一川. 人生美化与民生风化之间：从改革开放 40 年审美文化重心位移看 [J]. 当代文坛，2019（4）.

　　[38] 王勇，史小军. 明代诗歌所见运河景象及其文学意蕴 [J]. 学术交流，2016（1）.

　　[39] 吴淑玲. 驿路唐诗边域书写中的丝路风情 [J]. 河北师范大学学报（哲学社会科学版），2020（2）.

　　[40] 吴文丽，金荷仙. 浙江村落八景文化资源研究 [J]. 古建园林技术，2019（4）.

　　[41] 萧晓阳. 宗白华意境说的江南地域诗学渊源 [J]. 文艺研究，2016（12）.

　　[42] 谢琦慧. 文化地理与诗学传统：瓯江山水诗路中的温州书写 [J]. 浙江工贸职业技术学院学报，2021（3）.

　　[43] 徐跃龙. 天姥山考论 [J]. 浙江社会科学，2017（4）.

　　[44] 杨成楲. 河姆渡遗址文化与越族先民 [J]. 宁波大学学报（人文科学版），1994（2）.

　　[45] 杨华. 苏小小形象的历史生成：文化记忆与文学想象 [J]. 浙江学刊，2018（4）.

　　[46] 余风. 常山县打造"宋诗之河"文化品牌的几点思考 [J]. 政策瞭望，2018（10）.

　　[47] 余恕诚. 剡溪访戴典故在李白笔下：兼谈盛唐诗人对于魏晋风度的接受 [J]. 古典文学知识，2000（1）.

　　[48] 余雪. 中国古典美学"灵"范畴探微 [J]. 安徽理工大学学报（社会科学版），2014（5）.

　　[49] 袁济喜，刘睿. 古代山水审美中物我关系的重构：以谢灵运《山居赋》为中心 [J]. 学术研究，2023（6）.

　　[50] 张法. 生态型美学的三个问题 [J]. 吉林大学社会科学学报，2012（1）.

　　[51] 张宏敏. 试析浙学与蜀学的共同特质 [J]. 浙江社会科学，2020（11）.

　　[52] 张寅潇. 两汉三国"吴会"考论 [J]. 地域文化研究，2019（2）.

[53] 周大鸣，公秋旦次．从"路学"到"路域学"：人类学视域下的聚落与交通 [J]．原生态民族文化学刊，2024（5）．

[54] 朱海滨．浦阳江下游河道改道新考 [J]．历史地理，2013（1）．

[55] 朱惠国．浙江词学传统与现代文化建设 [J]．浙江社会科学，2022（8）．

四、论文集

[1] 陈桥驿．吴越文化论丛 [C]．北京：中华书局，1999．

[2] 范阳，黄贯群．山水美学研究 [C]．南宁：广西人民出版社，1988．

[3] 胡正武，胡平法．台州人文研究选集 [C]．北京：华艺出版社，2006．

[4] 石在，徐建春，陈良富．徐霞客在浙江 [C]．杭州：浙江教育出版社，1998．

[5] 唐燮军．"浙学"选萃 [C]．哈尔滨：黑龙江人民出版社，2020．

[6] 伍蠡甫．山水与美学 [C]．上海：上海文艺出版社，1985．

[7] 杨琼，胡秋妍．浙东唐诗之路的会通与嬗变 [C]．北京：中华书局，2024．

[8] 中国陆游研究会，等．陆游与浙江诗路文化研究 [C]．北京：中国社会科学出版社，2022．

[9] 周永明．路学：道路、空间与文化 [C]．重庆：重庆出版社，2016．

[10] 竺岳兵．唐诗之路综论 [C]．北京：中国文史出版社，2003．

五、报纸

[1] 程章灿．行行重行行，"江南之路"的起点与未来 [N]．新华日报，2020-04-24（13）．

[2] 赖勤芳．浙江诗路文化的美学品格 [N]．中国社会科学报，2022-02-28（A6）．

[3] 雷恩海．陇右唐诗之路 [N]．光明日报，2019-10-28（13）．

[4] 刘慧．良渚古城外发现"江南水乡" [N]．浙江日报，2011-03-19（8）．

[5] 邱志荣，张卫东．跨越千年的禹迹图 [N]．人民日报（海外版），

2022-05-05（9）.

　　[6] 孙旭辉．"唐诗之路"美学研究的四个维度［N］．中国社会科学报，2022-06-27（A4）.

　　[7] 肖鹰．陶渊明《归园田居》与中国乡村美学［N］．光明日报，2022-04-08（13）.

　　[8] 朱琳琳．延续四条文脉，打造"安徽诗路"［N］．安徽日报，2022-09-02（9）.

附　录　"乡愁"及其休闲美学意蕴

摘　要：从美学的视域理解"乡愁"，可以由浅入深地分为三个层次。作为审美的普遍内涵，乡愁是来自时空的演绎、对距离的独特感受及人自身的回归。现代乡愁愈益成为审美式的存在，这种特殊意味指示着"还乡"之必然。乡愁所彰显的诗意价值，通过艺术创造、乡村"再发现"等途径获得，是乡土认同的结果。乡愁是审美的、存在的、诗意的，蕴含休闲美学的意趣。乡愁、休闲都是"美丽的精神家园"。

关键词：乡愁；审美；存在；诗意；休闲美学

"乡愁"是一个使用广泛、集聚多义的关键词。从"日暮乡关何处是，烟波江上使人愁"（［唐］崔颢《黄鹤楼》）到"让居民望得见山、看得见水、记得住乡愁"①，"乡愁"的内涵在中国文化与社会的语境中发生了重要变迁。它不再是简单地指那种离别、思家的情绪，而是作为更具深意的返归、在家、存在的生活本然。将"乡愁"元素融入"美好生活"建设中，就是要求在城市、乡村建设中保护自然生态，保留原汁原味的东西，将它们打造成诗意的宜居地，以不断改善人居生活环境和满足高质量生活需求。这一提法亦极具创造性和吸引力，如唤起公众对生存方式合理性的思考，引导公众更好地去理解人与历史、自然或社会的关系，求索人类的情感价值和重建公众的精神家园、心灵故乡。这些都使得"乡愁"跃升为一种作为休闲的美学。休闲美学是以"美好生活"为核心内涵和价值诉求的生活美学，是由休闲审美所建构起来的美学形态。休闲与乡愁，通过复杂而又微妙的审美关系关联起来，趋向于美学上的统一。理解此，要从"乡愁"分别作为审美的普遍内涵、成为存在的特殊意味以及追求诗意的特定认同三个由浅入深的美学层面谈起。

---

① 中央城镇化工作会议举行 习近平、李克强作重要讲话［EB/OL］. 中央政府门户网站，2013-12-14. https：//www. gov. cn/guowuyuan/2013-12/14/content_ 2590429. htm.

一、乡愁的审美内涵

何谓"乡愁"？它的原义是思乡病，一种未能或无法见到故乡的痛苦、恐惧，常常是发生在病人或者异乡人身上的一种绝望的情感状态、忧郁病症、自杀倾向。作为医学术语的"乡愁"已渐渐被人们忘记，如今用它不仅表示那些远离故土的人对日常往事的思念、眷恋，而且当作人类共同的、普遍的、永恒的情感。如同一个无所不包的容器，乡愁是城市和乡村、传统和现代、实物和精神、本土和他乡等各种关系相互缠绕的集合。"乡愁的内涵充满着理想与现实、可能与不可能、变与不变、过去与当下、自我与社会、地理与历史、家与国、国与普世、男性与女性、童年与成年、生产与生活、真实与虚妄、自然与社会、定居与流动等二元辩证概念。"① 在如此广泛而丰富的内涵中，"美"自然包括其中。丰子恺在对一个南洋华侨学生的谈话文《乡愁与艺术》中说道："乡愁，nostalgia，这个名词实在是很美丽。这是一种甘美的愁（sweet sorrow）。世间有一种人，叫作 cosmopolitan，即世界人。想起来这大概是'到处为家'的人的意义。到处为家，随遇而安，也有一种趣味，也是一种处世的态度。但是乡愁也是有趣的，也是一种自然而美丽的心境。"② 显然，这样的乡愁是美的、境界的。它与时间、空间、身体等多种审美性因素有关。

乡愁与记忆、历史有关，首先是一个与时间相关的概念。一般地说，乡愁是对故乡、童年、过往生活的回忆。人的生命历程是一部成长史，有一个从童年到成人的发展进程。随着年龄的增长，个体会产生深深的怀旧感，那就是无论身处城市还是乡村，都会对自己的过往产生一种念旧情绪。"乡愁"所联系的正是这样的一种绝对的、客观的历史时间和地理时间。这种时间是不可倒流的，故极易触及人的情感底线、滋生想象，从而产生独异体验。如从幼年到少年时期的各种感受、印象、记忆、情感、知识、意志等所构成的童年经验，对一位文人艺术家而言具有重要意义。它不仅能够成为文艺作品的题材、主题，而且由于本身就包含着最深厚、最丰富的人生真味而具有审美体验性质。"童年经验作为人类个体的一种本真的生命体验超越了现实世俗

---

① 李蕾蕾.　"乡愁"的理论化与乡土中国和城市中国的文化遗产保护［J］. 北京联合大学学报（人文社会科学版），2015（4）：54.

② 丰子恺. 丰子恺文集・艺术卷一［M］. 杭州：浙江文艺出版社，浙江教育出版社，1990：99-100.

的干扰，是对经历物所作的天然纯真、直观的把握，因而这种体验最接近于人的本性，是最真实、天然，也是最具有普遍的人生意义的。"① 作为对已经消失的一段生命历程的体验，童年经验又是可以还原的。冰心在她的诗《繁星》中就将童年抒写成"梦中的真""真中的梦"和"回忆时含泪的微笑"。② 作家们正是通过激活包括自身经验在内的乡土资源来理解过去、现在和未来。

"乡愁"又是一个抽象概念，总是需要具体审美形象来呈现。对它的表达，总是要落位于乡村、家乡、故乡、故园、故国等特定的地方，勾连那里的物、景、事、人等具体的对象。但是这些地方和对象，只有对那些远离了此"乡"的人才具有真正的意义。所以，乡愁之"乡"既是具体的地理地方，又是超越了一乡一地一时的"原乡"，即一种与人生无常、命运多舛的慨叹相联系的人类精神。如余光中《乡愁》一诗在艺术上有一个从故乡实物、文化乡愁到精神家园的时空同时递进过程，"既反映了现代人的思念、怀恋，又反映了现代人思维方式和对悲剧性内容的空间处理"③。事实上，对乡愁母题的表达，海外华文文学的贡献堪称卓著。作家们用"苍凉而又美丽"的笔墨，"拓展了乡土、故国空间，构建起超越家园之思、国族之愿的乡土观"，形成了"甜蜜折磨"的审美形态。④ 乡愁的美，往往在于滤过时空而对故乡之重现，即在一种异域的自然山水、社会风情里中回眸故乡，从而呈现出"他乡即故乡"的审美境界。正是在两"乡"之间难以分辨的漂移流动中，生长出种种有变数的现代乡愁。王鼎钧在他的散文《脚印》中如此写道："乡愁是美学，不是经济学。思乡不需要奖赏，也用不着和别人竞赛。我的乡愁是浪漫而略近颓废的，带着像感冒一样的温柔。"⑤ 从根本上说，乡愁是一种离愁、一种思乡，是一种无须顾及他人的自伤感。

时间、空间只是乡愁发生的必要条件。乡愁之美，在于两者的演绎，还在于那种距离感，"让某些已经不可追回或言说的事物得以（重新）定义，也使这样的叙事与心理追寻处于似近实远的状态中"⑥。乡愁的核心是主体性，

---

① 童庆炳，程正民. 文艺心理学教程［M］. 北京：高等教育出版社，2001：97.
② 卓如. 冰心全集：第1册［M］. 福州：海峡文艺出版社，2012：237.
③ 金丹元. 比较文化与艺术哲学［M］. 昆明：云南教育出版社，1989：434-435.
④ 黄万华. 乡愁是一种美学［J］. 广东社会科学，2007（4）：146-152.
⑤ 季仲. 台湾乡愁散文选萃［C］. 福州：海峡文艺出版社，1994：33.
⑥ 王德威，作；余淑慧，译. 伤痕记忆，家国文学［M］//陈思和，王德威. 文学·2013春夏卷. 上海：上海文艺出版社，2013：166-167.

即人想象过去，把过去现实化，用于协调自身与过去、与现在之间的矛盾冲突的方式。它并非再现所感受到的绝对真理，而是弥补个体记忆中的空缺。也与实际的返乡根本不同，它是与自我见面、与心灵交流，是非常个人化的情感呢喃。诚然如此，乡愁作为情感，又始终脱离不了一种公共记忆，它的背后往往是广阔的民间生活，甚至是民族文化。所谓尊重民间秩序、重建民族记忆，其实都是乡愁话语的表达。从乡愁形态看，既有传统的，又有现代的，前者主要是由于求学、经商、为官等原因引发的个体性情绪，是在远离母体时勾起的记忆；而后者主要是由于与异域文化接触、城市化等原因引发的群体性乡愁，是对处于边缘性质的本色乡土的怀恋。两者皆根植于某种传统的历史、地理和社会的观念。乡愁是情感的、记忆的，是在个体与文化、自我与他者之间寻求认同的路向。梁鸿将"乡愁"作为用于重建主体性的特别重要的一个词语，以此作为方法去反思社会现实和文明发展方向。在她看来，重返"乡愁"就是重新思考"乡"在中国生活中的独特意义、人与自然的关系，等等；以"乡愁"为起点就是要求写作者、批评者关注自我身份及其历史规定性。阎连科的《受活》以文学的方式直面和挑战乡村与城市、传统与现代、发展与坚守等我们这个时代的核心问题，具有"丰富的、混杂的"美学品格和思想主题。对于这部反映当代"乡土中国"现实与观念想象的文本，值得通过语言揭示文本背后"所可能蕴含的文化心理机制，以及被我们自己和时代所遮蔽的东西"。[①]乡愁，不仅是具体的精神指向，而且是"方法"，这样的理解是颇具眼光和有意味的。

　　"乡愁"还指向人自身。乡愁往往是"对精致文化传统的留恋"，"异乡人江山之梦的神话"，或者说"满是天涯情味，越去越远越牵挂"。[②]但事实上并非都是如此之"远"，乡愁有时直指近在咫尺的乃至切身的人的日常生活活动。如味觉的、视觉的、触觉的等这些原始的、简单的、朴素的身体本能，它们都能激起人的无限思念；还有如性情的、审美的、精神的、灵性的，它们也都能成为个体的、对自己人之为人的乡愁。周作人、梁实秋对于饮食的回味（如《喝茶》《谈酒》《故乡的野菜》/《喝茶》《饮酒》《八宝饭》《豆腐》），美国作家丽贝卡·索尔尼（Rebecca Solnit）对于行走的追忆（《浪游

---

① 梁鸿. 作为方法的"乡愁"：《受活》与中国想象［M］. 北京：中信出版社，2016：XXII–XXIX.

② 董桥. 乡愁的理念［M］. 北京：生活·读书·新知三联书店，1991：自序1.

之歌》），深刻地体现出人具有一种性情倾向。这种倾向，按法国学者皮埃尔·布迪厄（Pierre Bourdieu）所说就是"惯习"（Habitus）。惯习是历史的，是人用于应付社会世界的主观结构，是不被反思的感知、体验、思维、审美、说话行事的一种个体方式。主观惯习与客观场域共同制约了人的实践感。只有回归到身体化结构和复杂的情境中，实践才能获得合法性。身体乡愁彰显出一种本真性的休闲方式。

二、乡愁的存在意味

"乡愁"的深刻含义，还特别体现在现代人越来越把它当作一种审美式的存在。每个人的心里都有一方魂牵梦萦的土地。这是一种不管在何时何地都不会褪色的对乡土的深厚感情。这种情感需要乡土依托。乡土是乡愁情感的载体，而对之想象则是"我在"的"我想"。"乡土是根的意象，也是母体的象征，具有哲学本体意味。"乡土叙事是一种"我"与"他"的关系建构，审美乡土是"他乡的故乡"。① 美国学者斯维特兰娜·博伊姆（Svetlana Boym）认为，怀旧（nostalgia，又译怀念、思念、乡愁）往往作为一个"外现代"（off-modern）的传统，似乎指向反现代的、非进步的，但是"怀旧的创造性思考不仅是一种艺术的发明，而且还是一种生存策略，一种发现不可能返乡之意义的途径"。② 因此，作为存在的乡愁直指那种失根的、无处归乡的现实，意味着现代人已越来越卷入乡愁式生活情境当中。

乡愁表征人的情感问题。现代文明允诺了美好生活，但是并非真正地得以实现。由于它并未有效地安顿人类的精神生活，从而造成了现代人在情感上的失衡。祛除对现代文明的焦虑，以得到情感平衡，这是必要的生存策略。尤其是现代技术、大众传媒的发展，使得公域与私域的边界日渐模糊，社会性的力量、范围越来越大，自我越来越卷入公共事件当中。于是公众越来越迫切寻求一种皈依的心理状态，即一种与个体之独处状态时不同的群体归属感。乡愁包含了一种怀旧的情绪，诉求回归本源性的"家"。家是由家庭、家园、家乡、家人等构成的一种社会结构，回到家中就是回到社会生活中，意味着人生有了归处。在家，能够使得自我平静、心灵和谐，享受到无限的乐

---

① 程光炜，丁帆，李锐．乡土文学创作与中国社会的历史转型："乡土中国现代化转型与乡土文学创作学术研讨会"纪要［J］．渤海大学学报（哲学社会科学版），2010（1）：65-66．

② ［美］博伊姆．怀旧的未来［M］．杨德友，译．南京：译林出版社，2010：6．

趣。在现代生活节奏日益加快的今天，许多人选择在家，把家作为最重要的休闲场所之一。此故，家也具有极强的隐喻色彩。乡愁就是在家中找到某种社会化的情感皈依和心灵归属。

驱动现代乡愁体验发生的力量在于人们注意到过去与现在之间的中断，或者说一种历史性的不协调，并且相信传统能够完美复原却又质疑其延续性。乡愁意味着过去对于现在乃是一种价值、一种真实，故要保持本来的面貌，返回本来的牧歌状态，这是一种神话式的创造。乡愁也是一种"怀想与遗失，记忆的不完备的过程"，它是"在废墟上徘徊，在时间和历史的斑斑锈迹上，在另外的地方和时间的梦境中徘徊"。① 两者都启动了审美叙事。如沈从文和鲁迅的乡土书写，都是寄希望于乡土，试图变革或执守传统文化，以解决现代性的矛盾。这种始于现代观念的文化返照是乡愁的，是一种情感修复，更是一种深度反思，指示新的可塑性。谢有顺指出："乡愁，看似是一种文化的缅怀，其实讲述的却是当今的生存及精神状况。说到这，可以发现，乡土固然天生有着文化的意味，更是一种之于存在的哲思；是一种现实遭遇，也是一种形而上的精神处境。"② 现代化在促进物质高度发达之外，亦难免造成环境污染、生态恶化现象。这种困境和危机，尤其表现在现代人被物化而造成的精神失常。德国学者赫伯特·马尔库塞（Herbert Marcuse）所说的"单向度的人"、美国学者大卫·理斯曼（David Riesman）笔下的"孤独的人群"，所反映的都是人与社会脱节、身体与心灵分离的异化现实。实际上，人越陷入对社会、文化、生态、文明的焦虑中，就越渴望回归到原乡精神生活中，希冀得到心灵上的救赎。

造成现代乡愁的一个重大现实就是不平衡的城乡制度。市场化和经济的力量驱使乡村城市化，表现为大量的人口、资源向城市集聚。城市化过程也分化出形形色色的生存群体，特别是乡土留守人、城乡边缘人、城市异乡人。城市与乡村，表面上是尖锐对立的关系，实际上是一对共生体，彼此之间的起承转合，伴随着人对自然、他者、社会、艺术的认知，从而引发"精妙的情绪和心性"。"乡愁"对应于"城愁"，它们的萌发，前者因城市后者因乡村。这之中不包含那种绝对性的价值判断，如城市一定比乡村好或者乡村一

---

① ［美］博伊姆. 怀旧的未来 ［M］. 杨德友，译. 南京：译林出版社，2010：46-47.
② 谢有顺. 从"文化"的乡愁到"存在"的乡愁：先锋文学对乡土文学的影响考察之一［J］. 文艺争鸣，2015（10）：43.

定比城市好，而只是唤起人们对城市或乡村的"自省"。在潘知常看来，因城市过快发展引发的乡愁，其实是城市自身的问题，是"城痛"，这就需要把城市进行真实还原，把它作为人类自由生命的象征，因为城市本性就是"有生命的""有灵魂的""有境界的"。① 从这方面说，解决城乡问题的合理之道，并非基于决然排斥城市与乡村其中一方，而是要把两者都作为现代人的生存之所。这种态度是十分重要的，将使公众意识到城市化就应是人的"接力"过程。与休闲美学一样，城市美学、乡愁美学都是筹划人的全面发展、启迪诗意人生的追求、营构安身立命的圣洁之地。

三、乡愁的诗意认同

乡愁是审美的、存在的，也就是诗意的。"诗意"（poetry）一词与"诗性""诗质""诗情""诗趣""诗味""诗境"，甚至与"美""审美""美感""艺术"等接近或等同。对各种艺术文本的分析、描述，对生活世界的诸多事件和现象的指称、评价，都可以用"诗意"一词言之。"诗意的"往往就是"美的"艺术、"好的"生活及其形式。艺术、生活之所以被认为是具有诗意的，乃在于它们本身能够诱发无限的想象并开拓出审美空间。乡愁是诗意的，这并非意味乡愁本身就是诗意的，而是指具有诗意的蕴藉，即诗意作为价值生成的无限潜能及其实现。乡愁的诗意，是人的诗意，是因对诗意之本真追求而成为一种价值所在。现代人的诗意源于艺术、乡村两个领域，乡愁的诗意也主要来自艺术的创造、乡村的"再发现"，它是乡土认同的结果。

艺术是创造的产物。艺术的诗性就在于它本身就是人与世界的存在关系的结构，是人的生存表征，起着沟通世界、超越世俗的作用。艺术是美的存在，其诗意来自陌生化、阻拒化、变形、间离化等审美创造方式。艺术活动是审美主客体之间的交流活动，艺术的诗意就在于它的流畅性。诗具有语言性、形象性、音乐性、凝练性、跳跃性等审美特征，它是"文学的文学"，也是艺术形式的典型代表。诗之所以美，因其"在读者内心而生的情绪，正为如是正值向度的心理体验"②。然而，这并不意味着发酵诗意的事、情、理、物等也一定是美的，其中的关键在于能否用想象力发掘这些原料的诗意所在。

---

① 潘知常. 城市与乡愁：一种关于成长的生命美学［N］. 中国艺术报，2017-01-06（3）.
② 王昌忠. "诗意"之探［J］. 文艺评论，2013（12）：53.

无论从艺术本体，还是艺术的创造或接受来看，艺术的诗意都是一种让人能够置于现实之外，甚至忘却生活本身，从而超越一切界限的境界。这种境界，也就是常说的审美。"审美不是在远离原本状态的日常生活的基础上增加点什么，而是减除覆盖在本然生活境界上的各种束缚，还人的生活以本来上面。"① 故此，审美即是还乡，就是对生存家园的渴望，对一种本源性的生活境界的追求。

如果说艺术的诗意来自陌生化，那么乡村的诗意来自熟悉感。乡愁记忆是一种历史影印，总是体现为对日常往事、文化传统的留恋，总是表达为某种似曾相识的情思。但是这种熟悉感并非就是简单重复、机械再现，实是"再发现"。乡村诗意的本义是乡村美。悠久的生产方式、悠闲的生活样态、淳朴的乡风民风和怡人的自然环境，这些都是美的。不过这种集生产、生活与生态于一体的乡村美，是长期被遮蔽的，只是后来出现了城市，有了城市美，才使得人们逐渐意识到乡村自有其美。从美学史看，"美"也是先于"美学"而出现的，美的历史也是始于乡村，而美学则是城市出现后的产物。乡村在经济上受到城市压迫，乡村美也受到城市美的压迫。乡村美之所以被"发现"，除文人艺术家的积极倡导之外，原因仍在城市化。② 城市化如同一把双刃剑，它在加快城市发展的同时加速了乡村沦落，但城市发展也面临因自身问题从而滋生反城市的倾向。城市人并不会因在城市而得到心理满足，疲劳、匮乏、忧郁等都是常见的城市人病症。他们需要得到精神满足、心灵抚慰。因此，乡愁泛滥是城市化过程中必然出现的社会心理现象。正如前面所提到的，乡愁也就是城痛、城愁。现代人移目于乡村，通过回忆和复现使得乡村变得越来越美，因此才有对乡村所谓"桃花源""乌托邦"等各种美誉。

乡愁依托于乡土。乡村的乡土是典型的乡土形态。与乡村一样，城市也具有乡土本色。颇能代表城市、乡村两者共有的诗意的，当属乡土景观。"乡土景观是乡土经验的记载，也是充满诗意的，就像白话文可以写出最优美、最动人的诗歌一样。"③ 这种景观，按属性、特征划分，除城市景观相对于乡村景观之外，还包括异域景观相对于地域性景观、正统景观相对于寻常（日

---

① 彭锋. 美学的感染力 [M]. 北京：中国人民大学出版社，2004：82.
② 高建平. 美学的围城：乡村与城市 [J]. 四川师范大学学报（社会科学版），2010（5）：35-38.
③ 俞孔坚. 回到土地：第二版 [M]. 北京：生活·读书·新知三联书店，2014：205.

常）景观。但不论何者，它的本质都是人的适应方式，即"此时此地人的生活方式在大地上的显现"。由于它记载乡土经验，反映人与自然、人与人、人与神之间的关系，从而强化了人与自然和社会环境的归属感、认同感。① 乡土景观具有鲜明的地方性、区域性。名胜史迹、景观地标、人文技艺、民俗风情、美食特产，等等，它们都是满足公众的生活需求、适应环境并不断变化的产物。说到底，乡土景观是乡愁的寄托物，是现代人的休闲生活空间。维护乡土景观，就是留下最好记忆、留住最美乡愁。当下城市往往是传统景观、政治景观混存，甚至还出现了社区公园、城中村、农贸市场等新的乡土景观。在现代化、都市化过程中，这些适应自然和土地的、本乡本土的、为了生存和生活的乡土景观，尤其是传统的乡土景观，正面临逐渐消逝、化作历史的严峻现实。如何对之进行保护，促进乡土景观与现代休闲生活的有效融合，这将是一个十分迫切的任务。

四、通向休闲的乡愁

作为美学的乡愁，它是审美的、存在的、诗意的。关于"乡愁"，有"甘美的愁"（丰子恺）、"想象的乡愁"（王德威）、"作为方法的'乡愁'"（梁鸿）、"乡愁的理念"（董桥）、"乡愁是美学"（王鼎钧）等众多的说法，体现出乡愁审美的特殊机制，直接或间接地彰显出它的想象性意义与价值。想象不仅能够造就富有生命活力的自我，聚合起人的创造性的精神力量，而且能够成为一种本体性的确证，它是"人的生存方式，或诗意栖居之所"②。这种乡愁之"想象"也正切合休闲美学的意蕴。休闲美学以美的休闲为旨趣。美学的休闲，并非那种无聊的时间、消极的心态，而主要是作为一种自由的生活方式之追求。乡愁与休闲，两者统一于人的生存体验及其对现实的超越当中。乡愁通向休闲，是由它深刻的内涵所决定的，自然也是美学发展的要求和趋势。

深入理解此还是需要回到德国美学家马丁·海德格尔（Martin Heidegger）那里，再度领会他所推崇的"诗意地栖居在大地上"。此言针对的是人的劳作、居住，指向的是"大地"这一人的安身立命之所。其中的"诗意"，就是诗的、自由的或自在的，但此种境界的生成并不意味着不通过劳作。劳作

① 俞孔坚. 回到土地：第二版［M］. 北京：生活·读书·新知三联书店，2014：199.
② 谭容培，颜翔林. 想象：诗性之思和诗意生存［J］. 文学评论，2009（1）：195.

（或制作，亦指技术）并非为了某种直接的目的，它本身就是自由的。换言之，自由是以劳作为前提的，因为居住原本就是劳作的产物。故劳作不是工具的，而是存在的，它是人的一种存在方式。劳作话语揭开了劳动与休闲的美学关系，对审视休闲的理论与实践问题提供了重要启示。如今越来越多的人追求休闲生活方式，也有越来越多的组织、机构从事休闲事业。休闲的普遍化发展有利于推动和优化和谐社会的建构，但是也会因娱乐性、过度商业化导致严重后果。究其实，这些都是对"诗意"的遮蔽。休闲的魅力在于与劳动一样的本质，它是"存在的自由"，即"以存在与成为为目标的自由"①。促进休闲想象、提升生活品质，需要坚持"存在"意识，转注于谛听本源之乡，不是"返"乡，而是"在"乡。乡愁、休闲都是"美丽的精神家园"。

---

① ［美］凯利.走向自由：休闲社会学新论［M］.赵冉，译.昆明：云南人民出版社，
2000：283.

后 记

浙江文化源远流长，境内的上山、良渚、河姆渡等古遗址声名远扬。记得有人这样比喻：如果将吴、越，即大浙江区域视为一本大书，那么钱塘江便是它的书脊。左岸是平原水网密布的吴地，右岸是山水相间分布的越——古典江南的文化中心。身为浙人，我常常被这本"书"所吸引，而且浑然浸润其中。故乡的那条小溪是越溪的主源。越溪，系俗称，汇入衢江（古称瀫水），据说是古越国的西界。《梁书·刘勰传》云："出为太末令，政有清绩。"太末（今衢州市龙游县）也就是在这一地带。至于刘勰为官一事，存世文献均无详细记载，只能依靠后人的想象和演绎了。回到现实生活，每当居家推窗远望，或驻足校园内的崇师广场，东西横亘的金华山映入眼帘，尽显伟姿。此山俗称北山，但这个俗不可耐的名称却被《辞海》收录，堪称奇事。我想象 1500 多年前的刘勰是何等不惧艰辛——舟行钱塘江，出没风波里，往返于瀫水之畔的太末与建康（今南京）方山定林寺。我也想象北山之北，金华山那一边的钱塘江，以至更远的长江，它们该有何等的壮观景象！名不见经传的越溪，重回"名山"之列的金华山，此等钱塘山水早已烙印在心，对我的生活、工作而言都十分重要，注定让我用时间去读懂，用生命去体验。唐代杜甫《后游》云："江山如有待，花柳更无私。"自然是有情的，也是富有诗意的，何况是生于浙、长于浙的人呢？给"浙江"这本书做点注解，当是我义不容辞之事。

介入浙江诗路文化研究，于我而言纯属机遇和巧合。2019 年年初，李圣华教授邀约我参加浙江诗路文化研究院的筹备工作，其间完成了一些资料搜集、文字整理方面的任务，对"诗路"有了一点粗浅的认识。待年底研究院正式成立之后的二三年间，我又与诸位同仁合作完成了一些实践性项目，主要有杭州市桐庐县、金华市的诗路文化带发展规划编制，兰溪市三江六岸景观改造文化提升实施方案编制，金华铁路文化公园诗路驿站策划与设计，还有钱塘江诗路的历史传承与当代发展、浙江诗路视野下的乡村景观设计策略与方法研究。在参与这些项目的过程中，我投入了大量的时间、精力，撰写了 20 多万字。借此我也逐渐熟悉了一些文旅发展规划和地方文献资料。这些本非属于我个人的专业兴趣范围，却又实实在在加深了我的地方性认知，开阔了我的文化视野，相信对于我的专业研究也一定有所助益。

基于已有基础和学术研究需要，我尝试从文艺学、美学专业的角度审视"诗路浙江"建设的问题，以"浙江诗路文化的美学品格研究"为题名申报了浙江省哲学社会科学规划课题并成功立项（项目编号 20NDJC070YB）。于我而言，虽然有前期的准备，但是真正研究起来绝非易事。为了督促自己努力，保持对课题研究内容的连续思考，我又申请了"丽泽学术提升"项目。这是学院为发挥院内教师的科研优势，主要面向本科生而专设的科研能力训练计划。我在 2021、2022 年连续组织了两期，其中第 1 期 23 人、第 2 期 16 人，均为自愿参加的大二、大三学生。为了让这些本科生有所头绪、有所收获，我事先设计了选题 30 个，供他们自行选择，要求最终每人完成一篇约 1 万字的准论文。后来这些选题、最终成果，有的同学作为毕业论文的撰写使用，有的同学用来申报校级课题，甚至是省级大学生创新项目并且获得了立项。我把两期的结题成果分别编集成册，累计文字 50 多万，作为自己进行研究时的参考。我也坚定地认为，这样的活动开展是对浙江诗路文化进行宣传、教育的一种有效方式。我曾欣喜地发现浙东唐诗之路研究社主办的网站"唐诗之路"发布的一则关于大学生从金华来新昌调研的报道，提到浙江师范大学于 2005 年设立"诗魂所系——唐诗之路诗歌内涵研究"的学生课题研究项目，"可以说是全国大学首创"。这是一件值得宣传的事情。只可惜 2022 年夏我在策划、编写《浙江诗路文化研究院》宣传册时给忘了，殊觉遗憾。如今在本科生中推广浙江诗路文化，指导开展相关研究，算是一种弥补，恰好也是一种传承、一种延续。

从开始的省级课题申报到最终的成果出版，本书完成历时四五年之久。在此期间，人类经历了新冠疫情的严峻考验。在艰难的现实面前，我始终怀着一颗平静之心，把阅读、思考、写作当作日常生活，同时更加懂得感恩。感谢浙江省哲学社会科学办公室批准立项，让我有机会重整写作思路，深刻体验有关诗路的写作之旅，从而有所成绩。感谢李圣华、陈国灿、施俊天、慈波、张磊、金晓刚等诸位领导、同事。书稿得以完成，与他们的交流、鼓励和支持是分不开的。本书的出版得到浙江师范大学出版基金资助，还得到人文学院学科建设运行经费（中国语言文学）资助。在此，向学校、学院表达衷心的感谢。

　　本书写作实属不易，常心往之却甚感力所不逮，尽责而已。全书在框架设定、观点创新上煞费了一番苦心，为此文献的搜集、整理工作亦经受了许多折腾。差可告慰的是，许多文献在日常就有积累，因此还算应手。相关文献的获得，除通过网络和电子资源库之外，还有两个主要来源：一是从旧书网上淘来的一批发行量较小、不易找到的纸质书，以有关浙江县域的文史类书籍为主；二是在市、县级诗路文旅项目调研过程中由发改委、地方文史委和街道、乡镇办事处等部门提供的资料汇编、宣传册之类。凡征引的文献以及涉的大量的古代地名、人名、诗名等都进行了甄别、核实。书稿几经校对，反反复复，用期较长，恐仍有错讹、失当之处，敬请读者谅解和指正，不胜感激。

　　　　　　　　　　　　　　　　甲辰龙年金秋于古婺芙蓉峰下